诗教中国　经典传承

——"诗教中国"诗词讲解大赛上海赛区优秀案例选

上海市语言文字水平测试中心　编

上海交通大学出版社
SHANGHAI JIAO TONG UNIVERSITY PRESS

内容提要

　　根据中央办公厅、国务院办公厅《关于实施中华优秀传统文化传承发展工程的意见》,全面深入实施中华经典诵读工程,弘扬中华优秀传统文化,积极推进中华优秀传统文化进社区、进校园、进课堂,教育部、国家语委连续三年举办中华经典诵写讲大赛,并将此赛纳入教育部认可的竞赛项目,每年举办。本书主要收录第一、第二届(2019 年、2020 年)"诗教中国"诗词讲解大赛上海地区获全国及上海赛区奖项作品的教学设计和说课,以及第三届(2021年)"诗教中国"诗词讲解大赛者优秀案例和专家点评,即作品的教学设计和优秀诗词讲解课程。

图书在版编目(CIP)数据

　　诗教中国　经典传承:"诗教中国"诗词讲解大赛
上海赛区优秀案例选/上海市语言文字水平测试中心编
. —上海:上海交通大学出版社,2023.2

　　ISBN 978 - 7 - 313 - 27468 - 7

　　Ⅰ.①诗… Ⅱ.①上… Ⅲ.①诗词-教育研究-上海
Ⅳ.①I207.2

　　中国版本图书馆 CIP 数据核字(2022)第 177456 号

诗教中国　经典传承
——"诗教中国"诗词讲解大赛上海赛区优秀案例选
SHIJIAO ZHONGGUO　JINGDIAN CHUANCHENG
——"SHIJIAO ZHONGGUO" SHICI JIANGJIE DASAI SHANGHAI SAIQU YOUXIU ANLI XUAN

编　　者:上海市语言文字水平测试中心
出版发行:上海交通大学出版社　　　　　　　地　　址:上海市番禺路 951 号
邮政编码:200030　　　　　　　　　　　　　电　　话:021 - 64071208
印　　制:上海景条印刷有限公司　　　　　　经　　销:全国新华书店
开　　本:710mm×1000mm　1/16　　　　　　印　　张:31.75
字　　数:438 千字
版　　次:2023 年 2 月第 1 版　　　　　　　　印　　次:2023 年 2 月第 1 次印刷
书　　号:ISBN 978 - 7 - 313 - 27468 - 7
定　　价:98.00 元

专家简介

朱震国
上海市杨浦高级中学

语文特级教师,曾任上海市中华经典诵读名师工作室主持人、上海教育电视台"收藏大观"栏目特约主持人,现为上海市民终身学习人文行走工作导师、金山区朱震国语文工作室主持人。

郁琼蕊
上海市普陀区教育学院

语文教研员,副高职称;普陀区语委办业务干部,国家级普通话水平测试员、上海市朗诵等级考试考官;上海市语协理事。

袁晓东
上海市虹口区教育学院

教师培训室主任,上海市小学语文特级教师,正高级教师。研究领域:小学语文、教师专业发展。

中学组

肖　磊

上海市杨浦区教育学院

　　中学语文教研员，杨浦区学科带头人。国家"国培计划"全国语文骨干教师培训指导专家，教育部"一师一优课"活动"优课"评审专家。上海市中小学教师资格考试面试考官。从教三十余年。

兰保民

上海市浦东新区教育发展研究院

　　上海市语文特级教师，正高级教师。现任浦东教育发展研究院教研室副主任、浦东新区教师培训基地主持人，兼任上海市教师学研究会秘书长、浦东新区教育学会语文专业委员会主任。

　　专著有《语文课堂教学评课智慧》《生生不息》《上海名师课堂·中学语文兰保民卷》《教师科研能力的养成》等；合著有《作文教程》（与黄荣华合著，6～9年级，共4册）等；参与编写《教育魅力：青年教师成长钥匙》《语文可以这样教》《走进经典》《种子教师的拔节成长》等教育教学著作二十余部。在《语文学习》《语文教学通讯》《中学语文教学》《上海教育》等刊物上发表论文近百篇。

乐燎原

上海交通大学附属中学

人文课程中心主任，正高级教师，兼任华东师范大学硕士研究生导师、上海师范大学基础教育特聘教授，上海市特级教师特级校长联谊会副秘书长，《上海特级教师》报主编，中国语文报刊协会课堂教学研究会常务理事。主编和参编（审）教材及教学用书40余册，发表教育教学文章100余篇。先后获上海市特级教师、上海市五一劳动奖章、上海市劳动模范、国家"万人计划"教学名师等荣誉称号。

殷秀德

上海市闵行区教育学院

上海市语文特级教师、正高级教师。现任上海市闵行区语文教研员，长三角基础教育语文学科专家、上海市初中语文学科中心组成员、闵行区名师工作室主持人等。在文言文、作文教学与命题领域有较深入的研究。著有《浸润于新鲜体验之中——初中文言文"陌生化"教学实践与探索》《口语交际》等，参编、合编教材著作近10部，发表教学论文近百篇，在多地执教公开课，举办讲座。

王　林

上海市闵行区教育学院

　　上海市语文特级教师,正高级教师,上海市闵行区教育学院中学语文教研员,上海师范大学特聘教授,华东师范大学、上海师范大学硕士研究生导师,曾获曾宪梓教育基金会全国优秀教师奖。著有《〈人间词话〉导读》《春山朗月》《古诗文引用范例解读》《教师语言修养的涵育》(合著)《教师话语系统研究》(主编)《语文教学解读论》(主编)等,发表教学文章百余篇。提倡语文的教学解读,追求诗性与理性交融的语文课堂。

序

为贯彻落实中共中央办公厅、国务院办公厅《关于实施中华优秀传统文化传承发展工程的意见》，全面深入实施中华经典诵读工程，自2019年起，教育部、国家语委每年举办中华经典诵写讲大赛。"诗教中国"诗词讲解大赛作为中华经典诵写讲大赛系列赛事之一，在上海赛区的参赛过程中，涌现出众多优秀诗词讲解课程，获得了上海市乃至全国比赛的多个奖项。经上海赛区组委会研究决定，遴选上海赛区的诗词讲解优秀案例，编辑出版《诗教中国 经典传承——"诗教中国"诗词讲解大赛上海赛区优秀案例选》。

在历届诗词讲解大赛上海赛区的组织及评审等工作中，通过对获奖参赛作品的观摩、品析，以及与参赛教师的交流，我们发现，众多优秀诗词讲解课程、特别是获奖案例，普遍呈现出三个特点。

一、教师用心、用情，表现出良好的专业素养和传统文化功底

用心，体现在参赛教师的全力投入上，从文本选择、课程设计到授课、磨课，不厌其烦、精益求精。用情，体现在参赛教师的全情投入上。每一堂微课视频中，能看到每一位参赛教师在讲课、在与学生互动中专注的神情；能感受到每一位参赛教师洋溢着对经典诗词、对中华优秀传统文化发自内心的爱，并把这种爱传递到学生身上。作为一位语文教师，个人对经典文本的钟爱，并引导学生产生共情共鸣，是一种良好专业素养的体现。每一堂微课贴近相关学段课程标准要求和学生年龄层次特点，对经典诗词的讲解各具特色，展现了各位参赛教师一定的传统文化功底。

二、以读助讲、以读促学

从入选本书的优秀获奖案例来看,每一位参赛教师在诗词讲解微课中,在"读"上都下了功夫。朗读、诵读、吟诵,教师精彩的示范领读构成所有获奖作品的一大特色。在不少一等奖获奖作品中,教师的诵读示范非常出彩。例如,顾栗豪老师激情澎湃的《满江红》、孙旭东老师抑扬顿挫的《春夜喜雨》,张妍群、徐静、柳旭等老师更是用"唐调"吟诵的方式,带领学生感受诗词中的韵律美、在平长仄短的韵味中体悟诗情,杨亚男老师发挥自己的特长,借鉴昆曲念白的方式,在课堂上与学生互动。这些都成为各自参赛作品的一大美丽亮点。

所谓"读书百遍,其义自见""熟读唐诗三百首,不会吟诗也会吟"。《语文课程标准》要求:"语文阅读教学要重视诵读,让学生充分地诵读,在诵读中整体感知,在诵读中培养语感,在诵读中受到情感熏陶。""读"对语文学习的重要性不言而喻,尤其是经典诗词本身有着格律音韵上的特点,诵读对于诗词的学习、理解、体验、感悟、赏析具有不可替代的作用。本书收录的优秀案例在诗词讲解的以读助讲、以读促学上做出了很好的示范。

三、精心选取切入点,课程设计有新意

根据大赛规则,诗词讲解以微课形式呈现,时间不能超过8分钟,所执教的作品必须是统编教材中收录的诗词作品。时间短、可讲作品范围相对固定,如何教出一段精彩、与众不同的诗词讲解微课,其实是对执教者提出了一个具有相对难度的挑战。从获奖作品来看,参赛教师基本都没有以学校家常课的形式来讲,而是精心研究诗词文本,在符合课标要求的基础上,充分考虑本学段学生年龄层次特点,精心选取切入点,进行课程设计。

本书精选大赛2019~2021年连续三届获奖案例,以诗词作品原文、教学设计、教学反思和专家点评的体例完成。其中专家点评部分,特别邀请了中小学语文教学界的专家乐燎原、朱震国、兰保民、袁晓东、王林、殷秀德、肖磊、郁琼蕊进行了精到的点评。

本书在"诗教中国"诗词讲解大赛上海赛区承办方的精心筹划、组

织、指导下顺利出版，汇集了众多在上海乃至全国获奖的优秀诗词讲解案例，相信一定能给今后有志参加大赛的教师及中小学语文教师在一线语文教学上提供有益的借鉴和帮助。

编者

2023 年 1 月

目　录

小　学　组

中 学 组

小学组

忆江南(其一)

执教者:上海市民办阳浦小学　　杨亚男
点评者:上海市杨浦高级中学　　朱震国

忆江南(其一)

[唐]白居易

江南好,风景旧曾谙。

日出江花红胜火,春来江水绿如蓝。

能不忆江南?

教学设计

教学目标:

一、通过赏析,体会词句的色彩美、音韵美、意境美,感受江南的春景之美。

二、借助资料,走进诗心,体会作者通过回忆江南的美景,表达对江南的赞美和怀念。

三、通过诵读,感受诗词传承的魅力,激发对古诗文的热爱。

教学过程:

一、情境导入,引出诗题

(一)谈话导入

我们的家乡上海位于"江南",作为一个江南人,联系你的衣食住行,说说看"江南"具备哪些特有的元素?

（二）走进"江南"——播放短片

江南是我们的家乡,山清水秀,景色宜人。这里小桥流水,水网纵横;古城小镇,田园农舍,古典园林,如诗如画……

（三）出示古诗

二、品词赏句,想象悟情

思考:作者回忆了江南的什么?

（一）忆景

1. 学生交流。

2. 出示:日出江花红胜火,春来江水绿如蓝。

3. 从这两句里,你看到了什么景色?

江花(日出时的江花);江水(春天的江水)

4. 在品析诗句的基础上质疑。

（1）色彩美(图片)。红胜火:比火还要红艳,还要热情;绿如蓝:绿得如蓝草一般素雅,绿得温婉,绿得平静。

（2）音韵美。采用对仗形式,读起来朗朗上口。

5. 指导朗读,感受意境美。

（1）观看动画,感受江花的红艳明丽及江水的平静。

（2）师生配合读——男女生对读。

（二）忆情

1. 这样一首热情澎湃的《忆江南》,你猜猜是诗人在什么时候创作的?

2. 从哪里看出?

（1）"风景旧曾谙":旧曾谙:久已熟悉。白居易写这首诗的时候已经67岁,尽管年岁已高,但回忆起江南,依然是激情四溢啊!

（2）可是白居易明明是北方人呀,为什么会对江南那么情有独钟?

出示背景:白居易在 44—53 岁期间曾三下江南,做官十年,为人民做了很多好事,当地百姓和他的感情很深。青年时期也曾漫游江南,旅居苏杭,对江南有着相当的了解。江南对他来说有着深刻的印象,特殊的感情,不解之缘。

师:猜猜白居易曾在哪里做过官?

出示背景:杭州刺史,相当于"市长"。相传杭州西湖边著名的白堤就是他在杭州做刺史的时候主持兴建的,老百姓为了纪念这位"老市长",就把这道堤称为"白堤"。

(3) 作者仅仅是在回忆江南的美景吗?

回忆年轻时的游历,回忆当年为官时深受老百姓爱戴的情景啊! 如今已到暮年,江南留给他的仍是一片美好的回忆,难怪诗人一开始就直抒胸臆。

3. 朗读指导。

引读:江南好,风景旧曾谙。日出江花红胜火,春来江水绿如蓝。能不忆江南?

4. 小结:一个"好"字,胜过了千言万语,太多的眷恋,都蕴藏在这一个朴素而又确切的字里,难怪词尾诗人忍不住脱口而出"能不忆江南"。

三、传唱吟咏,感受魅力

(一)这首《忆江南》为什么能千百年来流传至今?(通俗易懂,便于传唱)

(二)教师用昆曲念白的形式吟诵《忆江南》。

(三)小结:诗词之所以能跨越千年,至今熠熠生辉,不仅源自本身的魅力,更在于我们的民族文化赋予了它各种吟诵形式。

教学反思

"诗歌不是无情物,字字句句吐衷肠。"学生只有真正体会诗情之后,才能对诗的理解更深刻,更透彻!

《忆江南》是唐朝诗人白居易晚年所作,为追忆青年时期,他漫游江南,旅居苏杭时写下的江南美景。这首《忆江南》,短短二十七个字使江南美景跃然眼前,令人心驰神往。如何能让学生抓住题眼"忆"字来感受诗人对往昔的眷念?

一、媒体辅助,融情于景

这首诗流传千年,诗中描写的场景对这群土生土长的江南孩子而言,并不陌生,甚至还倍感亲切。为了带领学生走进诗情,教学伊始,我通过一个短片带学生融入如诗如画般的江南,唤起学生的家乡情怀,情感上与诗人产生共鸣,更好地入情入境。此时从诗题"忆江南"入手,说说从哪里看出诗人在写回忆? 又回忆了什么? 学生抓住诗句中的"旧曾谙",借助注释理解为"曾经熟悉"。通过诵读,从"日出江花红胜火,春来江水绿如蓝"这两句话,学生不难发现,诗人回忆了江南的美景。借助动画的效果,学生具体感知这争奇斗艳的江花和宁静致远的江水之间形成的对比,一动一静,江南春天特有的景致喷薄而出。此刻学生对诗人在首句就直抒胸臆"江南好",便完全理解了。

二、有效拓展,感悟诗情

学习古诗,从最初读正确到读懂再到深情吟咏,把诗所展示的形象与诗的韵律、节奏、激荡的情感融合在一起,才能感受诗人创作的情感,升华诗情。

在诵读环节的设计中,引发学生产生问题,进一步探究诗句背后的内容,有助于学生走进诗心,心中有了情,就会溢于言表。学生对于诗人白居易并不陌生,在学习过程中,提出了这样的质疑:白居易明明是北方人呀,为什么会对江南那么情有独钟? 此时,适时补充一些相关资料,使学生了解白居易曾在 44—53 岁期间三下江南,做官十年,为当地人民做了很多好事,当地百姓和他的感情很深。青年时期也曾漫游江南,旅居苏杭,对江南有着相当的了解,江南对他来说有着特殊的感情。这样一来,问题不仅可以迎刃而解,还让学生意识到,学习古诗时要对众多相关资料做有效提取,在此基础上再来指导朗读,就可以引发学生合理地抒发诗情了。

此外,结合这首诗的特殊形式——长短句,发挥教师的特长,用昆曲的念白来吟诵,可以让学生感受不同的吟诵形式所呈现的魅力,鼓励学生赋予传统文化以新的表现形式,将传统、经典与现代元素相结合,淋漓尽致地去抒发、去感慨,与诗人一起尽情欢乐。让我们的课堂践行习近平总书记的重要讲话"对传统文化进行创造性转化、创新性发展,增强中华传统文化的自信"。

专家点评

诗是形象的艺术,那么语文呢?

讲形象未必就是形象,这个道理显而易见:掰开了,揉碎了,形象就成了道理,文学就成了教学。通常,讲台上并不缺少讲解,而是缺少一点点讲解的艺术。

聆听这节《忆江南》,相信谁都会被杨老师诵念古诗时浓郁的昆腔韵味所吸引,而觉眼前一亮。三分诗,七分读,当诗与读相遇,特别是与恰如其分恰到好处的音韵、节律相互融通的时候,课堂的"生成"就无可避免地发生了。可见,感情不是万能的,没有相应的形式的载体或曰抓手,诗的内涵也便难以体现。

同样,与诗人诗意同频共振的,还有教师讲课的激情。其声其调,其眉梢或飞扬或微蹙,其手势之抬起落下,其身段之侧转进退,洋溢出的无不是内心的荡漾,有如受到诗情的感染使然。

当然也有一点可商榷的地方。课中将"能不忆江南"句中"不忆"二字连读,更多可能是出于一种读音上的习惯,因为从语法上看"不"字否定的是"忆江南"这个表行为的词组,而分开后语音突出的却成了"江南"这个地名,是否合适?

饮湖上初晴后雨　望洞庭

执教者:上海市浦东新区顾路小学　潘敏艳
点评者:上海市杨浦高级中学　朱震国

 原文

饮湖上初晴后雨
[宋]苏　轼

水光潋滟晴方好,山色空蒙雨亦奇。
欲把西湖比西子,淡妆浓抹总相宜。

望洞庭
[唐]刘禹锡

湖光秋月两相和,潭面无风镜未磨。
遥望洞庭山水翠,白银盘里一青螺。

教学设计

教学目标:

一、用统整、对比的方法学习《饮湖上初晴后雨》和《望洞庭》。

二、想象诗境,会用自己的话说"湖光秋月两相和,潭面无风镜未磨"的意思,感受祖国湖光山色的美。

三、创设各种情境,朗读并背诵古诗。

教学重点:

创设各种情境,朗读并背诵古诗。

教学难点:

会用自己的话说"湖光秋月两相和,潭面无风镜未磨"的意思。

教学过程:

一、创境导入,理解诗题

(一)创设情境:教师配乐范读。

(二)理解诗题:《饮湖上初晴后雨》。

(三)理解诗题:《望洞庭》。

设计意图:本单元要求学生能做到"借助关键语句理解一段话的意思"。因此在这一环节中,由诗题中"饮"和"望"这两个关键字入手,帮助学生以点带面理解诗题的意思。同时,也为接下来体验诗境,理解诗情做了充分铺垫。

二、整体感悟,读出节奏

(一)老师示范读。

(二)师生合作读。

(三)配乐齐读。

设计意图:中年级古诗教学需要引领学生在感知意象中领悟诗歌意蕴,因此学会读诗就尤为重要。这里的朗读不是一遍一遍地机械朗读,而是有层次、有目标、有方法地诵读。让学生在充分诵读和想象中,感悟古诗的语言美、意境美和音韵美。

三、理解诗句,借景入情

(一)古诗连线:理解"空蒙"和"潋滟"。

(二)听句猜诗,理解:欲把西湖比西子,淡妆浓抹总相宜。遥望洞庭山水翠,白银盘里一青螺。

（三）聚焦比喻,感受其美。

（四）看图猜诗:湖光秋月两相和,潭面无风镜未磨。

设计意图:本环节继续落实单元目标"借助关键语句理解一段话的意思"。主要抓住"欲把西湖比西子,淡妆浓抹总相宜"和"湖光秋月两相和,潭面无风镜未磨"这两句关键句,整体感悟西湖和洞庭的秀美。

四、小组讨论,感受其美

（一）讨论:西湖、洞庭谁更美。

（二）配乐齐读。

板书设计:

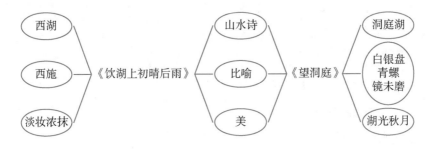

设计意图:整堂课通过完成"双气泡图",旨在帮助学生厘清两诗之间的异同点,有意识地训练学生对比思维的能力。把比较复杂的思维过程直观、清晰地呈现出来,激发学生探索古诗的兴趣,提高学生的观察力、理解力与推理力。

教学反思

《古诗三首》是统编教材三年级上册第六单元的一篇课文,由三首古诗组成。随着对传统文化的日益重视,统编教材在其编撰过程中增加了大量的古诗文,可见传统文化在语文教学中的地位日益凸显。然而,古诗教学是阅读教学中的一大难点。对于小学生而言,由于语言、文化、背景等诸多不同,大部分学生都觉得古诗文晦涩难懂,因为距离感,学习时产生了畏难情绪。

为了让古诗学习变得更有趣、更高效,在本课的设计上花了一番心思。主要从三个方面对本堂课进行设计。

一、以学定教——找准学习起点,构建有效课堂

对于我们班的学生而言,他们是我从一年级开始一手带上来的。通过前期的学习积累,他们已经掌握了一些理解古诗的方法,也具备了一定的自主学习能力。如果还是用以往的常规策略,即将每首古诗作为独立的内容逐一呈现,这样就会割断古诗之间的内在关联,也不能满足学生对于古诗学习的需求,将大大降低课堂效率。

这个时候教师需要充分了解并尊重学生的现有水平,找准教学的起点,做到"以学定教"。在反复研读了教材之后,我确定了以下教学目标:

1. 用统整、对比的方法学习《饮湖上初晴后雨》和《望洞庭》。

2. 想象诗境,会用自己的话说"湖光秋月两相和,潭面无风镜未磨"的意思,感受祖国湖光山色的美。

3. 创设各种情境,朗读并背诵古诗。

其中关键语句为本课的教学重点难点。确定了教学目标后,具体应该怎么教呢?我觉得可以将两首古诗整合起来,对比着学。

二、统整对比——借助思维工具,创新教学模式

《新课标》指出:"阅读教学是学生、教师、教科书编者、文本之间对话的过程。"其中"与教科书编者"进行对话,就是要在文本解读中读懂教材编者的意图。我想编者将相同特质的诗歌放在一起,其目的就是使教学不仅仅是对主题内容的简单重复,而是在相互类比的过程中温故知新,举一反三。反复斟酌、品读,最后选择把《饮湖上初晴后雨》和《望洞庭》这两首诗放在一起呈现。因为它们在内容、主题、创作背景和风格上既有相近之处,又有所不同。

于是,在教学时我借助一种思维工具"双气泡图",旨在帮助学生厘清两诗之间的异同点,有意识地训练学生对比思维的能力。把比较复杂

的思维过程直观、清晰地呈现出来,激发学生探索古诗的兴趣,提高学生的观察力、理解力与推理力。

课后我还设计了一份小练习,同样以"双气泡图"的形式,让学生把《望天门山》和《望洞庭》两首诗进行比较,找出相似点与不同点:

第二关:火眼金睛来寻宝:认真读一读《望天门山》和《望洞庭》,找出它们的相同与不同之处,完成"双气泡图",开始你的寻宝之旅吧!

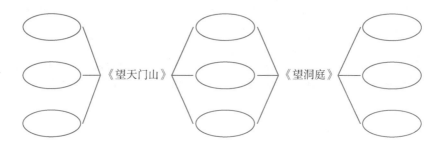

通过课后巩固,帮助学生举一反三,巩固强化这种对比的学习方法,体现了从方法积累到实践运用的过程。

三、以读促悟——在朗读中,知诗意品诗情

中年级古诗教学需要引领学生在感知意象中领悟诗歌意蕴,因此学会读诗就尤为重要。本课的教学,我紧紧抓住诗中的关键字、词、句,让学生反复诵读。这里的读不是一遍一遍地机械朗读,而是有层次、有目标、有方法的诵读。

1. 读准节奏,感受音韵之美。通过教师示范,引导学生读准七绝诗的节奏,感受古诗的音韵之美。

2. 想象画面,感悟意境之美。了解了古诗大意之后,让学生一边诵读一边想象诗歌所描绘的景象,读出画面感,感悟古诗的意境之美。

3. 熟读成诵,孕育诗词情怀。苏轼和刘禹锡在写这两首诗的时候,都正值人生低谷。"欲把西湖比西子,淡妆浓抹总相宜。"西湖的美是娇艳的,是隽永的,就如同苏轼的内心一样豁达、乐观;"遥望洞庭山水翠,白银盘里一青螺。"广阔的洞庭湖在刘禹锡眼中变得那么精致渺小,这种宁静祥和是洞庭的美,也何尝不是作者内心的写照?诗歌是有情感、有温度的,它的价值不仅仅在文字表面,其背后的历史故事、诗人所要传达的精神与情怀更为动人。

　　总而言之,古诗是中华民族传统文化的重要载体,教师只有更新观念、不断实践,才能让我们的古诗教学变得有意义、有深度,从而发挥它最大的价值,真正提升学生的语文素养。

专家点评

　　课堂上的有些古诗朗读指导,仅限于做一些4/3、2/2/3等词组的划分,或提出些"有感情"之类的笼统要求,而很少去具体分析的。潘老师的这节微课,尝试在这方面去做进一步的探讨,这无疑是积极的,应该肯定。

　　正如把砖块堆积起来并不等于就是建筑,只把一个个字音串联起来,也并不等于就说对了或读好了一句话、一首诗。比如苏诗首句"水光潋滟晴方好"中的"潋滟"二字同为去声,但后一字读起来会稍长些,这是为了要与句中后三字衔接的需要,以防出现"声停意断"。同理,此句末的"好"字三声也要读全,以免把逗号读成了句号,而与本联的下句脱离了干系。

　　通过对字词的音长、尾音、气息、停连、强弱等朗读处理,可以把古诗的情感、意境等表达得更为准确、细腻和丰富;当然也会激发学生诵读古诗、学习语文的更大的兴趣。

　　要说"对比"(似"比较"为宜)的话,如果能试着把秋夜月光下的洞庭,与潋滟空蒙、淡妆浓抹的西湖分别读一读,品一品,有没有不同,哪里有不同,或者倒有那么一点意思。

小儿垂钓

执教者:上海市上外·黄浦外国语小学　陈黎斐
点评者:上海市杨浦高级中学　朱震国

原文

小儿垂钓

[唐]胡令能

蓬头稚子学垂纶,侧坐莓苔草映身。

路人借问遥招手,怕得鱼惊不应人。

教学设计

教材分析:

《小儿垂钓》是部编教材(五四学制)二年级第一学期中的一首古诗。除了语言通俗、趣味盎然,这首小诗在内容上还有这样三个特点:第一,人物形象外貌生动,不仅有整体形象的描摹,更有表情变化上细腻的刻画;第二,个性化动作鲜明,除了写坐姿、使眼色,还有摆手势等;第三,心理刻画句句入微,层层递进,时时变化,不写之写,形于肢表。

"蓬头"是小儿给人的第一印象,"蓬"不是乱,而是松散、自然;"稚子",就不再只是限于某个局部的描写,而是人物整体,包括形貌、年龄、情状乃至性格的一个渲染了,而如果再联想到在"不应人"时,他的噘嘴、憋胀、手势比划等一系列的行为操作,就更让人忍俊不禁了。这种"仿佛看到"比"眼见为实"更激发人的文学想象,也为教学提供了更大的发挥空间。

动作是人物的最好写照,能让人物从平面变得立体,从概念走向鲜活。"侧坐"这个动作,展示出人物的不无"老练",而并非"初学";"莓苔"距地点却也是一种地形的选择,毕竟人迹罕至之处,才有鱼儿的集聚;"草映身"既包含小儿个头身量不高之意,也隐喻着水草肥茂更易于垂钓的考量。

心理描绘让人物形象更趋丰满,更有说服的力量。无论是"学垂纶"的主动和自觉,仿照大人行为所透露出的平时观察之细微;还是那份有模有样的自信;或是突遇意外时那种老练的做派,都让人物的内心活动纤毫毕现般地呈现于我们的眼前,唤醒着我们的生活积淀,感染了我们的阅读体验。

这样的小诗,给课堂增添了学习的乐趣,给知识涂抹了缤纷的色彩,给思维提供了丰富的想象,给教学带来了无限的可能。

学情分析:

对学习古诗词,学生其实处在一种"懵懂"的状态,既有喜欢也存在隔阂。喜欢是因为诗词本身音律节奏的抑扬顿挫,朗朗上口;但限于诗词语言表达方式的精致凝练,在认知上又有一定的疏离感。因喜欢而朗声诵读,因疏离而浮光掠影,形式大于内容,声音重于内涵,课堂往往显得热闹有余,而体验的含金量不足。

所以既要讲"声音"的雕琢,还要有语义的把握,这就成了衡量小学古诗词教学有效性的两个基本要求。

二年级学生的学情,不能不考虑。他们刚脱离认字读音、组词成句的基础学习阶段,又还未到对各种文体见多识广、阅读写作历经打磨的相对成熟期,这一年段学生的认知规律,体现了从具象、形象逐渐走向抽象,从对声音的模仿感知,逐渐走向对声音的形象创造,即通过诵读方式方法(音高、音长、音强、语速、停连、轻重等)的改变,来突出声音形象的塑造等特点。

二年级的学生不再徘徊于连词成句的简单步骤,不再止步于模仿跟读的周而复始,甚至不再满足于教师的生动讲解,而跃跃欲试于自我学习和个性的创造与发挥。这是一个学习的契机,也是一个学习的平台。

古诗词的声律特点,从字音上看,平仄交错相对易于上口,但从整体而言,又不乏单调重复、流于形式的弊端,如果光从"2－2－1"或"2－2－3"等所谓的意群分割法来指导古诗词朗读,不免有刻舟求剑之嫌而被套路束缚,教学效果得不偿失。

因此,根据诗词内容,联系学生实际,结合学习方法,感悟生活情趣,读出童真自我,才是本课学情的五个要素,才是教学的出发点。

教学目标:

一、能借助拼音,正确、流利地朗读古诗,熟读成诵。

二、能理解"蓬头、稚子、垂纶、借问"等词语的意思。

三、通过诗中小儿稚态可掬、学样模仿、煞有介事等形象特点,激发学生的童心童趣,培养爱诗诵词的学习兴趣。

教学时间:

微课 10 分钟

教学过程:

一、引入新课,初读古诗

(一)古诗中的小儿群像图,老师引读。

(二)揭示新诗,齐读诗题。

(三)学生自由读古诗。

(四)老师范读古诗。

二、再读古诗,理解诗意

(一)理解诗题中的"小儿"指的就是诗句中的"蓬头稚子"。

(二)边读诗边思考:

问题预设 1:小儿垂钓的技术怎么样啊?(意在寻词究句,熟悉课文)

问题预设 2:小儿垂钓的经验蛮老到的,怎么叫"学垂纶"呢?(了解人物用心体察、边学边用的特点)

问题预设 3:"不应人"是不做任何回应,也没有任何表示吗?(代入语境,想人物之所想,动人物呼之欲动)

(三)"不应人"只是不出声音,并不是完全听而不闻,连个动作也没有。也许侧过头做个表情什么的,也许摆摆手,用根手指封住嘴……这样的心理活动之下,这首诗的音调和节奏会不会有什么变化呢?(放开式生成,不必拘泥于答案)

(四)学生个体试读,体会诗句的音律。

三、情境体验,边做边诵

(一)如果你是诗中的"小儿"你会怎么做? 怎么读?(诗境领悟,沉浸诵读)

(二)有感情地诵读古诗。(可个人读,可集体诵;兴之所至,手舞足蹈;氛围到时,诗境可寻)

(三)小结:通过理解诗的意思,模仿体会小儿的天真烂漫(板书),大家都成了诗中的小儿啦! 现在请大家收拾好钓鱼竿和钓到的鱼儿,一起回家去好吗?

(音乐声起,众生排队拟肩扛渔竿,手提鱼儿,口背诗句,踏着节奏,笑脸吟吟走出课堂……)

教学反思

平日里一起聊到工作时,老师们总爱说这样一句话:一节课应该有"课的样子"。我因此也常常问自己:"课的样子"该是怎样的呢?

比如教古诗词吧,拼音必须教,词语要讲意义,朗读更要多次反复,然后复述一下内容,再有诗人也不能不提一提,等等,诸如此类,大概就是"样子"了吧? 看很多教学参考书上也都是这么写着的。

但是转念再想想,还是有不解:每首诗词的年代、作者、风格、手法等都不尽相同,甚至大相径庭,用一样的方法去教"不一样"的内容,能教出原来的"样子"吗?

说得夸张一点,每一首古诗都是一个五彩的世界,都有其独特的风景。一首《小池》美在无声而有色,美在其不易于被"发现";白居易的《忆江南》,长短错落,似问而答,思绪恋旧,色彩斑斓;《江南可采莲》则咏而歌之,复而又始,载歌载舞,令人心荡漾之……而一首《小儿垂钓》,画面仿佛定格,情趣却跃然欲出,小儿是他也是"我",人在画中,画又在人的心中。答案是不是正确、客观不是关键,但心里的"想法"却不能没有。模仿是儿童行为的构成要素,为什么模仿并不重要,怎么模仿、模仿得像或不像才关乎重要。

平翘舌、前后鼻音当然要教,词义理解与积累也不能少,读一读、讲一讲也有必要经常练,但一首诗歌、一篇课文自己的"样子"也要有所反映,这或许是我教《小儿垂钓》一课后的一个思考。

听到一节好课时,大家不约而同地会关注其中的一些课件或方法之类的,以便自己用到的时候可以借鉴"拷贝"。这初衷不错,结果却未必能如其所愿。

这就涉及一个课堂"火候"把握的问题了。

在《小儿垂钓》的预设中,"垂钓"动作的模仿应是本课的"亮点"之一,以之作为教学的一个"动能",应该不会有什么问题。但在后来具体的实施过程中,却并非如此。在我发出"大家试着做一做这个垂钓的动作,感受小儿的内心体验"的指令后,课堂并未如我预期般地立刻躁动起来,反而是更安静了。学生似乎反常地有些忸怩不安,只是在进一步从"小儿"内在的心理活动中得到更多"合理"的依据后,才渐渐地活跃起来,动作也越来越逼真了。

从这一细节里,我领悟到课堂上的"有形活动"有赖于"无形内涵"的支撑,所谓"火候",就是学生认知的规律,就是教师传授的逻辑。教学艺术,很多时候不过是一种无意间的心动,或不过是回顾时的那一瞥。

专家点评

诗要入情,要设境,还要有味。教诗,也一样不能不讲这"个中三昧"。无情不诗,讲诗情为先,这个道理知道不难,做起来则多有不同。陈老师的做法是代入。

读一读学一学,想一想说一说,一个坐姿,一个眼神,一个手势,理解有了,体验也有了;所谓教,有时就这么简单。正如"学垂纶"不必知道小儿曾经向谁学、何时学或怎样学,因为知或不知各有自知,此时此景,如何坐、坐何处,谁人借问、应或不应也都不再紧要,唯"境"为大,唯"情"

为重。

诗教，养心为上；心之于内，形之于外。不怕动，鼓励动，动之以身形方足以动之于内心。这才是课堂教学中情和境的真实关系。

视频中的场景显示应为"非典型"，或许正是这不经意的"脱却樊笼"才让学生有了施展手足的空间亦未可知，也才有了无心插柳的这一幕。感念于此，令人不免嘘唏。

听闻现在的黑板已经不大时兴手写板书了，然而贴纸之类的尽管方便利索，可到底不比"手到字来"让人有一份亲近感，有一种原汁原味的踏实感，也多了一点回味时的咀嚼与真实。

江　南

执教者：上海市奉贤区肖塘小学　王瑶馨
点评者：上海市杨浦高级中学　朱震国

江　南

汉乐府

江南可采莲，

莲叶何田田。

鱼戏莲叶间。

鱼戏莲叶东，

鱼戏莲叶西，

鱼戏莲叶南，

鱼戏莲叶北。

教学设计

教学目标：

一、能在语言环境中认读"江、南、可、采、莲、鱼、东、西、北"9个生字。

认识三点水、草字头两个偏旁。能在田字格中正确书写"可、东、西"3个汉字。识记竖钩、竖弯2个笔画。积累二三个带有"东、南、西、北"的表示方位的词语。

二、能借助汉语拼音正确朗读课文,做到不加字、不漏字、不改字。并尝试吟诵课文。

三、结合插图,了解江南水乡人们采莲的情景,感受江南的美丽。

教学重点:

能在语言环境中认读"江、南、可、采、莲、鱼、东、西、北"9个生字。

教学难点:

结合插图,了解江南水乡人们采莲的情景,感受江南的美丽。

教学准备:

多媒体课件、生字卡片。

课时安排:

1~2课时。

教学过程:

一、情境导入,揭示课题

(一)师:小朋友,今天,王老师要和大家一起学习一首新的古诗,诗的题目是:江南。

(二)师:江南在我国的长江以南,在这里"南"是个表示方位的词,你知道和"南"相对的方向是? 江南是中国有名的鱼米之乡。板书课题:跟着老师一起来写课题。来,跟着王老师一起走进江南。

二、初读课文,整体感知

(一)过渡:这么美的江南诗中又是怎么写的呢?

(二)朗读正音。

(三)再读课文,边读边想,你仿佛看到了什么?

(四)交流反馈。

(五)随机学习:莲叶、莲花、莲蓬、莲藕。认识草字头。

三、精读课文,理解内容

(一)师:每年的6—8月,江南的莲子成熟了,出示:江南——可采莲。

(二)指导朗读诗句"莲叶何田田"。

(三)指导朗读诗句"江南可采莲,莲叶何田田"。

(四)采莲人在忙着采莲,那小鱼儿在干什么呢?

师：对呀，你们看，鱼字的斜刀头就像小鱼的头。鱼的中间部分就像小鱼的身体，鱼的最后一笔就像鱼的尾巴。象形字，多有趣呀！

（五）师：看，这段诗歌中，"南"和"北"是两个表示方位的词，还有一对表示方位的词，请你们自己读一读，找一找。

学习"东""西"二字。

1. 出示生字卡：看，这个字是东，这个字是西，古人常常用图画来表示字。出示图片（唉，瞧，这两幅图一幅是东，一幅是西。猜猜看，哪个是东，哪个是西？）你来猜。

2. 师：看，每天，当太阳刚刚升起，只有树那么高时，所在的方向是东方。东这个字是由树木和太阳组成的，这是甲骨文。现在的东字这样写，跟我读，东。再看，当太阳落山时小鸟才会回到鸟巢里休息，这时，太阳所在的方向是西方。慢慢地，西字就变成了一只鸟蹲在鸟巢里，最后，变成了现在的西字。一起读。

（六）师：看，小鱼儿在莲叶间，一会儿跑到东，一会跑到西，如果你是这些小鱼，你会和你的小伙伴说些什么呢？同桌交流。

（七）朗读指导：小鱼儿玩得多么欢快呀，那让我们来读好这段诗句。老师请来停顿符，自己试着读一读。

（八）游戏。

四、齐读课文，配乐吟唱

师：《江南》是一首乐府诗，所以这首诗还可以把它唱出来。来，一起听并跟着吟唱。

教学反思

《江南》是一首汉乐府诗，入选小学语文统编版教材一年级上册课文单元。本诗是一首优美的采莲曲，富有江南水乡特色，语言生动活泼，格调清新明朗。整首诗短短七行，前两行写了江南水乡的美，是采莲的好地方，后五行写了鱼儿在莲叶间游水嬉戏的情景。全诗注音并配以水墨画插图，意在让学生借助拼音识字、朗读及感受课文意境。

加强古诗文教学，渗透中华传统文化教育是统编版教材的一大"亮点"。而《江南》作为整套统编版小学语文教材中古诗文教学的第一课，对激发学生学习古诗的兴趣,感受中华优秀传统文化显得尤为重要。

课文共 35 个字,其中 9 个要求认读,3 个要求会写。学生在这之前只学了两篇课文,识字量少,对诗句的理解和感受都有一定的困难。基于学情和本学段教学目标,我采用了以下的教学策略:

一、汉字溯源,凸显文化

本课文要求识记"江、南、可、采、莲、鱼、东、西、北"9 个生字,在教学中,我以合理分布、分步落实的方式进行随文识字,引导学生通过拼拼音、象形字、扩词法、字理识字等多种方式识字。"江""南"二字作为课题,以拼音方式引入,着重读音上前后鼻音的区分,并通过四幅江南四季美景图及教师的解说,让学生对江南有了具象化的了解。"可"字要求会写,因此在教学中,从新笔画竖钩着手,并出示了笔顺动画,让学生掌握田字格中"可"的写法。"莲"字则是以扩词法教学,出示了一幅丰收的江南水乡图,莲花、莲叶、莲蓬、莲藕藏于图中,让识记的过程充满了趣味。"鱼"是一个象形字,让学生通过自己的观察去找寻象形字的小秘密,激发学习生字的兴趣。"东南西北"四个字是表示方位的词,在识字过程中,渗透了上北下南左西右东的方位概念。"东""西"二字更是结合了它们的字理,让学生来看图猜字,之后配以趣味的汉字演变动画让学生立刻牢牢记住了这两个字。

二、品味词句,感受意境

在本诗的阅读教学中,我从画面入手,让孩子在画中读诗。由四幅江南四季美景图引入,为学生脑海中营造出一幅生动的江南采莲图。接着让孩子自读古诗,谈谈仿佛看到了什么？在学生的回答中,提炼出本文的诗眼"莲叶、田田、鱼、戏"。理解了这几个词,诗意的把握就不难了。"田田"是描写莲叶很茂盛,但是对一年级孩子来说太抽象,于是,我制作了莲叶板贴,边贴边说"莲叶一片挨着一片,一片连着一片,层层叠叠,非常茂盛",顺势帮助学生理解了"田田"。有了茂盛的莲叶,板贴小鱼的引入也水到渠成,生动地向学生呈现了一幅鱼儿戏水图。这时,再让学生来理解小鱼儿在干什么,便轻而易举了。

三、熟读成诵,积累语言

全诗共七行,在整体感知环节,让学生根据要求指读课文,重在读准字音。诗句的朗读指导,则是分为两块进行。前两行在帮助学生理解了词句的基础上,以个别读、男女读、示范读的形式引导学生读出莲叶的茂盛、江南的美丽及采莲人愉悦的心情。后五行诗句是以反复咏唱的方式,勾勒出了一幅动态的"鱼儿嬉戏图"。为了让学生读出古诗的韵味,我引入了停顿符,停顿不是断开,而是上一个词的音调略拖长,更能读出古诗的节奏。而小鱼儿在莲叶间四处游动的欢乐感,则是让一年级学生以手势来模仿小鱼,伴着音乐游到东、游到西……在动起来的同时,学生也仿佛变成了小鱼,穿梭在江南美丽的莲花池中。

专家点评

说王老师的《江南》上了节家常课,大概没人会不同意的吧。

课是不是常态,一看剪裁,二看取舍。小学一二年级的语文,认字不多,一张白纸,看图认字、拼词写句、学描笔画、跟读音节诸如此类,等等,都是不可或缺的打基础,"剪"了哪项都可能会"地动山摇"。

除此,就看教师的能力如何"扬长避短",这才是"表现"的重点。看不出来"长"在何处,或长处没有能够尽情地展现,这通常是不大被认可的。但要是换个角度,或许这才是家常课的"含金量"之所在。

这么说,并非课中的教师就没有什么特点或特长可言,只是教学重点设置定位的不同罢了。看见师生口诵"鱼戏莲叶……"时的景象了吧,那副灵动跳跃的手掌,活脱脱的鱼儿扑腾图,就地取"材",即取即用,可不叫人乐从中来!如果此时借"景"发挥,索性让学生"游"出座位"东""西""南""北"一番,又该会是怎样的一番情和景呢?转念再想,那可又成"非常态"了。

教师言语的"表达"亦值得一提。声调微微提升,音色纯净,节奏流畅,措辞语句亲和力满满,教学过程不拖沓,如此"家常",不亦可乎?

絮叨至此,赘述一句:"反思之二"中小标题"品位"一词似为"品味"之误,白璧微瑕本不足挂齿,只为"基础"所系,不容不慎!

赠汪伦

执教者：上海市长宁区天山第一小学　庄佳叶
点评者：上海市杨浦高级中学　朱震国

 原文

赠汪伦

[唐]李　白

李白乘舟将欲行，忽闻岸上踏歌声。
桃花潭水深千尺，不及汪伦送我情。

教学设计

教学目标：

一、能把古诗读通顺、读流利，能读出古诗的韵味，并有感情地朗读、背诵古诗。

二、理解"欲、踏歌声、千尺"等一些词语的意思，在此基础上了解古诗大意。

三、了解诗句所用的夸张表现手法，感受故事所描绘的友人送别的情谊。

教学重点：

一、能把古诗读通顺、读流利，能读出古诗的韵味，并有感情地朗读、背诵古诗。

二、了解诗句所用的夸张表现手法，感受故事所描绘的友人送别的情谊。

教学难点：

了解诗句所用的夸张表现手法,感受故事所描绘的友人送别的情谊。

教学准备：

多媒体课件、语文书。

教学过程：

一、积累反馈,揭示课题

(一) 师:同学们,你们对唐朝最著名的诗人李白有什么了解吗?

预设:

1. 生卒、称为"诗仙"。

2. 诗风豪放,是浪漫主义诗人。

3. 学过许多他的诗(生随机背诵、复习)。

(二) 师:今天我们学习李白的又一首诗《赠汪伦》。

汪伦是一个人的名字,他是有名的"歌手",且很有才学,但不愿做官,隐居在安徽泾县西南的桃花潭畔,他对李白所作的诗佩服得"五体投地"而日夜吟诵,他知道李白喜欢喝酒,于是便用最好的糯米和高粱酿成酒,长年窖在地下。一次,他听说李白到了安徽,想邀请李白来作客,但又怕李白不肯来,于是想出了一个妙计。他修书一封,送给李白,上面写道:"先生好游乎? 此地有十里桃花;先生好饮乎? 此地有万家酒店。"李白欣然答应往访。见面后,汪伦才告诉李白:"'桃花'者,一潭之名也,并无桃花十里;'万家'者,店主人姓万也,并无酒店万家。"此时李白方知"受骗上当",却哈哈大笑,称与汪伦相识是一种人生乐事。此后两人成了好朋友。临别时即兴写下《赠汪伦》这首别具一格的七言绝句。

(三) 今天我们共同来学习这首诗——生齐读《赠汪伦》。

二、初读古诗,读出节奏

(一) 临别时的场景究竟是怎么样的呢? 打开书本去找找答案吧!自由读古诗,读准确字音。

(二) 交流朗读(评价读正确)。

（三）师:怎么才能读出古诗的韵味呢? 用音乐来帮助我们一下(师范读,生跟读)。

三、品读古诗,读出韵味

（一）出示诗句。

（二）学生交流理解。

（三）什么叫"踏歌",歌唱是以脚踏地作为节拍,边走边唱,就叫作"踏歌"。汪伦当时踏歌是怎样的节拍与声调?

1. 小组活动:

（1）联系诗歌创作的背景和李白的诗风,猜测一下当时踏歌是怎样的节拍和声调?

（2）在组长带领下读好古诗的第一句,感受李白当时的心情。

2. 交流小组活动成果:

预设——生:汪伦可能用一种较缓慢的脚步,较凄凉的声音。因为和好朋友李白就要分别了。

生:……急促……高亢……,因为约定的时间快到了。

生:……较快……宏亮……,虽是送别,还会有相逢机会。

师:我倾向于用较快的节拍,宏亮的声音。这种推想,因为李白的赠诗中没有伤感的情绪,而且插图上李白的表情也没有伤感,可以证明这种推想是正确的。本诗虽写与友人分别,却感情奔放,形成了本诗特有的风格。

3. 再读第一句,体会李白当时的心情(忽然听到岸上传来合着脚步节拍唱歌的声音,是汪伦边走边唱前来送行)。

四、体会写法,拓展延伸

（一）学习李白诗歌"夸张"的写法。

师:桃花潭水真有千尺深吗? 1 米 = 3 尺,千尺相当于 333.3 米。如果一层楼高 4 米,比 83 层楼还高。没有,这是作者的"夸张"。李白的夸张诗发轫于他独特的个性与气质,是他精神世界的浪漫情怀在诗句中凝结出的艳丽花朵。

（二）带着对李白、汪伦两人友谊的向往,带着对李白坦诚、浪漫诗风

的崇拜,我们再来读好这首诗。(生齐读)

(三)大家要多积累、比较其他诗人的送别诗,感受李白诗歌独特的风格。

教学反思

一、说课

(一)教材分析

《赠汪伦》是沪教版九年制义务教育课本语文五年级下册的一首古诗。这是唐代伟大诗人李白写的一首叙事抒情佳作。这首诗主要叙述李白离开桃花潭时,好友汪伦来送别的情景,体现了朋友之间的深厚情谊。诗的前两句是叙事,写了即将出发离开之际,诗人忽然听到岸边传来踏歌声,一个"忽"字,写出了李白心中的惊喜;后两句是抒情,诗人以水深喻情深,在诗人看来,桃花潭虽碧水幽深,却也比不上汪伦对他的情谊深! 这首小诗,通篇没有华丽的辞藻,却洋溢着浓郁的诗意。

(二)学情分析

五年级的学生已经有了比较多的学习古诗的经历,对于朗读古诗的节奏停顿等是能够自主学习的。对于诗人李白豪放浪漫的诗风也比较了解,在之前也学习过李白的《静夜思》《古朗月行》《望庐山瀑布》等古诗。因此在微课教学过程中,在进行朗读和诗意教学时,还加入了中国传统文化的渗透,使学生在本课学习中有新的获得感。

(三)教学目标

《上海市小学语文学科教学基本要求》明确指出:"小学阶段的古诗文阅读,重点是古诗阅读,旨在引导学生在反复诵读古诗的过程中,正确记忆古诗;初步理解古诗的意思,借助联想和想象,了解古诗表现的情境,大致感受作者的情感;在诵读中,实际感知语调、节奏和轻重音等的变化,初步感受古诗的音韵美。"这样一来,我就明确了诗词讲解课的教学目标应该放在指导学生在诵读过程中记忆古诗并感知古诗的节奏和语调,通过想象和联想取得和自己生活实际相联系的真实感受。基于以上认识,我确定了本课的教学目标:

1. 能把古诗读通顺、读流利,能读出古诗的韵味,并有感情地朗读、背诵古诗。

2. 理解"欲、踏歌声、千尺"等一些词语的意思,在此基础上了解古诗大意。

3. 了解诗句所用的夸张表现手法,感受故事所描绘的友人送别的情谊。

二、教学反思

(一)故事引入,激发学习兴趣

由于学生对于李白"诗仙"的称号有所了解,也知道他喜欢喝酒,针对学生喜欢了解古人的生活背景这一特点,课前我查阅了资料,将李白和汪伦如何成为好朋友的故事介绍给学生,"十里桃花,万里酒家"的故事让学生充满学习的兴趣,也感觉一下子拉近了和李白这个大诗人的距离。这为后面体会两人深厚的友谊,理解诗意奠定了基础。

(二)文化勾连,引发自主探究

这首诗的意思对于五年级的学生而言,理解并不难,但是如何让学生勾连李白豪放诗风,感悟这虽是一首送别诗,却并不感伤的特点,成为需要着重指导的环节。我抓住"踏歌"这一学生比较陌生的词语,先介绍"歌唱是以脚踏地作为节拍,边走边唱,就叫作'踏歌'";再猜测汪伦的"踏歌"是什么节奏,引发学生的讨论和自主思考;最后联系李白一贯诗风的特点,介绍本诗虽是写与友人分别却感情奔放的独特风格。

经过这样两处环节的设计,学生的古诗学习不是浅层次的单首诗学习,而是与以往所学知识形成交汇,对中国诗歌中所包含的一些传统文化也有了一定的了解。

专家点评

读诗如话,这是小学教材中许多古诗的一个共同特点;但话中有话,包涵于其中的诗人的情、意、境等,有待教学的发现。庄老师关注《赠汪伦》的"踏歌声",便是试图从中去解码这一特定语境里的人物关系及表达方式,值得提说。

　　汪伦这几步且歌且吟,踏出的是节拍,是节奏,而在诗人听来分明却是友人满满的一份不舍之情,回响耳边,挥之不去……问题在于:作为主人,送客之道,此情可诉此意可表,又何至于吟歌作声、踏步为语呢? 问题还在于:作为客人,舟系江头,离别在即,几声步履,怎见得就是离情别绪了呢? 此中相知相契,尽在不言之说。

　　课堂与诗境亦可相通,说与不说不必拘于形迹,"此中有真意,欲辨已忘言",也是常有的事,领会了就好。故而脚步的快慢和轻重并不重要,歌声高亢还是沉郁等也都无可无不可,因为汪伦的脚步踩踏出了别样的情致,因为李白早已从他的足音里听到了比言辞更多的内涵。

　　有些话点到比说透更有意味,有些话留着比出口更耐人寻思,一如汪伦的"踏歌",才激发起了李白的"不及"之感。

钱塘湖春行

执教者:上海市民办打一外国语小学　周逸倩
点评者:上海市杨浦高级中学　朱震国

原文

钱塘湖春行
〔唐〕白居易

孤山寺北贾亭西,水面初平云脚低。
几处早莺争暖树,谁家新燕啄春泥。
乱花渐欲迷人眼,浅草才能没马蹄。
最爱湖东行不足,绿杨阴里白沙堤。

教学设计

教学目标:

一、能借助图片、沙画、音乐等形式,感知古诗所描绘的景色,并能有感情地诵读古诗。

二、能结合诗意,展开想象,进入古诗的意境,深入体会古诗的内容。

三、激发学生学习古诗的热情,培养审美情趣,热爱祖国大好河山。

教学准备:

多媒体课件、板贴画、学生画作。

教学过程:

一、激趣导入

(一)师:人们都说,上有天堂,——(生答)下有苏杭。而杭州之美,

则尽在西湖。(出示媒体)

(二)师:西湖,古时候又被称为——钱塘湖。(出示媒体)

一年之中,钱塘湖的春天,无疑是最美的。那迷人的自然风光,深厚的文化底蕴,为历代文人墨客称颂。

一千多年前,唐代有一位大诗人,名叫——白居易(师贴板书),他曾在杭州做地方官。有一天,他春游西湖,诗兴大发,写下了这首脍炙人口的《钱塘湖春行》(师贴板书)。来,让我们一起来读一读诗题。(出示媒体)

(三)师出示,学生齐读课题。

二、配乐欣赏

师:请同学认真听,仔细看,诗中出现了哪些景物? 待会儿请同学们来交流。

师诵读古诗——(出示媒体:配乐＋沙画)

三、寻找美景

(一)学生交流——

预设:

学生1:我看到了空中有几只小燕子。

师点评:这不禁让人联想到白居易的好朋友刘禹锡写过的诗句:旧时王谢堂前燕,飞入寻常百姓家。

学生2:我看到了五颜六色的野花,竞相开放。

师点评:真是姹紫嫣红,美不胜收。

学生3:我看到了地上的小草。

师点评:小草浅浅的,才露出嫩芽,但却很浓密,就像给大地铺上了一张绿色的地毯。

学生4:我看到了几只黄莺在叽叽喳喳地叫。

师点评:它们的鸣声那么清脆,那么悦耳,就像是春天里最动听的奏鸣曲。

学生5:我还看到了湖水,天空中的云朵几乎与水面连接在一起。

老师:是啊,同学们,你们看,眼前的钱塘湖,就位于孤山寺的北面,贾公亭的西面(师贴图示),远远望去,只见钱塘湖春水初涨,云朵低垂在湖面上(师贴图示)。作者就是在这里放眼钱塘湖,欣赏她的美景。谁来读一读第一句?

(媒体出示)——孤山寺北贾亭西,水面初平云脚低。

(二)师:谁想来读?

1. 指名读。

2. 齐读。

(三)学生继续交流——

预设:

学生6:我还看到了一条长长的堤岸——

师解释——这条堤岸就叫白沙堤。它东起断桥,全长约1公里。虽然无从考证是何人所修,但大诗人白居易一直非常喜欢这条长长的堤岸,它如同白色绸带一般,横跨西湖,让人流连忘返。

学生7:我看到了岸边种了很多杨柳,枝条上抽出了很多新芽。

师点评:眼前的一切,让人感受到了春天的欣欣向荣。

四、欣赏美景

(一)师:大家听得都非常认真,观察得也非常细致。现在,请同学们自己来读一读这首诗。边读边思考:在这首诗中,作者特别关注的是哪些景物,你是从哪些诗句中找到的?

预设:

学生1:作者特别关注的景物在中间两句:

(媒体出示)——几处早莺争暖树,谁家新燕啄春泥。乱花渐欲迷人眼,浅草才能没马蹄。

(二)师:现在,就请同学们好好读读中间的这两句——颔联和颈联。想一想,在这两句诗中,作者的观察视角是怎样的? 是否发生了什么变化? 同桌两人可以讨论。

预设:

学生1:几处早莺争暖树,说明作者听到早莺叽叽喳喳地鸣叫,这是他抬头看到的。初春时节,乍暖还寒,黄莺都争着挤到阳光充裕的树枝上,感受春天的温暖。

师点评。(师给学生一张黄莺图示)

学生2:我从"谁家新燕啄春泥",知道了小燕子衔着树枝,飞到屋檐下做窝,这也是作者抬起头来看到的。

师点评:你有一双慧眼! 小燕子飞到你的身边来了!(师给学生一张小燕子图示)

师:作者抬头望去,几只黄莺争着飞向向阳的树枝;勤劳的燕子衔来春泥,飞到屋檐下,筑起了温暖的新窝;这真是一派生机勃勃的景象! 谁来读一读?

1. 指名读。

2. 女生读。

(三)师:这些景象,都是作者抬头看到的。我们继续交流。还有谁想说?

学生3:第三句中,作者俯下身,看到路边有许多盛开的野花,五颜六色。

师点评:繁花似锦,让人眼花缭乱。(师给学生一张小燕子图示)

学生4:地上的小草浅浅的,绿绿的,刚刚没过马蹄。

师点评:是呀,正是作者对于事物的细心观察,才能描绘得如此精准又富有诗意。(师给学生一张相关图示)

师:我请男同学一起来读一读这句诗——乱花渐欲迷人眼,浅草才能没马蹄。

(四)师:通过刚才的学习,我们发现作者的观察视角是自上而下的,他首先看到的是——几处早莺争暖树,谁家新燕啄春泥。接着,他又低下头,看到了——乱花渐欲迷人眼,浅草才能没马蹄。

师:黄莺鸣唱,新燕衔泥,鲜花缤纷,野草青翠,春天的气息扑面而来。这正是:

师生共读——

几处早莺争暖树,谁家新燕啄春泥。乱花渐欲迷人眼,浅草才能没马蹄。

师:这两句诗中的景物,看似散乱随意,却是作者的精心编排,正是:莺燕争春光,花草竞荣发。

五、品味美景

师:现在,请同学们4人一组,读读诗句,展开想象,讨论讨论,将拿到的图片合理地安排在画面中。

(一)小组讨论。(播放音乐)

(二)学生交流。

(三)师小结:同学们真了不起,通过想象,向我们展示了一幅美丽的春景图!

六、记录美景

(一)师:一个明媚的春日,大诗人白居易骑着马儿,在西湖边赏春:他放眼西湖,眼见西湖春水初涨,水面与堤岸齐平,天上舒卷的白云和湖面荡漾的波纹连成一片;空中,黄莺鸣唱,燕子衔泥;俯下身来,繁花似锦,青草翠绿,作者流连在杨柳依依的白沙堤边,饱览着湖光春色之美,这真是——师生合作读全诗。

(二)师:同学们,我们班里有位小画家,她格外喜爱这首诗,她用自己的画笔,描绘了这首诗,让我们一起来欣赏吧……——学生展示国画作品。

(课自然结束)

教学反思

《钱塘湖春行》是一首描绘西湖美景的名篇。全诗处处扣紧环境和季节的特征,把刚刚披上春天外衣的西湖,描绘得生意盎然,恰到好处。它既写出了浓郁的春意,又写出了自然之美给人的强烈感受。诗人把感情寄托在景色中,字里行间流露着喜悦轻松的情绪和对西湖春色细腻的感受。

在教学设计的过程中,我借助优美的背景音乐、新巧的沙画、生动的图示,让学生仿佛置身于西湖。在我的引导下,师生共同走进那湖青山绿、美如天堂的景色中,诗中的美景深深镌刻在学生心中。

回顾这次的执教经历,我对古诗文教学有了新的体会和收获——

一、诗画交融,身临其境

本节课,我借助多种画作形式,旨在让学生体会"诗中有画,画中有诗"的优美意境。在导入部分,展示了班中学生根据此诗创作的一幅沙画,让学生初步感知诗中所描绘的美景。在细细品读的过程中,以小组为单位,让学生在理解诗意的基础上,合作完成一幅钱塘江春景图,把栩栩如生的西湖美景带入课堂,带到学生中。课的结尾部分,再次展示学生的国画作品,将脍炙人口的古诗与生趣盎然的国画完美融合,两者相得益彰。课堂上,仿佛正谱写着世间万物共同演奏的春天赞歌,学生心中便不由自主地流泻出一首饱含着自然融合之趣的优美诗歌。

二、读中寄情,情声悠长

古诗通常富有意境美,课堂上多种形式的朗读,往往能帮助学生展开联翩的想象,让古诗的意境在学生的头脑中形成一幅生动的画面,是帮助学生理解古诗的一条蹊径。

在本课的教学中,我通过声情并茂的范读,带领学生走入诗境,耳畔传来悠扬的乐声,眼前浮现生动的画面,调动学生的多重感官,充分激发他们学习古诗的兴趣。在赏析古诗的过程中,学生渐入佳境,他们通过朗读表达自己对西湖美景的憧憬和赞美,感受诗人的愉悦心情。

三、浪漫遐思,"景"上添花

古诗文教学中的魅力往往来自学生的积极参与和创造性的发现与感悟。本课中,我在让学生充分理解和感悟古诗的基础上,让学生生发丰富的想象,实现学生与作品的同振共鸣,为古诗"景"上添花。例如,学生在赏析"几处早莺争暖树"这处景物时,能结合生活实际,展开合理的想象,体会到初春时节,乍暖还寒,黄莺都争着挤到阳光充裕的树枝上,感受春天的温暖。

课中,像这样的交流随处可见,我把课堂学习的主动权完全交给学生。学生将诗中景色自主植入画面中,表达自己独到的见解,个性得以张扬。

于漪老师说:"一首首古诗不只是躺在纸上的一个个字,而是一幅幅画,一个个故事,一段段人生,立体的,彩色的,有声,有色,有形。"通过这堂课的教学,我对这句话的含义有了更深刻的理解。我希望通过这样的教学探索,让诗歌的种子在学生心中生根发芽,希望诗词的美,中华优秀文化的魂会伴随他们一路成长。

专家点评

艺术有"诗画同源"一说,有人赞同,有人存疑,但于语文而言,尤其诗歌教学,"听见还要看见"是一种必须。

周老师的做法隐而不露,除导入时的沙画外别无他图,只是让学生不断地完成"从诗句中,我看到了……"这个句式,在从上到下、由远及近、动静兼顾、冷暖并提的"扫描"中,既包含着对诗意的一份解读,又突显了对诗中景与物的视象感受,并通过反复的口述和吟读,强化着诗境诗意在学生大脑中的形象构造。可谓"点"与"面"的巧妙编织。

"授"与"还"是课中又一看点。教师授给的"物"最终由学生还原为"景",师生共同"绘就"诗意画面,也就难怪脸上都带着一份欢喜。教学设计始终围绕"美景"这个关键词,所透露的也正是这样的一个教学初衷。

诗不可不读,诗教不能不听。这节课的教师语言节奏扬抑有韵律,具有可听性。整个教学融情生景,怡人耳目,由"听"而"见",给人"美"感,不能说与此全无一点关系。

池　上

执教者：上海市奉贤区柘林学校　曹　聪
点评者：上海市杨浦高级中学　朱震国

原文

古诗二首①

池　上

［唐］白居易

小娃撑小艇，偷采白莲回。

不解藏踪迹，浮萍一道开。

教学设计

教学目标：

一、能在语言环境中认识"首、踪、迹、浮、萍"5个生字，能在田字格中正确书写"首、采"2个汉字。

二、能正确、流利地朗读古诗。通过图文结合、合理想象的方法理解"撑、偷采、浮萍、踪迹"在诗中的意思，初知古诗大意。

三、积累并能背诵古诗，感受诗中小娃的天真、调皮。

教学重点：

一、识记5个生字，正确书写"首、采"。

---

① 本案例选取《古诗二首》中其中一首诗进行讲解。

二、正确朗读、背诵古诗。

教学难点:

能用图文结合、合理想象的方法初步理解古诗,感受诗中小娃的天真、调皮。

课时:

1课时

教学过程:

一、读诗题,解题意

(一)揭示课题,齐读课题。

(二)学习生字"首"。

1. 读准翘舌音。

2. 知道这是表示数量的量词,还可以说"一首歌""一首曲"等。

3. 指导书写"首"。

(三)板书"古诗二首",齐读课题。

(四)出示诗题。(板书:池上)

1. "池"字组词。

2. 说说这池里种的是什么?

> 设计说明:从诗题入手,理解"首"的意思,根据课后要求,指导学生书写"首"字,并进行拓展运用。"池"字的教学侧重字义,通过组词的方法,理解诗题的意思。

二、初读诗,读通顺

(一)简介诗人白居易。

(二)初读要求:

1. 大声朗读,读准字音,读通诗句。

2. 交流反馈,随机正音。

(三)学习生字"浮萍"。

1. 认读"浮萍",并正音。

2. 结合浮萍的图片,交流浮萍的特点。

3. 借助形声字声旁表意的特点识记:浮萍是漂浮在水面上的一种水草,因此"浮"是三点水,"萍"是草字头。

(四) 借助分隔符,读出节奏。

1. 齐读古诗。

2. 师范读。

3. 出示分隔符,学生自由练读。

4. 抽生读。

5. 齐读。

> 设计说明:借助拼音读准字音,借助分隔符读出古诗节奏。结合图片认识"浮萍",引导低年龄学段学生对事物的认识由抽象到具象,结合偏旁对"浮萍"两字的构字有进一步的认识。

三、再读诗,晓大意

(一) 学习诗句"小娃撑小艇,偷采白莲回"。

1. 读一读,小娃在干什么? 圈出相关动作。(出示:小娃撑小艇,偷采白莲回)

2. 交流反馈。

(1) 理解"撑"。

a. 出示图片,板书"撑",引导学生观察小娃的动作。(板贴:小娃)

b. 做动作理解"撑"。

(2) 学习"采"。

a. 学生自主观察会意字"采"。

b. 师解说。("采"上半部分"爪字头"代表手,下半部分的"木"代表植物。"采"表示用手采摘树木上的果子)

c. 做动作理解"采"。

d. 指导书写"采",并板书。

(3) 理解"白莲"。(结合图片,知道"白莲"在诗里指莲蓬)

（4）理解"偷"。

a. 学生交流。

b. 指导朗读,体会小娃"偷采白莲回"既忐忑又兴奋的心情。

c. 齐读。

设计说明:生字教学是低年级教学的重点,"采"字的教学主要是采用说文解字的方法,通过听、看、演的方式,记住形、理解意。"偷"字教学重点是字义的理解,也是本课的教学难点,在理解字面意思的基础上,创设情境体会小娃的心情,从而感受小娃的天真、调皮。

（二）学习"不解藏踪迹,浮萍一道开"。

1. 小娃这样悄悄地、轻轻地去采莲蓬被发现了吗?（出示:不解藏踪迹,浮萍一道开）

2. 学习"踪迹"。

（1）借助形声字声旁表意的特点识记。

（2）踪迹就是留下痕迹。

（3）观看视频,交流反馈小娃留下的踪迹。

（4）理解"不解藏踪迹"。

3. 理解"浮萍一道开"。

4. 齐读"不解藏踪迹,浮萍一道开"。

四、配乐读,背诵诗

（一）通过配乐对读、齐读等多形式朗读整首诗。

（二）通过观看视频,背诵诗。

设计说明:采用不同方式的朗读形式,在反复的诵读中帮助学生积累古诗并能熟读成诵。

板书设计：

古诗二首

池　上

采

小娃（板贴画）

撑

教学反思

一、教学意图——识字为主，提升素养

《池上》是统编版教材中《古诗二首》的其中一篇童诗，篇幅短小，语言精炼易懂，十分适合低年级段学生阅读。这篇童诗对培养低年级学生阅读素养、提升写作能力非常重要。

1. 根据学情，把握重点。抓住识字教学，引导学生理解古诗。对于这首诗的教学着重于识字教学，抓住诗眼、字词，理解古诗，熟读成诵。

2. 了解诗歌特点。《池上》是唐代著名诗人白居易创作的一首五言绝句，创作基调为闲情偶寄，该作品文字精炼，内容通俗淡雅，记录了偶然看见的一桩趣事。因为是一首叙事诗，所以毫无疑问教学方法首选朗读。在咬文嚼字里，品味诗中小娃有趣、淘气的形象。

3. 运用新教材课程理念，提升语文素养。《池上》这首古诗通俗易懂，只要抓住"偷""浮萍"等字词，通过练习图文识字，感悟新词的意思，并且运用已学知识，自主识字。在教学中引导学生多读，借助一定的语言环境理解新词，掌握运用新词。当然识字只是一部分，写一手好字也是现代学生应有的基本素养，所以在教学中穿插写字，无疑让学生对字形字义的理解更为深入。

二、教学反思——古代诗歌如何教出韵味

1. 创设情境，教师研究学情，因势利导。小学语文教师的"亲和力"是语文学科中"人文性"的体现，叙事诗"有趣"的展现应当由教师在朗读教学中引导学生情感的升华。古代诗歌语言精炼，意境幽远，感受小娃

之趣成了本诗教学的情感动机。

2. 识字教学,各有侧重。从诗题入手,理解"首"的意思,根据课后要求,指导学生书写"首"字,并进行拓展运用。"池"字的教学侧重字义,通过组词的方法,理解诗题的意思。借助拼音读准字音,借助分隔符读出古诗节奏。结合图片认识"浮萍",引导低年龄学段孩子对事物的认识由抽象到具象,结合偏旁对"浮萍"两字的构字有进一步的认识。生字教学是低年级教学的重点,"采"字的教学主要是采用说文解字的方法,通过听、看、演的方式,记住形、理解意。"偷"字教学重点是字义的理解,也是本课的教学难点,在理解字面意思的基础上,创设情境体会小娃的心情,从而感受小娃的天真、调皮。

3. 反思教学过程,改进不足之处。课堂气氛需进一步调整,学生预习不够充分,诵读有待加强,尤其是在指导"偷"字上,课堂的高潮部分,并没有很好地达到预设效果,未做到"收放自如"。教学语言有较大进步,还不够精炼,评价不够自然。

专家点评

读诗和作诗,都有一个视角选择的问题,角度不同,解读抑或大相异趣。以《池上》为例,诗人和"小娃"的所见所感就截然不同。

曹老师选择与诗人站在同一个位置,乐其所乐而趣其所趣:这么个小娃儿,人还没船桨高,居然背着大人独自采莲,瞧这藏头露尾的模样,还以为别人不知晓呢,真是有趣!

而站在"小娃"的立场:这不大的荷池本就是咱孩子的要处,怎就不该我来?"偷采"不同于"偷莲",这"踪迹"嘛何以见得便是我留下的?咦,水边站的那人却是谁,且看看我的能耐如何!

你看双方是不是各执一词、各抒己见?需要评断下个定论吗?这对老师的教学智慧提出挑战,就看如何权衡孰轻孰重了。

看人对事,大人的趣和孩子的趣有时根本不在一个点上,就比如你看个没完以蟋蟀缠咬厮斗为趣,我却看个不够你斗秋虫其乐融融。从"我"看或是依"你"看,同"看""看"不同,岂不又添一"趣"?

"我"并不以看见了"你""偷采"相要挟，"你"也并不把"踪迹"显露放在心上，各美其美，美美与共，这样的一种和融相得是不是让教学更多了一点期待、一份憧憬？

古朗月行(节选)

执教者:上海市七色花小学　黄帅嘉
点评者:上海市杨浦高级中学　朱震国

古朗月行(节选)

［唐］李　白

小时不识月,呼作白玉盘。
又疑瑶台镜,飞在青云端。

教学设计

教材分析:

统编版语文教材一年级上册第六单元语文园地"日积月累"板块让学生积累的是古诗《古朗月行》的节选内容,意在引导学生积累经典诗文。《古朗月行》是一首脍炙人口的古诗,是唐朝诗人李白所作,课文节选的是古诗的前四句。诗人借助丰富的想象和神话传说,表现出儿童对月亮诗意而美好的认识。诗人以"白玉盘"和"瑶台镜"做比喻,不仅描绘出月亮的形状、颜色和月光的皎洁,还体现了诗人丰富、大胆的想象。

学情分析:

经过三个多月的语文学习,学生已具备一定的识字能力,能够借助汉语拼音把古诗读正确,读通顺,但是他们对于古诗的理解能力是非常弱的,需要教师逐步引导,并借助图片帮助他们了解古诗的大意,体会李白的想象,感受月亮的美妙与神奇。

教学目标:

1. 拼音,正确、流利地朗读古诗,背诵古诗。

2. 配合图文了解古诗的大意,初步感受诗人笔下月亮的特点。

3. 李白的想象,感受月亮的美妙与神奇,懂得想象能让诗歌更生动,更有意境。

教学重点:

一、拼音,正确、流利地朗读古诗,背诵古诗。

二、配合图文知道古诗的大意,初步感受诗人笔下月亮的特点。

教学难点:

理解李白的想象,感受月亮的美妙与神奇,懂得想象能让诗歌更生动,更有意境。

教学准备:

视频、课件、实物等。

教学过程:

一、谈话导入,了解作者李白的伟大

(一)导入:中华文明源远流长,诗歌是其中的一大瑰宝。今天,让我们一起走近一位伟大的诗人,他是——李白。你了解李白吗?

(二)学生交流,说说对李白的了解。

二、初读古诗,知道诗题背后的故事

(一)理解诗题,读好停顿。

1. 教师板书诗题《古朗月行》(节选)。

2. 教师介绍诗题背后的小故事:今天,我们就要学习李白的《古朗月行》。关于这个题目还有一个有趣的小故事呢!古时候,有一位诗人叫鲍照,他写过《朗月行》。几百年后,李白借用了这个题目,为了跟前人的作品区分开来,他在前面加上一个"古"字。

3. 指导学生读好诗题中的停顿《古/朗月行》,学生跟读。

4. 引导学生理解诗题中"节选"的意思:题目旁边还有两个字——节选,就是说明这只是整首《古朗月行》的一部分。

5. 全班齐读诗题《古朗月行》（节选）。

（二）读准古诗，读出节奏。

1. 教师示范朗读，引导学生读准字音，读通诗句。

2. 指名朗读，随机正音："镜、青"是后鼻音；齐读。

3. 教师再次示范朗读，引导学生在每一行诗句的前两个字后要停顿。

4. 学生自由练读；指名朗读；齐读。

三、深入学习，感受诗人笔下月亮的特点

过渡：小时候的李白不认识月亮，把月亮叫作白玉盘。（板书：白玉盘）

（一）出示图片，引导学生观察月亮和白玉盘的相似之处，感受月亮的形状、颜色和光泽。

1. 提问：小时候的李白不认识月亮，把月亮叫作白玉盘。为什么呢？它们有哪些地方是相似的？

2. 指名学生交流。

过渡：瑶台镜是什么呢？（板书：瑶台镜）

（二）出示图片，引导学生理解李白将月亮比作瑶台镜的原因，感受诗人丰富、大胆的想象。

1. 教师介绍"瑶台镜"：瑶台是传说中神仙居住的地方，瑶台镜就是神仙用的镜子。

2. 质疑：这里，老师有个问题，为什么李白不把月亮比作我们现实生活中的镜子，而是把它比作天上神仙用的瑶台镜呢？（李白不仅想到现实生活中的事物，还想到神话故事之中的事物）（板书：想象：丰富大胆）

3. 引导学生发挥想象，交流积累的神话知识。

提问：谁来大胆地猜猜看，天上会有谁在瑶台镜前梳妆打扮呢？

（三）指导学生抓住"呼、疑"两个动词读好古诗，感受儿童的天真烂漫之态。

1. 指导学生做"呼、疑"的动作，有感情地朗读古诗。

2. 全班朗读。

（四）拓展古诗《静夜思》《赠汪伦》《望庐山瀑布》，进一步感受李白想象力的丰富、大胆。

1. 出示古诗《静夜思》《赠汪伦》《望庐山瀑布》。

2. 全班朗读古诗。

（五）教师小结：想象能让诗歌更生动，更有意境。

（六）全班跟着音乐吟唱古诗。

> 设计说明：通过出示白玉盘的图片，让一年级的学生直观地感受月亮与白玉盘的相似之处；通过引导学生了解瑶台镜，让学生感受诗人丰富、大胆的想象，从而感受月亮的神奇、美妙和古诗的魅力；引导学生运用多种形式朗读古诗，激发学生读诗的兴趣，让学生加深对诗句的理解、熟悉，达到背诵的目标；拓展李白的《静夜思》《赠汪伦》《望庐山瀑布》，使学生进一步感受李白想象力的丰富、大胆，懂得想象能让诗歌更生动，更有意境。

四、学习总结，激发探究兴趣

这首诗只是整首《古朗月行》的节选，后面还有很多神奇的故事，有兴趣的小朋友可以探索李白更多的奇思妙想。

五、布置作业

背诵古诗《古朗月行》（节选）。

板书设计：

古朗月行(节选)

白玉盘　　瑶台镜

想象：　丰富　大胆

教学反思

非常荣幸能够参加"诗教中国"诗词讲解大赛，此比赛为诗词讲解的教师搭建了一个提升教学水平、展示学习成果、传承中华经典的平台，同时也让教师更清晰地认识自己，磨砺自己，提升自己！

一、目标达成度高

1. 读准字音，读好停顿，读出韵味。本节课，我要求学生在读准字音的基础上，借助停顿符号有节奏地朗读；在理解诗意后，有感情地朗读；最后，带上动作，配上音乐吟唱。在层层递进的朗读训练中，班级里的外国学生也沉醉其中，不仅能做到读准字音，而且还能读得有声有色，颇有韵味。美妙的韵律不分国界，优秀的吟诵人人共通。

2. 体会意境，感受奇妙，发挥想象。我通过出示白玉盘的图片，让一年级的学生直观地感受月亮与白玉盘的相似之处，从而帮助学生理解诗人的想象；我通过引导学生了解瑶台镜，让学生感受诗人丰富、大胆的想象，感受诗人笔下月亮的特点，及其神奇、美妙之处；我还通过让学生发挥想象力，学做小诗人，懂得想象能让诗歌更生动，更有意境。让学生感悟到"想象"是浪漫主义诗人李白创作时的重要方法和灵感来源。

3. 了解意象，领悟创作，启蒙理想。古诗词犹如璀璨的星辰，装点着传统文化的天空，其教学价值不言而喻。"诗仙"李白是中国文学史上最重要的诗人之一，其作品尤其值得细细品味。《古朗月行》（节选）是小学生在统编教材中第一次接触的李白作品，更是值得推崇。

"月"是中国古代诗歌中重要的吟咏对象。千百年来，"月"带给读者无尽的温暖和感伤，无尽的希望和怀念，以至于成为中国人寄托情感的最好的意象和载体之一。这堂课上，我就为学生对"月"的认识埋下一颗意象的种子，希望他们在成长中不断回味，加深理解。随着人生阅历的增加，他们定会对"月"有着不同的感受和体悟。上好这堂课，对于初入小学的学生了解中国古典诗歌、品味中华传统文化精髓，感悟人生都具有非常重要的启蒙意义。

4. 感受魅力，传承经典，弘扬诗教。在让学生想象"有哪些神仙在用瑶台镜来梳妆打扮"这一环节中，当有学生回答"嫦娥姐姐在用瑶台镜来梳妆打扮"时，我出示学校剪纸社团学生制作的嫦娥月兔剪纸，并借助团扇和灯光，营造嫦娥月兔奔向月宫的情景。不仅如此，我还借助直观实物，让学生们了解嫦娥月兔的神话故事，弘扬了中华传统文化中的另一件瑰宝——剪纸。班级里的外国学生在课后感叹:"今天又大开眼界了!学了诗仙这么美的诗,还欣赏了这么有趣的剪纸艺术。"在颇感欣喜的同时也让我想起叶嘉莹先生的诗句"中华诗教播瀛寰,李杜高峰许再攀。喜见旧邦新气象,要挥彩笔写江山"。传承中华传统文化,诵读中华经典,我一直在努力。

二、不足之处

教学设计不够新颖,思辨性不够强。优秀的教学设计应当能全方位调动起学生,让学生不断在思考、探索,从而达到深度学习。我将继续努力学习积累,提升自身的古诗词素养,提高教学能力,为呈现更好的课堂而奋斗。

在本堂课上,我只是带领学生们领略了浩如烟海的中华优秀传统文化中的其中一小部分,想象的魅力也不止于此。我将与学生们不断求索,品读更多的名篇佳作,传承弘扬中华优秀传统文化。

专家点评

听说,这位执教《古朗月行》的黄老师走上讲台才一年都不到,人说"诗出少年",信哉斯言!

年轻,少经验也少束缚。这节课老师的笑和学生一样甜,手舞足蹈和学生一样毫无二致,甚至衣着服妆也和学生一样斜襟袍式,令人莞尔。要说这番装束与上课的内容完全无关,我不大相信,至少许多学生读诗时不断晃脑摆首的姿态,不会代入得这般协调,至少"小李白奇思妙想"这个标题不会感觉如此契合自然。

诗贵想象,而想象的妙处则在出乎老师要求的樊篱。如果说学生以"大灯泡"作类比、将"玉盘"的"白"与"朗月"的"黄"沦为一谈这些,显然都不在老师预设中的话,那么老师用的喻体"芍药花"从模样上看似更不无差池;但我以为这些"瑕疵"适足可贵,因为只要真的"想"起来了,"像"或"不像"真的还会有什么问题吗?

虽有"不识"无妨"呼作",且"疑"且"飞",作诗如此,教诗又何尝不是这样呢?或许,"小李白"的奥秘就在这里吧。

墨　梅

执教者:上海市松江区泗泾第二小学　朱　怡
点评者:上海市杨浦高级中学　朱震国

墨　梅
[元]王　冕

我家洗砚池头树,朵朵花开淡墨痕。

不要人夸颜色好,只留清气满乾坤。

教学设计

教学目标:

一、理解"洗砚池、满乾坤、清气"。

二、有感情地朗读和背诵《墨梅》。

三、能理解"不要人夸颜色好,只留清气满乾坤",体会诗中墨梅的特点和风骨,感受诗人淡泊名利和精神气节。

教学重点:

能理解"不要人夸颜色好,只留清气满乾坤",体会诗中墨梅的特点和风骨。

教学难点:

感受诗人借咏梅来表达淡泊名利、自信昂扬的精神。

教学过程:

一、歌曲导入,展示"歌中梅"

(一)听歌曲,猜歌名。

历代文人墨客总喜欢将各种植物放入自己的诗词作品中,他们认为花草树木不应该只有美丽的颜色,也应该体现士人的精神风骨。听一听,猜猜歌里唱的有哪种植物?

(二)交流有关梅花的古诗。

(三)揭示诗题。有"墨色"的梅花吗?

墨梅是王冕用墨画出来的梅花,王冕在这幅画的旁边题写了这首诗,因此《墨梅》也是一首题画诗。

二、背景介绍,了解"景中梅"

(一)情景剧表演《王冕隐居》。

(二)教师补充。

王冕小时候出身寒微,白天放牛,晚上到佛寺长明灯下苦读。通过艰苦的学习,成为一代大才子,能诗善画。在出仕的愿望破灭后,他不愿意巴结权贵,厌恶统治者的腐败,决意归隐九里山。儒林外史里讲朱元璋亲自来网罗他,希望他出山,但是王冕不慕名利,布衣终身。

(三)交流对王冕的印象。

三、疏通诗意,理解"诗中梅"

(一)自读古诗,读准字音,读通诗句。

(二)交流正音。注意"砚、痕、乾坤"的读音。

(三)结合注释说说诗的意思,不懂的地方同桌进行讨论。

(四)再读古诗,说说《墨梅》的特别之处。

1. 体会"我家洗砚池头树,朵朵花开淡墨痕"。理解"洗砚池":王羲之和王冕都姓王,而且他们都是著名的书画家。虽然他们相隔千年,但是志趣相投,王羲之潇洒旷达,所以王冕心里是把王羲之当作精神祖先,王羲之家的洗砚池自然也就是王冕家的洗砚池。

理解"淡墨":王冕家是如此清高风雅,吸收了洗砚池养分的这棵梅树也是如此清雅,开出的梅花也带着淡淡的墨痕,这是属于墨梅的独特气质。王冕用"淡墨",不仅是因为中国传统画法里有"淡墨画法",更重要的是梅花带着淡墨就十分清雅。

指导朗读。

2. 体会"不要人夸颜色好,只留清气满乾坤"。理解"清气":诗中"不要"和"只留"形成鲜明的对比,墨梅不要人夸颜色好,是为了让自己的清香留存在天地之间,充满自信。

指导朗读。

四、欣赏图轴,感受"画中梅"

(一)介绍《墨梅》图轴。

(二)指导朗读,感受王冕淡泊名利、自信昂扬的精神。

五、拓展补充,升华"心中梅"

出示《石灰吟》《竹石》,配乐朗读。

像《墨梅》这样的诗,在我们的文化长河中还有很多很多。感受《石灰吟》《竹石》表现出的气节。

交流感悟:中国文明是唯一历经千年而不曾中断的文明,涌现出了一批批伟大的诗人,他们那一颗颗温暖有力的诗心,饱满昂扬的生命情感让千百年后的我们依然感动不已。孩子们,让我们像墨梅、像王冕那样,像郑板桥、像于谦那样,做一个品格高尚的人,把清气、正气、人格,留在人间。不要人夸颜色好,只留清气满乾坤!

板书设计:

墨梅　洗砚池　淡墨　清气
王冕　淡泊名利　有气节

教学反思

"诗教"是中华民族持续时间最悠久的教育方式和教育内容,虽然经历千年的承传和演变,诗教的内涵和外延都有了明显的变化,但它在国人的审美教育、情感教育和品格教育方面仍有着不可替代的作用。

叶嘉莹先生长期从事诗教研究,她说,真正伟大的诗人是用自己的生命来写作自己的诗篇。在他们的诗篇中,蓄积了古代伟大诗人的所有心灵、智能、品格、襟抱和修养。他们的诗歌有一种强大的感发作用。

在新课程背景下,小学古诗教学是语文教学的重要组成部分。对于古诗教学来说,教师要能透过诗人的作品,让孩子们体会到那种生生不已的感发力量,从而丰富学生的情感体验和精神世界,促进学生的精神成长。

小学生的年龄较小,其理解能力和认知能力有限,在古诗教学中,教师必须充分考虑学生的年龄特点,积极创设有趣的古诗教学情境,才能帮助学生理解写作背景,激发学生的情感,与诗人共情。

一、写作背景戏剧化

1. 提炼资料,创作剧本。为了真正发挥"知人论世"在小学古诗学习中的作用,教师需要利用写作背景去诠释作品。课前教师选取影响诗人创作的某一段或几段人生轨迹和当时的历史事件的相关资料,学生进行分组学习。抓住叙事性强的特点,挖掘诗中的故事设计剧本,这样的故事才有张力,学生更能置身其中进行演绎。

2. 倾情演绎,沉浸其中。参与,启发,赋能。戏剧化能够让学生调动各个感官深入理解那个年代,进而更好地与诗人共情。

二、品读诗歌吟唱化

吟诵是个性化的诗词品读之旅。"吟哦之际,行腔使调,至为舒缓,其抑扬顿挫之间,极尽委婉旋绕之能事……盖吟读专以表达神韵为要。……吟读较咏读为速,而比之诵读则较缓。"童声吟诵千回百折,"不要~人夸~颜色好~~,只留~清气~满~乾~坤~~"《墨梅》的气韵气节就在这婉转吟诵声中继续流传下去。

音乐的魅力在于能够唤起心灵的共鸣,在了解了写作背景,知道了王冕的为人之后,品读部分让墨梅的精神和王冕的精神融为一体。《墨梅》经过现代化歌曲的演绎,在或轻或重或长或短的歌唱声中,找到共鸣。

三、拓展提高书画化

自古书画一体,《墨梅》既是优秀的古诗作品,同时也是优秀的绘画和书法作品。

　　三千多年的古诗词,是一条绵延不息感动生命的长河。这条长河中流淌过郑板桥的"咬定青山不放松,立根原在破岩中",流淌过于谦的"粉骨碎身浑不怕,要留清白在人间",流淌的是中国风骨,中国精神,千百年来塑造、感动着我们,教会我们做人、做事。这是华夏民族卓尔不群敢为天下先的精神体现。

　　除了《墨梅》,拓展学习其他具有中国风骨的咏物诗如《竹石》《石灰吟》《咏煤炭》等,都可以戏剧化、吟唱化、书画化地进行活动,从活动中构建情境,与古人对话,与古人共情。这是一种生发感动的力量,激励孩子们做一个有骨气、有正气的中国人。

　　古诗语言凝练,含蓄隽永。古诗的教学也是教无定法,但是作为教师,要尝试突破常规,打通古诗之间的内在通道,整合古诗,加强联系。在新课程背景下,积极地创新教法,以丰富的语言形式感染学生,以饱满的情感激发学生热爱古诗,让诗人的心灵与学生的心灵产生共鸣,兴发感动。

专家点评

　　朱老师的这节《墨梅》课,说是"教"不如称"演"。也是,诗人写诗尚且托物寄情,以"梅"说理,教学"演一演"也自在情理中。

　　当然要看"效果"。同样的教学内容,比如作者、时代背景,换一种"面目",不必是老师千篇一律的口述,而改由学生穿上"行头"自己来演绎,通过三言两语的对白,既有身份介绍又有人物性格,捎带着还有对诗人命运的隐喻,关键还费时不多,并不影响讲课主线的贯穿。

　　单是几分钟的"演戏"也许不能说明什么,但若是把学生的"唱"、学生的"画",把他们回答问题时的一番"眉飞色舞"、表演时的一种"颐指气使"、谢幕时的"气定神闲"、对诗时的"从容不迫"等这些容易被忽略的细枝末节联同一起来回味的话,谁又能怀疑他们演出了"自信"、演出了"本色"呢?

　　课堂里都有一面"镜子",课是老师在"教",其功夫却全表现在学生如何"演"。"教"了很多,如果不能被学生领会,无法被学生喜欢,细节里是藏不住的,课就会被"演砸"了。

送元二使安西

执教者:上海市宝山区高境科创实验小学　施　慧
点评者:上海市杨浦高级中学　朱震国

原文

送元二使安西

［唐］王　维

渭城朝雨浥轻尘,客舍青青柳色新。
劝君更尽一杯酒,西出阳关无故人。

教学设计

教学内容:

沪教版小学语文五年级上册第七单元《送元二使安西》

教学目标:

一、朗读古诗,能根据平仄原则读出诗韵。

二、诵读古诗,想象这首诗的画面,并描述出来,在理解诗意的基础上,读出诗境。

三、初步了解乐景与悲情的表达方式,体会情与景冲突下作者的情感变化,并读出诗情。

教学重点:

一、学习诗的内容,想象诗中描写的情景。

二、在理解诗意的基础上,读出诗境与诗情。

教学难点:

一、结合诗句展开想象,并能描述出来。

二、在理解诗意的基础上,读出诗境与诗情。

教学时间:

1 课时

教师准备:

课件

教学过程:

一、与生话酒,揭示课题

(一)师生话酒,引出与酒相关的诗句,配乐诵读。

(二)揭题:《送元二使安西》

二、读出诗韵

根据平仄原则来读诗,读出诗韵。

三、描绘画面,读出诗境,读出诗情

(一)师范读诗,学生听,想象画面,并"看"清楚画面。

(二)与诗句一对话,读出诗中画,读出诗中情。

出示:渭城朝雨浥轻尘。

1. 自读想象画面。

2. 描绘"渭城朝雨"的画面,理解诗意。

3. 描绘"浥轻尘"的画面,理解诗意。

4. 描绘整句诗的画面,读出诗境。

5. 体会作者的心情,感悟诗情。

6. 指导朗读,读出诗情——久旱逢雨的愉悦。

(三)与诗句二对话,读出诗中画,读出诗中情。

出示:客舍青青柳色新。

1. 借助课文插图,想象画面,理解"客舍青青"。

2. 通过联系上句诗来理解"柳色新",描绘画面,读出诗境。

3. 描绘整句诗的画面,读出诗境。

4. 指导朗读,读出诗情——看到美景的愉悦。

（四）与三四句诗对话，读出诗中画，读出诗中情。

出示：劝君更尽一杯酒，西出阳关无故人。

1. 自读。

2. 指导学生读出王维对朋友此行的担心。

一读：出了阳关，再也没有知己陪你喝酒，读出不舍。

二读：体会"路途遥远之担心"，读出担心。

三读：体会"安西很乱，有生命之危"，读出担心。

四读：体会"元二回来，王维不在人世"，读出担心。

四、回顾全诗，读出诗情

（一）学习乐景悲情。

（二）拓展写法，感悟妙处。

（三）诵读全诗，读出诗情。

师：我们刚才通过读诗去想象画面，把短短的 28 个字想象成那么丰富的画面。这是读诗的好方法，在以后的学习中，要进一步去运用。不过，要读懂这些诗歌，我们得联系诗人的生活经历。

五、总结谈话，布置作业

板书设计：

送元二使安西

［唐］王　维

渭城朝雨浥轻尘，客舍青青柳色新。（乐景）

劝君更尽一杯酒，西出阳关无故人。（悲情）

教学反思

一、教材分析

《送元二使安西》是盛唐著名诗人、画家和音乐家王维所写的一首脍炙人口的送别诗。王维的好友元二将远赴西北边疆，诗人特意从长安赶到渭城来为朋友送行，其深厚的情谊，不言可知。这首诗既不刻画酒席场面，也不直抒离别情绪，而是别具匠心地借别筵将尽、分手在即时的劝酒，表达出对友人的留恋、关切和祝福。这首诗洗尽雕饰，明朗自然的语言抒发诚挚、深厚的惜别之情，以情意殷切、韵味深永独树一帜。

本课的主题是送别。送别是古诗词中永恒的话题，不管是怎样的送别，都书写着同一个字——情，人间最美最珍贵的是友情，体会互相关爱带来的快乐和幸福，引导学生去关心帮助他人。

二、学情分析

五年级学生已有多次学习古诗的经历，背了不少经典的古诗，但活动中以积累为主，学生无法通过简单的通读获得学习古诗的热情，进而无法深入理解古诗的含义。因此，教学本课时既要站在学生已经能通读的起点上，教会学生通过平仄原则对古诗进行朗读，指导学生进一步通过借助注释、想象画面、补充背景材料等方法深入理解古诗的含义，体会所要表达的感情。

根据新课程标准对五年级学生提出的阅读要求和学生现有的认知水平，我从三个方面确定教学目标：

1. 知识能力目标：会写 2 个生字，明确多音字"朝""舍"的两个读音，明白"使""浥""更尽"几个词语的意思，理解整首诗的意思。能正确、流利有感情地朗读并背诵古诗。

2. 过程方法目标：通过自学和小组合作的方法理解整首诗的意思，采用层进式引读法引导学生体会诗人对友人依依惜别的离别之情。

3. 情感态度目标：体会朋友之间的深厚情谊，激起对祖国诗歌的热爱之情。

三、教法、学法

语文课程标准指出"语文课程应培育学生热爱祖国语文的思想感情，应该重视语文的熏陶感染作用"，还提出"有些诗文应要求学生诵读，以利于积累、体验、感悟"。基于教学目标的制定和重难点的提出，教学本课时既要站在部分学生已经能朗读背诵的起点上，指导学生进一步通过借助注释、想象画面、补充背景材料等方法深入理解古诗的含义，体会所要表达的感情；又要兼顾一部分学习困难的学生，扎扎实实地指导纠正读音，并进行适当的拓展归类学习。

在本节课的教学中，我主要引导学生读诗，让学生领悟平仄的读诗技巧,因为古诗教学就是"三分悟,七分读",让学生在读诗的过程中,自由地、充分地与文本对话,在师生互动阅读实践中入情入境,"读"占鳌头;再读出自己的理解,读出自己的体验。

四、教学过程

(一) 诗句导入,揭示课题

大纲要求我们要培养学生"自主、合作、探究"的能力。为了变课堂上教师教为学生自主的学习,让教师和学生成为课堂上的双主体,课堂上采用教师引导和学生自主学习的方式进行教学。

课开始,通过古人对饮酒的习俗及酒诗配音乐的渲染,激发学生学习的兴趣,自然地进入送别题材的古诗意境中。从而导入课题,理解题目的意思。介绍作者,了解王维的"诗中有画、画中有诗"的写作特点。

(二) 检查预习,读出诗韵

本首诗的意思并不难懂,在课堂教学中我先检查字词,让学生对照注释,了解整首古诗的意思。"使"是出使的意思,"浥"是沾湿的意思,"更尽"就是再饮完的意思,"朝"的意思是清晨,清晨的太阳叫作朝阳,那清晨的彩霞就是朝霞,"客舍"就相当于现在的旅馆。

在检查完字词之后,我教学生朗读古诗的平仄原则,让学生通过平仄原则朗读这首诗,边读边标上平仄,并通过录音,让学生产生画面感,真切领悟王维的"诗中有画、画中有诗"。

(三) 理解诗意,读出诗境

自古人生重离别,自古人生又伤离别,因而"送别诗"在古诗词中可谓颇具规模的一系,诗人无一不涉足过这一主题。然而在这浩如烟海的"送别诗"中,王维的这首《送元二使安西》为什么能脍炙人口,流传至今,甚至便被人披以管弦,殷勤传唱,成为送别诗中的极品呢? 肯定有它独树一帜之处。那么诗人王维究竟是怎样表达他对元二这份依依惜别之情的呢? 我让学生了解整首诗的诗意,并通过诗中对景色的描写,教会学生读出整首诗的诗境。

感悟渭城美景,古诗前两句写送别的时间、地点、环境气氛。清晨,渭城客舍,自东向西一直延伸、不见尽头的驿道,客舍周围、驿道两旁的柳树。这一切,都仿佛是极平常的眼前景,读来却风光如画,抒情气氛浓郁。"朝雨"在这里扮演了一个重要的角色。早晨的雨下得不长,刚刚润湿尘土就停了。从长安西去的大道上,平日车马交驰,尘土飞扬;而现在,朝雨乍停,天气清朗,道路显得洁净、清爽。仿佛天从人愿,特意为远行的人安排一条轻尘不扬的道路。总之,从清朗的天宇,到洁净的道路,从青青的客舍,到翠绿的杨柳,构成了一幅色调清新明朗的图景。在教学中,让学生感受这种美景,指导学生读出景色的美。

从美景的背后感受淡淡的忧伤。此时的王维和元二正在喝送别酒,已经记不清喝了多少杯酒。透过窗外,看到窗外的景色,这种难分难舍的情绪更为强烈。

要让学生深切理解这临行劝酒中蕴含的深情,就不能不涉及"西出阳关"。当时阳关离渭城路途遥远,以西还是穷荒绝域,风物与内地大不相同。元二不免经历万里长途的跋涉,备尝独行穷荒的艰辛寂寞。那么安西离渭城到底有多远呢? 在教学中我利用课件明确这几个地方的地理位置,出示唐朝地图,让学生明白渭城与安西的具体地点,这距离大概有3000多公里,横穿了大半个中国。元二远去千里之外,与王维从此天南海北,诗人怎能不留恋呢? 这是地域上的距离带来的离别感伤。不仅如此,我还引导学生想象两地生活的差异:也许渭城这儿春雨绵绵,安西那儿呢? 我先让学生想象,然后出示课件,当学生明白安西那儿黄沙满天,满目荒凉! 想到朋友即将远去塞外荒漠,孤身漂泊,前途渺茫,这种难分难舍的情绪全都在酒里。因此,这临行之际"劝君更尽一杯酒",就像是浸透了诗人全部丰富深挚情谊的一杯浓郁的感情琼浆。

(四)回顾全诗,读出诗情

在教会学生读出诗意之后,进而回顾全诗,教会学生读出诗情,感悟乐景悲情的写作手法。

乐景悲情的写作手法在安徒生童话《卖火柴的小姑娘》中就有体现。(出示图片)还记得那个可怜的小女孩是在哪一天被冻死的吗?(出示:圣诞节)圣诞节就相当于我们中国人的新年。在这阖家欢乐的圣诞节,她却被冻死了。情与景发生冲突,让我们更能感受小姑娘死得那么悲惨,更能激起我们的同情心。

那么,在这首诗中,情与景的冲突,更能让读者体会作者送别友人时的伤感。

(五)拓展古诗,体会不同的写作方法

最后,通过四年级学习的古诗《别董大》进行对比学习,让学生进一步感受古诗的美妙之处。

千里黄云白日曛,北风吹雁雪纷纷。莫愁前路无知己,天下谁人不识君。

这两位诗人运用了不同的写作方法,使诗翻出了新意,也使他们的送别诗成了脍炙人口的千古绝唱。

总结:送别是古诗词中永恒的话题,不管是怎样的送别,都书写着同一个字——情,人间最美最珍贵的是友情。

专家点评

凡事都讲一个规矩,无规矩不成方圆。要说到学习古诗都有哪些"规矩",施老师《送元二使安西》这节课,给予我们不少启示。

从"设计""说课"可知,教学至少包括了"朗读诗句""理解诗情"和"体会创作方法"三大环节。

读的亮点在"平轻仄重"的指导,及平移或上抬的手势显示,看似简单机械,却揭示了诗词重在音律的内在要素,可为日后的诵读打下一个坚实的基础;诗人的情感理解对于小学生是个难点,老师的讲解从地域的遥远、人文的迥异到时间的永隔,亦着意于学生"知人论世"学习习惯的培养;至于写作方法的比较,则出于诗词鉴赏拓展视野的教学需要。

有人或疑:教师问学生答,一指一个准,谁能确定这是"生成"还是"预设"? 答曰:不能。但即或有所"设定",应该也出于教师的一种"有意为之",毕竟,在学生对进一步深入学习尚无头绪可寻时,模拟乃至模仿也不妨是一种方法引导,只要不成习惯就好。

惠崇春江晓景

执教者:上海市嘉定区马陆小学　朱怡迪
点评者:上海市杨浦高级中学　朱震国

 原文

惠崇春江晓景

[宋]苏　轼

竹外桃花三两枝,春江水暖鸭先知。
蒌蒿满地芦芽短,正是河豚欲上时。

教学设计

教学分析:

《惠崇春江晓景》是一首题画诗。前三句描写的是在画中看到的景物,最后一句是作者联想的内容。遗憾的是这首诗的原画已经见不到了,而深受儿童喜爱的丰子恺先生画了相关的漫画,弥补了这一遗憾,因而课堂上有了看漫画当诗人的环节。在指导朗读后先组织学生讨论不理解的字词意思,再引导学生体会诗中描写的春天景物,最后借助补充资料初步了解苏轼不但擅长诗词,还具有爱好美食这一颇有生活情趣的特点,从而加深对诗意的理解。

教学过程:

一、看画"作"诗,初读古诗

(一)故事引入,欣赏漫画,说一说:你会在诗中写哪些春天的景物?

（二）揭晓前三句"所见"，交流：第四句写什么内容？（所想）

二、依律朗读，生惑解疑

（一）教师范读，根据平仄声在格律诗中的朗读规律指导朗读。

（二）自由组合朗读，分享不理解的字词。

引导用不同方法理解，指导朗读。

三、慢品细读，览境入情

（一）感受诗人描写春天景物时的独特之处，关注"三两枝""鸭先知""短"等关键字词。

（二）配乐读诗。

四、打开想象，以情诵读

交流：此时你仿佛看到了什么？

五、巧用链接，走近诗人

（一）链接《本草纲目》资料，解疑：为什么联想到河豚。

（二）了解苏轼"好美食"的特点，再读古诗。

教学反思

"厚人伦、美教化、移风俗，莫近于诗"——《诗大序》中就曾论述过诗歌的重要性。古诗在语文教学中同样承载着重要的工具性和人文性价值，但一直以来古诗教学给人以莫大的距离感。如何抓住儿童的天性，挖掘诗中的童趣，激发学生学习古诗的兴趣，体会诗人的情感，让古诗背后的中华优秀文化在学生心底留下痕迹呢？我结合古诗教学的实践经验，简要谈谈我的做法。

一、从生活中调动已知，激发兴趣

在古诗教学中，教师如果能根据学生的实际情况，在充分了解学生已知的基础上，适当运用图片、音乐和影像等资源调动学生积极性，这样的教学设计在导入环节会收效更大。

在教学《惠崇春江晓景》时，我找到丰子恺先生的画——《春江水暖》，图中一目了然又富有童趣的景致对学生很有吸引力。因此我结合图片设置了看画猜诗的环节，看一看图片并猜一猜苏轼会在诗中写到哪些景物？学生猜测会写到鸭子、河流、柳树等，我给予了"你们和苏轼真有几分默契"这样的及时评价，而后再出示诗的前三句"竹外桃花三两枝，春江水暖鸭先知，蒌蒿满地芦芽短"。

这样一来，引导学生调动已有的生活经验把自己当作"大诗人"，在体验成功的喜悦时一下子激发学生对文本内容的兴趣，古诗和学生之间的距离感也就消除了大半，课堂氛围在上课伊始就十分轻松，学生也能迅速融入其中，还有助于调动学生生活中的已知，打开思维，来迎接本课所要学习的新知。

二、在诵读中学习新知，品味诗韵

在指导学生正确朗读《惠崇春江晓景》时，我采用教师范读的方式让学生发现朗读的技巧。小学阶段接触的格律诗在初步朗读时一般采用两字一顿或者四字一顿，这样 4-3 或者 2-2-3 的停顿方法能够帮助学生读出一定节奏感。在指导学生根据停顿正确朗读的同时，我又引导学生抓住不理解的字词对古诗进行初步的质疑解疑，不少学生对"蒌蒿、芦芽、河豚"并不熟知，我请其他同学尝试解答后再补充说明。至此，学生在正确朗读古诗的基础上初步质疑解疑，对古诗中的部分新知也有了一定的了解。这样简单易操作的朗读指导再一次拉近了古诗和学生现实生活的距离，为下面的教学环节搭起了桥梁。

三、在想象中探究未知，"走进"诗人

教学中，引进必要的知识链接，让学生借助资料、注释等自主探究重点字或词，再一次整体感知诗的内容，进一步了解诗歌的背景和诗人的特质，从而拉近诗人和学生之间的距离，使得学生走近甚至"走进"诗人。

在教学《惠崇春江晓景》尾声，我链接了《本草纲目》中的记载，帮助学生了解苏轼爱好美食的特点：

师：面对此番美景，我们想到的是南归的燕子、拔节的竹笋，可是苏轼为什么想到了河豚呢？或许我们可以从一本古代医药书中找到答案，谁来读读？

生：河豚宜与蒌蒿、荻笋同煮。

师：能猜猜这意思吗？

生：河豚鱼和这两样东西煮在一起也许可以减弱毒性。

生：不仅如此，把这些放在一起吃会更加鲜美。

师：你猜对了！苏轼不但擅长诗词还爱好美食，要在如今就是吃货一枚呢！

苏轼爱好美食是这首诗中暗线，但并不是教学重点，因此在课临近结束时引用资料能够帮助理解诗中的不寻常之处，而往往这些不寻常之处暗含了诗人的某些人物性格特质，这也能让诗人在学生心目中的形象丰满起来。

小学的古诗教学要拉近和学生的距离，应充分关注情境的创设，调动学生已有的生活经历，激发学生学习古诗的兴致；通过多种形式和循序渐进的诵读来对诗意整体把握；通过多媒体影像、资料链接等加深对诗意的理解和对诗人的解读。如此，学生和古诗之间就有了一座桥梁，帮助学生走近古诗，了解中华民族的优秀传统文化，在学生心底留下深刻的痕迹。

专家点评

有图有真相，今天来看未必，然而有图更有趣倒是从来如此。题画诗的原画不见了，就找来相仿的别的画，朱老师着眼的便是这个"趣"字。

从"看到"而"想到"，不仅画画、写诗，就是读诗、学诗也都一样。而看和想的中间，自然穿插了读读、说说的环节，更重要的，是保证了过程中的衔接和完整，不至于显得生硬或滞涩。

可是"想到"之后呢？惠崇画意仅止于"鸭戏"，而东坡诗情却生发出河豚与蒌蒿合成一锅的"煮"意，是否又多了一种吃货的"感觉"了呢？学习或也如此，看诗人之所见、想诗人之所思外，觉诗人之所感亦不可少。始于视觉而终于"感"觉，其"趣"更觉多多，这首小诗或可给我们一个借鉴和示范。

古诗"非吟不能体会它们的口气"（朱自清），关键是"体会"。有位作家曾举例说，鸟儿"扑棱棱"振翅这个词，给出视频和声音一定会比联想的效果更好吗？由此可见，有图固然有趣，而对诗句的"体会"更重要，如若不然，惠崇的画与东坡的诗，你又愿意哪个后来"不见"了呢？

长相思

执教者:上海市杨浦区平凉路第三小学　顾佳玥
点评者：上海市普陀区教育学院　郁琼蕊

原文

长相思

[清]纳兰性德

山一程,水一程,身向榆关那畔行,夜深千帐灯。

风一更,雪一更,聒碎乡心梦不成,故园无此声。

教学设计

教学目标:

一、能有感情地诵读《长相思》,感受词的抒情韵律。

二、了解诗词中的反复手法,体会诗词语言的精妙之处。

三、通过对比和想象,体会词人身在征途、心系故园的矛盾心情,感悟词人天涯行役的思乡之深。

教学重难点:

在对比和想象中,体会词人身在征途、心系故园的矛盾心情,感悟词人天涯行役的思乡之深。

教学方法:

一、读悟教学法

通过学生反复品读,读出节奏,读出韵味,读中感悟,体会绵绵的思乡情。

二、想象法

挖掘空白,开启学生想象的闸门,揣摩人物的内心,产生情感的共鸣。

教学过程:

一、话题导入,了解背景

(一)师:在古代诗人的作品中常常出现乡愁。李白笔下,有——举头望明月,低头思故乡。王安石笔下,有——春风又绿江南岸,明月何时照我还? 那么,在清代词人纳兰性德的笔下,乡愁又是什么呢?(PPT 出示诗)

(二)师和着音乐诵读。(PPT 播放配乐视频)

(三)师:之前同学们已经预习过了,你对纳兰性德或者这首词有什么了解吗?

预设:

1. 纳兰性德是学霸,自幼饱读诗书;他的家境十分优越;他写这首词时,是作为重要的随从陪同康熙一起祭祖的……

2.《长相思》是词牌,这里没有题目;这首词分为上下两阕……

(四)过渡:其实,同一个词牌名下可以有许多首词,它们的总字数、句数、每句字数都是相同的,但是叙述的事情可能稍有不同。(PPT 出示《长相思·山一程》《长相思·花似伊》)今天我们来深入品读这首词。

(五)师:哪位同学愿意来完整地读一读?(指名读,师正音:"聒""更")

(六)生自由朗读,要求:读准字音,读出节奏感。

二、读懂词意,感悟词情

(一)学习上阕。

1. 师:哪位同学来读读词的上阕? 其他同学一起听一边想:这句话写了什么?

(1)"山一程,水一程"。

a. 理解"山一程,水一程"的意思。

b. 比较"山水一程",了解反复的手法,仅仅叠用两个"一程",就把旅程的艰辛与遥远都描绘出来了,体会语言文字的魅力。

c. 生体会。(男生朗读)

(2)"身向榆关那畔行"。

理解"身向榆关那畔行"的意思,该句点明了他们行军的方向。(板书:身在征途)

(3)"夜深千帐灯"。

a. 理解"夜深千帐灯"所描绘的壮观场面。

b. 读好"夜深千帐灯"。(分小组读)

2. 师:同学们自由朗读词的上阕,你们的眼前出现了怎样的画面和情景?

预设:

(1)我看到了将士们迎着风雪,翻山越岭的情景。

(2)夜都已经很深了,我走出军帐,看到漆黑的夜幕,营帐中灯火依然闪烁着。

3. 生有感情地朗读上阕。

4. 过渡:千军万马扎营,多么辽阔壮美呀!跟着皇帝祭祖这么荣耀的事,心中应该是扬扬得意的,那么词人的心情到底是如何的呢?谁来读读词的下阕。

(二)学习下阕。

1. 情境对比,体会心境。

(1)师:夜都深了,为什么他没有睡着呀?

(2)生交流,学习"风一更,雪一更"。

a. "更":古代一夜分为五更,每更约两小时。

b. 体会"风一更,雪一更"中"一更"的妙用。(联系"山一程,水一程",了解反复的手法,体会当时风雪交加)

c. 读出一夜嘈杂风雪带来的伤感。(女生朗读)

(3)过渡:这些风雪声在故园有吗?——故园无此声。

2. 展开想象,诉说乡心。

(1)师:在这样安静的故园里,他会做些什么呢?(出示图片)他可以和众多文学爱好者一起吟诗弹琴,再想象一下还有什么景象呢?

（2）生交流。

a. 在故园里,他会与家人喝茶聊天。

b. 在故园里,他会与朋友把酒言欢,高声吟唱。

（3）师:是啊! 故园,在词人心中是最美丽的地方,最温暖的地方。他曾写过的词中,就有过这样的诗句(PPT:"忆当时,垂柳丝。花枝,满庭蝴蝶儿……")我的家乡多么美好呀! 故园有的是亲人关爱,有的是温暖舒适,宁静祥和,而身在征途,听到的却只有风雪交加,叫我怎能不想家! 这种身心分离的痛苦,就融成了一个字,那就是——碎!(PPT:"碎"字变红)

（4）师:同学们,什么碎了? ——思乡之心。(板书:心)

（5）生齐读"聒碎乡心梦不成",读出身心分离的痛苦。

（6）理解纳兰性德写这首词的用意,说说自己是否也有过相同的感受。(补全板书:系故园)

（7）师:离乡背井,难受极了。纳兰亦是如此,风雪肆虐的夜晚,他在军帐中点着灯,回想起家乡的风景和亲人,让他睡不着,梦不成。

（8）女生读下阕。

三、以情带读,读中悟情

（一）师:读到这儿,我们不禁想问一问词人:你为什么要抛家别子,远离故土呢? 为什么要风餐露宿,不回到自己的家园呢?

（二）生交流。

（三）过渡:身为康熙皇帝的一等侍卫,他责任重大,他不得不离,不得不别啊! 他的一切的一切,都已经化在了《长相思》中。

（四）总结:山水相隔,隔不断他对故园的思念,风雪聒耳,吹不断他对祖国的依恋。爱故园,爱祖国,字字化作——长相思。

（五）音乐起,生朗读。

板书设计:

长相思

身在征途

心系故园

教学反思

《长相思》是统编版五年级上册第七单元《古诗词三首》中的一首词。上阕叙扈从之事,下阕抒思乡之情。虽寥寥数字,却将思乡之情酣畅地流露出来。词的大意是:将士们跋山涉水,向山海关那边进发。夜深了,军帐中灯火依然闪烁着。入夜,又是刮风,又是下雪,将士们从睡梦中醒来,不禁思念起故乡,再也睡不着了,因为故乡温暖、宁静,是没有寒风朔雪之声的。本课主要教学内容是欣赏作者所描绘景物的同时,理解其借景抒情的创作手法。

一、教学目标

(一)能有感情地诵读《长相思》,感受词的抒情韵律。

(二)了解诗词中的反复手法,体会诗词语言的精妙之处。

(三)通过对比和想象,体会词人身在征途、心系故园的矛盾心情,感悟词人天涯行役的思乡之深。

二、教学重难点

在对比和想象中,体会词人身在征途、心系故园的矛盾心情,感悟词人天涯行役的思乡之深。

三、教学方法

(一)读悟教学法

通过学生反复品读,读出节奏,读出韵味,读中感悟,体会绵绵的思乡情。

(二)想象法

挖掘空白,开启学生想象的闸门,发表独立的见解,揣摩人物的内心,产生情感的共鸣。

四、学情分析

五年级学生整体已经有一定独立思考和查阅资料的能力,在学习古诗词上能够自己借助注释、插图和课外资料等方法学习课文。同时,对于部分学生来说,语言表达、综合归纳能力有所欠缺。因此在教学时要有导有放、放扶兼施。

五、教学过程

第一环节：话题导入，了解背景。首先，通过复习旧知与乡愁有关的诗句来导入，使学生投身于诗词的课堂。之后，学生交流自己对纳兰性德等方面的相关知识，有利于创设轻松、自主的课堂氛围。并通过教师范读，配以音乐、视频，以诵入境，感受诗词这一抒情艺术。

第二环节：读懂词意，感悟词情。在上阕中，主要围绕"这句话写了什么"这个问题而产生。由此，主要引发对于"山一程，水一程"和"夜深千帐灯"的理解。

理解"山一程，水一程"时，体会两个"一程"的妙用。通过与"山水一程"进行对比，感受行军队伍的艰辛，也为后面"风一更，雪一更"的学习做铺垫。

"夜深千帐灯"既是上阕感情酝酿的高潮，也是上下阕之间的自然转换。通过细细品读，想象此时壮丽的景象，将一幅辽阔宏伟的画卷映入学生的眼帘。词的上阕境界阔大，下阕却是心情幽微。在教学下阕时，主要通过想象和对比的方法，体会词人对故乡的深深依恋。

（一）情境对比，体会心境

下阕"风一更，雪一更"与上阕"山一程，水一程"两相映照，学生通过知识迁移，更能体会叠用"一更"的精妙之处，聚焦于诗词的艺术构思。

课堂中，将"风一更，雪一更"所表达出当下的风雪吵闹与"故园无此声"所表达出故园的安静来对比，感悟词人辗转反侧、卧不成眠的画面，进一步感受其孤单落寞，思乡心切之感。

（二）展开想象，诉说乡心

围绕"故园生活的宁静安详"进行想象，使想象化作有形的记忆，将故园中发生的事情与旅途中的艰苦烦闷进行对比，感受词人字里行间中流露出的乡心。

第三环节：以情带读，读中悟情。传统诗文教学一直强调诵读。通过各种朗读形式，直面词人的灵魂深处，将灵动的语言，与学生分享探索，引导学生感悟思乡与爱国之情，感受诗词艺术的魅力。

专家点评

　　《长相思》是统编版五年级上册《古诗词三首》中的一首词。教师在范读中充分演绎,在讲解中充满情感,在讲解时沉浸投入。通过引导学生对比和想象,感受身在征途、心系故园的思乡之情。在上下阕的讲解中,通过学生反复品读,把握节奏,读中感悟,生发情感,尤其可圈可点的是在激发想象、鼓励学生表达过程中产生情感的共鸣。例如,在上阕学习中,对"夜深千帐灯"的起承转合的理解,通过想象感受境界之阔大;在教学下阕时,"风一更,雪一更"与上阕"山一程,水一程"对比映照,体会用词的精妙,进一步感受孤寂和思乡之切。

卜算子·咏梅

执教者:上海市第二师范学校附属小学　蔡慧丽
点评者:上海市普陀区教育学院　郁琼蕊

原文

卜算子·咏梅
毛泽东

风雨送春归,飞雪迎春到。已是悬崖百丈冰,犹有花枝俏。
俏也不争春,只把春来报。待到山花烂漫时,她在丛中笑。

教学设计

教材分析:

《卜算子·咏梅》这首词是毛泽东1961年12月读了陆游咏梅词,反其意而用之。毛泽东在词中赞扬了梅花不畏严寒、傲霜斗雪的坚强品质,体现了一代伟人毛泽东为人谦逊的品格和宽广的革命胸怀。

"已是悬崖百丈冰,犹有花枝俏"赞颂了梅花不怕困难、英勇无畏的品格,令人对梅花的勇敢精神肃然起敬。"俏也不争春,只把春来报"赞颂了梅花谦逊的品格:开花不是为了与百花争奇斗艳,而是为了给万物送去春的消息。

梅花是我国历代诗人所爱吟诵的物象。赞颂梅花的诗,学生已学过多首,而赞美梅花的词,尚未学过。之前,我班学生已经在校本教材中接触过"词"这种文学形式,也有一定的诵读、吟唱的基础。

教学目标：

一、了解词的大意,正确、流利、有感情地朗读。

二、体会毛泽东不畏艰险、大无畏的革命气概和乐观主义精神。

三、体会梅花的品格,学习梅花精神:不屈不挠、自强不息。

教学重点：

一、了解词的大意,正确、流利、有感情地朗读。

二、体会毛泽东不畏艰险、大无畏的革命气概和乐观主义精神。

教学难点：

一、体会毛泽东不畏艰险、大无畏的革命气概和乐观主义精神。

二、体会梅花的品格,学习梅花精神:不屈不挠、自强不息。

教学准备：

多媒体课件

教学课时：

1 课时

教学过程：

一、追梅

（一）简笔画画梅,引入咏梅的主题:从古至今,中国的文人墨客都喜欢赞颂梅花。

（二）追溯"梅"的历史。

1. 四千年前:摽有梅,其实七兮。求我庶士,迨其吉兮。——《诗经·摽有梅》

2. 西汉:被以樱、梅,树以木兰。——扬雄《蜀都赋》

3. 唐宋后:

《梅花》 [宋]王安石

墙角数枝梅,凌寒独自开。遥知不是雪,为有暗香来。

《雪梅》 [宋]卢梅坡

梅雪争春未肯降,骚人阁笔费评章。梅须逊雪三分白,雪却输梅一段香。

《墨梅》 [元]王　冕

我家洗砚池头树,朵朵花开淡墨痕。不要人夸颜色好,只留清气满乾坤。

（三）引入毛泽东词作《卜算子·咏梅》。

> 设计说明：以"追梅"板块引入，拓展学生的文学素养，梳理一条溯梅的历史脉络。同时也回顾了之前所学的咏梅诗，将旧知与新学勾连起来。

二、悟梅

（一）释题：卜算子是词牌名，咏梅是词的标题，中间用"·"间隔号隔开。

（二）了解作者毛泽东。总结：毛泽东是革命领袖，也是诗人、书法家。有人填词评价他"掌上千秋史，胸中百万兵"。

（三）男女生配合读词的上下阕，朗读要求：读准字音。

（四）学生自读，借助注释，了解词的大意。

注释：

1. 百丈冰：形容极度寒冷。

2. 犹：还，依然，仍然。

3. 俏：俊俏，美好的样子。

4. 烂漫：颜色鲜明而美丽。

（五）交流词的大意。

风雨、飞雪送走了冬天，迎来了春天。悬崖已结满百丈坚冰，但梅花依然傲雪俏丽绽放。

梅花虽然开得美丽。但不与其他花争艳比美，只是送出了春天到来的消息。等到满山遍野开满鲜花之时，她却在花丛中笑。

> 设计说明：这首诗内容简单，对已经有一定古诗积累的四年级孩子来说，难度不大，放手让学生借助注释理解大意，培养古诗自学能力。这也符合课标中诗文阅读学习要求："诵读优秀诗文，注意通过语调、韵律、节奏等理解作品的内容和情感。"

（六）小组讨论：毛泽东笔下的梅是怎样的？

（七）交流。

1. 不畏严寒。

（1）通过"风雨""飞雪"，感受梅花生长环境的恶劣。

（2）指导读好：风雨送春归，飞雪迎春到。

2. 顽强。

（1）通过"百丈冰"，感受天气寒冷，梅却傲然绽放。

（2）指导读好：已是悬崖百丈冰，犹有花枝俏。

3. 谦虚。

（1）通过"俏也不争春"，感受梅的谦虚。

（2）板书：俏也不争春。

设计说明：咏物词贵在托意。凡咏物作品，一定要有深一层的意思才好。这首《卜算子 · 咏梅》寄意深远，教学中如何引导学生沉潜文本，走进作者的情感世界，直达其心灵深处，是了解梅花精神——自强不息、不屈不挠的关键所在。

（八）了解写作背景。这首词写于 1961 年 12 月。1959—1961 年，我国经历三年严重经济困难，人民的生活水平急剧下降。毛泽东作为国家的领袖写了这首词借梅花在表达自己的心声。面对这样的巨大的困难，这首词却照样让我们感受到乐观精神。

设计说明：古云："诗言志。"任何作品对作者而言，或是内心世界的流露，或是精神意志的寄寓，或是理想抱负的表达。为了有效缩小古今间的情感落差，充分拉近时空间距，需结合文章创作背景来学习，学生也会对词的寓意理解得更清楚、更明白。

（九）思考：在哪里可以读出这种乐观？

（十）板书：她在丛中笑。

（十一）小组讨论：百花盛开时，梅花在丛中微笑，她在想些什么？

（十二）全班交流。

> 设计说明：古代诗人的咏梅诗，往往在傲骨厌俗中，带有孤芳自赏的气质，感情天地和精神境界不够广阔。毛泽东作为伟大领袖，也喜欢以梅喻不畏严寒、傲霜斗雪的精神，在诗词中表现出乐观主义精神和必胜信念。理解了词意、结合了背景介绍，学生对梅坚强、谦逊、乐观的品质有了更为深刻的体会。

三、诵梅

（一）欣赏毛泽东手书《卜算子·咏梅》。

（二）聆听央视《中华诗词大会》节目中康震教授的点评。

（三）个人诵读，指导朗读。

（四）齐诵，朗读要求：读出感情。

（五）学习小序：读陆游咏梅词，反其意而用。

1. 理解诗词前小序的作用：多为介绍创作的缘起。

2. 这首词小序的意思：也用卜算子的词牌填词，同样咏梅，却与陆游词意思相反。

（六）小组合作学习陆游《卜算子·咏梅》，体会与毛泽东咏梅词的不同。

1. 梅花给人留下的印象不同。

2. 生长环境不同。

3. 面对春天的态度不同。

4. 梅花的性格不同。

……

> 设计说明：巧妙布疑，以"两词有何不同？"这个问题引领学生展开对比研读，引导学生深入地思考，通过读和思，看出了这两位词人笔下的梅花的不同点。不仅培养了学生思维的深刻性，鼓励学生探究发现，也培养了初步的作品欣赏能力，提高学生的语文素养。

（七）对比读两首咏梅词。

（八）教师示范吟诵毛泽东的《卜算子·咏梅》。

（九）师生共吟诵。

设计说明："熟读唐诗三百首，不会作诗也会吟。"由此可见，学生对诗词的学习应定位于诵读这个根本。课堂上，我设计了三种层次的读：一读，读准字音；二读，读出大意；三读，读出深意。读的要求是在不断提高的。在读准字音的基础上，借助注释理解词的大意，并体会毛泽东笔下梅的形象。学生浅吟低诵，品味诗词的韵律节奏，也就自然感悟了诗词所蕴涵的感情基调。最后，用吟唱的方式，将学生带入艺术情境之中，在吟诵中，把声音的高低、快慢、强弱、轻重及语调的抑扬顿挫读出来，以诗词的语言去理解毛泽东的思想感情，领会其深远的意境。

板书设计：

卜算子·咏梅

毛泽东

俏也不争春

她在丛中笑

教学反思

这首词是毛泽东 1961 年 12 月读了陆游咏梅词，反其意而用之。毛泽东在词中赞扬了梅花不畏严寒、傲霜斗雪的坚强品质，体现了一代伟人毛泽东为人谦逊的品格和宽广的革命胸怀。

"已是悬崖百丈冰，犹有花枝俏。"赞颂了梅花不怕困难，英勇无畏的品格，令人对梅的勇敢精神肃然起敬。"俏也不争春，只把春来报。"赞颂了梅花谦逊的品格：开花不是为了与百花争奇斗艳，而是为了给万物送去春的消息。

我在教学设计中,设计了这样三个版块:追梅—悟梅—诵梅。

以"追梅"版块引入,拓展学生的文学素养,梳理一条溯梅的历史脉络。

"悟梅"版块重点想要学生理解一代伟人笔下梅的独特之处。古代诗人的咏梅诗,往往在傲骨厌俗中,带有孤芳自赏的气质,感情天地和精神境界不够广阔。毛泽东作为伟大领袖,也喜欢以梅喻不畏严寒、傲霜斗雪的精神,在诗词中表现出乐观主义精神和必胜信念。理解了词意、结合了背景介绍、又欣赏了毛泽东手书的《卜算子·咏梅》,学生对梅坚强、谦逊、乐观的品质有了深刻的体会。

"熟读唐诗三百首,不会作诗也会吟",由此可见,学生对诗词的学习应定位于诵读这个根本。在"诵梅"版块的学习里,我设计了三种层次的读:一读,读准字音;二读,读出大意;三读,读出深意。读的要求是在不断提高的。在读准字音的基础上,借助注释理解词的大意,并体会毛泽东笔下梅的形象。学生浅吟低诵,品味诗词的韵律节奏,也就自然感悟了诗词所蕴涵的感情基调。我又用吟唱的方式,将学生带入艺术情境之中,在吟诵中,把声音的高低、快慢、强弱、轻重及语调的抑扬顿挫读出来,以诗词的语言去理解毛泽东的思想感情,领会其深远的意境。

专家点评

执教教师对诗词学习定位精准——即诵读是根本。十分钟微课的教学设计,开篇以教师的示范诵读为序,巧妙地将追溯—感悟—吟诵连缀起来,通过引导学生回顾并背诵已学过的与梅花相关的诗作,接着,媒体呈现历代咏梅之作,梳理出一条溯梅的历史脉络,做好学习铺垫的同时关注积累。在"感悟"环节则引导学生理解一代伟人笔下梅的独特之处:体会精神境界的宽广和意志品格的坚定。在充分的背景铺垫和反复诵读中感悟,同时运用媒体呈现的方式一同欣赏毛泽东手书的《卜算子·咏梅》,感受大气磅礴意蕴。最后,在教师带领下用吟唱的方式,将学生带入情境之中,教师的教和学生的学互动默契、节奏流畅,可谓一气呵成。

登鹳雀楼

执教者:上海市长宁区实验小学　吴思嘉
点评者:上海市普陀区教育学院　郁琼蕊

原文

登鹳雀楼
[唐]王之涣

白日依山尽,黄河入海流。

欲穷千里目,更上一层楼。

教学设计

教学目标:

一、能正确、流利地朗读和背诵古诗。

二、初步了解诗的意思。图文结合,抓住"依""更上"等关键词感受诗人用简洁的语言表达出的无穷的想象。

三、初步了解诗人王之涣,体会他积极向上的进取精神。明白"站得高才能看得远"的哲理。

教学重难点:

一、抓住"依""更上"等关键词感受诗人用简洁的语言表达出的无穷的想象。

二、能体会诗人积极向上的进取精神,明白"站得高才能看得远"的哲理。

课时:

1 课时

教学过程:

一、谈话导入

(一) 出示图词语,生读。

(二) 师简介鹳雀楼:鹳雀楼位于山西省永济市蒲州古城西面的黄河东岸,因时有鹳雀在这里休息而得名。建于1400多年前的北周,元代毁于战火之中。现在看到的鹳雀楼,是1997年当地政府仿照被毁的旧楼重建的。

(三) 数一数鹳雀楼的层数。

(四) 板贴课题;齐读。

二、整体感知

(一) 师范读,正音。

(二) 指名生读,正音。

(三) 齐读古诗。

三、学习古诗

(一) 学习第一、二句。

1. 齐读两句诗,交流诗人登上鹳雀楼看到了哪些景物。

过渡:这些景物组成了一幅怎样的画卷呢? 让我们一边品读诗句一边来画一画吧。

(1) 王之涣登楼后所看到的山,是中条山。(师绘"山")

(2)(出示太阳图)日就是——太阳。我们平时把太阳称为红日,那白日是什么时候的太阳呢? 看图理解"白日"。

(3) 齐读诗句:白日依山尽。

(4) 出示注释,理解字义。

a. 依:依傍。

b. 尽:消失。

(5) 指导朗读"白日依山尽",师范读。指名生读,齐读。

2. 学习"黄河入海流"。

(1) 你觉得黄河该怎么画? 生交流,随机板绘。

（2）理解诗人所写"入海流"是想象。

a. 交流诗人是否能看到海。

b.（出示地图）从地图上可以知道,鹳雀楼在山西,而黄河入海口在渤海。所以黄河入海流是诗人远眺时——想象出来的景色。

3. 齐读两句诗。

（二）学习第三、四句。

1. 师读第三、四句。

2. 理解句意:是啊,诗人看着眼前的景象感叹道,想要看尽更远的美景,就要——更上一层楼。只有登上更高一层楼才能望得更远,看得更广。

3. 思考:你们知道诗人是在鹳雀楼的哪一层看景吗?（交流板贴:二层）

4. 确实,站得高,才能看得远。这里的"更上一层楼"还代表着向上或向前迈一步,体现了诗人积极向上的精神。

5. 齐读整首诗。

6.（音乐响起）随着音乐一起做动作唱一唱。

7. 总结。登鹳雀楼这首诗,既简单又壮观,还能鼓励人积极向上,难怪鹳雀楼以诗而出名。像这样因诗而扬名的楼,还有黄鹤楼、滕王阁、岳阳楼。（媒体出示）老师向你们推荐两首诗:崔颢的《黄鹤楼》和李白的《黄鹤楼送孟浩然之广陵》,课后可以去读一读。

教学反思

一、教材分析

《登鹳雀楼》是唐代诗人王之涣所作的一首五言绝句。前两行写景,营造了景色辽阔、气势雄浑的意境;后两句寓理,写出诗人积极向上的精神,道出只有站得高才能看得远的人生哲理。

二、学情分析

二年级的学生活泼好动,喜欢读书和表演,但理解能力还不够。教学时,教师应适当点拨,引发学生思考,帮助他们理解诗中蕴含的哲理。

三、教学目标

根据学生的学情和古诗的特点,我制定的教学目标是:

(一)能正确、流利地朗读和背诵古诗。

(二)初步了解诗的意思。图文结合,抓住"依""更上"等关键词感受诗人用简洁的语言表达出的无穷的想象。

(三)初步了解诗人王之涣,体会他积极向上的进取精神。明白"站得高才看得远"的哲理。

其中,教学难点为指导学生感受简洁的语言中所表达出的无穷的想象,以及蕴藏在诗中"站得高望得远"的哲理。

四、说教法、学法

(一)运用多种方式帮助学生理解诗句

1. 结合学生已有经验展开想象,理解诗句。围绕制定的教学目标,我在教学"白日依山尽,黄河入海流"时,借助媒体图片和板书绘画,结合学生已有生活经验,边读边画,帮助学生打开五感展开想象,理解诗句。

例如"黄河入海流"这一句,我先请学生来说说黄河是什么样子,该怎么画。学生根据已知经验得出黄河水是浑浊的,看上去黄黄的,要用黄色粉笔画;黄河水是翻滚奔腾的,要画很多波浪等,再配上相关动图加深他们的理解。

随后我根据学生所说内容结合自身绘画特长进行板绘,直观地展现了一幅气势磅礴的黄河落日景象,学生一下子打开五感,仿佛看到了翻滚的急流,落日的美景,听到黄河的咆哮,感受到拂面的凉风。这样的感受带入诗中,学生一下子就读出了磅礴壮美的气势。

在帮助学生理解"黄河入海流"是诗人想象出来的意象景时,我出示了地图资料,直观地让学生明白鹳雀楼和黄河入海口相差千里,诗人在鹳雀楼上是看不到海的,理解这句话是诗人把眼前景和想象景虚实结合,从而营造出的景色辽阔、气势雄浑的意境。

2. 抓住关键词理解诗句。在教学关键字"依"时,我先给出注释,告诉学生"依"是依傍的意思,然后用贴图在板书中演示白日是如何依傍着山慢慢落下的,让学生能更直观地展开想象。产生画面后,学生在朗读时自然就把"依"字读得慢一些,读出夕阳慢慢落下的感觉。

3. 引发学生思考,启发感悟哲理。"欲穷千里目,更上一层楼"的表面意思学生都能够理解,但如何能让学生真正理解其中哲理,是本课的教学重点。课堂上,我启发学生联系诗句,思考诗人是站在哪一层观景。

学生一下子就能说出他在"二层"。因此为了看到更远的景色就要"更上一层楼"。在这个认知基础上,老师再用深入浅出的语言告诉学生,这里的"更上一层楼"是要向前或向上迈一步,从而体会诗人积极向上的精神。

4. 在快乐的吟诵中,加深对诗意的理解。课堂上,我根据诗句内容设计了一段简单的舞蹈,学生在跟着音乐唱跳时,再一次加深对诗的理解。

(二)感受诗中语言简洁的魅力

这首诗非常短小,但是用词精妙且简洁,给人创造了巨大的想象空间。例如诗人只是简单写了"黄河"二字,就让人想到了一副气象万千的壮丽之势。"欲""穷""千里目",也表达了深刻的哲理。

(三)在诗词教学中渗透中国文化

我还通过这首古诗的解读,向学生渗透了我们中国的传统文化,了解了像这样因诗扬名的楼还有哪些,丰富学生的认知,激发他们的民族自豪感,为祖国优秀的文化与精神感到骄傲。

专家点评

《登鹳雀楼》是唐代诗人王之涣所作的一首五言绝句。教师在教学策略的运用上充分关注二年级学生的年龄特点,运用形象直观的板书作画与媒体配合,引导学生理解诗句中的字词。对"白日、黄河"的讲解适合低年段学生的理解和认知层次。例如,讲解诗句"黄河入海流"并即兴作画时,学生根据已知经验得出黄河水是浑浊的,用黄色粉笔画;又结合媒体动图展示黄河水是奔腾不息的,要用很多波浪线凸显水流的奔腾动感等。为激发孩子们观察的兴趣,引导合理的想象,教师还准备了地图,直观地让学生明白鹳雀楼和黄河入海口相距之远,从而引导理解诗人把现实和想象虚实结合,进一步感受诗人用简洁的语言表达出的辽远的想象和宏阔意境。教师在最后拓展环节设计了"建筑与诗"的探寻,带领孩子们认识因诗扬名的楼,丰富了学生课后阅读相关诗文的路径。

闻官军收河南河北

执教者:上海市浦东新区园西小学　张丽娜
点评者:上海市普陀区教育学院　郁琼蕊

闻官军收河南河北

〔唐〕杜　甫

剑外忽传收蓟北,初闻涕泪满衣裳。

却看妻子愁何在,漫卷诗书喜欲狂。

白日放歌须纵酒,青春作伴好还乡。

即从巴峡穿巫峡,便下襄阳向洛阳。

教学设计

教学目标:

一、在理解诗句的基础上有感情地朗读古诗,感受诗人的爱国情怀,培养学生的爱国思想感情。

二、初步学习古诗的方法:了解背景、体会情感、感情诵读。

教学重点:

在理解诗句的基础上有感情地朗读古诗,感受诗人的爱国情怀,培养学生的爱国思想感情。

教学难点:

初步学习古诗的方法:了解背景、体会情感、感情诵读。

教学准备：

多媒体课件

教学时间：

10分钟

教学过程：

一、了解背景，寻喜悦

（一）出示杜甫诗句，指名读。

1. 感时花溅泪，恨别鸟惊心。——《春望》

2. 出师未捷身先死，长使英雄泪满襟。——《蜀相》

3. 江流石不转，遗恨失吞吴。——《八阵图》

（二）小结过渡：杜甫的诗大多沉郁顿挫，充满悲慨。但今天学的这首诗却被称为他的"生平第一快诗"。你从哪一句诗句中直接看出了作者在写诗时流露出了怎样的心情？

1. 交流：漫卷诗书喜欲狂。（板书：喜）

2. 用一个成语表示就是——欣喜若狂。（板贴：欣喜若狂）

3. 指导朗读。

（三）从诗中寻找杜甫高兴的原因。

1. 交流：剑外忽传收蓟北。

2. 出示资料了解写作背景：公元763年，持续了7年多的"安史之乱"终于宣告结束，饱经战乱、流落四川的52岁的杜甫听到蓟北被收复的消息，欣喜若狂，写下了这首诗。

3. 指导朗读。（板贴：了解背景）

（四）默读课文，找出体现诗人喜悦的诗句，并说说感受。

（五）交流反馈。

1. 学习古诗前三联，感受"现实之喜"。

（1）初闻涕泪满衣裳。

a. 了解古代上为"衣"，下为"裳"，体会作者运用夸张的写法写出自己的喜极而泣。（板贴：喜极而泣）

b. 指导朗读。

（2）却看妻子愁何在。

a. 体会此句写了妻儿们的欣喜若狂，从侧面写出诗人内心同样的喜悦之情。

b. 指导朗读。

（3）白日放歌须纵酒。

a. 体会52岁的诗人在白天又是唱歌又是喝酒，这份难以抑制的欣喜之情乃——喜不自胜。（板贴：喜不自胜）

b. 指导朗读。（配上动作）

（4）青春作伴好还乡。

a. 理解"青春"是春天的意思。体会作者已经想到与春景作伴，愉快返乡的"喜不自胜"。

b. 指导朗读。

小结：蓟北收复的消息让作者喜极而泣、欣喜若狂、喜不自胜。这些喜是实实在在的，我们称它"现实之喜"。（板贴：现实之喜）

2. 学习古诗尾联，感受"想象之喜"。

即从巴峡穿巫峡，便下襄阳向洛阳。

a. 出示地图感受距离之远，理解这句诗是作者的想象，称为"想象之喜"。（板贴：想象之喜）

b. 指导朗读。

二、体会情感，悟爱国

（一）小结过渡：刚才我们品读了每一句诗，体会到了诗人的"现实之喜"和"想象之喜"，正是这些喜悦一而再，再而三地叠加在一起，让我们深深体会到这首诗一泻汪洋的喜悦之情。（板贴：体会情感）

（二）交流体会杜甫如此喜悦的原因：

1. 为自己可以结束颠沛流离的生活回到家乡而喜。

2. 为战乱平息，祖国重归统一而喜。

3. 为老百姓不再流离失所，可以安居乐业而喜。

（三）在杜甫的"喜"中包含着他浓浓的爱国之情。（板书：爱国）

三、感情诵读,明方法

（一）小组合作,根据评价标准有感情地来诵读古诗。（板贴:感情诵读）

1. 诵读要求:

声音响亮	★
情感充沛	★
配以动作	★

2. 小组展示。

（二）总结:这节课我们按照了解背景、体会情感、感情诵读的方法学习了《闻官军收河南河北》这首诗,同学们以后也可以按这样的方式学习你喜欢的古诗。（板贴:学习古诗的方法）

板书设计:

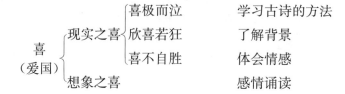

闻官军收河南河北

喜 （爱国）　现实之喜｛喜极而泣　学习古诗的方法　欣喜若狂　了解背景　喜不自胜　体会情感　想象之喜　感情诵读

教学反思

《闻官军收河南河北》是唐朝大诗人杜甫的代表作之一,创作于公元763 年,当时持续了 7 年多的"安史之乱"终于宣告结束,饱经战乱、流落四川的 52 岁的杜甫听到蓟北被收复的消息,欣喜若狂,写下了这首脍炙人口的诗篇,表达了诗人深深的爱国情怀,被称为其"生平第一快诗"。

我努力从以下三方面凸显本节课的教学特点:

一、借助资料,知悉背景

文学作品都是在特定的时代产生的,了解作品的创作背景及作者的人生经历有助于理解古代文学作品的思想内涵。

在本课教学中,我请学生在课前搜集了相关资料了解"安史之乱"对作者的影响,在课中结合学生的交流再次走近古诗的创作背景,从而更好地体会诗人得知收复蓟北的消息后,欣喜若狂,写下此诗的情感基调。

二、熟念精思,体会情感

《语文课程标准》提道:"要让学生通过品味语言,体会作者及其作品中的情感态度。"我在教学时,主要通过三次"读",引导学生研文本,悟情感,品内涵,层层递进,体会作者内心的喜悦及爱国的情怀。

(一)默读之,寻找"喜悦"

在了解了古诗的创作背景,知道诗人为何"喜"后,我布置了"默读圈画"找到作者藏在诗句中的"喜",并抓住关键字词说说自己感受的学习任务。既引导学生快速、准确地把握文章整体内容,也培养了学生边读边思的好习惯。

(二)精读之,品味"喜悦"

学生找到"喜"后,我带领学生细细品读诗句,感悟诗句中所表现出来的不同之喜,如"初闻涕泪满衣裳"是喜极而泣;"却看妻子愁何在,漫卷诗书喜欲狂"是欣喜若狂;"白日放歌须纵酒,青春作伴好还乡"是喜不自胜。这些都是"现实之喜"。而"即从巴峡穿巫峡,便下襄阳向洛阳"是想象之喜。从而进一步体会正是因为这些不同层面的描写,使得作者的喜悦之情显得那么丰厚。在此基础上进一步引导学生探究"杜甫如此喜悦只是因为自己可以结束颠沛流离的生活回到家乡吗?"从而感悟杜甫更多的是为战乱平息,祖国重归统一而喜;为老百姓不再流离失所,可以安居乐业而喜,感受其浓浓的爱国情怀。

(三)诵读之,深化"喜悦"

"好诗不厌百回读",为了使学生更深入地走入作者的内心,读出味道,读出感受,最后我设计了小组诵读展示的形式。通过直观的评价表,达到诗中情、作者情、学生情三情和谐共鸣。

三、总结提升,掌握方法

"工具性和人文性的统一是语文课程的基本特点。"在语文课堂教学中要注意教给学生学习的一些基本方法。教学本课时我就有意识地在教学过程中不断渗透学习古诗的方法"了解背景、体会情感、感情诵读"，最后再次进行总结，使学生能初步掌握古诗学习"三部曲"，从而达到融会贯通、学以致用的目的。

总之，在有限的十分钟里，我引导学生层层深入，走进古诗的意境，走入作者的内心，体会诗人的爱国，学习古诗的方法……以期学生的收获无限。

专家点评

本课选自统编教材五年级下册第九课《古诗三首》，作为杜甫代表作之一，教师基于诗作和学生学习经历的基本特点，运用"了解背景、体会情感、感情诵读"的教学策略，在教学中将"现实"和"想象"穿插交融，结合学生的交流引导贴近古诗背景去感受和理解。例如，引导感悟诗句中所表现出的不同之喜：喜极而泣、欣喜若狂、喜不自胜的"现实之喜"，"即从巴峡穿巫峡，便下襄阳向洛阳"的"想象之喜"——体会诗人喜悦之情的敏锐与丰厚。继而感悟战乱平息之喜、安居乐业之喜、诗人得知收复蓟北消息后的欣喜若狂，较准确地把握了本诗的基调。

鸟鸣涧

执教者:上海市杨浦区控江二村小学　季喆婷
点评者：上海市普陀区教育学院　郁琼蕊

原文

鸟鸣涧

[唐]王　维

人闲桂花落,夜静春山空。

月出惊山鸟,时鸣春涧中。

教学设计

教学目标:

一、有感情地朗读古诗,了解诗句的意思。

二、体会《鸟鸣涧》这首诗中所描绘的意境和诗人内心的安宁。

三、诗画结合,初步感受王维诗的特点"诗中有画,画中有诗"。

教学重难点:

体会诗中所描绘的意境和诗人内心的安宁。

教学准备:

PPT课件、彩色粉笔。

教学过程:

一、介绍诗人,解析诗题

(一) 热身活动:猜猜这是哪一位诗人。逐条出示:

1. 他是唐朝著名诗人。

2. 他也是画家、音乐家。

3. 他的山水诗尤为著名。

4. 他被人称为"诗佛"。苏轼评价他的诗："诗中有画，画中有诗。"

师：这位诗人就是王维，今天我们一起来学习王维写的《鸟鸣涧》。

（二）板书诗题，齐读。

（三）教师在黑板上画"山、水"简笔画，引导学生直观了解"涧"的意思。

设计说明：以游戏激趣，引出诗人王维。用简笔画的形式营造"诗中有画，画中有诗"的情境，在课的开始吸引学生的注意力。

二、指导朗读，理解诗意

（一）指导朗读第一句：

人闲桂花落。抓住人悠闲的心情和花落无声的轻柔，读出安静的感觉。

教师随机在黑板上添落花。

指名读，女生齐读。

（二）指导朗读第二句：夜静春山空。

了解这句诗写出了夜的宁静和空旷，"空"字适当拉长，读出悠远的感觉。

指名读，男生齐读。

（三）指导朗读第三、四句：月出惊山鸟，时鸣春涧中。

1. 教师一边在画上添上月亮，一边引导学生理解：是由于光线的由暗转明，惊醒了睡梦中的鸟儿。"月出"要读得轻短。

2. 教师一边画鸟，一边指导学生：把"鸣"拖长，让人仿佛听到了那断断续续的或悠长或清脆的鸟鸣声。

3. 同桌两人配合读。

（四）体会王维诗的艺术特点。

师:(指黑板的画)我们读着古诗,画出了一幅画,难怪苏轼评价王维的诗"诗中有画,画中有诗"。

(五)朗读整首诗。指名读,齐读。

设计说明:教师利用诗情画意的语言营造氛围,在指导朗读的过程中渗透讲解古诗的意思,使学生在朗读中了解诗意,并用朗读表现出自己对诗的理解。

三、走进诗境,感悟诗情

(一)提出问题:你觉得鸟鸣涧是个怎样的地方? 谈谈你的感受。

(二)学生畅谈感受。

1. 人闲桂花落。

引导学生抓住"桂花落"三个字,想象"香林花雨"的唯美,感受桂花落地的轻柔,体会鸟鸣涧的美好和安静。

2. 夜静春山空。

(1)补白想象春山白日的热闹情景,对比感受春山夜晚的空旷宁静。

(2)结合王维"诗佛"的称号,了解"空"还指的是诗人的内心。

(3)回忆王维其他带有"空"的诗句,在朗读中品味其山水诗特有的宁静之美。

3. 月出惊山鸟。

联系诗句的意思,引导学生理解:月出静默无声,但光线由暗变明还是给睡梦中的鸟儿带来刺激,可见鸟鸣涧的静谧。

4. 时鸣春涧中。

(1)引导学生发现动与静之间的矛盾:鸟鸣是否破坏了这里的安静?

(2)体会"以动衬静"这种艺术手法的精妙。

设计说明:通过前一个环节教师的铺垫,学生已经基本了解古诗的意思,本环节请他们畅谈感受,把自己的理解表达出来,体会诗中所描绘的意境和诗人内心的安宁。主要抓住两个字:一个"空",一个"鸣"。"空"是佛家禅心的体现,学生理解起来有难度。因此设计了几个步骤层层深入,带领学生感受王维山水诗特有的静谧之美。"鸣"字看似打破了夜的静谧,实则用声音衬托山里的幽静与闲适。教学中,重在引导学生初步感受"以动衬静"这种表现手法的高妙。

四、追溯心境,升华情感

(一)关注诗歌中的"人"。结合诗歌的创作背景,理解"人闲"的内涵。一是由于当时的王维身处没有战乱、安定统一的盛唐,所以作品传达出了平和安定的社会气氛;二是因为诗人正在隐居,潜心修佛,心境空明。

(二)配乐朗读《鸟鸣涧》。

五、布置作业

喜欢画画的同学可以试着创作出自己心中的《鸟鸣涧》。

板书设计:

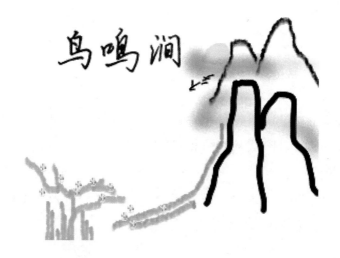

教学反思

古诗词是中华民族文化宝库中熠熠闪光的珍珠,它有景、有情、有意境。古诗教学就是教师在课堂上努力创造各种条件,让学生跨越时空和古人产生情感共鸣,把真善美的种子、把文人的情怀、把中华的根留在他们心间,春风化雨,润物无声。

《鸟鸣涧》是一首脍炙人口的五言绝句,也是王维山水诗中的代表作之一。全诗清新雅致,富有诗情。画意、琴音、禅趣。

王维是盛唐时期的一位重要诗人。我们常说:诗言志,诗传情。在这首写景的小诗中,我们感受到王维的心是静的,所以他才能看到、听到、感受到别人容易忽视的东西——花落、月出、鸟鸣,整首诗以动衬静,营造出了一个静谧的环境。如何让学生体会到这种诗情,我设计了三个教学环节:(1)介绍诗人,解析诗题。以"猜诗人"的小游戏作为引入,既活跃了气氛又介绍了诗人;用简笔画的形式直观了解"涧"的意思,在课的开始吸引学生的注意力。(2)朗读古诗,理解意思。利用诗情画意的语言营造氛围,在指导朗读的过程中讲解古诗的意思,教学生读好古诗。(3)走进诗境,感悟诗情。请学生谈感受:鸟鸣涧是个怎样的地方,把自己对诗歌的理解和感受表达出来,体会诗中所描绘的意境和诗人内心的安宁。

王维不仅是诗人,还是一位杰出的绘画天才。苏轼评价王维的诗"诗中有画,画中有诗"。诗与画的融合是这首诗比较突出的特点。所以我采用现场作画的形式,结合诗中景物,寥寥几笔勾勒写意山水,让学生感受扑面而来的诗情画意。

王维不仅是诗人、画家,还是一位音乐家。他的诗歌往往声色俱全,具有一种独特的音乐美。这首诗的音韵也是比较优美的,在指导诵读时,我结合诗的意思,对个别字进行轻短和拉长的处理,朗诵出音韵的和谐之美。

王维信佛,这首诗体现出了佛教中的禅趣,以诸多鲜明的意向塑造出了春夜空山的生机,内心流露出淡淡的欢喜。如何让学生感受这种禅趣,我主要抓住"空"和"鸣"两个字。一个"空"字,引导学生回忆旧知,联系以前学过的王维含有"空"字的诗句,感受王维山水诗特有的空灵之美。还有一个"鸣"字,看似打破了夜的静谧,实则用声音衬托山里的幽静与闲适,这里主要是引导学生了解"以动衬静"的艺术手法。

一首诗就如同一粒种子,播撒在孩子心间。学完一首诗并不是结束,而只是开始,诗词的美,中华的魂会伴随他们一路成长。

专家点评

《鸟鸣涧》是一首五言绝句,全诗清新宁静,闲适空灵。执教教师善于营造氛围,用诗意的情境、信手作画的讲解激发学生的读诗、赏诗情致。例如,教学伊始,运用描述猜测法引发学生对唐代几位大诗人的回顾,最终由学生根据王维诗特点猜出答案,且和本课所学"诗中有画、画中有诗"的特点有机勾连,设计精妙。诗与画的融合是这首诗比较突出的特点,讲解过程中,教师采用即兴作画的形式,将诗中景物寥寥几笔写意勾勒,更让学生感受扑面而来的诗情画意。在指导诵读时,结合诗意的讲解将学生的情感轻轻地带入山涧,引导想象伴桂花飘落、赏明月清辉、听鸟儿脆鸣……吟诵之间,一步步引领学生入诗境、品诗情、赏诗画,回顾并吟诵诗人带有"空"字的诗句,在拓展中细品人闲心静的空灵之美。

小　池

执教者:上海市普陀区管弄新村小学　杨　蓉
点评者:上海市普陀区教育学院　郁琼蕊

小　池
[宋]杨万里

泉眼无声惜细流,树阴照水爱晴柔。
小荷才露尖尖角,早有蜻蜓立上头。

教学设计

教学目标:

一、正确、流利、有感情地朗读古诗。

二、借助关键字的教学,帮助理解、品味初夏小池塘的美丽景色。

三、想象诗中描写的景物,培养学生热爱自然,懂得欣赏美的情趣。

教学过程:

一、介绍作者,诵读古诗

(一)已经入夏了,你能用一个词形容夏天吗?(炎热、酷暑)

(二)其实夏天也可以很美、很可爱。

南宋诗人杨万里写过一首《小池》,先认识一下这位诗人吧。

(介绍)而且人们总说能从他的诗中看出一幅画来,常常称赞他的诗
是句句如画。

（三）他是怎么创作这首诗的呢？

（配乐）杨万里曾到常州任职，这里风景优美，他经常四处游览，欣赏大自然的美景。一天，他来到池塘边，看到了一汪泉眼往外涌着细流，泉水汇入池塘，树的影子倒映在水面上，好像十分喜爱晴天的柔和。初夏的池塘里，新生的荷叶还卷着没有展开呢，有一只小蜻蜓飞累了，停在荷叶上休息。真是宁静又美丽，于是杨万里就创作了《小池》。

二、品读古诗

（一）听老师读。

（二）你们会读吗？请同学们自己读读这首诗，注意几个后鼻音的字。指名读（1～2人）。

点评1：字音都读准了。

点评2：你读出了诗的韵律。

（三）小池指的就是——小池塘。

三、细读诗句，理解诗意

（一）让我们跟着杨万里一起走进他眼中的景色吧。你们能根据这4个画面说出对应的诗句吗？先看第一幅。

1. 第一幅：生说诗句。

（点评："惜细流"可以读得慢一点）

指名读。（点评：这三个字渐弱，你读出泉水缓缓流淌的感觉）

细细的水从泉眼流出，泉眼好像舍不得泉水流走，诗人用了哪个字？（惜）

指名读。（点评：轻轻柔柔，就读出了爱惜的感情，真好）

男生学着他的样子读一读。

过渡：泉水缓缓流入小池里，小池的景色怎么样呢？

2. 第二幅：生说诗句。

（点评：后面三个字你读得很温柔，小树好像在给小池遮太阳呢，多么有爱的画面啊！）

指名读。（点评：你还带着微笑，读出了喜爱的感情） 出示：爱

女生一起来读。（如果学生没有读出感情，老师范读：谁听出老师和

他的不同)

过渡:景色真美,你们读得也很美,我们再跟着诗人的脚步走近些,看看小荷。

3. 第三幅:生说诗句。

(点评:小荷叶像个宝宝一样蜷缩着,很可爱,读得轻快些)

指名读。(点评:"尖尖角"你读的节奏很好,感觉很活泼)　小组1读。

过渡:多娇嫩的荷叶呀,如果你再凑近仔细看看。

4. 第四幅:生说诗句。

(点评:荷叶还没展开,已经有小蜻蜓停在上面休息了,"早有"可以加重语气)

指名。(想象:这只可爱的小蜻蜓停在小荷上干什么呢?)　出示:立

指名。(点评:蜻蜓给宁静的小池带来了生机,读得生动些)　小组2读:他们静静地依偎在一起,大自然多么美好啊!

(二)这就是诗人杨万里看到的景色,有小小的泉眼、细细的流水、淡淡的树阴、尖尖的小荷,(教师绘画)还有小小的蜻蜓,构成了一幅小池风景画。

这个小巧精致、柔和宜人的景色有没有打动你呢? 我们一起来读读这首诗吧。

(配乐朗读)

教学反思

一、说教材

《小池》是七言绝句。诗人杨万里用清新活泼的语言描写了初夏荷花池的美丽景色,以"泉眼、树阴、小荷、蜻蜓"为意象,动静结合,勾勒出一幅充满活力与和谐的画卷,表现诗人对自然由衷的喜爱,"惜、爱、露、立"几个动词的巧妙运用,使这优美、宁静的画面充满生机。本课的教学目标定为:

1. 正确、流利、有感情地朗读古诗。

2. 借助关键字的教学，帮助理解、品味初夏小池塘的美丽景色。

3. 想象诗中描写的景物，培养学生热爱自然，懂得欣赏美的情趣。

二、说学情

本课授课对象是一年级学生，他们对古诗学习兴趣浓厚，已经基本了解吟诵古诗的方法，但不容易控制朗读节奏，调值过高。所以教师要引导学生在正确诵读古诗的基础上体会古诗内容的优美。我把教学重点放在反复诵读诗句上，帮助学生感悟、想象诗所描绘的景色。

三、教法与学法

《新课标》指出："低年级古诗教学，要顺应儿童爱读爱背、记忆力强的特点。"我运用多媒体直观教学法，创设情境，再配合绘画，充分调动学生的感官体验，增加学习兴趣，学生在看看、听听、读读中，学会欣赏美好景物，感受古诗的美。

四、教学过程

1. 落实教学目标一的方式是：首先让学生用一个词描述夏天，然后引入《小池》。在简单了解诗人之后，用讲故事的方法介绍诗人创作古诗的背景，帮助学生进入情境的同时，对诗的内容有初步认识。老师范读古诗，接着请学生在自读过程中注意几个后鼻音的字，目的是为了先把古诗读正确，范读也是提醒学生吟诵速度不要太快，注意读出诗的韵律。

2. 我把教学目标二有机地融合在朗读教学中。让学生根据图片中的景色说出对应的诗句，帮助学生自然地在情境中逐句理解诗意。通过老师的点评，引导学生抓住诗句的关键字，如"惜""爱"，读出感情和韵味。

3. 当学生了解诗意，有一定的感情基础，再配上音乐边读边想象小池美景，将课推向一个新的高潮，和诗人产生情感共鸣，这样自然地达成教学目标三。

低年级学生的诗词教学应根据儿童的年龄特点，结合生活经验，寻求儿童喜欢的学习方式亲近古诗，在解读中，慢慢学会从单一浅显地了解古诗大意，转向对古诗意象的感悟。学生将捕捉到的诗词中的意象，通过不断诵读，领悟其表达的神韵，习得古诗的表情达意方法，从而唤醒儿童对古诗审美的意识与情趣。

专家点评

　　《小池》以"泉眼、树阴、小荷、蜻蜓"为意象,勾勒出一幅充满生机的和谐画卷。教师基于一年级学生的学情和学习特点,重在激发古诗学习兴趣,并把教学重点放在反复诵读诗句,帮助学生感悟、想象诗所描绘的景物;通过关注关键词的巧妙运用,引导学生感受优美、宁静的画面,寻找初夏小池塘的美。教学中充分体现了"低年级古诗教学,要顺应儿童爱读爱背、记忆力强的特点",运用多媒体创设情境并配以绘画,充分调动学生的感官体验,学生在看看、听听、读读中感受美,学习从浅显地了解古诗大意,转向对古诗意象的初步体验,并通过反复诵读,唤起儿童对古诗的亲近感。

村 居

执教者:上海市浦明师范学校附属小学　顾沪颖
点评者:上海市普陀区教育学院　郁琼蕊

 原文

村 居

[清]高　鼎

草长莺飞二月天,拂堤杨柳醉春烟。
儿童散学归来早,忙趁东风放纸鸢。

教学设计

教学目标:

一、借助拼音把古诗读正确,初步了解诗意。

二、朗读课文,注意语气和平仄的读法,学会掌握一定的方法来吟诵古诗词。

三、初步感受古诗词的独特韵味,并激发学生对春天的热爱之情。

教学难点:

初步感受古诗词的独特韵味,并激发学生对热爱春天、热爱生活的情感!

教学重点:

朗读古诗,注意语气和重音,初步学习用平仄的方法来吟诵古诗词。

教学准备:

多媒体课件

教学过程：

一、导入揭题，理解题意

同学们，我们学过许多唐诗！你还记得吗？谁会来背一背？

（一）今天我们要来学习一首清朝的诗，看我写诗名：村居。（指导书写"村"）

（二）请学生读题。（正音，读好平舌音）

（三）听老师读题目。

（四）学生模仿读，体会这样读时的心情。

（五）小结：是呀！作者在写这首诗时的心情也是愉悦的，那么在那时候他看到了什么，听到了什么，想到了什么呢？让我们来学习诗句吧！

二、初读古诗，读准字音

（一）借助拼音，读古诗。谁会读这首诗？

（二）谁会借助停顿符号，读出"2、2、3"的节奏？（齐读）

三、细读品味，读出诗情

（一）听老师诵读，读得和你们有什么不一样？

1. 生交流。（读音长短不一样）

2. 适时指导个别学生读。（配上动作）

3. 出示画面。

（二）指导朗读，理解诗意。

1. 小朋友，诗是一幅画，画是一首诗，读了这首诗，你的眼前出现了怎样的画面呢，仿佛看到了哪些美丽的景物？

2. 生交流，师贴画。（边画边说，是呀，我想在你的脑海里一定出现了这样的画面："农历二月，草儿蓬勃生长，黄莺自由飞翔。细长的柳条在春风中微微摆动，轻拂着堤岸，像是陶醉在春天的水雾之中了)

3. 理解"醉"是"陶醉"。

4. 师小结。

5. 指导诵读，读出春天的美好。（加上肢体语言）

（三）品读第二句。

（过渡）这么美妙的春色，怎能不叫人陶醉呢？猛一抬头，看见了什么？是一只只美丽的——生：风筝！这是谁放的呀？

1. 对了！乡野间的孩子们放学回来了，他们正趁着东风放风筝呢！（贴画儿童图片）（指导书写：趁）

2. 读诗句。你从哪个词知道，他们是在放风筝呢？（理解"纸鸢"，鸢是指老鹰，纸鸢就是老鹰模样的风筝）

3. 看着风筝随着东风越飘越远、越飘越高，孩子们的心中真是无比的喜悦，你们喜欢放风筝吗？放风筝时你的心情是怎样的呢？你能读出心中的喜悦吗？

4. 指名读，即时点评。

5. 一起边做动作边吟诵。

四、走进诗人，了解背景

（一）能写出这样一首蓬勃向上的诗，这位诗人一定是个怎样的人？

（二）这位诗人就是清朝诗人高鼎，他生活在鸦片战争之后，咸丰年间，虽然生在乱世，但始终没有放弃对生活的热爱。我们要学的就是他这种积极向上的精神，让我们怀着对生活的热爱再来吟诵这首诗吧！

教学反思

《村居》是部编版语文二年级下册第一课《古诗二首》中的第一首诗，是清代诗人高鼎写的一首风景诗。全诗如一幅美丽的风俗画：乡村的二月，春光明媚，青草生长，黄莺翩翩飞舞。春风吹动下，垂柳的枝条轻拂着堤岸，仿佛陶醉在融融的春光中。儿童沐浴着春光，奔跑着放飞风筝。诗人抓住早春二月的特点，以精炼的语言勾画出一幅春光明媚、生机勃勃的"乐春图"：景、人、事融为一体，充满了生活情趣，字里行间透出诗人对春天的赞美、对生活的热爱！

古诗是中华民族文化的瑰宝，语言凝练、韵律优美、内涵深蕴、情感丰富。二年级的学生对古诗是不陌生的，在幼童期间也已经积累了许多朗朗上口、脍炙人口的诗词，对本首古诗并不陌生，因此我把引领学生在读准字音的基础上读出诗情、读出诗意、读出诗境作为本课的教学目标，让学生学习一些朗读古诗的方法。

新课标指出:"阅读是学生的个性化行为,不应以教师的分析来代替学生的阅读实践。"而读是最行之有效的阅读手段,让学生喜欢读,学会读。通过反复品读感受诗歌的语言美、音韵美、意境美。于是整首诗的教学设计以"读"为主线。

一、读诗题,解题意

开门见山出示课题,让学生读题,理解这首诗是诗人居住在农村时写下的所见。

二、诗之韵,读中品

我设计了读的四部曲:一读古诗,读准字音。让个别学生读,师生评价正音。二读诗句,读出节奏。学会借助符号读出"2、2、3"的节奏。三读古诗,读出诗境。通过教师的示范读,让学生学习读好平仄音。在领悟读法中也帮助学生理解了古诗的意思。比如说,学生听出了老师在读"草长"的时候又轻又快,理解了春天到了,小草不知不觉地就冒出来,体会到了草儿的蓬勃生长;在读到"莺飞"的时候声音拉长了,为什么呀!是因为黄莺飞远了、飞高了! 四读诗人,读出诗情。了解诗人高鼎生活的背景和年代是在鸦片战争之后,虽然生在乱世,但始终没有放弃对生活的热爱,保持着乐观向上的精神,让学生进一步体会诗情,读出情感。在抑扬顿挫、富有感情的诵读中,诗的韵味、诗的意境、诗的情感才能被深刻地品味出来。

三、诗之境,画中悟

"诗是无形画,画是有形诗"这句话很好地阐述了诗与画之间的关系。直观的图画能让学生受到感染,自然而然地入情入境。伴随着学生的反复诵读,一幅美好的村居图映入他们的眼帘! 看看图,读读诗句,他们很快就理解了诗句,融入诗的意境之中。

四、诗之趣,乐中吟

音乐往往能使人在一定气氛中得到感情的熏陶。在学生充分地读诗后,如果出现一点音乐,可以增加气氛,拨动人的心弦。我选用了一曲古典音乐,此曲的意境、情趣与这首诗相符。我相信当乐声响起后学生的身心一定都会沉浸其中,他们的读书声将与乐曲声融合在一起,相得益彰。

　　总之，一首诗，必须反复诵读才能入其境、得其趣、悟其味。以上便是我对这首诗的理解和教学设想。

专家点评

　　《村居》选自统编版语文教材二年级下册，全诗生动明媚、春色如画，教师对此的解读在诗与画之间呈现，在课堂设计中体现：充分关注二年级学生的学习基础，以"读"为主线，引导学子在读准字音的基础上读出诗情、感悟诗意，并教给学生一些朗读古诗的方法。通过引导学生在原有经验积累的基础上经历多层次的读，逐步感受和理解古诗内容，同时联系生活实际，引导学生充分参与和表达。比如，末句的引导："风筝"激发出孩子们心中的喜悦情感，也体味到全诗昂扬、愉悦、向上的意境。

芙蓉楼送辛渐

执教者:上海市奉贤区实验小学　阮丽丽
点评者:上海市虹口区教育学院　袁晓东

 原文

芙蓉楼送辛渐
[唐]王昌龄

寒雨连江夜入吴,平明送客楚山孤。

洛阳亲友如相问,一片冰心在玉壶。

教学设计

教学目标:

一、朗读古诗,读准字音。

二、有感情地朗读古诗。

三、能借助相关的资料,理解古诗内容,感受诗人洁身自好的精神品格。

教学重点:

有感情地朗读古诗,理解古诗内容,感受诗人洁身自好的精神品格。

教学准备:

多媒体课件、情境图(黑板粉笔画)。

教学过程:

一、初读古诗,整体感知

(一)导入:"春风知别苦,不遣柳条青""多情自古伤离别",离别自古以来就是最永恒、最凄美的话题。古人特别看重离别,人们往往会设酒饯别、折柳相送,有时还要吟诗话别,抒发离情别意。这节课我们就要学习唐朝诗人王昌龄的一首送别诗,一起来读读题目。

(二)生读题。

(三)师范读古诗。王昌龄的《芙蓉楼送辛渐》共有两首,这是其中的一首。听老师来读读这首古诗。(师配乐读)

(四)师生合作读诗。让我们一起来读读这首古诗——(师生合作配乐读)

(五)解地名。

师点拨:这首诗中有四个和地方有关的词语,一个是芙蓉楼,一个是吴,还有两个分别是楚山和洛阳,知道它们在哪里吗? 看看示意图,结合注释来说一说。(个别回答)

(六)师小结:这首诗写的是王昌龄的朋友辛渐要离开镇江前往洛阳,王昌龄在江边送别辛渐的情景。

二、再读古诗,理解内容,体会情感

(一)学习前两句。

1. 过渡:诗人向我们描绘的是一种怎样的画面呢? 我们先来看看前两句诗。

师述:"寒雨"是指秋冬时节透着寒意的雨;"平明"指天刚亮,点明了时间;"孤"字写出了诗人孤寂的心情。

2. 引导想象:读到这儿,你仿佛看到了一幅怎样的画面呢?

(个别回答)

3. 激情朗读,感悟离别情。

晚上的这场雨,增添了萧瑟的秋意,这寒雨不仅弥漫在满江的烟雨之中,更浸透在两个即将离别之人的心头。(生读)

清晨,天色已明,辛渐即将登舟北上。诗人遥望江北的远山,想到友人不久便将隐没在楚山,孤寂之感油然而生。(生读)

这浩荡的江水,这孤寂的楚山,不正是作者离别愁绪的写照吗?

(生读)

（二）学习后两句。

1. 过渡：我们再来看看后面两句诗，后两句没有继续写环境和抒发离别不舍的情感，而是说——（生读"洛阳亲友如相问，一片冰心在玉壶。"）

2. 师点拨：这句话是王昌龄对辛渐的嘱托，他拜托辛渐，如果有亲友向您打听我的情况，就请转告他们，我的心依然像玉壶里的冰一样晶莹纯洁。但他为什么在离别时要说这句话呢？让我们穿越时空，去盛唐时代，走近王昌龄，了解他起起伏伏颠沛流离的一生。

3.（出示诗人简介）请人介绍一下王昌龄。

王昌龄，字少伯，盛唐著名边塞诗人，被后人誉为"七绝圣手"。王昌龄以写边塞诗闻名，写送别诗也有独到之处。王昌龄才华横溢，23岁嵩山学道，学习本领；27岁投笔从戎，出玉门关，写下了《从军行》《出塞》等多篇著名的边塞诗。

4. 看视频，补充资料：王昌龄能文能武，但相较于他的才能，他的官职并不高，更让人失望的是他曾两次被贬官。公元742年，他被贬到当时的偏远山区岭南。四年之后，他被赦免，从岭南回到了江南，做了江宁丞。江宁是现在的南京市，离镇江不远。已过不惑之年的王昌龄虽然仕途失意，远离故土，但他的内心还保留着对高洁品格的坚守。辛渐是他的好朋友，这次要去洛阳。王昌龄在镇江芙蓉楼送别好友，临别之际他嘱托辛渐——（生读"洛阳亲友如相问，一片冰心在玉壶。"）

5. 想象：那么，他的亲友们可能会问些什么呢？

个别回答。（配合全体激情朗读诗句）

三、拓展阅读，随机积累

（出示王昌龄的其他诗句）

（一）其实，在王昌龄的很多作品当中，他都表现出了这一片冰心。这一片冰心体现在对采莲少女的赞美之中，他写道——荷叶罗裙一色裁，芙蓉向脸两边开。

（二）这一片冰心体现在他守土为民的情怀之上，所以他这样写道——但使龙城飞将在，不教胡马度阴山。

（三）这一片冰心体现在他满腔的报国热情上，所以他这样写道——黄沙百战穿金甲，不破楼兰终不还。

（四）就这样，"一片冰心"成为成语。（出示"一片冰心"的意思，比喻冰清玉洁，恬静淡泊的性情）现代女作家冰心这个笔名就取自这个意思。（板书：一片冰心）

四、总结诵读，升华感情

就这样，在那个烟雨迷蒙的早晨，诞生了这首千古名篇。这是多么情深义重的送别啊！这是多么文采斐然的诗情啊！让我们一起再来诵一诵，传递这洁身自好、光明磊落的精神品格吧！

教学反思

《芙蓉楼送辛渐》是部编版小学语文四年级下册第21课《古诗三首》中的一首。这是一首送别诗，前两句写景，景中藏情，通过对清晨连绵的秋雨，无尽的远山的描写，烘托出送别友人的依依不舍之情。后两句言志，写的是自己，以晶莹透明的冰心和玉壶自喻，说明自己的纯洁与正直。这首诗构思别致，既表达了诗人与友人的离情别意，又写了自己的志向与品格。全诗即景生情，寓情于景，含蓄蕴藉，韵味无穷。

一、多种方法，理解古诗

这首诗中和地名有关的词语比较多，了解这些地名对理解古诗意思至关重要。在课文注释中有三个地名，分别是"芙蓉楼、吴、楚山"，所以在初读古诗后，我就让学生借助注释，并结合课件中出示的地图来初步理解古诗的意思，了解古诗写的是王昌龄的朋友辛渐要离开镇江前往洛阳，王昌龄在江边送别辛渐的这一幕情景。其次，在教学"寒雨连江夜入吴，平明送客楚山孤"的时候，抓住关键词的理解来理解诗句的意思。比如"寒雨"是指秋冬时节透着寒意的雨，"平明"是指天刚亮的时候，"孤"字是孤单、孤独的意思。理解了这些关键词语的意思，学生自然理解了诗句的意思，从而感受诗句所表达的离愁别绪。再次，在教学"洛阳亲友如相问，一片冰心在玉壶"时补充一些作者简介及写作本诗时的历史背景，帮助学生理解诗句的意思，引导学生走进作者的内心。

二、展开想象,丰富理解

在学前两句诗时,为了让学生更好地感受作者用苍茫的江雨和孤寂的楚山来烘托送别时的凄寒孤寂之情,我让学生根据诗中提供的意象,想象仿佛看到了怎样的画面,在想象中丰富了对诗歌内容的理解,也似乎看到了作者像楚山一样孤独寂寞的形象。还有引导学生在情境中展开合理的想象,想象洛阳的亲友可能会问些什么,对诗中"言有尽而意无穷"的内容进行"补白",既培养了学生的想象力,又帮助学生更好地理解诗意,感受诗情。

三、激发感情,朗读古诗

古人云:"三分诗,七分吟。"以声带情的吟诵可以使学生情有所动,心有所感,神有所悟。四年级学生的古诗朗读已有一定的经验,能处理好基本的停顿,但是在教学中还必须引导学生准确地把握感情基调,入情入境地朗读,读出语气和语势。在教学伊始,我先配上优美的音乐示范读,接着师生合作配乐读,感受古诗的韵味。我觉得古诗朗读指导中,教师用语言描绘情境,对激发学生的情感非常有用。教师铿锵有力、充满激情的语言往往使学生很快受到感染,有利于投入古诗所表达的情感中去,从而使教师、学生和古诗作者的情感互相交融。教师饱含激情的富有感召力的语言让学生心中顿时涌起一股对诗人的敬佩,调动学生的朗读激情。

古诗词文字精炼,形象鲜明,意境优美,内涵丰富,是中华传统文化的魂。我觉得在教学实践中,能突破时空的限制,丰富学生的感知,理解作品的意境,让学生受到美的熏陶,从而起到继承和弘扬中华传统文化的作用,是我们古诗教学所要追求的。

专家点评

《芙蓉楼送辛渐》是唐朝诗人王昌龄的一首送别诗,是作者被贬为江宁县丞时所写。阮丽丽老师执教的《芙蓉楼送辛渐》微课,开篇就抓住了中国古诗中最为常见的题材——送别,来唤起学生的情感共鸣和学习兴趣。在具体的教学过程中,教师通过两轮的基础性阅读,引导学生学习重点词句,形成对诗歌的整体理解,体会诗歌中表达的作者的精神品质。不仅如此,阮老师的教学设计之中,还有两个非常有特色的地方,其一,通过识图的方式帮助学生理解诗歌中出现的各个地名,有助于学生更加准确地理解诗歌产生的场景和所要表达的思想;其二,通过拓展性的阅读,帮助学生更好地理解诗人王昌龄的生平和创作风格,也让学生的诗词素养得到了更好的积累。教师整堂课的设计比较丰满,内容资料比较充分,教学的重点和难点把握也比较准确。以景寄情,借景言志,是中国古诗中常用的表达手法,特别是在送别诗之中,更加常见。但是《芙蓉楼送辛渐》这首诗的构思新颖,淡写朋友的离情别绪,重写自己的高风亮节,与很多送别诗注重离别之情的表达有很大区别,教师可以引导学生通过不同类型送别诗句的吟诵比较,引导学生更好地理解诗人洁身自好、高风亮节的精神品格。

山居秋暝

执教者:上海市虹口区第三中心小学　张轶凡

点评者:上海市虹口区教育学院　袁晓东

山居秋暝

〔唐〕王　维

空山新雨后,天气晚来秋。

明月松间照,清泉石上流。

竹喧归浣女,莲动下渔舟。

随意春芳歇,王孙自可留。

教学设计

教学过程:

一、激趣引入,揭示课题

师:宋朝诗人苏轼曾说:"味摩诘之诗,诗中有画;观摩诘之画,画中有诗。"这摩诘指的是谁呢? 就是……(生:王维)。今天我们就来学习他的诗《山居秋暝》,感受王维的"诗中画,画外意"。

师:结合注释1"暝"的意思,可以知道"秋暝"就是指——(指课题)

生:秋天的傍晚。

师:"山居",即山中居所。现在你能说说诗题"山居秋暝"的意思吗? (指课题)

生：诗人在山中居所看到的秋天傍晚时的景色。

二、朗读古诗，初感诗意

师：《山居秋暝》是一首五言律诗，先听老师读。

自己读一读，注意：读准字音，读出节奏。

三、借助注释，理解诗意

（一）师：读了这首诗，想想哪几句写景？

生：这首诗前六句写景。

（二）师：请大家借助注释，试着说说这六句诗的意思，不明白的地方和同桌交流。

（同桌讨论，相机指导）

（三）师：现在，老师请一组同学上来，一人贴景物，一人说诗句的意思，完成这幅山居秋暝图。

生：空旷的山中下过一场雨，天气清凉，傍晚时分让人感受到阵阵秋意。月光从松间洒落，清冽的泉水从山石上流过。竹林喧响，是洗衣服的姑娘归来了，莲花晃动，是渔舟顺流而下。

四、聆听乐曲，想象画面

师：借助注释了解了诗的大意，下面我们玩个"声临其境"的游戏。张老师带来两段乐曲，请大家仔细听，乐曲会让你想到哪几句诗？你仿佛看到了什么？听到了什么？感觉到了什么？

（一）先听第一曲。生指着板贴说：这首曲子让我想到前四句诗。空旷的山间刚下过一场秋雨，我仿佛看到万物一新，林木茂密，银色的月光洒落在苍翠的松林间。我仿佛听到泉水在山石上淙淙的流淌声。感觉山林非常幽静。

师：明月高照，清泉流淌（指板贴），一静一动，仿佛让人感受到大自然的脉搏在跳动。女生一起读。

（二）再听下一曲。生指着板贴说：这曲子让我想到了"竹喧归浣女，莲动下渔舟"这两句诗。我仿佛听到竹林里传来一阵银铃般的笑声，仿佛看到勤劳淳朴的姑娘刚洗完衣服，披着月光有说有笑地归来了。亭亭玉立的荷叶在水中轻轻摇曳，沙沙作响，那是归来的渔船划破了荷塘月色的宁静。

师:可真是"未见其人,先闻其声"！诗人用洗衣女子的欢歌笑语,以及渔舟归来莲叶晃动的动态描写,衬托出月夜山间的幽静。(边说边贴板书:以动衬静)全班一起读！

五、创造情境,感悟诗情

师:这座空山中不仅有美景(指板贴),还有浣女、渔民,原来"空山"不空呀,为什么诗人把它称作"空山"呢？

生:我觉得空山并不是什么都没有的山。而是因为山中树木茂盛,掩盖了人们活动的痕迹。"空山"更能体现出这里的幽静。

师:那诗人想不想留在这处空山呢？现在让我们穿越到唐朝——朝廷派官员请王维出山,请大家做一回大诗人王维,演一演。

生1:王大人,好久不见了！这次朝廷派我来请你出山,你快跟我离开这里吧！

生2:我不想离开这里,我喜欢这里迷人的秋景和善良淳朴的村民,喜欢这样自在的山间生活！

生1:王大人,难道你忘了自己的满腔抱负吗？你舍得放弃这一切吗？

生2:年轻时,我确实想要做出一番成就。但现在我已经厌倦了官场中的纷争,还不如归隐在这里,散散步,赏赏美景,多么悠闲自在！

师:看来,同学们读懂了最后两句诗的意思,体会到了诗歌的画外之意。一个"留"字写出了王维对于山间美好景色的喜爱及对山林生活的向往。这首诗看似写景,实则抒情。(板书:借景抒情)

六、总结全诗

师:王维一生留下近四百首诗,九十多首都有空字。比如——

生:(看着屏幕念)空山不见人,但闻人语响。

生:(看着屏幕念)人闲桂花落,夜静春山空。

师:这里的山都是……(生:空山)"一切景语皆情语",让我们体悟着这份诗情,一起吟诵。

板书设计：

教学反思

一、说教材

五年级上册第七单元的人文主题为"自然之趣"，语文要素是"初步体会课文中的静态描写和动态描写"。《山居秋暝》是本单元《古诗词三首》中的第一首，是唐代著名诗人王维的代表作品之一。它采用动静结合的描写方式，描绘了初秋时节傍晚时分的山村风光和村民的淳朴生活，寄托着诗人想长久隐居于此地的心愿，也充分表现出王维"诗中有画"的创作特点。

二、说学情

对五年级的学生来说，他们已经初步掌握了通过想象画面理解诗意，结合资料体会诗歌思想感情的学习方法，但对王维的了解可能并不深入，对以动衬静、借景抒情的表现手法接触不多，对古诗思想感情的体会不够深刻。

三、说目标

根据五年级学年教学目标、单元教学要求、教材特点及学生学习水平，确定了本课教学目标：

（一）读准"暝、浣"等字，读出诗歌的节奏和韵律美。

（二）借助注释理解诗句大意，想象诗词描绘的景象，体会诗句中的静态描写和动态描写，感受诗歌动静结合的写作手法。

（三）联系相关诗句，初步感受诗人王维淡泊名利、寄情山水的思想，体会诗歌借景抒情的表达方法。

四、说教学过程

《义务教育语文课程标准（2011 版）》要求学生"阅读诗歌，大体把握诗意，想象诗歌描述的意境，体会作品的情感""诵读优秀诗文，注意通过语调、韵律、节奏等体味作品的内容和情感"。基于对以上内容及目标的理解，我设计了六个教学板块：

（一）激趣导入，揭示课题

开头我以苏轼对王维诗歌的评价导入，请学生猜猜诗人，激发学生积极性，同时点出王维诗歌"诗中有画，画中有诗"的特点，继而揭示课题并明确本课的任务——感受《山居秋暝》中的"诗中画，画外意"。

题目是诗歌的眼睛。紧接着，我就带领学生借助注释理解诗题"山居秋暝"的意思，即诗人在山中居所看到的秋天傍晚时的景色，了解诗歌的大致内容。

（二）朗读古诗，初感诗意

语文学习中，朗读至关重要，对古诗文的学习尤其如此。在这一环节中，由我先范读，再请学生在读准字音的基础上读出节奏，感受古诗文的音韵之美。

（三）借助注释，理解诗意

读诗歌韵味，品诗中之画。我让学生先找出诗中哪几句写景，然后请学生采用同桌合作的形式，借助注释了解前六句诗句的大意，最后请两人分工合作，一人说诗句的大意，一人贴板贴，将诗意还原成迷人的山居秋暝图。从文字到画面，让诗中之画直观地呈现在学生面前，从而激发学生对美的感知，体会作者王维对傍晚时分这幅山中秋景的热爱之情。

（四）聆听乐曲，想象画面

诗中有画，画中有声。在初步理解诗句的意思之后，我以"声临其境"这一听乐曲猜诗句的形式调动学生的五感，请他们说说自己在听乐曲时仿佛看到了什么，听到了什么，感觉到了什么，从而对诗中之景产生进一步的想象，充分感受诗歌的动态描写和静态描写，理解以动衬静的写作手法。过程中穿插朗读，将想象的画面通过朗读进一步深化。

（五）创造情境，感悟诗情

"山空"实则"心空"，是不与当时官场同流合污的清廉，是享受摆脱尘世杂物的闲适，是淡泊名利的清雅。因心空灵而幽静，因而王维选择了留在山间。

本环节的设计紧扣"空"和"留"字设计，旨在引导学生体悟王维的内心世界，体会他对山林生活的向往。

首先引导学生思考，空山不空却为何被诗人称作"空山"，理解"空"字并不是指什么都没有，而是极言作者心中之山的幽静。

接着结合当时的时代背景，创设官员请王维出山的情境，由学生扮演。在官员的再三请求下，王维坚持自己对山中美景的热爱及对山林生活的向往，阐明自己淡泊名利、寄情山水田园的心志。在演一演中，诗歌的"画外意"便已不言自明了。

欣赏了"诗中画"，演出了"画外意"，学生也就能够理解诗歌借景抒情的写作手法，体会王维的高洁情怀和归隐山林的坚定决心了。

（六）总结全诗

为了让学生进一步体悟王维心中的那片空灵和幽静，我告诉学生"王维一生留下近四百首诗，九十多首都有空字"，并出示了《鹿柴》和《鸟鸣涧》中的两句诗，让学生在吟诵中进一步体会王维诗歌的"空"字，感受王维的心境。

紧接着，伴着空灵的音乐声，一起吟诵《山居秋暝》。以读促情，升华学生的情感体验，深化对诗歌的理解。学生与老师一同沉浸在诗情中，寻觅王维的那片空灵与幽静。

五、说板书设计

这堂课板书设计的图案部分旨在展现诗中之画，引导学生直观感受初秋时节傍晚时分美丽的山村风光和村民的淳朴生活。文字部分总结了《山居秋暝》这一诗歌的特点和写作手法，有助于学生理解本诗，促进教学目标的达成。

专家点评

《山居秋暝》是唐代诗人王维的作品。此诗描绘了秋雨初晴后傍晚时分山村的旖旎风光和山居村民的淳朴风尚，表现了诗人寄情山水田园并对隐居生活怡然自得的满足心情，以自然美来表现人格美和社会美。张轶凡老师执教的《山居秋暝》微课，以苏轼对王维诗歌的评价导入，通过让学生猜诗人的方式激发学生的学习积极性，继而通过对题目的解读，帮助学生把握诗歌所要呈现的核心元素。在初步的字词分析之后，教师充分发挥学生的学习主动性，让学生通过品读、合作、展示的方式，全面理解诗歌呈现的画面和所要表达的感情，让学生通过自己的理解和感悟更好地把握王维诗歌创作中"诗中有画"的特点。教学的另一个亮点在于，教师引导学生——王维一生留下近四百首诗，九十多首都有空字，让学生通过回忆带"空"字的诗词来加深对诗歌情感和意境的理解。整体上看，教学目标设计比较科学，教学过程流畅，重点难点把握比较到位，课程的引入和结束有一定的新颖性。《山居秋暝》是古诗中平仄运用的典范之作，教师可以通过平仄知识的拓展，帮助五年级的学生丰富知识储备，提升诗歌鉴赏的能力。

晓出净慈寺送林子方

执教者:上海市普陀区长征中心小学　吴雯婕
点评者:上海市虹口区教育学院　袁晓东

原文

晓出净慈寺送林子方
[宋]杨万里

毕竟西湖六月中,
风光不与四时同。
接天莲叶无穷碧,
映日荷花别样红。

教学设计

教学目标:

一、认识"晓、慈、宋、毕、竟、映"6个生字,会写"湖、莲、穷、映、荷"5个生字。

二、能正确、流利地朗读《晓出净慈寺送林子方》,并背诵。

三、能初步理解古诗中诗句的意思,说出诗句描绘的画面,体会古诗的意境,感受古诗的魅力。

教学重难点:

一、能正确、流利地朗读《晓出净慈寺送林子方》,并背诵。

二、能初步理解古诗中诗句的意思,说出诗句描绘的画面,体会古诗的意境,感受古诗的魅力。

教学过程:

一、创设情境,导入古诗

(一)图片导入。

一个盛夏的早晨,一位诗人走出净慈寺送别自己的好友。他就是宋朝诗人杨万里,我们曾学过他笔下的《小池》。

他走在西湖边,微风拂面,看到了一幅美不胜收的画卷。于是,他把自己看到的,想到的都写进了一首诗中。

(二)理解诗题。

1. 理解"晓出"。诗人什么时候出来呀?

2. 齐读诗题。

二、朗读古诗,理解诗意

(一)初读古诗。

下面请你借助拼音把这首诗读正确,注意读好停顿。

(1)分行朗读。

(2)自由朗读。

(二)理解第三、四行诗。

1. 出示图画,播放音乐。在那个清晨,诗人究竟看到了什么呢?请你再来读一读这首诗,找一找,说一说。

2. 理解"接天莲叶无穷碧"。(出示:接天莲叶无穷碧)

(1)这是怎样的莲叶呢?(碧绿碧绿的莲叶在阳光的照耀下,绿得充满生机,绿得让人陶醉)(板书:碧)

(2)莲叶还是怎样的呢?你为什么会这样觉得?(是呀,莲叶铺满了湖面,挨挨挤挤的,仿佛与天相连,这就是"接天莲叶")

(3)指导朗读。

3. 理解"映日荷花别样红"。(出示:映日荷花别样红)

(1)在挨挨挤挤的莲叶中,诗人还看到了一朵朵荷花。荷花是怎样的呢?

(2)追问:这是什么时候的阳光?(初升的太阳火红火红的,阳光也

是红色的。在晨光的照耀下,荷花更加红艳)(板书:红)

(3)指名读。

4.指导朗读。

(1)在满池一碧千里的莲叶中,一朵朵娇艳欲滴的荷花竞相绽放,红得耀眼。

(2)指名读。

(3)齐读。

5.总结:这"碧"与"红",遥相呼应,写出了盛夏时节西湖莲叶与荷花的美,给诗人杨万里留下了深刻的印象。

(三)理解第一、二行诗。

1.出示四季西湖图:你们瞧,其实不同时节的西湖风采各异。古代的诗人写了不少诗句赞美西湖的四季呢。你喜欢哪一句呢? 自由读。

2.盛夏的西湖有着不同于四季的别样的美,这就是——接天莲叶无穷碧,映日荷花别样红。诗人用这短短的两句诗,描绘了一幅色彩明丽的美妙画卷。难怪他一走出净慈寺就脱口称赞——毕竟西湖六月中,风光不与四时同。

三、情感朗读,总结全诗

(一)播放音乐,出示画面与古诗:让我们跟随诗人的脚步,走进美如画的盛夏西湖,欣赏这赏心悦目的美景。

(二)齐读古诗。

板书设计:

晓出净慈寺送林子方

[宋]杨万里

碧

红

教学反思

《晓出净慈寺送林子方》是宋朝诗人杨万里的作品。全诗以"毕竟"二字领起,一气而下,既协调了平仄,又强调了诗人在看到六月西湖美景时内心的喜悦之情,然后顺理成章,诗人具体描绘这使他为之倾倒与动情的特异风光,着力表现在一片无穷无尽的碧绿之中那红得"别样"、娇艳迷人的荷花,将六月西湖那迥异于平时的绮丽景色,写得十分传神。诗的后两行互文,文义上交错互见,使诗句既意韵生动,又凝练含蓄。

一、情境导入,走进六月西湖

《晓出净慈寺送林子方》这首诗诗名很长,点明了诗歌背景。因此,我将诗名讲述成了诗人杨万里的故事,娓娓道来,配以动画与图片,带领学生走进西湖,引出今天要学习的这首诗。

由故事导入,让学生置身情境之中,自然而然明白了诗题的意思,也对这首诗充满兴趣,十分投入课堂。

二、抓住诗眼,挖掘诗的内涵

教学中,我先教学了古诗的后两行"接天莲叶无穷碧,映日荷花别样红"。

1. 朗读诗句,想象画面。我让学生读一读古诗,想一想看到了什么呢?初步让学生理解诗人描绘了西湖上的莲叶和荷花。

2. 再读诗句,欣赏莲叶和荷花的美。古诗的情感常常蕴含在富有音乐美的语言之中。要通过反复朗读、吟唱才能入境、察情。我把朗读作为一根主线贯穿始终,通过反复地吟读,让学生边读边悟,体会莲叶随着湖面而伸展到尽头,又与蓝天融合在一起,涂染出无边无际的"碧"色;在这一片碧绿的莲叶中,又点染出阳光映照下的朵朵荷花,红得那么娇艳、那么明丽。

3. 三读诗句,赋予想象。在这"碧"与"红"遥相呼应的精彩绝艳的画面中,学生一定有自己的感想,让学生三读诗句,融入自己的情感,朗读出古诗的诗情画意。

三、培养诗趣,积淀文化底蕴

这样的西湖美景是盛夏之景,与四时西湖全然不同。这正是"毕竟西湖六月中,风光不与四时同"这两行诗所告诉我们的。

四时的西湖是什么样子的呢?我将四时西湖的风景图与描写四时西湖风光的诗句一起展现,让学生读一读,从而拉近古代和现代的距离,赋予诗歌以新的生命力,激发学生学习古诗的兴趣,感悟诗中的情致理趣。

我们不能教教材,而要用教材教,即要创造性地理解、使用教材,积极开展课程资源,勇于把语文课堂的触角伸向更广阔的天地,和学生一道开发和生成富有文化底蕴的古诗课堂。

最后的情感朗读,学生更完整地把自己的感情融入诵读中,领悟诗句蕴含的情感。他们读来声情并茂,悦耳动听,徜徉于美丽的六月西湖,意犹未尽。

专家点评

《晓出净慈寺送林子方》是南宋诗人杨万里的一首七绝。此诗描写了六月西湖的美丽景色,也暗含了送别友人林子方时的眷恋之情。吴雯婕老师执教的《晓出净慈寺送林子方》微课,在教学的设计和实施上颇具匠心。在教学的引入阶段,吴老师根据此诗题目较长、不便于学生记忆的特点,通过讲述故事的方式,让学生在愉悦的心情中读懂、记住了诗的题目。在具体的教学过程中,除了字词等基础知识的学习之外,教师在教学的顺序上做了大胆调整。先让学生通过学习第三、四句诗歌,欣赏西湖莲叶荷花的美景,引发学生的愉悦情感,再回到第一、二句,通过描写西湖四时风景的诗句展示,让学生自主体验西湖六月"风光不与四时同"的特点。这种教学顺序的调整,很好地把握和遵循了小学生的认知规律,让学生能够带着一种对美的追求和体验主动参与诗歌学习。整体上看,本课教学的目标定位清晰,教学设计创新性较强,教学方法运用得当,课堂生动灵活,效率较高。《晓出净慈寺送林子方》是流传千古的名诗名句,教师在教学过程中,可以用更多的精力引导学生体会诗歌所要表达的思想感情。

池 上

执教者:上海市六一小学　沈婷婷

点评者:上海市虹口区教育学院　袁晓东

原文

池 上

[唐]白居易

小娃撑小艇,偷采白莲回。

不解藏踪迹,浮萍一道开。

教学设计

教学目标:

一、结合图片、联系生活实际理解"踪迹"和"浮萍"的意思。

二、能正确、流利、有节奏地朗读古诗《池上》,并背诵古诗。

三、能初步理解诗句的内容,感受乡村孩子质朴、纯真的童心之美,并培养朗读古诗的兴趣。

教学重点:

结合图片、联系生活实际理解"踪迹"和"浮萍"的意思。

教学难点:

一、能正确、流利、有节奏地朗读古诗《池上》,并背诵古诗。

二、能初步理解诗句的内容,感受乡村孩子质朴、纯真的童心之美,并培养朗读古诗的兴趣。

教学课时:

1 课时

教学准备:

课件、课本

教学过程:

一、创设情境,导入新课

(一) PPT 出示荷塘图片,学生欣赏图片,说一说看到了什么?

(二) 这么大的池塘,这么美的莲花,谁会不喜欢呢? 一千多年前的唐朝大诗人白居易也来到了池边,他发现了一件有趣的事,诗兴大发,就写了一首诗。预习过课文了,谁来读一读?(出示《池上》)

(三) 这就是我们今天要学的古诗《池上》。(板书)

二、分组学习,熟读、背诵古诗

(一) 借助图片,联系实际理解重点词语。

1. 联系实际,理解"踪迹"。出示 1:《雪地里的小画家》第 3 幅图,说说都是谁留下的踪迹?

练习说话:_____是_____留下的踪迹。

预设:梅花是小狗留下的踪迹;月牙是小马留下的踪迹;竹叶是小鸡留下的踪迹;枫叶是小鸭留下的踪迹。

出示 2:《池上》插图,指名圈一圈小娃留下的踪迹。小结:雪地里的踪迹是小动物留下的——脚印,而这里的踪迹就是——船开过留下的痕迹。

设计说明:结合学习过的课文及课文插图,理解"踪迹"一词,引导学生掌握生词理解的方法。本环节中先从已经学习过的课文入手,对踪迹形成初步概念——脚印,进而结合诗歌插图找到小娃留下的"踪迹",从而理解踪迹就是行动后留下的痕迹。

2. 出示图片,理解"浮萍":漂浮在水面上的一种水草。

(二) 熟读古诗。

1. 这首诗每一行有几个字？应该用什么节奏朗读呢？

预设:这首诗每一行有五个字,应该用"2/3"的节奏朗读。

2. 按照提示的节奏,指名朗读古诗。

3. 小组合作读。(四人一小组:一人读一句;四人齐读;两两对读……)

> 设计说明:五言古诗虽有既定的节奏韵律,但古诗朗诵形式多种多样,将选择权下放给学生自己,小组合作,选择自己喜爱的形式朗诵古诗,不仅能够激发学生朗读古诗的兴趣,还能加深对古诗的印象,为背诵做铺垫。

(三)理解诗意。

1. 出示课文插图,结合插图说一说这首诗描绘了一个怎样的画面?(板书:＿＿＿＿的小娃　撑小艇,采白莲,留踪迹)

2. 出示译文,指名读译文:一个小孩撑着小船,偷偷地采了白莲回来。他还不懂得怎样隐藏,在水面上留下了划船的踪迹。

3. 理解了诗歌内容,说一说这是一个怎样的小娃?(根据回答板书:可爱/顽皮/纯真……)

(四)背诵古诗。

1. 结合译文背诵古诗,老师说一句译文,学生背一句古诗。

2. 播放"婷婷唱古诗"视频,跟着视频诵读古诗。

> 设计说明:诗歌背诵可以通过理解背诵,还可以结合音视频联想背诵。在这一环节中,按照难度递进将这两种方法依次铺设,首先师生合作理解背诵,接着看视频联想背诵,感受诗歌意境。两步背诵层层递进,降低了背诵的难度,激发了学生诵读古诗的兴趣,帮助学生逐步掌握背诵古诗的方法。

板书设计：

池　上

（可爱/顽皮）的小娃　撑小艇

采白莲

留踪迹

教学反思

一、说教材

《池上》是唐代诗人白居易的五言绝句,此诗描绘了诗人在夏天的所见。这首诗秉承了白居易诗作通俗平易的叙事风格,用白描的手法,寥寥几笔勾勒出一个小孩儿偷采白莲的顽皮、可爱形象,诗歌动静结合,极富画面感,情景交融,把孩童的纯真描写得可爱至极。文中插图更是同古诗相配,诗画相融,意境悠远。

二、说学情

经过一年级上册的语文学习,学生已经具备了一定的语文基础素养,能够基本理解《池上》这首古诗的意思和所要表达的意境。尤其,他们的年龄正和诗中的孩童相似,更能够透过诗歌感受意境,产生共鸣,由此激发他们学习古诗的兴趣,感受古诗的魅力。

三、说教法

古诗教学要为学生创设情景,帮助学生理解诗意,课文的插图也能够帮助学生理解古诗大意。除此,古诗文教学强调以读为本,让学生充分地读,在读中培养语感,陶冶情操,而且古诗不仅能读还可以诵,因此我采用了诵读体会法、情境创设法、启发式教学法、观察法等。

四、说学法

根据一年级学生的学习特点,结合古诗教学重点,本节课将会让学生更多地自主学习、合作学习。小组合作学习生字,小组合作多形式朗读,结合插图感受诗意,体会诗中意境。

五、说教学目标及重难点

（一）教学目标

1. 会认"踪、迹"等生字,会在田字格里书写"采"。

2. 能正确、流利、有节奏地朗读古诗《池上》,背诵古诗。

3. 能理解诗句的内容,感受乡村孩子质朴、纯真的童心之美,并培养朗读古诗的兴趣。

（二）教学重难点

1. 有感情地背诵古诗。

2. 理解诗意,感悟诗中意境,体会童真童趣。

六、说教学流程

（一）创设情境,导入新课

（二）分组学习,熟读、背诵古诗

七、说板书设计

好的板书设计是课文最精华的体现。这堂课中,我根据诗歌内容,设计了这个板书,力求突出重点,简明扼要,帮助学生理解诗歌大意,并能熟记于心。

专家点评

《池上》是唐代诗人白居易创作的五言绝句组诗作品,本课选择的是其中的第二首。这首诗秉承了白居易诗作通俗平易的叙事风格,用白描的手法,寥寥几笔勾勒出一个小孩儿偷采白莲又不知踪迹的顽皮、可爱形象。沈婷婷老师在执教《池上》一课时,对本单元的整体教学目标和语文课程标准的要求把握比较到位,教学目标的设计比较合理。在课堂的引入环节,沈老师通过出示荷塘图片,让学生欣赏图片的方式引发学生的学习兴趣。也能够让学生结合学习过的课文及课文插图,理解"踪迹"一词,引导学生掌握生词理解的方法。在教学过程中,教师充分尊重学生的学习权利,让学生自主选择自己喜爱的形式朗诵古诗,不仅能够激发学生朗读古诗的兴趣,还能加深对古诗的印象,为背诵做铺垫。教学中最有创意的地方是引导学生就文中的主人公形象开展讨论,年纪相仿的特点让学生能够更积极主动地参与课堂,也让教学更加生动有趣。教学中可以围绕关键事件再做拓展,比如让学生尝试跟诗中的小孩对话,分享一下"藏踪迹"的想法,可以更加拓展学生思维,提升学生的表达能力。

鹿　柴

执教者:上海市徐汇区民办盛大花园小学　张　梅
点评者:上海市虹口区教育学院　袁晓东

原文

鹿　柴

[唐]王　维

空山不见人,但闻人语响。

返景入深林,复照青苔上。

教学设计

教学目标:

一、知作者,明体裁:了解诗人的生平及创作背景。

二、抓诗眼,赏诗意:抓住"空"字,理解诗的意境,并引导学生用自己的语言表达。

三、多吟诵,悟诗情:通过多种诵读形式,体会自然美,感悟诗歌的语言美与画面美,提高学生的审美能力。

教学重点:

能理解并用自己的话表达诗的意境,感悟诗歌的语言美与画面美。

教学准备:

多媒体

教学过程：

一、导入

（一）释题，"柴"在这里读 zhài，它是一个通假字，同"寨"或"砦"，指用树木围成的栅栏。王维晚年在风景优美的终南山下购置了一些乡村别墅，过着半官半隐的生活，鹿柴就是其中之一。

（二）齐读诗题。

二、读

（一）范读，正音"柴""景"，读准通假字音。

（二）学生自由读，个别交流，谈读的体会。（读得舒缓一些，因为诗人是慢慢地走在一座幽静的山中）

（三）齐读。

三、赏

（一）体会"空山不见人"的"空"。理解"空山不见人，但闻人语响"的意思，体会诗的意境，了解诗人用"人语响"的有声来衬托这座"空山"，并结合生活经历谈体会。（例如，用一根针掉在地上的声音、翻书的声音来衬托图书馆的安静等）

（二）拓展南北朝诗人王籍的名句"蝉噪林逾静，鸟鸣山更幽"进一步理解王维也是用"人语响"的有声，反衬出山的"空"，更让人感受到空山的"静"。

（三）体会后两句诗中的幽美意境。学生读诗，找出诗中所描绘的景物，谈谈对画面的理解。（随机板书）

幽静美：夕阳光射入深林中，又照在青苔上，这幅画面让人感觉特别幽静。

色彩美：金色的夕阳光、浓绿的深林、浅绿的青苔让这幅图充满色彩美。

动态美：夕阳光线反射入深林，让这幽深的林子忽明忽暗，画面摇曳多姿。

四、悟

（一）王维既是一位诗人，也是一位画家。出示苏轼的评价"诗中有画,画中有诗",齐读。

（二）带着对诗的理解,用自己的语言把这幅画描绘一番。（自由交流）（预设:傍晚时分,我走在空无一人的山路中,四处一片寂静。这时,微弱的夕阳光射入树林深处,又落在林中的青苔上,地上斑斑驳驳,忽明忽暗,让树林的深处显得更加幽美、空寂）

五、诵

指导吟诵。真美啊,那怎么读出这种幽美、空寂呢？学生试读,舒缓的语调读出这种幽冷空寂。（教师随机指导）

六、总结、拓展

诗人王维就是用这样独特的写法,把一座空山的幽美、空寂展现给了大家。除了这首诗,王维还有好几首诗里都写到过空山,比如《鸟鸣涧》的空山、《山居秋暝》的空山,但每一首诗"空"的意境都不一样,感兴趣的同学可以去读一读,赏一赏。

板书设计:

鹿　柴

〔唐〕王　维

空山 ┤ 幽静美
色彩美
动态美

教学反思

一、教材分析

《鹿柴》是小学语文部编教材第七册中的一首古诗,它是唐代诗人王维山水诗的代表作之一。王维晚年在风景优美的终南山下购置了乡村别墅,过着半官半隐的生活,并写下五言组诗《辋川集》,鹿柴就是其中之一。整首诗以有声衬无声,运用动静结合的手法,将山的幽静与优美完美地融合一体,展现出一幅有声有色的山林静谧图。

二、教学目标分析

根据《语文课程标准》,要求四年级学生在诵读优秀诗文的过程中能

借助注释,了解诗文的大意,领悟诗文的情感。所以,我将本诗的教学目标确立如下:

1. 知作者,明体裁:了解诗人的生平及创作背景。

2. 抓诗眼,赏诗意:抓住"空"字,理解诗的意境,并引导学生用自己的话表达。

3. 多吟诵,悟诗情:通过多种诵读形式,体会自然美,感悟诗歌的语言美与画面美,提高学生的审美能力。其中的教学重点和难点是:能理解并用自己的话表达诗的意境,感悟诗歌的语言美与画面美。

三、教学方法与过程

古诗对于四年级学生来说并不陌生,在教学时我改变了传统的"逐环教学"的模式,将读、释、悟、诵融合成一个整体。

首先,将反复朗读贯穿全过程。教学中抓住"诗眼"——"空",细细品味文本,多种途径引导学生投入感情朗读,感悟古诗的意境,直指作者的心灵,进而唤起学生的共鸣。重视朗读要尊重学生独特的体验,教师成为引领学生朗读的组织者、合作者和促进者,让学生渐入佳境,读出层次。

其次,启发想象,入境悟情。诗重想象,在古诗词教学中如果能唤起学生情感体验,产生共鸣和移情,引导他们由此及彼,调动自己的生活经验来再现作品中的形象,才能入境悟情。如,教学诗的开头两句,先让学生谈谈对"空山不见人,但闻人语响"诗意的理解,再带入情境中去体会诗的意境,了解诗人用"人语响"的有声来衬托这座"空山",并结合生活经历谈体会。(例如,用一根针掉在地上的声音、翻书的声音来衬托图书馆的安静等)同时,拓展南北朝诗人王籍的名句"蝉噪林逾静,鸟鸣山更幽"进一步理解王维也是用"人语响"的有声,反衬出山的"空",更让人感受到空山的"静"。在加深理解的同时,也对同类诗词有适度拓展延伸。对诗的后两句,通过学生读诗,找出诗中所描绘的景物,在学生已有的美学基础上谈谈对画面的理解,体会后两句诗中幽静美、色彩美、动态美。然后通过苏轼的评价"诗中有画,画中有诗"让学生进一步了解诗人王维既是一位出色的诗人,也是一位了不起的画家。

再次,情要靠"象"去显。贯通生活与诗句,就能激活学生语言能力的创造性。让学生带着对诗的理解,充分发挥想象,再用自己的语言把这幅画描绘一番。

学生通过再创造,能够表达出"傍晚时分,诗人走在空无一人的山路中,四处一片寂静,这时,微弱的夕阳光射入树林深处,又落在林中的青苔上,地上斑斑驳驳,忽明忽暗,让树林的深处显得更加幽美、空寂"这样独特的意境,使得整个学习过程有情有趣,学生的思维、想象、情感始终在文本语言的内部快乐进行。

在教学的最后,我还提到,除了这首诗,王维还有好几首诗里都写到过空山,比如《鸟鸣涧》的空山、《山居秋暝》的空山,但每一首诗"空"的意境都不一样,感兴趣的同学可以去读一读,赏一赏。通过拓展同一诗人的作品,不仅可增加学生对不同语言风格的感受力,还可加深学生对古诗内容的理解和对该作者写作风格的把握。当然,如果学生诗词基础不错,课堂时间允许,也可以在课堂中进行对比教学,让学生有更全面、更深层次的了解。

总之,古诗的教学要力求避免单一枯燥,让学生在读中赏,在赏中悟,以悟促诵。

专家点评

《鹿柴》是唐代诗人王维创作的一首五言绝句。这首诗描绘的是鹿柴附近的空山深林在傍晚时分的幽静景色,诗的绝妙处在于以动衬静,以局部衬全局,清新自然,毫不做作。张梅老师执教的《鹿柴》微课,立足单元教学目标和本诗的特点,设计了"知作者,明体裁;抓诗眼,赏诗意;多吟诵,悟诗情"三个维度的目标,全面体现了诗歌教学的要求。在具体的教学过程中,教师首先引领学生学会"柴""景"通假字的读音,掌握关键字词。其次,将读、释、悟、诵融合成一个整体,抓住"诗眼"——"空",多种途径引导学生投入感情朗读,感悟古诗的意境,直指作者的心灵。同时,也能够通过引入其他诗词,引导学生积极投入感情,真切地体会诗歌所呈现的幽静美、色彩美、动态美。课堂的拓展中,教师引导学生体会王维诗中的"空",丰富了学生的诗歌储备,加深了学生对诗歌的理解。王维是诗人、画家兼音乐家,教师可以引导学生通过诗歌的针对性品读,更好地理解王维诗作中诗、画、乐的结合。

暮江吟

执教者:上海市实验学校附属东滩学校　柳小飞

点评者:上海市虹口区教育学院　袁晓东

原文

暮江吟

[唐]白居易

一道残阳铺水中,半江瑟瑟半江红。

可怜九月初三夜,露似真珠月似弓。

教学设计

教学目标:

一、理解诗句的意思,了解诗所描写的景色,有感情地朗读。

二、背诵古诗。

教学重点:

一、借助以前学过的读诗方法,理解诗句的意思,体会诗人的心境。

二、引导学生把握好朗读的节奏,掌握抑扬顿挫。

教学难点:

理解景物描写与表情达意的关系。

教学准备:

教师:精心备课、设计教案、制作课件;学生:根据注释预习古诗。

教学过程：

一、谈话导入，介绍诗人

揭题、释题：

同学们，祖国山河壮丽，风景如诗如画。自古以来，曾有无数的文人墨客歌咏她们，留下了许多不朽名句。我们读过"飞流直下三千尺，疑是银河落九天"；我们读过"水光潋滟晴方好，山色空蒙雨亦奇"；我们还读过"孤帆远影碧空尽，唯见长江天际流"。

今天，我们一起先走进唐代诗人白居易的七言绝句——《暮江吟》（板书：暮江吟，yín，白居易）。对"吟"字正音，朗读诗题。

（一）读诗题"暮江吟"。

提问：从"暮江吟"这个题目，你读懂了什么？

预设 1："暮"表明此时是傍晚。相机点拨："暮"字，上面是草字头，太阳落到草丛中也就是太阳落山了，自然就是傍晚了。

预设 2："江"表示诗人在江边。

预设 3："吟"是古代诗歌体裁中的一种（例如孟郊《游子吟》，于谦《石灰吟》）。相机点拨：学会利用注释读懂古诗。

（二）引导学生用自己的话说说题目意思。（傍晚时分，诗人在江边所作的诗）

（三）指导朗读诗题，"吟"可读得舒缓。全班齐读。

二、初读古诗，疏通诗意

（一）初读古诗，出示自读要求。

1. 自由朗读古诗，读准字音，尝试读出节奏。

2. 诗人描写了哪些景物，请你圈一圈。

（二）学生自读，完成学习任务。

（三）学习检查。

1. 指名读，提醒注意"瑟""似"是平舌音，要读准。

2. 读准停顿。朗读古诗时还要注意什么呢？对，要正确停顿，这能帮助你理解诗句，再请一位同学试着读出停顿。

3. 学生汇报圈画内容。

教师相机板书:残阳(夕阳)　江水　露珠　月亮

相机指导:"残阳"对应题目的"暮",即"夕阳"。

三、再读诗文,探究诗意

(一)交流学习第一、二句。

1. 这些景物构成了一番怎样的美景呢? 我们一句一句来学习,请你读一读这两句诗,自己说说诗句的意思。

2. 重点字词体会交流。

(1)体会"残"。引导学生借助生活经验思考:太阳的余晖为什么残缺不全? 预设:夕阳余晖被云霞、山峰、树木等遮住了部分身影而残缺不全。

(2)体会"铺"。换一换:"铺"可以换成什么词? 引导学生交流:哪个词更好? 为什么?"铺"写出夕阳余晖是洒满江面的,更柔和、更宏大。点拨:请学生用手势动作感受"铺"。

(3)体会"瑟瑟"。引导学生关注课本注释:瑟瑟,形容未受到残阳照射的江水所呈现的青绿色。

(4)点拨总结:白居易不愧是大诗人,在他的眼中"残阳"铺展在水面,此时的江水颜色丰富,说明他观察得非常细致。

3. 指名说说第一、二句诗的意思。预设:一道夕阳余晖铺洒在江面上,夕阳没有照射到的那部分江水呈现出青绿色,而夕阳照射到的那部分江水呈现出红色。

4. 指导朗读:朗读古诗第一句,一边读,一边做"铺"的动作,拉长"铺"的读音,读得舒展。"瑟瑟"要读得轻而短,读出江水的不同颜色。小组赛读。

(二)交流学习第三、四句古诗。

1. 过渡:傍晚,夕阳与江面相映成趣,美妙的景色吸引着作者,不知不觉已到夜晚。(板书:傍晚　夜晚)

出示学习提示:读读后面两句,借助注释理解诗句的意思,试着说一说这两句描写了什么景象? 预设:九月初三的夜晚真可爱呀,露珠像珍珠一样,月亮像一把弯弓。

2. 交流学习重点字词。

（1）体会"可怜"。引导学生关注：可怜——可爱。

（2）体会"真珠"。"真珠"在这里指的就是"珍珠"。出示露珠图片：瞧，江边的草地上落满了晶莹的露珠，多么像镶嵌在上面的颗颗珍珠呀！

（3）体会"月似弓"。月亮好像一张精巧的弯弓挂在夜幕中，皎洁明亮！

3. 指名说说第三、四诗句的意思。预设：九月初三的夜晚真可爱啊！露珠就像珍珠一样闪烁发光，月亮好像一张弯弓高高地挂在夜空中！点评：这位同学加入了自己的想象，把诗人描绘的景物说得十分生动。

4. 朗读。自读：这一切是那样柔和安宁，自己读读这两句诗吧。齐读：这么美的夜晚，让我们一起读好这两句诗。

四、配乐诵读，升华情感

（一）配乐朗读。

诗人从傍晚一直游赏到夜晚。（板书：傍晚——夜晚）面对美不胜收的自然景色，吟诵了这首《暮江吟》。同学们，这样的景色，你喜欢吗？老师为你配上音乐，请你把这份喜爱之情读出来吧。（生配乐朗读）

（二）熟读成诵。

1. 借助部分诗句背诵。现在老师隐去一部分诗句，想一想夕阳照射下的江面是怎样的情景？九月初三的夜晚又是如何的呢？自己再背一背。

2. 借助插图背诵。现在请你看着插图，想象画面，试着背一背。

（三）填空小结。

出示：《暮江吟》的作者是（　　　），诗中表现红日西沉时景色的诗句是（　　　），表现新月东升的诗句是（　　　）。

诗人用浅显的语言描绘了他观察到的美妙景色，抒发了对自然美景的（　　）之情。

这节课我们学习了唐代诗人白居易的《暮江吟》，诗人用浅显的语言描绘了他观察到的美妙景色，抒发了对自然美景的喜爱之情。我们也要做生活的有心人，一步一景皆有情！

板书设计：

9 古诗三首

暮江吟
yín

傍晚　残阳(夕阳)

　　　江水

　　　露珠

夜晚　月亮

教学反思

授课亮点：

一、品读中悟文字之美

古诗中语言含蓄凝练，意味隽永。又常常"言近而旨远"，或"言在此而意在彼"。教学中理性地分析语言文字之美往往索然无味，失去了诗的神韵。朗读且以多种形式朗读是体会语言文字之美的有效途径。本课教学紧紧围绕"读"字展开。初读读顺，再读品味，配乐读入情，读的层次不同，读的目的不同，读的形式不同，在反复的品读中，学生感悟了诗句中用词的准确、精炼，领会到了古诗音律之美、文字之美。

二、创设情境，体验美境

古诗意境优美，情景交融。在本课的授课过程中我融入"诗配乐"进行情感的渲染，借此调动学生的各种感官，激发学生的想象力，体验诗中的美景。

授课不足：

古诗语言精炼，意境深远，留有宽阔的余地。在本课中我未能较好开拓学生的思路，培养学生的创造力。教学最后两句时，可以让学生把心中之境、心中之情、心中对作者情感的理解，让他们借助画笔，在白纸上描摹出一幅江边月夜图，也可以将古诗改成小短文。鼓励学生发挥想象力，开动脑筋。

专家点评

　　《暮江吟》是唐朝诗人白居易创作的一首七绝,是一首写景佳作。柳小飞老师执教的《暮江吟》微课,以同学们熟悉的古诗词引题,既能够丰富学生的诗词储备,也能够引发学生新课程的学习兴趣。在授课过程中,教师通过丰富的课堂互动引发学生对于诗词中重点词语的思考和理解,通过列举和比较帮助学生形成对"吟"这种独特诗歌体裁的认识。在知识掌握的基础上,教师注重引导学生结合生活的实际感悟,用自己的方式理解诗歌的意思,并通过诗配乐朗诵的方式,让学生更好地体会诗歌的意境。整体上看,本课教学的目标定位比较准确,教学的整体设计合理流畅,教学中即时性的评价也做得比较到位,体现了教师对于诗歌教学整体上的较好把握。本诗之中,诗人选取了红日西沉到新月东升这一段时间里的两组景物进行描写,运用了新颖巧妙的比喻,创造出和谐、宁静的意境。在教学过程中教师如能把握这种比喻的手法,拓展学生的思维和想象,会进一步提升授课的质量。

闻官军收河南河北

执教者:上海市虹口区广灵路小学　薛灵韵

点评者:上海市虹口区教育学院　袁晓东

原文

闻官军收河南河北

[唐]杜　甫

剑外忽传收蓟北,初闻涕泪满衣裳。

却看妻子愁何在,漫卷诗书喜欲狂。

白日放歌须纵酒,青春作伴好还乡。

即从巴峡穿巫峡,便下襄阳向洛阳。

教学设计

教学目标:

一、认识"蓟、涕、裳、襄"4个生字,读准多音字"裳"。

二、有感情地朗读古诗,读出诗人的喜悦之情。

三、能借助注释,说出诗句的意思;并通过诗中神态、动作的描写,体会诗人的喜悦之情。

教学过程:

一、古诗接龙,导入新课

(一)师:同学们,"诗圣"杜甫留给了我们很多经典的诗句,其中就有描写战争残酷、人民疾苦的——

预设1:国破山河在,城春草木深。

预设2:朱门酒肉臭,路有冻死骨。

(二)师:今天,让我们继续走近杜甫。齐读诗题——闻官军收河南河北。

(三)师:谁能结合注释说说诗题的意思?

预设:听说唐朝的军队收复了黄河以南以北地区。

二、了解"喜"的原因

(一)师配乐朗诵古诗。

(二)师:这首诗表达了诗人怎样的心情?预设:诗中第四句有一个"喜"字,可见诗人很高兴。(板书:喜)

(三)师:诗中有一句直接点出了诗人"喜"的原因,谁找到了?生:"剑外忽传收蓟北"。

(四)师:对!老师带来了一张唐朝疆域图。谁能结合书上注释,来介绍一下诗人当时身在哪里?又听到哪里被收复了呢?

预设:诗人当时身在"剑外",也就是蜀地,忽然听到"蓟北",也就是当时叛军盘踞的地方被收复的好消息,所以他特别喜悦。(板贴:剑外、蓟北)师:你读懂了诗人"喜"的原因。

(五)师小结:唐玄宗末年,将领安禄山与史思明背叛朝廷,发动战争。这场内战让原本繁华安定的国家遭受重创,多少家庭妻离子散,诗人杜甫也开始了长达八年的逃难生活。而如今,蓟北被收复了,真是激动人心的好消息啊!

三、品读"喜"的表现

过渡:那诗人"喜"的具体表现又有哪些呢?请同学们轻声读古诗,圈画出来,开始!找完后,请你们在小组中演一演。

(一)师:谁来交流?预设:我找到了诗人的神态描写"涕泪满衣裳",就是说诗人刚刚听到这个消息的时候哭得满身都是眼泪了。

师:你理解了"涕泪"就是眼泪的意思。(板贴:涕泪)

可是,诗人不是在哭吗?为什么说这是他高兴的表现呢?预设:因为多年的战争让百姓苦不堪言,杜甫和他的家人也过着吃不饱、穿不暖的苦日子。而现在,战争终于快要结束了,所以我觉得诗人是高兴得哭了。

师:哦,原来诗人是"喜极而泣"啊!(板书:喜极而泣)

(二)过渡:诗人还有哪些高兴的表现? 预设:我找到了诗人的动作描写"放歌"和"纵酒"。"放歌"就是大声歌唱,"纵酒"就是尽情地喝酒,可见他当时特别高兴!(板贴:放歌 纵酒)

师:谁来演一演"纵酒"? 师:要知道,杜甫当时已经52岁了,还有各种病痛缠身,却高歌痛饮,他这样的表现,用诗中的一个词形容,就是?

生:"喜欲狂"。

师:"喜欲狂"就是"欣喜若狂"。(板书:欣喜若狂)

(三)师:还有哪一个动作也能看出诗人高兴得好像要发狂了呢? 预设:我还找到了"漫卷"。杜甫是个大诗人,书对他来说可是宝贝啊!但现在他却胡乱地卷起诗书,真是欣喜若狂啊!(板贴:漫卷)

师:今天老师也带来了一个"卷轴",你能上来演一演吗?

(四)师:看得出杜甫真是高兴,书也没心思读了。联系下文想想看,他此时"漫卷诗书"还想要干什么呀? 预设:我觉得诗人可能是想要赶紧收拾好东西,可以"返乡"。

师:对,诗人想要趁着春天这大好时光返回家乡!

(五)过渡:那诗人的心情为什么会从初闻消息时的"喜极而泣"转变为现在的"欣喜若狂"的呢? 从诗中找找看,是什么感染了他? 预设:诗中说"却看妻子愁何在",意思是诗人回头看妻子和孩子,他的妻儿此时已经一点忧愁都没有了,满脸喜悦的样子。所以我觉得是诗人妻子和孩子的情绪感染了他。

师:说得很有道理。看到这些年来与自己一同饱受磨难的妻儿如今那么喜悦,诗人一下子就"欣喜若狂"了!

(六)师:让我们一起读出诗人的"喜"!(生朗读古诗前六句)

四、体会"归心似箭"的心情

(一)过渡:诗人真是太兴奋了,他连回家的路线都设计好了呢! 谁来读?

生:即从巴峡穿巫峡,便下襄阳向洛阳。

（二）师：这里有四个表示地名的词。（板贴：巴峡、巫峡、襄阳、洛阳）

师：诗人的家乡就在？

生：洛阳。

（三）师：诗人想象着与家人一起坐船从巴峡"穿梭"到巫峡，再顺流直"下"到襄阳（贴"船"图），随后改走陆地"向"家乡洛阳前进（贴"马车"图）。瞧，诗人的用词多么准确呀！

（四）师：要知道诗人所在的"剑外"距离家乡"洛阳"可谓千里之遥，但是在他的笔下，回程速度怎么样？ 预设：回程速度非常快！

师：你从哪里看出来的呢？

预设：诗中有两个字"即"和"便"。"即"是"立即"的意思，"便"是"就"的意思。

（五）师：漫长的距离在诗人的想象中不复存在，他仿佛弹指之间就能回到心心念念的故乡。从中你们感受到了什么呢？

预设：我感受到了诗人"归心似箭"的心情，想要赶紧返回家乡。

（六）师：你读懂了诗人的内心，让我们加快语速读好最后两句诗。

五、总结

师总结：瞧，诗人正是抓住了神态和动作的描写，表达了听闻战争胜利后，自己内心的喜悦之情。这首诗不愧为杜甫"生平第一首快诗"啊！ 下课！

板书设计：

教学反思

杜甫,一代"诗圣",唐朝伟大的现实主义诗人,他的诗十分接地气,被后世称为"诗史"。

一、群诗诵读,埋下情感的种子

"群诗诵读"如同"群文阅读"一般,可以诵读同一诗人的不同诗篇,也可以诵读不同诗人相同主题的诗作。

课堂伊始,学生接龙诵读杜甫古诗中描写战争残酷、人民疾苦的诗句,仿佛穿梭千年,重回那个战乱动荡、风雨飘摇的唐王朝,为而后感受诗人听闻战争胜利后的欣喜之情埋下伏笔。

二、资料补充,走进诗人的内心

背景资料的补充能帮助学生更好地了解时代背景,从而和诗人产生情感上的共鸣。

本堂课,我补充了两段资料。第一段是"安史之乱"的介绍,我没有在"导入新课"时就铺垫,而是选择在学生找出了点明诗人"喜"的原因的诗句,即"剑外忽传收蓟北",并结合注释简单谈了对于诗句的理解后,再补充。主要考虑的是相同的一段资料插入课堂中的哪个位置,对学生体会情感最有帮助。当学生参看注释只能理解到字面意思,但再难更进一步时,便是教师适时补充资料,配以媒体图片,渲染气氛,帮助学生更好读懂诗人的最佳时机。

第二段资料的补充,是在学生找到诗人"喜"的两处表现,即"放歌""纵酒"后,我随即补充:"要知道,杜甫当时已经 52 岁了,还有各种病痛缠身,却高歌痛饮,他这样的表现,用诗中的一个词形容,就是——(喜欲狂)",让学生进一步感知,杜甫的年纪在寿命普遍不长的古代来说,已经算是一个"老人"了,却还"放歌纵酒",从而更觉他的欣喜若狂、无所顾忌。

三、围绕"喜"字,设计"问题链"

古诗的教学应避免逐字逐句地教,既把古诗教得烦琐,又让学生感到索然无味。课堂时间有限,要避免无效琐碎的问题挤占课堂时间,混淯教学思路,转移学生关注点。

整堂课的教学,我紧紧围绕"喜"字,设计整体性的问题,即这首诗表达了诗人怎样的心情?诗人"喜"的原因是什么?"喜"的表现又有哪些?让学生抓住神态、动作谈谈感受。教学主线清晰,既落实了单元语文要素,又尽可能给学生更多各抒己见的时间与机会。

四、设计有思维力度的问题,激起探究兴趣

子曰:"不愤不启,不悱不发。"在语文教学中,教师要通过抛出有思维力度的问题,激起学生探究的兴趣,从而引导他们深入思考,突破教学重难点。

基于以上思考,我设计了三个教学问题,第一处是在学生找出"涕泪"是表现诗人"喜"的神态后,我追问学生:"诗人不是在哭吗?为什么说这是他高兴的表现呢?"学生联系诗人的经历深入思考,知晓他的苦,便能体会如今他的"喜极而泣"。

第二问:诗人为什么会从初闻消息时的"喜极而泣"转变为而后的"欣喜若狂"的呢?是什么感染了他?

此问既串联起了诗人一系列"喜"的表现,又将"喜"的两个层次展露出来,启发学生关注诗人的"喜"是有层次的,刻画是细腻的,是"渐入佳境"的。

第三问:诗人所在的"剑外"距离家乡"洛阳"可谓千里之遥,但是在他的笔下,却仿佛弹指之间就能到达,从中让你感受到了什么?

此问引导学生聚焦矛盾点,从诗人"夸张"的、"不合逻辑与常理"的描写中感悟他归心似箭的心情。

五、设计互动环节,使古诗教学生动起来

1. 在地图上指一指,说一说。在教学诗人"喜"的原因,让学生找出直接点明的诗句后,我出示唐朝疆域图,让学生上台在地图上指出诗人当时所处的位置和唐朝军队收复的地方,并结合书上注释,说说诗人"喜"的原因。既培养了学生结合注释自主理解诗句的能力,又通过在地图上指一指,直观理清了位置关系,感受到了两地路程的遥远。

2. 圈画诗人"喜"的表现,并演一演。在教学完"喜"的原因后,我让学生圈画出诗人"喜"的表现,并在小组中演一演;随后我又请了两位学生上台表演"纵酒"和"漫卷",既帮助学生理解词语的意思,同时通过动作表演,让学生切身体会作者的心情,感受诗人的喜不自胜。

3. 运用地名板贴及图片教具。为了让课堂更生动活泼,我在板书设计上也花了心思。本首诗中一共出现了六个地名,其中"剑外"是诗人写本首诗时所处的地方,也是著名的"杜甫草堂"所在地,因此我设计了"草堂"样子的图片板贴;而"洛阳"是当时唐朝的大城市,也是杜甫的家乡,是他心心念念之处,因此我设计了"城池"的图片板贴;其余地名我制作成了地名卡片,还在黑板上画出了杜甫的回乡线路图。而所乘坐的交通工具"船""马车"图片的展示,表明先"水路",再"陆路",也体现了诗的末两句中"穿""下""向"三个动词用词的准确性。

图片板贴的运用,既帮助学生理清众多地名之间的联系,又描绘出归家的线路与乘坐的不同交通工具,使得课堂更生动活泼,同时又能帮助学生记忆诗句,可谓一举数得。

专家点评

《闻官军收河南河北》是唐代诗人杜甫的七言律诗。此诗作于唐代宗广德元年(763)春。彼时安史之乱结束,杜甫闻此消息,不禁惊喜欲狂,手舞足蹈,冲口唱出这首七律。薛灵韵老师主讲的《闻官军收河南河北》微课,用学生熟悉的诗人杜甫的千古名句引题,既能够帮助学生复习旧的诗词知识,也能够让学生更好地理解杜甫的创作风格。教学过程中,教师能够通过诗词创作背景的介绍、地图的使用等,帮助学生认识诗歌中提及的地名,以便更好地理解作者"欣喜若狂""归心似箭"的情感。整堂课的教学中,教师紧紧抓住了诗歌中表达的"喜悦"情感,让学生通过思、读、演、说等调动多种器官和感情来理解诗歌。整体上看,教师对本诗教学的重点把握比较到位,教学设计符合小学生认知特点,能够很好地调动学生的学习热情。《闻官军收河南河北》全诗情感奔放,处处渗透着"喜"字,痛快淋漓地抒发了作者无限喜悦、兴奋的心情,因此被称为杜甫"生平第一快诗"。教师在教学中,一方面,可以通过杜甫不同题材诗句的对比,让学生感受本诗与杜甫其他诗歌在写作风格上的不同;另一方面,也可以让学生通过朗读韵律的理解和感受,更好地把握诗歌表达的感情。

从军行

执教者:上海市浦东新区万科实验小学　谢华丽

点评者:上海市虹口区教育学院　袁晓东

从军行

〔唐〕王昌龄

青海长云暗雪山,孤城遥望玉门关。

黄沙百战穿金甲,不破楼兰终不还。

教学设计

教学目标:

一、有感情地朗读古诗,背诵古诗。

二、理解古诗的大意,并用自己的话说出诗句的主要意思。

三、了解边塞的环境特点,体会戍边将士的报国情怀和豪迈气概。

教学重难点:

了解边塞的环境特点,体会戍边将士的报国情怀和豪迈气概。

教学过程:

一、知诗人,解诗题

(一)导入新课。在大唐王朝最为鼎盛的时候,一个二十多岁的男儿,只身离开了长安,来到大漠。在这里,他真正看到了壮丽的边塞风光;在这里,他真切体验了戍边将士的艰苦生活和报国壮志。他,就是王昌龄。

王昌龄,盛唐著名边塞诗人,擅长七言绝句,被后人誉为"七绝圣手"。他将这些经历都写进了边塞诗——(出示诗题:《从军行》)

(二)齐读诗题。

(三)理解诗题。从军,意思是参军。行是乐府诗的标志之一。从军行是乐府曲名,内容多写边塞情况和战士的生活。王昌龄《从军行》组诗共有七首,我们现在学习的是第四首。

二、读诗句,明诗意

(一)读准字音,读出韵律。一起读准字音。读诗歌,不仅要读得正确、流利,还要读出节奏。谁来试一试?

再看看标红的字,它们是这首诗的韵脚。读的时候可以适当拉长。一起来读一读:山,关,还。现在谁再来读一读整首诗,注意读出韵律。

(二)再读诗歌,读懂诗意。请和同桌一起说说每句诗的意思。指名说说诗句分别写了什么。

教师小结:前两句写了边塞的景色,后两句抒发了报国的热情。(板书:写景 抒情)

三、赏边塞景,悟报国情

(一)学习第一、二句,了解边塞的环境特点。

1. 前两句写了哪些景物? 预设:写了青海、长云、雪山、孤城、玉门关等景物。

2. 出示景物图片。你感受到这是怎样的边塞? 预设:辽阔、荒凉、孤寂……

教师根据学生回答相机板书。

3. 指导朗读:这十四个字,写尽了边塞的辽阔、荒凉、孤寂。读的时候,可以稍微低沉、缓慢一些。

(二)学习第三、四句,感受将士的报国热情。

1. 引导学生观看唐时期的地图,了解孤城、青海湖、玉门关的地理位置。理解将士们身处孤城,并不能真的看到相距千里的青海湖、玉门关,之所以说"遥望",是因为这两个方向的强敌——吐蕃、突厥,正是将士们心之所系。

2. 让我们穿越时空,回到古战场……(教师播放影视片段,感受战争场面)

3. 将士们戍守孤城,拒吐蕃,防突厥,"黄沙百战穿金甲"。联系刚才的战斗场面,你从这一句中感受到了什么? 预设:戍边时间之漫长、战斗次数之频繁、战斗之激烈、敌人之凶残、环境之恶劣……

4. 战士们在边塞黄沙漫天的恶劣环境中无数次奋勇拼杀,身上的盔甲已经被风沙磨得破旧不堪,许多人甚至献出了宝贵的生命。可是,将士们却仍发出了豪壮的誓言:(引读)黄沙百战穿金甲,不破楼兰终不还! 读着战士们的誓言,你又感受到了什么?

小结:这两句誓言表现了将士们誓死杀敌、保家卫国的决心。(板书:誓死杀敌 保家卫国)

5. 教师引导反复朗读这两句诗句,感受将士们的爱国情怀。金甲可以被磨穿,报国之志却没有被磨穿,反而更加坚定——

难道他们不思念家乡的亲人吗? 只因他们知道没有大家哪来小家,所以他们愿意——

难道他们不害怕牺牲吗? 可是为了边疆的安宁,人民的幸福,他们无悔——

6. 指导朗读:将士们的誓言是如此震撼人心,他们的英雄气概、爱国精神值得人们敬佩和赞美。让我们一起坚定、豪迈地读出这两句誓言——

四、课堂总结,拓展延伸

(一)这首诗将意蕴丰富的环境描写和宏伟豪迈的感情抒发融为一体,是边塞诗中的佳作。让我们再次有感情地朗读全诗。

(二)布置作业,课外拓展。"苟利国家生死以,岂因祸福避趋之。"千百年来,无数英雄将士为了国家的安宁,弃家入塞,许身报国。大家课后可以搜集和学习边塞诗歌,让我们一起品读边塞诗,感受爱国情!

板书设计：

从军行
写景　辽阔　荒凉　孤寂
抒情　誓死杀敌　保家卫国

教学反思

《从军行》是部编人教版五年级下册第三单元以"家国情怀"为主题的课文《古诗三首》中的第一首。这一课的三首诗分别是唐代诗人王昌龄的《从军行》，宋代诗人陆游的《秋夜将晓出篱门迎凉有感》，唐代诗人杜甫的《闻官军收河南河北》。本诗是唐代诗人王昌龄的组诗《从军行七首》的第四首，通过对边塞战事场景的描绘，表现了戍边战士的崇高精神。

五年级的学生已积累了一定的古诗学习经验，对文本有自己的阅读体验，但是对于边塞诗读得较少，再加上古诗年代久远，学生对古诗的时代背景了解不多，所以理解起来有一定的难度。教师应引导学生课前搜集有关的资料，必要时在课堂上提供图片、视频或语言描述相关资料，帮助学生理解古诗内容，体会思想感情。

一、说教法和学法

（一）说教法

通过多种形式的读，引导学生循序渐进地读准字音，读出韵律，读懂意思，把握整体内容；关注景物，结合图片，感受边塞的环境特点；观察地图，寻找诗中提到的几个地名的地理位置，体会将士的爱国热情；观看影视片段，置身古战场，想象画面，体会将士们不怕牺牲的精神和豪迈气概，以及诗人对这种崇高精神的歌颂和赞美；创设情境反复朗读，读出气势和豪情，受到爱国主义熏陶；总之，设置情境，激发兴趣，始终引导学生主动探究学习。

（二）说学法

教学过程体现"以读为本"的理念，让"读"贯穿课堂。引导学生在各种形式的朗读中感受古诗词优美精湛的语言文字和丰富的人文内涵；在入情入境的"读"中有所感悟和思考;在"读"中受到情感的熏陶,获得思想的启迪。

二、说教学流程

1. 知诗人,解诗题。教师介绍王昌龄边塞的创作背景,将学生带入黄沙漫天的边塞。简明扼要地介绍王昌龄的诗歌成就。揭示和齐读课题,解释题目的意思。

2. 读诗句,明诗意。引导学生读准字音,读好韵脚,读出节奏,感受诗歌的韵律之美。在此基础上,再读诗歌,读懂诗意,用自己的话说说诗句的意思。明确这首诗的前两句写边塞的景色,后两句抒发报国的热情,从整体上把握诗歌内容。

3. 赏边塞景,悟报国情。在整体把握内容的基础上,关注前两句所写的景物,结合图片说说自己感受到这是怎样的边塞,了解边塞的环境特点。

然后出示唐时期的地图,让学生了解孤城、青海湖、玉门关的地理位置,理解身处孤城的将士们并不能真的看到相距千里的青海湖、玉门关。之所以说"遥望",是因为这两个方向的强敌——吐蕃、突厥,正是将士们的心之所系。接下来播放影视片段,那荒漠古战场的宏大场景,一下子把学生带到遥远的古代,仿佛目睹了激烈的战斗场面。此时,引导学生想象战士们在边塞黄沙漫天的恶劣环境中无数次奋勇拼杀的场景,想象他们身上的盔甲已经被塞外风沙磨得破旧不堪的样子,此时此地,战士仍能发出"不破楼兰终不还"的豪言壮语,是多么震撼人心,令人感佩。接着通过教师充满感情的引导语,学生反复朗读,读出战士们的报国热情、豪迈气概,学生对战士们的崇高精神的敬佩和赞美也油然而生。至此,学生对诗歌内容的理解、情感的把握就水到渠成了。

4. 课堂总结,拓展延伸。经过重点品读后,再次回到整体,总结这首诗的特点,再次有感情地朗读全诗。接着用单元导语"苟利国家生死以,岂因祸福避趋之"将学生的视野引向更广阔的空间,激发学生课后搜集和学习边塞诗歌,一起品读边塞诗,感受爱国情。实现由课内到课外、由一首诗到一类诗的拓展延伸,让学生接受传统诗歌的浸润。

专家点评

　　《从军行》是唐代诗人王昌龄的组诗《从军行七首》的第四首,通过对边塞战事场景的描绘,表现了戍边战士的崇高精神。谢华丽老师执教的《从军行》微课,紧密围绕单元教学中学生家国情怀的培养进行教学设计,主题鲜明,思路清晰,教学情感丰富,连贯性好。教学过程中,教师充分调动学生各种感觉器官,结合图片,让学生感受边塞的环境特点;观察地图,让学生寻找诗中提到的几个地名的地理位置,体会将士的爱国热情;观看影视片段,让学生置身古战场,开展合理想象,体会将士们不怕牺牲的精神和豪迈气概。在教学过程中,教师充分体现了以学生为本的理念,注重学生对诗歌的自主鉴赏和情感积累,创设情境反复朗读,让学生读出气势和豪情,受到爱国主义精神的熏陶。通过“孤城、青海湖、玉门关”的展示,“遥望”的品味和“不破楼兰终不还”的情感体验,充分激发了学生的情感,实现了诗歌教学的核心目标。在教学中,教师可以适当延伸《从军行七首》的其他内容,帮助学生更好地理解本诗所要表达的情感,体会王昌龄诗歌写作的风格与特点。

塞下曲

执教者:上海市青浦区实验小学　张　伟

点评者:上海市虹口区教育学院　袁晓东

原文

塞下曲

［唐］卢　纶

月黑雁飞高,单于夜遁逃。

欲将轻骑逐,大雪满弓刀。

教学设计

教学目标:

一、能按平长仄短读出古诗味道,并能初步尝试吟诵。

二、抓住关键词语,头脑中想象画面,进入意境,感受卢纶诗歌的画面感,体会其慷慨激昂的英雄气概。

教学重难点:

重点:读出诗味,吟出画面。

难点:逐字细细吟咏,展开想象,建构画面,体会其慷慨激昂的英雄气概。

教学准备:

课件

课时安排:

1课时

教学过程:

一、复旧引新,初尝诗趣

(一)揭示课题:《塞下曲》。

释题:看到题目,就知道这是一首边塞诗。"塞下"泛指北方边境地区,塞下曲是一种军歌,内容与边塞征战有关。

(二)回忆学过的边塞诗。

1. 回忆、背诵王昌龄的《出塞》和王翰的《凉州词》。

2. 交流:边塞诗给你们留下了怎样的印象?(预设:慷慨激昂、充满英雄气概……)

3. 引入新诗,激发兴趣。这两首七言绝句,短短 28 个字,却给我们这么多感慨。而今天要学的《塞下曲》更短一点,是一首五言绝句,20 个字,却描绘了一幅幅惊心动魄的画面。

(三)了解作者。

交流课前所查资料,教师相机补充。(预设:卢纶是唐朝"大历十才子"之首。16 岁那年,发生了安史之乱,唐朝由盛转衰。从 42 岁到 61 岁,卢纶有将近 20 年的时间随着军队作战,平定战乱。这首诗原题是《和张仆射塞下曲》,是应和张仆射写的诗,一共有 6 首,这是其中的第三首)

> 设计说明:古诗的学习应如织网,彼此勾连,形成体系。所以,释题之后,教师让学生回忆学过的边塞诗。在这个过程中,学生重温了边塞诗内容上的共同点,慷慨激昂、悲壮苍凉的情绪在教室氤氲回荡,为《塞下曲》的学习做足了铺垫。

二、读出诗味,吟出古味

(一)读准字音。指名读正音。

(二)读出诗味。

1. 回忆读出诗味之法。(预设:读出韵脚、平长仄短)

2. 自读,圈出韵脚,注意平仄。

3. 交流评议。指名读、评,并相机指导:开口呼的 ao 韵,很响亮,拖长读,可以感受到作者昂扬向上的情绪。

(三)吟出古味。

1. 简单介绍。汉语诗歌有着独特的音韵美,我们的祖先不是一个字一个字地念,而是抑扬顿挫、有滋有味地吟出来的。

2. 课件示范。播放张卫东、施榆生先生吟诵的《塞下曲》。

3. 自己尝试吟诵。

4. 指名吟诵、点评。

设计说明:古诗,是流淌在中华文化血脉中的乐章,自有它独特的音韵之美。如果我们如平时念现代散文般念出来,那么古诗的音色之美、韵律之美、情声相融之美就难以感受得到,古诗词的学习必将是枯燥乏味、单调无趣的。《语文课程标准》指出:"培植热爱祖国语言文字的情感。"所以,教学要立足古诗的特点,引导学生读出韵脚,读出平仄,并初步尝试吟诵。也许学生的吟诵尚显稚嫩,但是在有滋有味地读,依字行腔,自己揣摩、富有创造性的吟诵过程中,学生对古诗的学习兴趣更浓,掌握了古人吟诵的一些方法,实现了千年来绵延不息的文化传承。

三、吟出画面,品味情感

(一)明确任务。中国古诗讲究音韵和意境的完美结合,静下心来,用古人的方式吟哦,说说你看到敌我双方各是一幅怎样的画面?

(二)自读自吟,想象画面。

(三)全班交流。

1. 想象单于夜遁的紧张画面。

(1)引导学生联系以前积累的描写月亮的诗词,再联系生活,质疑"月黑",理解词义,想象画面。

(2)引导体会"单于夜遁逃"气氛之紧张,指导感情朗读。

2. 想象雪夜追敌的慷慨豪迈。

引导学生想象将士此刻内心想法,体会其报国之志、豪迈之情,并指导感情吟诵。

> 设计说明:学生从出生即浸润于母语学习之中,他们对古诗有自悟、自通的能力,切忌外文"翻译"式的"肢解"教学。《塞下曲》短小精悍,语言明白浅显。学生细读想象,再借助注释,就可以基本读懂内容。教师在学生自读自悟的基础上,相机点拨引导,突破了"月黑"的理解上的困惑,在吟诵中,体会到了单于、将士的不同心情,并被将士们慷慨激昂的英雄气概所感染。

四、总结升华,拓展阅读

(一)全课总结。这首诗赞扬了戍边将士的英勇威武,字里行间充溢着英雄气概。其实卢纶出生在大唐由盛转衰的阶段,但是他的诗歌仍然有着盛唐的慷慨和豪迈。希望在座的同学都能秉承古人的报国之志,吟出古诗的音韵意境之妙,做中华文明的传承人!

(二)推荐阅读。推荐阅读卢纶《出塞》六首中的其他五首。

> 设计说明:卢纶的《塞下曲》继承了盛唐气象的余脉,雄强豪迈,是中唐的得意之作,值得向学生推荐。所以,教师以深入浅出的形式,在有限的学习时间内,深化了学生对卢纶这首《塞下曲》(其三)的认识,激发了学生进一步了解卢纶作品的兴趣。

教学反思

古诗是中华传统文化的精华,是瑰宝,如果让它深入人心,会变成炎黄子孙的精神血脉,会产生对国家、民族的高度认同,会燃起强烈的民族自豪感。所以,中国人观日落,见流水,会皱眉默念"日暮乡关何处是,烟波江上使人愁";豪情壮志在胸,会激昂地吟诵"黄沙百战穿金甲,不破楼兰终不还";当民族陷入生死存亡的关头,会悲愤交加地慨叹"国破山河在，城春草木深"……

但是反思当今古诗教学，却颇有些外语教学的味道，诗词讲解变成了"翻译"，朗读也与古人差异很大，失去了古诗应有的味道。因此，我希望让我们的古诗教学有一点古典的味道，让学生在气息的吞吐中感受诗词的音韵之美，在咬文嚼字的想象之中，体会古诗词的意境之美，在吟咏之中感受千年前诗人的激昂情怀。基于这样的理念，我才会在本课的教学中引导学生读出诗味，读出韵脚，读出平仄，用个人化的，甚至带一点地方色彩的腔调去吟诵；让学生想象画面，体悟情感。最后，总结全诗特点，升华情感，并拓展阅读《塞下曲》其他五首。

本课是我在古诗教学教出"古"味上的初步探索，虽然尚显稚嫩，但研究的趣味却是盎然。回首本课，觉得做到了以下两点。

一、"读出诗味，吟出古味"的目标有效达成

这一目标的落实分三步走。"一读读准字音"：课前让学生做了充分预习，课上检查朗读，检查字音是否读正确。"二读读出平仄"：教师首先引导学生复习读出诗味的方法，提醒学生要读好韵脚、读出平仄。因为在以前的古诗教学中，我一直重视平长仄短的教学，所以，学子们自读之后，指名朗读，平长仄短做得还是比较到位的。"三读尝试吟诵"：课上播放示范音频后，让学生尝试用自己的腔调吟诵。我意外地发现，一些学生吟诵得有模有样，有的学生用青浦地方方言吟诵得很有腔调。吟诵，看来没我们想得那么难。学生的模仿能力、创造能力不容小觑。事实上，不管学生吟诵得好还是差，在这个过程中，感受到古诗的音韵之美，吟诵之趣，就已经达成了一个重要的目标。

二、"吟出画面，品味情感"落实到位

古诗词教学切忌枯燥讲解，切忌"外语翻译"式的"肢解"。所以，这节课我让学生读诗，想象画面。在想象中，抓住关键词"月黑"释疑；在交流画面中，读懂大意；在整体画面建构中，感受报国的豪情壮志。课堂上学生读出了"单于夜遁逃"的紧张，他们感受到将士们"非常威武，充满英雄气概""他们威风凛凛，个个都是奋勇杀敌的英雄好汉"。学生非常投入，激情澎湃。历经千年，现今的少年与大唐的诗人心意相通，古诗流传

千古的魅力可见一斑。

总之,这节课的教学是吟出"古味"、品出"古趣"、充满"古韵"的。但是,我深知自己的不足,"路漫漫其修远兮,吾将上下而求索"。在古诗词的积累赏析、古诗词教学的理论积淀、古诗词教学的策略研究上,我将不断学习、实践,力争当好中华文明火炬的传递者!

专家点评

《塞下曲》是古时边塞地区的一种军歌。卢纶《塞下曲》共六首一组,分别写发号施令、射猎破敌、奏凯庆功等军营生活,本诗是卢纶六首《塞下曲》中的第三首,主要写将军雪夜准备率兵追敌的壮举,气概豪迈。张伟老师在执教《塞下曲》时,有一个非常鲜明的价值导向,那就是打破以往诗歌教学中普遍存在的"肢解"现象,而是注重通过让学生的反复阅读和自我感悟整体上形成对诗歌意境和精神的把握。在教学过程中,教师首先通过对边塞诗的呈现和对诗人、诗歌写作背景的介绍,引起学生的学习兴趣和情感共鸣。然后将课堂还给学生,让学生通过反复阅读体会,在气息的吞吐中感受诗词的音韵之美,在咬文嚼字的想象之中,体会古诗词的意境之美,在吟咏之中感受千年前诗人的激昂情怀。同时,通过适当的指点,引发学生想象,抓住关键词"月黑"进行释疑,让学生在整体画面建构中感受报国的豪情壮志。整体上看,教学设计思路清晰,目标明确,感情丰富,教学方法设计和运用比较科学。唐朝很多诗人尤其是边塞诗人用过此题写诗,比较著名的有王昌龄、高适、李白、卢纶、李益、许浑等,教师可以通过引导学生对上述诗人作品的朗诵和分析,总结边塞诗的写作特点和不同诗人的写作风格,更好地提升学生的诗词素养。

清平乐·村居

执教者：上海市徐汇区汇师小学　施　萍
点评者：上海市虹口区教育学院　袁晓东

原文

清平乐·村居
［宋］辛弃疾

茅檐低小，溪上青青草。醉里吴音相媚好，白发谁家翁媪？

大儿锄豆溪东，中儿正织鸡笼。最喜小儿亡赖，溪头卧剥莲蓬。

教学设计

教学目标：

一、通过吟诵感受词的韵律、节奏，借助画面感受乡村生活的安宁美好。联系历史背景和词人经历体悟家国情怀。

二、在诵读与吟唱中激发学生热爱中国诗词的情感，感受中国经典文化的魅力。

教学内容分析：

《清平乐·村居》是豪放派词人辛弃疾的一首田园词。它通过对农村清新秀丽、朴素恬静的环境描写，以及对翁媪及其三个儿子的形象刻画，抒发了词人喜爱农村安宁、平静生活的思想感情。它好似一幅栩栩如生、有声有色的农村风俗画。开篇以素描之法，勾出"茅檐""溪上""青草",只淡淡几笔便形象地描画出农村的特色,以景物衬托出人物生活宁静、恬适的氛围。画面中的主要人物——翁媪"醉里吴音相媚好",足见其生活的安详,精神的愉快,接着从远到近勾画出三个儿子的动作。词人尤喜小儿,"亡赖""溪头卧剥莲蓬"等词句形象地刻画出他无忧无虑、天真活泼的神态。

教学重、难点:

重点:通过吟诵,传达词人对安宁美好的村居生活的向往。

难点:体悟词人的家国情怀。

学生特征分析:

本课学习者为小学四年级学生。本次教学是学生在教材中第一次接触"词"这种文学形式。之前几乎没有接触词人辛弃疾的作品,对词人的了解甚少。好在之前近四年的学习中,他们已积累了近百首的古诗,学会结合注解和插图对诗句进行理解,对诵读古诗有一定的兴趣,在朗读和背诵中形成了良好的语感。这一点对他们学习词将会有很大的帮助。

媒体资源选用:

多媒体演示文稿

教学环节与过程:

一、情景导入

师述:听,这鸟儿的啁啾,虫儿的吟唱让我们想起了什么地方? 预设师生对话:让我们想起了——风景如画的乡村,似乎看到了——一派迷人的田园风光,把你带到了——一个远离城市喧嚣的静谧小村居之中。

二、重温词意

(一)出示村居图。你们看,这就是辛弃疾所描绘的村居生活。

(二)师生合作重温词所描绘的情景:低矮的茅屋旁,一条小溪——潺潺流过。溪边的小草——生机勃勃。远处的豆苗——娇嫩可爱。一对头发花白的老夫妇坐在一起——正用好听的吴地方言亲热地聊着天。再加上他们三个勤劳、能干、可爱的儿子,这真是一个祥和美好的村居之家。

三、吟诵传情

上一节课我们已经了解了这首词的内容,并通过想象画面感受到了词人对村居生活的沉醉与喜爱。下面我们通过朗读来表达辛弃疾的这份情感。

（一）出示朗读小技巧：（长线表示读长音或语气上扬，短线表示稍短的长音，斜杠表示读得轻快短促）

茅檐——低小（韵），

溪上/青—青——草（韵）。

醉里吴音——相—媚好（韵），

白发/谁家——翁媪（韵）？

大儿——锄豆/溪—东——（韵），

中儿——正织/鸡—笼——（韵）。

最喜小儿——亡赖（句），

溪头——卧剥/莲—蓬——（韵）。

（二）听老师吟诵。学生按标记与老师的吟诵自己试着吟诵。

（三）边吟诵边体会，从这样的吟诵中，你感受到了什么？

交流：预设1：茅檐——低小（韵），长音、重音如加在"低小"上，重点就在"低小"上了，感觉茅屋太矮、太小了。而这样吟诵，茅檐——低小，强调"茅檐"，音调上扬，让人感觉茅屋虽小，却是温馨、温暖。

预设2：醉里吴音——相—媚好（韵），说明这里的"相媚好"主要是通过好听的"吴音"表现出来的，让人如闻其声。

预设3：白发/谁家——翁媪（韵）？这样吟诵突出了一个"家"，说明这首词写的重点就是"家"。一个词人羡慕的美好的五口之家。

（四）指名吟诵。师预设点评：溪上/青—青——草，拉长读"青——"，让我们感受到溪头的青草葱茏苍郁，生机勃勃。

（五）配乐集体诵读。

四、家国情怀

辛弃疾为何如此向往这样宁静的村居生活呢？

（一）了解词人生平。指名读。

辛弃疾出生于被金人侵占的北方，亲眼目睹了汉人的妻离子散、家破人亡。他十分渴望百姓能过上安定宁静的生活,一直为抗金而不懈努力,但却遭受奸臣打击,被贬到远离战火的江西农村,一住就是 18 年。这首词就在他被贬之后写的。

(二)我们还从宋代词人的笔下了解到被金兵的铁蹄践踏的破碎的家国。师生合作诵读:

遗民泪尽胡尘里,南望王师又一年。(陆游)

郁孤台下清江水,中间多少行人泪。西北望长安,可怜无数山。(辛弃疾)

山河破碎风飘絮,身世浮沉雨打萍。(文天祥)

(三)离乡之痛,漂泊之苦,早已使辛弃疾将自己的遭遇与国家命运紧密相连,愿国家和平统一,愿所有的百姓安居乐业。这就是《清平乐·村居》这首词中辛弃疾的家国情怀。

让我们带上这份心声吟唱《清平乐·村居》。

五、词入人心

现在这和谐美好的村居就像这首词中的那条小溪缓缓流淌在我们每个人的心间,流淌永远……(完成板书)

板书设计:

清平乐·村居

［宋］辛弃疾

青青草　　　　醉里

相媚好　　　　最喜

亡赖

教学反思

爱国,不能停留在口号上,而是要把自己的理想同祖国的前途、把自己的人生同民族的命运紧密联系在一起,扎根人民,奉献国家。

——习近平

一直想要对学生渗透家国的意识,直到有一天遇见了《清平乐·村居》。

《清平乐·村居》是南宋爱国大词人辛弃疾笔下不多见的一首质朴、清新的田园词。他写的是一个农村的普通家庭。茅檐、小溪、青草、翁媪、孩童共同构成了一幅恬静、祥和的田园生活图景,不仅表达出作者对农村田园生活的喜爱,还可看出作者对国家中各个家庭都能安居生活的渴望。"家是最小国,国是千万家","国"与"家"从来都是一体的。如何在这首词中渗透家国情怀的教育,通过研究,我主要采用"诵读体悟"的方法,引领学生读出音律,读出画面,读出情韵。

一、在吟诵中感受家国情怀

在第一课时了解词的内容,通过想象画面感受到了词人对村居生活的沉醉与喜爱的基础上,通过长音、短音、顿促音等技巧,引领学生在吟诵中感受词人描绘的村居的美好祥和。茅檐——低小,强调"茅檐",音调上扬,让人感觉茅屋虽小,却是温馨、温暖。又如:白发/谁家——翁媪(韵)?这样吟诵突出了一个"家",说明这首词写的重点就是"家"。一个令词人羡慕的美好的五口之家。在吟诵交流中挖掘了文本的内涵,更加深切地体会词人对这样生活的向往。

二、在"醉"中体悟家国情怀

教学时,紧紧围绕一个"醉"字,通过诵读品味,带领学生走进"村居",融入农家生活,引导学生充分将词中图画通过体验、想象转化成语言文字,表"情"达"意"。"夏日的午后,几杯酒下肚,老夫妻俩打开了话匣子,正在用吴侬软语说着悄悄话呢。你想他们会说些什么呢?"学生联系词作的上下阕内容,讲到老夫妻亲热的互相打趣,互相夸奖,体会他们生活的快乐和自在;以及三个儿子勤劳、孝顺、可爱带给他们的满足和欣慰。美好秀丽的村居环境,衣食无忧的农家生活,老夫妻满足而安逸,悠然自得的生活情趣使他们陶醉,这是"酒不醉人人自醉"!

三、在拓展中延伸家国情怀

这是多么令人羡慕向往的居家生活啊。家庭是小家,国家是大家,这个大家此时又是如何呢? 适时介绍辛弃疾的生活经历和宋代词人的笔下被金兵的铁蹄践踏的破碎的家国。学生通过阅读资料和诵读词句,感受辛弃疾之所以"沉醉不知归路",就是因为他向往这种和平与安宁,他渴望结束战乱,百姓得以安居乐业! 这种将自己的遭遇与国家命运紧密相连,怀揣愿国家和平统一,愿所有的百姓安居乐业的梦想,一生都在为抗金不懈努力的行为,正是对家国情怀的最好诠释。这就是爱国的含义。至此,学生的理解走向深入,他们对作品的诵读也达到了一定的深度。

当然,通过上这堂课,让我对经典诗文课堂教学有了一些感受:比如对学生的回答和诵读,教师具体化的点评能力还有待提高,再如教师在主持教学的过程中,如何体现"引领掌舵"的作用,还值得我好好去研究。

专家点评

《清平乐·村居》是宋代词人辛弃疾的词作。此词描绘了农村一个五口之家的环境和生活画面,借此表现人情之美和生活之趣。施萍老师执教的《清平乐·村居》微课,用学生熟悉的生活场景引入课题,通过图片的展示和学生的讨论真实还原了诗中所描绘的生活场景,让学生对诗歌的理解更加真切。在教学过程中,教师紧紧围绕一个"醉"字,通过诵读品味,带领学生走进"村居",融入农家生活,引导学生充分将词中图画通过体验、想象转化成语言文字,表"情"达"意"。让学生通过吟诵感受词的韵律、节奏,借助画面感受乡村生活的安宁美好。不仅如此,在教学设计中,教师还注重学生思想感情的培育,从"家是最小国,国是千万家"的认知出发,在诗词教学中渗透家国情怀的教育,拓展了本课的育人效能。教学整体上看目标定位清晰,教学设计和师生比较流畅,课堂互动丰富,感情真挚。《清平乐·村居》的写作,有一定的时代背景,作者在描写乡村生活的时候实际上也表达了自己壮志未酬的情绪,教师可以对作者创作该诗的整体背景有一定的介绍,便于学生更好地把握诗歌的意蕴。

稚子弄冰

执教者:上海市华东师大一附中实验小学　王　凌
点评者:上海市虹口区教育学院　袁晓东

原文

稚子弄冰

［宋］杨万里

稚子金盆脱晓冰,彩丝穿取当银钲。

敲成玉磬穿林响,忽作玻璃碎地声。

教学设计

教学目标:

一、正确认读生字"稚""磬",会写"晓"。

二、正确、流利地朗读《稚子弄冰》。

三、能把握诗句中的词语,想象诗歌所描绘的情景,说清楚古诗的意思。

四、体会诗人所表达的思想感情,感受童年生活的情趣和欢乐,感悟诗歌的语言美和内蕴美。

教学重点:

一、能有感情地朗读古诗,通过朗读能初步感悟诗歌的韵味和美好的意境。

二、理解诗词的意思、想象描述的画面、体会童年生活的无瑕和美好。

教学难点：

一、体会作者用词的生动传神，感悟诗词中童年生活的快乐、田园生活的温馨，受到美的熏陶。

二、培养学生的想象力和热爱大自然的感情。

教学过程：

一、谈话导入，激发兴趣，解读诗题

（一）师：同学们，今天我们要学习的古诗出自著名的南宋诗人杨万里，相信你们一定对他的诗歌有所积累。谁来尝试背一背？

预设：小荷才露尖尖角，早有蜻蜓立上头。

师：这句诗出自《小池》。

预设：接天莲叶无穷碧，映日荷花别样红。

师：这也是一首写景的诗。

过渡：同学们背诵得真不错，今天我们就来学习杨万里笔下描写儿童生活的一首诗。一起读一读诗题。（贴诗题）

（二）生读诗题。

（三）理解诗题。

师：谁能说一说诗题的意思？

预设：我认为"稚子"就是指幼小的孩子，"弄冰"就是玩冰的意思，连起来就是小孩子在玩冰块。

师：你把握住"稚子"和"弄"这两个字词（贴稚子图片），理解了诗题的意思。我们一起读好诗题。齐读诗题。

过渡：杨万里眼中的孩子玩冰的情景到底是什么样的，我们一起去诗中寻找答案吧。

二、品读古诗，领悟诗意，想象画面

（一）师：先听老师来读一读这首诗，同学们想一想：你看到了什么？想到了什么？可以试着圈画出对应的关键词，再进行小组交流。

1. 学生自由朗读、圈画。

2. 小组交流。

3. 全班交流。

预设:我看到了一群小孩在玩冰,我圈出了"脱""穿""敲"这些动词。

师:是呀,这一系列动词(板书并指板书:脱、穿、敲)把小孩子玩冰的过程串联了起来。通过这些词语,你又想到了什么?

预设:我想到了这群孩子玩冰的过程,十分生动有趣。

师:是的,诗人给了我们想象的空间。(PPT 出示:生动)

预设:我也看到了孩子在开心玩冰的情景。我圈出了"脱晓冰""当银钲",这个小孩子在这么冷的冬天清晨玩冰,还把冰块穿起来敲打着玩,让我感受到了童趣。

师:(PPT 出示:童趣)稚气和乐趣已经使孩子忘却了严冬的寒冷,只剩活力和快乐。(板书:晓冰　当银钲)

预设:我还看到了许多颜色。比如"金盆""彩丝",还有"银钲""玉磬"这些都是有颜色的,让我想到了一个五颜六色的冬天的早晨。

师:(出示图片)"钲"原本是青铜色的,作者在这里给钲加上了银白色,让它变得更美了;而"玉磬"则是指用玉做成的打击乐器,这也是玉石的颜色,还有美丽的金盆,令人遐想的彩丝,(板书:彩丝)这么多颜色构成了一首色彩斑斓的诗。(PPT 出示:色彩斑斓)

师小结:清晨,满脸稚气的小孩将夜间冻结在盆中的冰块取出。用彩丝穿过冰块,提在手中就像一个银钲。这样一幅生动、童趣、色彩斑斓的画面就呈现在了我们眼前,请男生来读第一小句,女生读第二小句。

师:读得真不错,我们一起带着感情读好这一句。

预设齐读。

(二)师:感受到了令人陶醉的画面。请同学们再轻声读读第二句,说说从诗中你听到了哪些声音?

预设:在"敲成玉磬穿林响"中,我听到了孩子敲打冰块时发出的,像敲打玉器时发出的声音,我觉得这一定很清脆悦耳。

师:让我们一起来感受一下这么动听的声音。(播放敲打玉器的声音)我们继续交流你听到的声音。

预设:在"忽作玻璃碎地声"一句中,我还仿佛听到了冰块掉在地上,像打碎了玻璃般的声音。

师:"玻璃"在文中指的是一种天然的玉石,也叫作水玉。水玉碎地是什么样的声音呢?我们来听听看。(播放玻璃打碎的声音)谁来分享你的感受?

预设:这个声音就比较尖锐、刺耳了。

师:是呀,想必这个孩子也有些懊恼了。

师:这幼稚天真的孩子把冰块拿在手上轻轻敲打,清脆的响声穿林而过。忽然冰块落地,发出了如玻璃破碎一般的声音。诗人在第二句中向我们展现了一幅动态且有声的画面,趣味十足,令人回味无穷。(PPT出示:有声)请同学们在小组里轮流读一读这一句。

师:我们一起来读一读这一句。

三、尝试演绎,感受情感,布置作业

(一)师:老师今天也带来了一些"冰块",让我们也一起来尝试着穿一穿,演一演,想一想如果你是杨万里,看到孩子们玩冰的这一幕,你会说些什么?

1. 小组合作穿冰,一人分饰杨万里。

2. 请一组做展示。

(二)师:诗人杨万里正是发自内心地尊重、喜爱着孩子的天真,让我们跟着杨万里,一起读好这首诗。

(三)布置作业

课后请同学们搜集童趣诗,尝试着积累背诵。感兴趣的同学还可以尝试着为这首诗作一幅画,表现出诗中"脱冰作戏"的场景。

板书设计:

稚子弄冰

脱晓冰

穿彩丝

当银钲

敲玉磬

教学反思

一、说教材

《稚子弄冰》是部编版小学语文五年级下册第一单元第一课《古诗三首》中的第二篇古诗。本诗的作者是宋代诗人杨万里。古诗描写了幼童在严寒天气弄冰玩耍、自得其乐的场景。表达了作者对孩子的喜爱,对童真的尊重,并向往着如同孩童一般自由自在的生活。诗人将孩子取冰时的欣喜、穿丝时的小心、敲冰块时的得意一一呈现,稚气和乐趣使儿童忘却了严冬的寒冷,让这幅画面充满活力和快乐。

二、说学情

五年级学生有一定的古诗鉴赏能力,大部分学生能借助多种阅读方法理解古诗的意思,体会诗人传达的思想或情感。在部编版小学语文教材中,不乏童趣诗的学习,学生可以借助诗中的关键词语和插图来想象画面,体会童真童趣。

三、说目标

本单元以"童年往事"为主题,结合单元语文要素"体会课文表达的思想感情"后,我设计了以下教学目标:

1. 正确认读生字"稚""磬",会写"晓"。

2. 正确、流利地朗读《稚子弄冰》。

3. 能把握诗句中的词语,想象诗歌所描绘的情景,说清楚古诗的意思。

4. 体会诗人所表达的思想感情,感受童年生活的情趣和欢乐,感悟诗歌的语言美和内蕴美。

四、说教学过程

(一)新旧衔接,激发兴趣

杨万里作为宋代诗人,写出了不少有极强的画面感和浓烈的生活气息的写景诗和童趣诗。学习本诗前,学生已经积累了《小池》《晓出净慈寺送林子方》《宿新市徐公店》这些杨万里的诗词。借助旧知,引导学生尝试背诵杨万里的诗词,从而导入本诗的新授,能在衔接新旧知识的同时，激发学生的学习兴趣。

（二）把握关键词语，理解内容

要体会作者表达的思想感情，就需要把握住诗中的关键词语，借助这些词语和书页的插图来想象画面。因此在品读古诗的教学环节中，我引导学生抓住关键词，想象诗中的画面。在《稚子弄冰》一诗中，诗人运用"脱""穿""敲"这些动词将儿童玩冰的情景写得生动有趣，学生就抓住了这些词体会到了在寒冬中玩冰的孩子们是如此快乐。

诗中除了将玩冰的动态过程写得生动有趣以外，孩子们玩冰时的声音及那天寒地冻中五彩斑斓的"金盆""彩丝""银钲""玉磬"，都让这幅画面变得更加生机勃勃。因此在教学中，除了引导学生感受孩童玩冰所呈现的动态画面以外，我还引导学生聆听敲打玉磬的声音，欣赏色彩斑斓的画面，谈谈自己的感受，学生在学的过程中体验丰富，既能习得语文知识，理解古诗内容，也能陶冶情操，感受古诗词的丰富内涵。

（三）尝试演绎，体会情感

要感受诗人对这些充满了童趣天真的孩子们的喜爱之情，除了理解诗句，还可以尝试着用自己理解的方式来演绎。在课堂中，我引导学生以小组合作的形式将孩子们"脱冰作戏"的场景演绎出来。学生不仅将孩子们玩乐的天真展现得淋漓尽致，还扮演起了小小杨万里，在演绎的过程中抒发诗人对孩子们的情感。

五、说板书、作业设计

（一）板书

精炼的板书是课文内容高度的凝结与集中，能达到启发学生进行科学思维的作用。本诗的板书我主要围绕着诗中孩子们"脱冰作戏"的动作展开，直观、清晰、明了地把本课的重点展示出来。

（二）作业设计

小学生阅读能力尚在形成阶段，要不断地让学生总结课堂上所学到的阅读方法，并运用这些方法进行"以一带多"进行阅读，使之形成能力。古诗中像这样描写儿童活泼可爱的诗篇还有很多，因此在作业设计中，我鼓励学生运用学到的方法，搜集、积累并理解这些诗词，激发学生学习古诗的热情。

总之,《稚子弄冰》一诗的教学根据学生的发展特点,从学情出发,在突显出语文要素的同时,培养学生对古典诗词的鉴赏能力,力求通过以润物无声的形态激发学生的童趣,真正做到理解诗意,体悟诗情,点亮诗趣。

专家点评

《稚子弄冰》是南宋诗人杨万里所作的七言绝句。全诗四句,从小孩幼稚嗜玩的心理特征切入,为读者描绘了一幅稚气满纸而又诗意盎然的"脱冰作戏"的场景。王凌老师执教的《稚子弄冰》微课,让学生通过回忆《小池》《晓出净慈寺送林子方》《宿新市徐公店》等学生熟知的杨万里的诗词,帮助学生建构新旧知识的联系,激发学生的学习兴趣。教学过程中,教师能抓住贯穿全诗的几个重要动词,帮助学生在把握"脱晓冰、穿彩丝、当银钲、敲玉磬"的整个过程中形成对诗歌整体意思的理解。不仅如此,教师还引导学生聆听敲打玉磬的声音,欣赏色彩斑斓的画面,亲身体验"弄冰"的过程等,激活课堂的氛围,丰富学生的体验,达到了既能习得语文知识,理解古诗内容,也能陶冶情操,感受古诗词丰富内涵的多重教学目标。都市学校,特别是南方都市学校的学生,对于"弄冰"的快乐往往缺少真切的体验和直观的认知,教师如果能够对诗歌创作的整体背景有一定的介绍,可能更有利于学生理解本诗中作者"用老者的眼光开掘稚子的情趣"背后所要表达的情感和价值。

三衢道中

执教者：上海市普陀区武宁路小学　王振楠
点评者：上海市虹口区教育学院　袁晓东

三衢道中

［宋］曾　几

梅子黄时日日晴，小溪泛尽却山行。

绿阴不减来时路，添得黄鹂四五声。

教学目标：

一、有感情地朗读并背诵《三衢道中》。

二、能借助注释、插图理解《三衢道中》，一边读一边想象画面，感受诗人的心情。

三、补充朗读曾几的其他诗作，激发对大自然的热爱。

教学重难点：

能借助注释、插图理解《三衢道中》，一边读一边想象画面，感受诗人的心情。

教学过程：

一、了解诗人，读懂诗题

（一）简介诗人，引入诗题。

今天,老师想给大家介绍一位诗人,他就是南宋的曾几。这个名字小朋友们可能并不太熟悉,但是他的学生却无人不知,那就是南宋著名爱国诗人陆游。陆游在为曾几撰写的《墓志铭》中,称他"雅正纯粹,而诗尤工"。意思就是:曾几的诗风格清淡,词意明白,语言明快流畅,形象也较为生动。

不仅如此,曾几还是一位旅游爱好者。今天,我们要学习的这首诗,就是他在游览浙江衢州的三衢山时写成的。

(二)齐读诗题。一起来读题目——《三衢道中》。

(板书:三衢道中)

二、初读诗歌,读出节奏

梅子黄时/日日晴,小溪泛尽/却山行。

绿阴不减/来时路,添得黄鹂/四五声。

(一)教师范读。先听老师来读一读。

(二)师生配合读。你们愿意和老师配合着一起来读一读这首诗吗?

(师)梅子黄时(生)日日晴,(师)小溪泛尽(生)却山行。

(师)绿阴不减(生)来时路,(师)添得黄鹂(生)四五声。

三、交流学习,感悟诗意

(一)交流学习第一句。

1. 轻声读读第一句,诗人是什么时候去三衢游玩的?游览时的天气情况又是怎样的?

(板书:时间、天气)

预设:诗人是在"梅子黄时"去三衢游玩的,游览时的天气是"日日晴"。

(板书:梅子黄时、日日晴)

2. 小朋友们都是从小生活在上海,对于黄梅时节一定不陌生。听到"黄梅天"这个词,你们想到了什么?

预设 1:我想到了每年的黄梅天,上海总是下雨,很难看到晴朗的天空。

预设 2:我想到了每年的黄梅天,因为晴天很少,所以清洗的衣物总是很难晾干。

预设 3：我想到了每年的黄梅天，因为一直下雨，所以我哪儿也去不了，只能待在家里。

是呀，古人也写了许多诗句来描绘黄梅时节的阴雨连绵。比如杜甫的"湛湛长江去，冥冥细雨来"。赵师秀的"黄梅时节家家雨，青草池塘处处蛙"。可是，曾几的运气却格外好，他出游的日子不仅没有下雨，反而天天晴空万里。

（二）交流学习第二句。

1. 这样的好天气，一定不能辜负。再来读读第二句，配合注释想一想：诗人是按照怎样的路线游览美景的？

（板书：路线）

预设：诗人是先乘小船到小溪的尽头，再在山中步行游览的。

（板书：小溪泛尽却山行）

2. 如果你在黄梅时节，不仅遇到了天天晴朗的好天气，还能去山中游览。你的心情怎么样？

预设：如果我能遇到这样的好天气，还能去山中游览，那我肯定高兴极了！

那就请你读出这种高兴的感觉来吧！指名生读。

真是一次开心的旅程！

（三）交流学习第三、四句。

1. 诗人在回来的路上，都看到、听到了什么？请你轻声读读三四句，圈出诗人的所见、所闻。

（板书：所见、所闻）

预设 1：通过"绿阴不减"这个词，我了解到诗人在回来的路上，看到浓绿的树阴丝毫没有减少。

（板书：绿阴不减）

预设 2：通过"黄鹂四五声"这个词，我了解到诗人在回来的路上，听到了几声黄鹂的鸣叫。

（板书：黄鹂四五声）

2. "蝉噪林逾静，鸟鸣山更幽。"如果你在游览结束，返程之时，突然听到原本幽静的山林中传来清脆的鸟鸣声,你会有怎样的感受?

预设 1:如果我在返回的路上,突然听到幽静的树林里传来清脆的鸟鸣声,我会觉得非常惊喜。

预设 2:如果我在游览得筋疲力尽的时候,突然听到清脆的鸟鸣声,我会觉得一下子就有力量了,还可以继续游览下去。

那就请你读出这种突遇意外之喜的感觉来吧!指名生读。

真是一场意料之外的惊喜!

(四)配合动画,引导记诵。

诗缘情而发!作者将一次平平常常的行程,写得错落有致,平中见奇,不仅写出了初夏的宜人风光,诗人的愉悦情状也栩栩如生,让我们领略到别样的意趣。这样的好诗,你想不想来吟诵一番?

那就让我们配着动画,一起试着背一背吧!生齐背古诗。

四、拓展朗读,感受自然之美

王老师很欣赏曾几有一双善于发现美的眼睛,也很喜欢他生动明快的语言,所以我又找了三首曾几的诗。这三首诗分别为我们描绘了杏花、岳麓山寺和一条林荫小道。

这节课,我们跟着诗人的脚步游览了初夏时节的三衢山,天气晴朗,梅子金黄,绿树成荫,鸟鸣清脆。王老师希望大家都能和曾几一样,善于发现美、欣赏美,用自己的文字记录祖国美丽的大好河山。

板书设计:

三衢道中

时间　梅子黄时

天气　日日晴

路线　小溪泛尽却山行

所见　绿阴不减

所闻　黄鹂四五声

教学反思

《三衢道中》是统编版教材三年级下册第一单元第一课《古诗三首》

中的最后一首诗,出自宋朝诗人曾几之手。曾几作为一位旅游爱好者,本诗正是他在游赏浙江衢州时写成的。他仅用了短短 28 字,就生动地描绘了游三衢山时的所见所闻,再现了游览时的愉悦心情,流露出对自然山水的热爱。

对于年纪尚小的孩子而言,在古诗教学中,吟诵是当之无愧的重点。因此,在教学中,我先通过教师范读、学生模仿读、师生配合读,让学生感受了本诗的韵律和节奏;又在接下来的教学环节中,不断引导学生再读诗句,了解诗人游览的时间、游览时的天气、游览路线及一路上的所见所闻;接着请学生结合自己的生活体验,感受诗人的愉悦、惊喜之情,并试着读出这种感觉来;最后通过配套的课文动画,带领学生尝试脱离书本文字,看着生动的画面,吟诵诗句。

教学第一句"梅子黄时日日晴"时,因为我们的学生都是自小生活在上海,所以我便请他们回忆每年黄梅天时的感受,再补充了两句描绘黄梅时节阴雨连绵的诗句。通过这样生活实际、他人诗句和本诗的对比,让学生更加直观地感受这时节能有如此"日日晴"的好天气是一件多么难得的事情,也更容易地体会到诗人的喜悦之情。

教学三四两句"绿阴不减来时路,添得黄鹂四五声"时,学生通过"绿阴不减"和"黄鹂四五声"两个词组,从视觉和听觉两方面了解了诗人游览途中的经历。我则补充了"蝉噪林逾静,鸟鸣山更幽"这两句诗,帮助学生体会诗人突然听到鸟鸣的惊喜之情。

由于曾几这位诗人对于学生来说其实十分陌生,仅仅通过一首诗也很难体会诗人用词的生动明快。因此在本诗教学完毕后,我又补充了曾几描绘杏花、岳麓山寺和林阴小道的记行诗,配上合适的插图,让学生通过自行诵读,进一步感受诗人的诗风清淡,形象生动,语言明快流畅。原本我很担心如此陌生的诗人,这样一首不甚耳熟能详的小诗,是否也会让我们的课堂氛围变得冷清?可实际授课过程中,学生却表达得十分精彩、活跃。为什么这一课能让孩子们的思维如此活跃呢?或许是因为本诗教学设计中的一些问题,让孩子感受到诗词其实和我们的实际生活息息相关,其实古诗也可以"易""趣""活",其实课堂上不一定都是单调重复的各种习题和乏味的问答。

　　《三衢道中》是南宋诗人曾几创作的一首七言绝句，全诗明快自然，极富生活韵味。王振楠老师讲授的《三衢道中》微课，比较好地把握了中年级学生学习特点和本诗的精髓要义，教学目标设计比较合理，教学过程流畅，师生互动比较丰富。教师教学过程中，先通过教师范读、学生模仿读、师生配合读，让学生感受了本诗的韵律和节奏。通过引导学生再读诗句，了解诗人游览的时间、游览时的天气、游览路线及一路上的所见所闻，帮助学生理解诗歌的意思。在此基础上，请学生结合自己的生活体验，感受诗人的愉悦、惊喜之情。难能可贵的是，王老师在授课过程中，始终坚持与学生的生活实际密切关联，引发学生对于诗歌学习的热情，通过让学生对"黄梅天"的回忆，更加直观地感受到黄梅时节能有如此"日日晴"的好天气是一件多么难得的事情，也更便于学生体会到诗人的喜悦之情，体会到诗歌与生活的紧密关联。教师在教学末端补充了诗人曾几的一些其他作品，帮助学生拓展诗歌储备，加深对诗人的印象和了解。如果能尝试让学生通过对这些诗歌的吟诵和比较，来自主总结诗人曾几的性格特征和创作特点，会更加拓展教学的育人价值。

村 居

执教者:上海外国语大学附属双语学校　王子涵
点评者:上海市虹口区教育学院　袁晓东

村 居

[清]高　鼎

草长莺飞二月天,拂堤杨柳醉春烟。

儿童散学归来早,忙趁东风放纸鸢。

教学设计

教学目标:

一、借助拼音把古诗读正确,初步了解诗意。

二、朗读古诗,注意语气和重音,学会掌握一定的方法来吟诵古诗词。

三、初步感受古诗词的独特韵味,并产生对春天的热爱之情。

教学难点:

初步感受古诗词的独特韵味,并产生对春天的热爱之情。

教学重点:

朗读古诗,注意语气和重音,学会掌握一定的方法来吟诵古诗词。

教学用具:

多媒体课件

教学过程：

一、导入揭题，引发兴趣

今天我们一起来诵读一首描写春天的古诗。你们知道吗？这首诗还写了儿童放学归来的场景，这在古诗中是十分少见的，因此显得尤为珍贵。今天我们就要学习怎么读好这首诗。

二、初读古诗，读准每个字音

（一）借助拼音，读古诗。

在这之前，相信不少小朋友已经学会借助拼音来读这首诗，让我们一起来读一读。

（二）指出难点，读正确。

1. "草长莺飞"的"长"，表示"生长"。

2. "莺"要注意是后鼻音。

3. "拂堤杨柳"中"堤"是提土旁，解释为堤岸，要和"手提包"的"提"注意区分。

4. "趁"是前鼻音，不要念成后鼻音。

5. "纸鸢"就是指风筝（出示：图片），据说最早的风筝是用绢或纸做成鹰的样子。看，放飞时真得像一只雄鹰在空中翱翔。

三、细读品味，感受古诗韵味

（一）品读诗歌第一句。

1. 想象画面，读懂美景。我们常说："诗是一幅画，画是一首诗。"读完了这首诗，你的眼前出现了一幅怎样的画面呢？你从哪里感觉到了春天？生交流。

我想在你的脑海里一定出现了"早春二月，地面草儿旺盛生长，空中莺儿自由飞翔"的画面。

2. 指导朗读第一句。我们在朗读时需要注意把时间单独区分开来，就像这样：草长莺飞/二月天。或许有的小朋友会觉得小草和黄莺鸟是两种不同的事物，应该也要把它们区分开来。这样的想法也很棒，我们也可以这样读：草长/莺飞/二月天。

（二）品读诗歌第二句。

1. 品析诗中意象。第二小节也有非常重要的景物:柳,这在其他的古诗词中很常见,代表了春天新生的象征。诗人用了"拂"这个字把看不见的景物也写了出来——春风。想象一下,春风像妈妈的手拂过河堤边的杨柳,细长的柳条在春风中微微摆动,是多么迷人的场景!仿佛我们也陶醉在迷人的春光之中。

2. 指导朗读第二句。第二句应该读得轻一点、柔一些。师范读,指名读,齐读。

(三)品读诗歌第三、四句。

1. 抓住关键字体会孩童心情。在这么美妙的春色中,乡野间的孩子们放学回来了,猜猜他们要做什么? 他们急着要放风筝呢! 放什么? 放风筝。你从哪里看出他们很着急? 我想这个"忙"字最能体现。为什么会这么急? 原来他们想趁回来的天色还早,抓紧时间好好地玩一玩呢! 这真是一群活泼淘气的小孩子。

2. 指导朗读第三、四句。看来这个"忙"字要读出一种急切的感觉,指名朗读。(忙趁东风/放纸鸢。示范读)其实,还可以有另一种读法:忙趁东风/放/纸/鸢。想一想为什么要把"放纸鸢"三个字拖长呢? 原来这风筝随着东风越飘越远、越飘越高。让我们连在一起把三四两句读一读,读出心中的喜悦。(出示:儿童散学/归来早,忙趁东风/放/纸/鸢)

四、总结全诗,配乐朗诵

这是一首七言绝句,前两句写景,展现了一幅二月明媚的画面,后两句写人,描写了儿童放学归来放风筝的场景,真是有趣极了。让我们抓住重音,注意停顿,配上音乐把古诗读一读。(配乐)

教学反思

一、教材分析

《村居》是统编版小学语文二年级下册第一单元中的第一首古诗。这首诗与《咏柳》形成组诗,共同编织了一幅春意浓浓、色彩明丽的美好图景,让学生通过感受诗歌的韵律美、语言美来尽享春日的诗情画意。《村居》一诗内容浅显易懂,充满童趣,既贴近儿童欢乐童真的生活场景,也符合低龄儿童的心理特征。这首诗读起来节奏轻快,朗朗上口,教师的启发和调动有助于保持学生强烈的学习热情,进而帮助学生掌握一定的方法来吟诵古诗,感受古诗独特的韵律。

二、教法分析

(一)想象画面,读懂美景

吟诵一首优美的古诗,就仿佛一幅优美的画浮现在眼前。通过想象画面,可以帮助学生进入诗歌的情境,获得情感的体验,使学生的思维活跃起来。读着"草长莺飞二月天",你的眼前出现了一幅怎样的画面呢?你从哪里感觉到了春天?引导学生用"我仿佛看见……"来说一说自己眼前的美景,学生展开联想,畅所欲言,纷纷走入春日那如诗般的意境,点燃了图画与文字碰撞的火花。学生是学习的主体,这样的学习方式将学习的权利还给了学生,去自发地获取知识,形成个性化的阅读。

(二)诗画融合,品析意象

古诗的第二句"拂堤杨柳醉春烟"将看见的和看不见的两种景物一并呈现出来。柳,作为春天新生的象征,给人带来青翠欲滴的美感,也是深受文人追捧的意象。而春风这一隐形的手,通过拂动枝条这一动作,尽显柔美与轻盈。课堂上,教师结合学生的生活体验,用细致的语言来描绘画面,带领学生走入"春风拂柳"的醉人画面,让学生随之入情入境,与作者一同陶醉在这美妙的春色之中。在此基础上,通过多种形式的诵读,范读、赛读、合作读、表演读……使学生感受诗歌语言的优美,让韵律自然而然地生成,让语文学习真正地发生。

三、教学反思

《村居》是一首贴近儿童心境、画面感很强的古诗,诗画结合的特点易于学生受到感染。通过情感的体验来喜爱诵读古诗,进而激发出表达和展示的欲望,但这一点往往是被教师所忽略的。因此,我在本诗教学的最后环节,让学生在进入诗歌情境后,采用自主绘画或给线稿涂色的方式让学生画一画心中向往的乡村春景图,也将放飞心爱的纸鸢的乐趣绘于纸上。相信这一环节一定会让课堂的氛围更加灵动活泼,画作的交流展示活动也将为学生提供表达自我的平台,这对加强情感熏陶、扩张思维广度、获得审美体验等方面也都大有裨益。

专家点评

　　《村居》是由清代诗人高鼎晚年归隐于上饶地区，闲居农村时所写的一首七言绝句。该诗首联写时间和自然景物，颔联写村中的原野上的杨柳，颈联和尾联写人物活动，整首诗勾画出一幅生机勃勃、色彩缤纷的"乐春图"。王子涵老师执教的《村居》一课，抓住诗中描写的春天的特点和小学生对春光的喜爱情感进行教学设计，整堂课目标清晰，条理性比较好，重点难点的把握比较得当。在教学过程中，一方面，注重通过重点字词的教学，帮助学生夯实语文学习的知识基础；另一方面，注重结合学生生活，用细致的语言带领学生走入"春风拂柳"的醉人画面，让学生随之入情入境，与作者一同陶醉在这美妙的春色之中。在此基础上，通过范读、赛读、合作读、表演读等多种形式的诵读活动，使学生感受诗歌语言和韵律的优美，激发学生对诗歌和自然的热爱之情。"诗是一幅画，画是一首诗"，教学之中，教师如能更好地结合二年级学生的身心发展特点，通过画画、唱歌等方式让学生将诗中表达的画面、意境进行其他形式的艺术表现，会进一步激活课堂。

小　池

执教者:上海市静安区大宁国际学校　刘梦妤
点评者:上海市虹口区教育学院　袁晓东

原文

小　池
[宋]杨万里

泉眼无声惜细流,树阴照水爱晴柔。

小荷才露尖尖角,早有蜻蜓立上头。

教学设计

教学目标:

一、借助拼音认读7个生字。

二、正确、流利、带有感情地朗读古诗。

三、借助图片和联系生活实际认识"泉眼""树阴"等词语的意思。

四、感受诗中的童趣和古诗的意境,激发学生主动学习古诗的愿望。

教学重点:

读准字音,流利、有感情地朗诵古诗词,理解诗中的意思。

教学难点:

理解诗中的意境和情趣,激发学生热爱大自然,热爱古诗词的兴趣。

教学准备:

课件、板贴、生字卡片、词语卡片

教学过程:

一、谈话导入,出示课题

(一)师:小朋友们,夏天要来了。瞧!这就是美丽的夏天。(媒体出示图片)

(二)师:你看到了什么?(荷花、荷叶……)你们喜欢这些景色吗?宋代诗人杨万里也很喜欢,于是写了一首优美的诗。(媒体出示并板贴题目、朝代、作者)

(三)师:一起读。

二、读准古诗

(一)师:听老师读古诗。你们想读吗?打开书,大声读一读,要读准字音哦!

(二)哪位小朋友想读给我们听听啊?指名一位同学读古诗。(相机正音)

评价:你的声音真好听,字音也读准了!

(三)其他人想试一试吗?齐读。

三、读出画面,读出情感

(一)认识"泉眼",读好第一句"泉眼无声惜细流"。

1. 师:老师有个疑问,小池的水是从何而来呢?(板贴:小池的图片)

预设:泉眼(板贴:泉眼的图片)(媒体出示泉水流动的画面,并播放流水声)

师:从泉眼里流出的源源不断的洁净的水就是——泉水。

2. (媒体出示句子:泉眼无声惜细流)师:泉眼爱惜细流,可舍不得它流走啦,所以只让它细细地流,甚至都没有声音。谁能把泉眼的不舍读出来?(细到都听不到流淌的声音呢!)

师:我们一起试试吧!

(二)认识"树阴",读好第二句"树阴照水爱晴柔"。

师:泉眼爱惜细流,树阴爱着晴朗柔和的天气!(媒体出示句子:树阴照水爱晴柔)

1. (举词卡:树阴)指名拼读。(你把前鼻音读准了)

2. 师:有树阴当然会有大树(板贴图片:大树)大树把阳光遮住的地方就是树阴。

3. 齐读。(板贴词卡:树阴)

4. 师:瞧,在这晴朗柔和的天气里,池边的大树正低头看着水面呢!(媒体出示图片)它喜欢眼前的美景吗? 是啊,它的心情一定好极了! 谁来当大树读读这句话?

5. 齐读。

过渡:古诗里还藏着哪些景物呢?(媒体出示整首古诗)

(三) 认识"小荷""尖尖角""蜻蜓",读好第三、四句。

1. 教学"小荷"。

(1)(举生字卡片"荷")师:一起拼。师:有什么好方法记住它?(草字头加何,荷荷荷)师:草字头是一种植物,下面的部分也读 hé,合起来就是"荷"。

(2)(举词卡:小荷)师:一起读。(板贴词卡:小荷)

(3) 师:小荷就是小小的荷叶。

2. 教学"尖尖角"。

(1) 师:老师这儿有两片小荷,读读这句话,你觉得诗中描写的是哪一片?(生拿一片贴到黑板)师:为什么你觉得是这片小荷呢?

(2)(举词卡:尖尖角)指名读。

(3) 学习"尖"。师:看看这片荷叶的形状,上面小小的,下面大大的,很——尖。师:这样的荷叶是刚长出来的,谁来读,嫩嫩的,绿绿的,谁再来读? 齐读。(板贴词卡:尖尖角)

3. 教学"蜻蜓"。

(1)(出示词卡:蜻蜓)师:请你当小老师带大家拼读。评价:你们都把后鼻音读准了。

(2) 师:蜻蜓飞来啦! 一起叫叫它的名字吧!(板贴蜻蜓的图片和词卡)

4.(媒体出示后两句)师:轻声读读这两句诗,你知道蜻蜓在哪儿吗? 上黑板摆一摆。

师:是啊,小荷才刚刚露出来,蜻蜓早就来了。好像在等着它一样。你喜欢这幅美景吗?谁能读出来。(指名2位学生读后两句)齐读。

四、配乐朗读古诗

师:通过同学们的寻找和朗读,一首诗变成一幅画了呢!老师送你们一段动听的音乐吧!(播放音频)听。谁想跟着音乐读古诗?(指名1～2名学生读)齐读。

五、布置作业

师:还有很多古诗写过美丽的夏天,课后和小伙伴一起去发现,去找找这些诗句吧!下节课和老师来分享!

板书设计:

小　池

〔宋〕杨万里

小池图片

泉眼图片

小荷图片

蜻蜓图片

教学反思

《古诗两首》是部编版一年级下册的一篇课文。其中《小池》一诗的作者通过对小池中的泉水、树阴、小荷、蜻蜓的描写,给我们描绘了一幅充满生活情趣的生动画面,我根据教材的特点和低年级的认知水平,设计了以下几点。

一、谈话导入,激发兴趣

这节课我是这样导入的:同学们,当风景如画的春天过后是什么季节啊?(夏天)对,就是美丽的夏天,夏天你最喜欢干什么呢?在这里引导学生说完整的话。之所以这样导入,主要是想从孩子的情感入手,为之后古诗中体会诗人的喜爱之情做铺垫。

二、多方法识字,提高学生识字能力

本首诗识字教学采取随文与集中识字相结合的方法。集中学习的生字有：阴、晴、柔、露。而里面又涵盖了多种识字方法，比如加一加、换偏旁、编顺口溜、借助反义词和组词等方法。这些方法不是简单的说教，而是根据以前的积累由学生自己说出来的，孩子的识字能力得到了进一步的锻炼。

之所以把"惜"作为随文识字，主要是考虑到这个字放在诗句中理解更有利于孩子理解诗句，由生活中的"我们要爱惜书本"等引申到本首诗中的"泉眼爱惜它的细细的水流"，孩子们会理解得更加到位。

三、以字带句，加深理解

在识字环节过后，就是深入学文。本首诗一句诗描写一种景物，思路很是清楚。在这一环节，首先我引导学生通过听朗读找出诗中所描写的四种景物：泉眼、树阴、小荷、蜻蜓，然后按景物顺序学习诗句。先带孩子看泉眼的图片，了解泉眼就是泉水的出口，之后在图中找树阴在哪里，然后分别抓住"惜、细流、晴、柔"等字逐句理解。适当的理解之后，孩子们体会到了泉眼对泉水的爱惜，体会到了树阴对美景的喜爱，更体会到了诗人对小池景色的喜爱之情，为之后的背诵全诗做了较好的铺垫。

四、角色扮演，入情入境

在学习"小荷才露尖尖角，早有蜻蜓立上头"时，我设计了让孩子们亲自扮演小蜻蜓，说一说自己落在尖尖的小荷上在干些什么，孩子们有的说"我停在荷叶上休息"，有的说"我在和荷叶说悄悄话"，有的说"我在荷叶上看风景"，还有的说"我在和荷叶做游戏"，等等，孩子们的想象力很丰富，想出的答案充满童趣和喜爱，孩子们在学习的过程中也投入了自己的感情，为背诵奠定了感情基础。

五、适当拓展，加强识字，激发情感

在整节课的最后带学生欣赏了盛夏荷花池图片和其他与夏天有关的古诗诵读。在看到一张张美丽的荷花图时，孩子们不禁发出一声声赞叹，在开拓了学生视野的同时，也给了学生一次欣赏美景的机会。

专家点评

《小池》是宋朝诗人杨万里创作的一首七言绝句。这首诗中，作者运用丰富、新颖的想象和拟人的手法,细腻地描写了小池周边自然景物的特征和变化。刘梦妤老师执教的《小池》微课,在教学设计和实施上,充分关照到了一年级学生的认知特点和学习规律。通过展示图片的方式引发学生的学习兴趣,唤起学生美好的情感。采取随文与集中识字相结合的方法,帮助学生掌握诗歌中出现的生字、关键字,为学生更好地理解诗歌的意思奠定了基础。在教学中,教师能够引导学生通过朗读找出诗中所描写的四种景物:泉眼、树阴、小荷、蜻蜓,结合景物和"惜、细流、晴、柔"等关键字,加深学生对诗歌原意的理解。在教学"小荷才露尖尖角,早有蜻蜓立上头"时,教师设计了"让学生亲自扮演小蜻蜓,说一说自己落在尖尖的小荷上可以干些什么"的活动,很好地激发了学生的想象力,增加了课堂的生动性。本诗小巧、精致,宛如一幅花草虫鸟彩墨画。画面之中,池、泉、流、荷和蜻蜓,落笔都小,却玲珑剔透,生机盎然,教师可以更多地引导学生体会这些景物描述背后所体现的作者感情,升华学生对于诗歌的热爱和对于生活的热爱之情。

早发白帝城

执教者:上海市民办阳浦小学　李谢林
点评者:上海市虹口区教育学院　袁晓东

原文

早发白帝城

[唐]李　白

朝辞白帝彩云间,千里江陵一日还。

两岸猿声啼不住,轻舟已过万重山。

教学设计

教学目标:

一、正确、有感情地朗读古诗。

二、借助音韵知识、插图和字源,初步了解诗中"舟"意象,复习积累相关古诗。

三、有感情地吟诵古诗,感受古诗的韵律美,体会诗人喜悦畅快的情感。

教学重点:

有感情地吟诵古诗,感受古诗的韵律美,体会诗人喜悦畅快的情感。

教学难点:

借助音韵知识、插图和字源,初步了解诗中"舟"的意象,复习积累相关古诗。

教学课时:

1 课时

教学过程:

一、唱和,激发兴趣

(一)接句游戏,温故旧知。

出示:

君看一叶舟,出没风波里。

竹喧归浣女,莲动下渔舟。

孤舟蓑笠翁,独钓寒江雪。

李白乘舟将欲行,忽闻岸上踏歌声。

春潮带雨晚来急,野渡无人舟自横。

(二)寻找诗句中的共同点,找到"舟"这一主线。(板书:舟)

　　设计说明:上课伊始,通过游戏营造活跃的课堂气氛,激发学生的学习兴趣。同时,由于学生的大脑中知识的储存是无序的,存在于记忆的深处。要唤醒它们,就要不断地理顺归类,在同类内容间产生联结,从而牢固掌握。用"以一带多"的形式复习古诗,日积月累,学生的诗词储备量就会像"滚雪球"一样越滚越大。接下来,引导学生关注"舟"这一古诗常见意象,既和本课所学内容紧密关联,也为课后进一步探究做铺垫。

二、诵读,体会诗情

(一)朗诵,读准字音。

早发白帝城

[唐]李　白

朝辞白帝彩云间,

千里江陵一日还。

两岸猿声啼不住,

轻舟已过万重山。

正音:多音字"发、朝、间、还、重"。

(二)吟诵,体会情感。

1. 出示吟诵调:

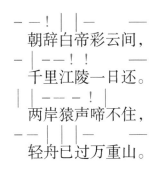

2. 学习吟诵。

3. 品味语句:通过平长仄短读,交流体会到的感受。

相机点拨:

白帝:仄声高,强调白帝城高;

一日:仄声高,强调船行的速度快,回家的时间短,想家的心情迫切;

不住:仄声高,强调猿猴的声音很兴奋,一直在啼叫;

已、过、万:仄声高,强调山高、险、多;

轻舟,重山:平声长,舒缓延展,说明小舟行驶平稳。

设计说明:叶嘉莹先生说:"名句之所以是名句,除了内容之外,一定有声韵方面的特点,读来有铿锵或流畅或顿挫的声韵之美,方能流传千古。"诗是声音的艺术,诗歌语言的声音所创造的韵律本身,能直接表达情感。为了能使学生突破自身有限的阅历,感受诗人写作时的心境,与其"情意相通",教师开展吟诵教学,以逐字逐句"边吟、边悟"的方式,从节奏长短、韵律高低、发声情绪出发,师生一起读读议议,学生把握对了诗歌松紧快慢的节奏的那一刻,也就是他们体悟本诗中三峡的水急流速,猿鸣不绝;及诗人舟行若飞,归心似箭的一刻。

三、探究,感知意象

(一)介绍"删韵"特点,感受诗人轻松愉悦的心情。(板书:轻)

(二)比较三幅图,体会"轻舟"形象。

(三)说文解"舟"。

(四)质疑:三峡果真如李白所说,是"两岸猿声啼,轻舟山下过"吗?

(五)引用刘白羽在瞿塘峡口的见闻,了解三峡滩多水急,迂回曲折。

(六)交流:李白以"轻舟"代"客船""云帆"的原因。

(七)补充安史之乱时代背景。

设计说明:写诗,无法可依,解诗,有法可循。古诗中蕴含着丰富的语言密码(意象)和句法规律,如能引导学生加以有效破解,就能使学生逐步形成同类文本的阅读策略。但孤立地学一篇,未必能留下深刻印象。借助"群诗阅读法",围绕一个主题展开多文本阅读教学,倡导学生在阅读中推出自己的观点,进而提升阅读力和思考力。这样,独立成篇的古诗便像散落无序的珍珠,最终被串连为项链。

四、小结,升华情感

再次吟诵,吟出大唐芳华,人生乐章。

设计说明:从这首诗中,我们不仅读到了三峡万波奔腾、浩浩汤汤的气势,更读出了李白身上那青春洋溢、朝气蓬勃的少年姿态。再次吟诵,唤起学生对诗仙李白的喜爱之情,激发学生的民族自豪感,热爱祖国大好河山的热情。

板书设计:

教学反思

　　肩负起传承经典,唤起学生对古诗的兴发感动,体会诗心,与古人的生命情感发生碰撞,是我在古诗教学上致力追求的目标。

　　"不是每一朵云都会下雨",所以,教师理应多布几块云彩,为学生学习降下甘霖。在日常教学中,我不满足于孤立地教学单首古诗——三年前,我加入了杨浦区古诗教学研究小组,一同探讨新的古诗教学方式,并充分利用相关课程资源,将其引入本校的拓展课中:线下,学吟诵、玩飞花令、比赛古诗接龙、读诗人故事、为诗人制作名片及生平折线图;线上,"打卡"朗读、听"喜马拉雅"、看"诗词大会"……而在纷繁的古诗教学方式和手段中,我最常采取的教学法有二。

　　一、吟诵教学法

　　吟诵最难的是入声字。身处吴方言区的上海,具备一定的天然优势,许多普通话中已读平声的入声字(如"一""白"等),本地学生能用方言轻松读出。我每两周教学一首古诗吟诵,结合具体诗文和具体情境,学生们慢慢地就对入声字有了感觉,就对吟诵有了感觉。

　　上本节课时,在学生吟诵得比较入韵,"平长仄短"有点像样后,我请他们谈自己的感受。学生边比划边说:

"一(!)日(!),两个字都是入声字,读得非常快,我感觉到了当时船行的速度很快,李白回家的时间很短,他想家的心情一定十分迫切。"

"已(|)、过(|)、万(|)读起来很高很响,白帝城那儿的山一定是又大、又高、又险。"

"可是,轻舟(——),重山(——),声音非常舒缓,看来小舟行驶得十分平稳呢。"

……

学生捕捉到了诗歌声音节奏的微妙起伏,捕捉到了三峡猛浪若奔的水流、不绝于耳的猿啼、令人目不暇接的山景,也就捕捉到了诗人彼时彼刻的欣喜、激动。

可见,在并不完全了解诗歌内容和背景知识的情况下,当学生能依着正确的调子将古诗"歌之、咏之"时,他们是能通过声音感受到诗人的情绪,体会出诗中蕴含的感情的。

二、群诗阅读法

群诗阅读法的操作方式是灵活多样的,作者、体裁、意象、人文主题……皆可组合。我曾在教完20首李白的诗后,将其串连起来,带学生走进"李白的远游"这一专题,也曾聚焦"柳"的意象,和学生一起探索送别诗的小秘密。

本节课,我在开头引出了《江上渔者》《山居秋暝》《江雪》《赠汪伦》《滁州西涧》等五首诗,学生观察后发现,原来这五首诗之间是有联系的:它们都带有"舟"字。这无形中也引发了他们的好奇与探究欲望,他们便想了下去:还有什么带"舟"字的古诗吗? 古人为什么总要写到"舟"呢? 这些诗之间会有什么共同点和不同点吗?

课堂上,在教师的引导下,学生通过了解尾韵特点、看图比较、观察古舟字、介绍三峡实地见闻等方法,关注到了本诗中的"轻舟",他们发现,"轻舟"贯穿了整首诗的始终:第二句"一日还"正面写舟行速度快,三四句"啼不住""万重山"侧面描写出小舟令人咋舌的速度,第一句看似写的是白帝城的直达云霄,其实它暗含了河床高,所以水流快之意。

细细推究,诗中描述的景象是有悖事实的,学生自然而然地产生了质疑:为什么李白要写"轻舟"呢? 他们结合自己的生活体验,就能判断出,这与李白的内心情感密不可分。再结合安史之乱、李白流放夜郎、遇赦还放等历史事件,学生体会到一叶"轻舟"承载的是李白对于还乡的渴望,对于重获自由的狂喜。

课后,我鼓励学生去收集、自学更多带有"舟"字的古诗,并大胆猜测和求证"舟"的其他意象。

当然,教学无止境,我在古诗教学上也会不时产生困惑和不解,我边教边学,比如参加校"剧场式学习"的课题,探索更多的古诗教学之法。

我内心幻想着,以吟诵——这一中国式读书法重塑古诗词教学,带领学生更好地去认知、把握、传承中国文化传统和文化精神。以群诗阅读法教会学生学会阅读、思考和表达。或许,穷尽整个教师生涯,也无法抵达梦想的彼岸,然而,"最重要的不是我们身处何地,而是我们正朝着怎样的方向前进"。只要梦想还在,激情就不会褪去,梦想就终有一天可能实现。

专家点评

《早发白帝城》是唐代诗人李白在流放途中遇赦返回时所创作的一首七言绝句,也是李白诗作中流传最广的名篇之一。李谢林老师执教的《早发白帝城》一课,在教学的整体设计和重点、难点的把握上可谓独具匠心。教学伊始,教师通过游戏营造活跃的课堂气氛,激发学生的学习兴趣。并用"以一带多"的形式复习古诗,引导学生关注"舟"这一古诗常见意象,既和本课所学内容紧密关联,也为课后进一步探究做铺垫。在教学过程中,教师不仅关注到了"发、朝、间、还、重"等多音字的教学,帮助学生夯实语文学习基础,也能够以逐字逐句"边吟、边悟"的方式,引导学生感受诗歌的节奏,体会韵律之美。同时还主动设疑,借助"群诗阅读法",引导学生围绕一个主题展开多文本阅读教学,让学生在阅读中推出自己的观点,进而提升阅读力和思考力。在该诗的写作中,诗人是把遇赦后愉快的心情和江山的壮丽多姿、顺水行舟的流畅轻快融为一体来表达的，整首诗充满夸张和奇想，写得流丽飘逸，惊世骇俗，但又不加雕琢，自然天成。教师可以引导学生通过品读该诗，总结感受李白诗歌创作的特点，体会诗歌创作过程中诗人的感情，从而加深对诗歌的理解。

中学组

满江红

执教者:上海市桃浦中学　顾栗豪
点评者:上海市杨浦区教育学院　肖　磊

原文

满江红

[宋]岳　飞

怒发冲冠,凭阑处、潇潇雨歇。抬望眼,仰天长啸,壮怀激烈。三十功名尘与土,八千里路云和月。莫等闲、白了少年头,空悲切。

靖康耻,犹未雪。臣子恨,何时灭。驾长车,踏破贺兰山缺。壮志饥餐胡虏肉,笑谈渴饮匈奴血。待从头、收拾旧山河,朝天阙。

教学设计

教学目标:

一、分析作品中的特殊句式及句间的关系,理解岳飞丰富的情感。

二、借助朗诵,感受词句长短背后作者情感的张弛。

教学重点与难点:

重点:理解岳飞丰富的情感,感受词句长短背后作者情感的张弛。

难点:分析作品中的特殊句式,体会岳飞的无奈与担忧。

核心问题链：

一、核心问题

作者在作品中表达了哪些情感？

二、下位问题

（一）岳飞凭栏远眺看到了什么？作者所生之情又是什么？

（二）作者为什么要劝勉自己"莫等闲，白了少年头，空悲切"？

（三）既然岳飞觉得时不我待，为什么不说"定能灭"而讲"何时灭"呢？

（四）从"驾长车"到最后的三句能否调换顺序？

教学过程：

教学环节	教师活动预设	学生活动预设	意图说明
导入	师示范唐调吟诵	生齐读课文	营造氛围
初读课文，读准字音	纠正字音	（1）冠：读第一声 （2）血：读成 xuè	为进一步赏析做准备
读当下之所见，品愤怒之情	1. 岳飞凭栏远眺看到了什么？所望之景往往触景生情，在这里作者所生之情是什么？ 2. 朗读指导。 3. 小结。	1. 由眼前所见的疾风骤雨到心中所想远方山河破碎的国土，以及国土上流离失所的百姓和猖狂的敌人。对于敌人的所作所为作者怒满胸膛；对于故土和黎民，作者感到深深的悲痛。 2. 多种形式的朗读。	结合背景读出作者的愤怒、悲痛之情
回首往昔，品迫切与无奈	1. 作者为什么要劝勉自己"莫等闲，白了少年头，空悲切"？ （1）结合词句来说，作者在"啸"什么？ （2）岳飞用这句话自勉是因为他觉得等闲白了少年头吗？	1.（1）人生年少时，不要把大好青春等闲虚度，等到年纪大了才后悔。 （2）这些年北伐抗战，征途漫漫，一路风尘仆仆，奔走天涯，披星戴月，不可谓不辛苦，可这些努	联系前面凭栏远眺之所见，读出"莫等闲"一句中的急迫，时不我待。

（续表）

教学环节	教师活动预设	学生活动预设	意图说明
回首往昔，品迫切与无奈	2. 朗读指导。 齐读上阕，感受词句长短背后作者情感的张弛。 3. 既然岳飞觉得时不我待，要北伐抗金，为什么不说"定能灭"而讲"何时灭"呢？ 4. 朗读指导。 5. 小结。	力与眼前所见之景比起来远远不够。这里表现了作者想要抗金的急迫心情。 2. 多种形式的朗读。 3. "何时灭"有一种无奈，尽管自己努力抗金，但障碍重重。这种无奈在"犹"字中也有体现。 4. 多种形式的朗读。	分析特殊句式"何时灭"，读出岳飞的无奈与担忧。
展望将来，感受豪情壮志	1. 从"驾长车"开始，句子的长度有没有发生变化呢？为什么会有这样的变化？ 2. 从"驾长车"到最后的三句能否调换顺序？ 3. 朗读指导。 4. 小结。	1. 句子的长度从三个字到变成了六个字、七个字，之所以又变为舒缓是因为作者开始展望将来。 2. 第一句是岳飞想象中自己要带领军队踏平敌人的阵营，第二句已经是战争胜利在庆功了，第三句是班师回朝，得胜而归。一句比一句更进一步，展现了岳飞的豪情壮志，坚定的信心。	分析诗句间的关系，读出岳飞的豪迈之情。
总结	1. 过渡语：北伐抗金，还我河山，这是岳飞的志之所在，可是真要实现这样的志向容易吗？再回到上阕岳飞凭栏远眺，当下之所见，现实与理想，所望与展望矛盾冲突，这才有了"怒发冲冠"的感慨。	1. 学生根据板书总结。 2. 这首作品的背后反映了一个民族共同的文化追求和价值观，直到当下也是如此。习近平总书记说"'精忠报国'四个字是一生追求的目标"。这样优秀的民族传统文化也正是	结合板书，总结作者丰富的情感，理解情感背后作者的志向。

(续表)

教学环节	教师活动预设	学生活动预设	意图说明
总结	教师范读,请学生总结作品中诗人丰富的情感。 2. 今天我们为什么还要学习这首作品? 3. 全班合作诵读作品。	党的十九大报告中文化自信的源泉所在。 3. 全班合作诵读作品。	培养文化自信,以中华民族的伟大复兴为己任,积极响应总书记对青年一代的期望。

板书设计:

满江红

岳 飞

情感?
愤怒
急迫
无奈
豪迈
}志

作业设计:

自学毛泽东诗词《满江红·和郭沫若同志》,结合两首作品诗人所处不同的时代背景,谈谈两首词作要表达的情感的异同。

教学反思

岳飞的这首《满江红》可以说是脍炙人口,在知识分子中代代相传,甚至是妇孺皆知。这样的一首宋词教什么和怎么教是我考虑的主要问题。

岳飞,爱国名将,这首作品表现了其强烈的爱国主义情怀,相信许多学生不用教也能给作品贴上这个标签。那么这堂课究竟要达成什么样的教学目标呢? 学生尽管能够贴上爱国的标签,但对爱国的理解却浮于表面,不能够与作品文字建立起联系,更不能够在阅读作品之后使自己有所触动。古人说"诗言志,词言情",我们在词作中首先能读到的是岳飞的情感,当然这个情感不仅仅有对敌人的愤怒和渴望收复河山的豪迈,通过深入的文本解读,我们还能读到时不我待的急迫和理想与现实差距背后的无可奈何。岳飞会有这些丰富的情感,归根结底就是因为他在词作中反复提到的"志","精忠报国,还我河山"是岳飞的壮志所在,他要挽山河于破碎,救黎民于水火。只有在深入品读作者丰富的情感之后,在给予了学生这样的一番学习经历之后,学生才能够真正对岳飞的"志"有所感悟,有所触动。所以本堂课的第一个教学目标定为:分析作品中的特殊句式及诗句间的关系,理解岳飞丰富的情感。

此外,宋词被称为长短句,长句与短句在情感的表达上一定是有区别的。比如说"靖康耻,犹未雪。臣子恨,何时灭",四个三字短句连用,又是整句,读起来短促有力,情感强烈。而"壮志饥餐胡虏肉,笑谈渴饮匈奴血",变成了七字长句,读起来明显要舒缓一些,这表现的是岳飞的从容不迫,必胜的信心,更显其豪迈之情。尽管词牌名下每句话的长短是定死的,但作者完全可以将现在是三字短句的"靖康耻,犹未雪"写到七字长句的位置,如"靖康之耻犹未雪";也完全可以将原来是七字长句的"笑谈渴饮匈奴血"写到三字短句的位置,如"笑谈饮,匈奴血"。所以作者之所以将这个内容安排在短句的位置,那个内容安排在长句的位置,是值得深究的。句子的长与短背后是作者情感的张与弛。因此我将本堂课的第二个教学目标定为:借助朗诵,感受诗句长短背后作者情感的张弛。

确定了教什么之后要考虑的是怎么教的问题。这堂课两个教学目标的达成都有赖于诵读。词作情感的把握不能仅仅依靠文字理解,否则又容易变成贴标签,学生一定要通过反复的诵读、比较、理解才最终感受到作者丰富的情感,学生得到答案之后,还要通过一遍遍地读去体会、感受、融入作品之中。至于诗句长短背后作者情感的张弛,就更需要通过快与慢的诵读去体会了。整堂课有我的唐调吟诵、范读指导,也有学生的个别读、大声齐读、小声散读、分组读、比赛读、男女生合作读等形式。学生的合诵不是随意的组合,如请四组同学读"犹未雪""何时灭",使声音高过"靖康耻""臣子恨",以表现内心的无可奈何,并采用一句话而不是两句话换一组人的形式,给人以一种急促的感觉,体现了愤怒与急切。

因为诵读形式的多样,学生的参与度也明显提高了不少,课堂变得积极活跃,这也有助于教学目标的达成。

专家点评

《满江红》这堂课的教学,授课教师的朗读可圈可点。教师的示范朗读,抑扬顿挫、激情澎湃,显示出教师个人良好的专业素养,难能可贵。这也是本堂课的教学魅力之所在。同时,教师也把朗读作为推进文本理解走向深入的一个重要抓手。朱光潜先生说:"要培养孩子纯正的文学趣味,就要从读诗开始。"显然教师明白诗歌教学中朗读指导的重要性,整堂课书声琅琅,朗读的形式也丰富多彩。更为重要的是,"读"不仅仅停留于形式层面,它更是和学生的语言积累、情感体验紧密结合,在读与悟的不断循环往复中推进对文本的理解。正如周振甫先生所言:"读时分轻重缓急,恰好和文中情事的起伏相应,足以帮助对文章的了解,领会到作者写作时的情绪,懂得音节和情绪的关系。"以读促悟,自然成诵。应该是古代诗歌教学的一个重要的好方法。

诗经·郑风·子衿

执教者:复旦大学第二附属学校　陈　苹

点评者:上海市杨浦区教育学院　肖　磊

原文

诗经·郑风·子衿

青青子衿,悠悠我心。纵我不往,子宁不嗣音?

青青子佩,悠悠我思。纵我不往,子宁不来?

挑兮达兮,在城阙兮。一日不见,如三月兮。

教学设计

教学目标:

朗读中感受朴素、简练的语言文字,理解"无邪"之"思"。

教学重难点:

通过多种方式的朗读,借助联想和想象,把握人物形象,体会诗歌中传递的真情。

教学方法:

诵读法、讲授法、启发法

教学形式:

微课

课前准备:

一、熟读并背诵《诗经·郑风·子衿》。

二、结合书下注释，尝试疏通本诗大意。

教学环节：

课件展示学生根据本诗绘制的"女子城阙眺望"书画作品一幅，播放吴谨言《子衿》伴奏部分音乐，音乐与绘画结合，营造诗意氛围。

教学过程：

一、激趣导入

同学们，今天老师将和大家一起来解读一封情书，是二千多年前一个女子写给她心爱的人的，这封情书的名字就是《郑风·子衿》。（板书：课题）

二、把握形象，体味真情

（一）请同学们听老师朗读课文，诗画结合，试着说说你从中看到了一个怎样的女子形象？（PPT 呈现问题，教师配乐深情诵读）提示：将画作与诗中语句结合进行阐释。

预设 1：这是一个忧愁的女子。画中女子的眼睛很传神，低垂眼眸，满含忧思。书下注释解释"悠悠"为"深思的样子"，这幅画正体现了诗中"悠悠"二字。

追问："悠悠"这个词，感受一下是快读还是慢读比较合适？

明确：学生展读，"悠悠"二字慢读。读出绵长之感。既有深思情绪的绵长，也往往有时间的漫长。我们可以想象这个女子在漫长的时间中，她的这种情思是在不断蔓延的，这份深思就有了一种广阔缠绵之感。（板书：忧愁）

预设 2：这是一个焦急的女子。诗中有"挑兮达兮，在城阙兮"，画中虽然只能看到"在城阙兮"，但是书中注释解释"挑兮达兮"为"独自徘徊的样子"，可见女子的焦急。（板书：焦急）

（二）借助联想和想象，画外诗中，试着说说你还看到了女子怎样的一面？（PPT 呈现问题）提示：关注诗中比较特殊的句式，试着读一读，揣摩它的语气。

预设 1：这个女子有一些埋怨。"纵我……子宁……？""子宁不嗣音"是一个反问句，加强语气，就是说"你难道就不能给我一点消息吗？"强烈

的语气中可以感受到女子的埋怨。（板书：埋怨）

追问：抓住这个反问语气分析情感，很好。能否试着给大家朗读一下这个反问句？（生示范朗读）

大家连起前一句"纵我不往"，齐读 3 遍这两句话，注意重读"纵我""子宁"。（生齐读 3 遍）追问：请同学们再关注一下"纵我不往"，即使我不去找你，你难道就不能给我一点消息吗？你有没有读出女子埋怨之外的一面呢？

预设 2：矜持。（板书：矜持）

预设 3：思念炽热。诗最后两句直接抒情"一日不见，如三月兮！"用感叹句式结尾，可见思念之炽热。（板书：思念炽热）

小结：这是一个忧愁、焦急、埋怨而又矜持的女子。她就这样等待着，她等而不至，盼而不来，所以到了诗歌的最后，她炽热的思念之情几乎倾泻而出。我们一起带着对女子的理解深情地朗读最后两句。（生齐读"一日不见，如三月兮！"）

好一句"一日不见，如三月兮"，好一句炽热的内心剖白。毫不华丽的语言将一个女子的内心就这样毫不掩饰地呈现在我们面前。（PPT 呈现：这是一个因思念心上人而柔肠百结的女子……）

三、"无邪"之"思"，感动古今

当我们忘却这个女子种种纷繁复杂的情绪，再来读这首诗，依旧会心潮涌动，这封两千多年前的情书流传至今，打动我们的究竟是什么呢？（学生可能会说大胆的表达、情感真挚等）明确：真情实感。（PPT 呈现以下补充资料）

子曰："《诗》三百，一言以蔽之，曰：'思无邪'。"程颐："思无邪者，诚也。"

小结："诚"者，诚意、真诚。本诗中"思"之"无邪"就是这首诗中女子对待爱情的真心诚意啊。这首诗中女子的忧愁、焦急、埋怨等情绪，都是因为她对爱情发自内心的真诚与渴望啊。这也就是本诗最动人之处。

四、走近《诗经》，探寻基因

《诗经》，中国诗歌的源头。对于我们来说，也许它太久远了，久远到如果没有注释,我们将寸步难行。但通过今天这首《郑风·子衿》的学习,大家会发现,其实,它只是民歌,是我们普通人的歌,承载着普通人的喜怒哀乐,并没有想象中的那么遥远不可亲近。当我们用心去倾听,会发现它也许是前世的前世,我们心底曾经响过的声音,我们在一起唱过的歌谣,我们前生无邪的记忆。

五、再读经典,余味悠长

师生齐读《郑风·子衿》(最后一张 PPT 以卷轴形式呈现全诗,配乐响起……)

教学反思

《诗经·郑风·子衿》是诗经中的经典篇目,是两千多年前的一首民歌,如何拉近学生与它的距离呢? 如何让学生能够与文本中的形象对话,感悟古今虽远、情感相通呢? 语言是情感的物质外壳,所以最终还是决定通过带领学生通过品味语言来品读形象,进而找到古今情感的契合点,真正读懂这首诗。全课以"把握形象,体味真情""'无邪'之思,感动古今""走近《诗经》,探寻基因""再读经典,余味悠长"四个环节来构架,采用诗画结合、心理揣摩、经典助读的方式让学生感受文字背后的情味所在,并以朗读贯穿,基本实现了教学目标,达到了活动要求。

这次"诗词讲解大赛"要求老师们准备一节诗词类课堂教学创新课,录制个人教学视频微课,本堂微课创新在于——"诗画结合"。让学生在自读预习的基础上作画,这是学生的初读感知。然后老师从学生的阅读实际出发,将诗画结合、品画读诗,这既有利于氛围的营造,也可以引导学生对诗有更深层次的理解。这是本课设计的出彩之处。

心理揣摩。诗与画,都是言有尽意无穷的艺术,需要借助想象进行心理揣摩。例如,"挑兮达兮,在城阙兮"引导学生想象感受女子徘徊时的焦急;"纵我不往,子宁不嗣音"引导学生抓住反问语气,在反复朗读中想象感受女子埋怨及矜持的复杂心理。这种方式比一般朗读中重音、停连的指导更有效,更有利于情感的体会。

经典助读。在本课的升华部分,通过前面的品读揣摩,一个忧愁、焦急、埋怨的女子形象已非常清晰，而这一切情绪都是因为她对爱情发自内心的真诚与渴望。然后本设计引用孔子与程颐对《诗经》的注解，进一步启发学生，让学生更加真切地体会到不仅这首诗，其实《诗经》承载着普通人的喜怒哀乐，并没有想象中的那么遥远不可亲近。

那么，如何才能更好地品出经典语言的滋味呢？经过反思，本节课在以下两个方面还需努力。

一、阅读方法的明晰

既然是由《诗经·郑风·子衿》最后上升到《诗经》的学习，那么遗憾的是，没有结合《诗经》的特点对阅读方法进行提炼概括。王荣生老师说："教阅读就是教阅读方法，阅读方法受制于文本体式。"在品读经典的语言时，将这种阅读方法进行明晰总结，有利于学生迁移运用。授课时抓住了"悠悠我心"，其实可以进一步引导学生发现后面还有"悠悠我思"，而这两句前面都有"青青子衿"。这是《诗经》常见的重章叠句的语言形式，可以推进、强化情感表达，又有回环往复、一唱三叹的效果。教师需要将这些方法性的知识指明，学生以后再见到《诗经》中其他许多使用重章叠句的篇章便可以带着方法知识去理解阅读，这样才可能实现"教"到"不教"的转变，引领学生达到"自能读书"的境界。

二、品析角度的多样

诗歌语言的品析，角度应该是多样的，应该根据文本的特点，引导学生有针对性地进行品析。本课基本都是通过分析词与句来对情感进行品析。其实，角度可以更多样，也更有利于学生深入理解。比如"挑兮达兮，在城阙兮"可以从语序的角度入手，试着改为"在城阙兮，挑兮达兮"。让学生自己去品读感受，他们会发现，改了之后就不能更好地强调那种强烈的焦急与盼望。再比如本诗中"兮"字的多次出现，可以删去或换词进行对比，种种意绪自在其中。教会学生多角度品析语言，才能引领学生真正地走进语言世界。

当然，这是一节微课，有时间等要求的限制，很难做到尽善尽美。但想真的走近经典，语言品析方面，还值得我们更努力地探索。

专家点评

《诗经·郑风·子衿》这节课有两个较为出彩之处：一是作画配诗，助力诗歌内容的理解。教师在课前预习环节的设计中让学生尝试作画，课上展示由学生根据诗歌内容绘制的"女子城阙眺望"书画作品，学生的创作过程即对诗歌个性化初步感知的过程。教师的课堂教学由此入手，品画读诗，这既有利于诗意氛围的营造，激发学生的学习兴趣，也可以借此逐步展开教学。二是咬文嚼字，揣摩人物心理。《诗经·郑风·子衿》一诗言简意丰，尤以心理描写动人。钱锺书曾评："《子衿》云：'纵我不往，子宁不嗣音?''子宁不来?'薄责己而厚望于人也，已开后世小说言情心理描绘矣。"在教学中，教师结合朗读，通过品读"悠悠"等字词和"纵我……子宁……?"这一反问句式，师生共同走进抒情主人公的内心世界，在反复诵读中想象感受女子埋怨、矜持的复杂心理，品味文字背后的情味所在。

江城子·密州出猎

执教者：上海市奉贤区头桥中学　　裴　雯
点评者：上海市杨浦区教育学院　　肖　磊

原文

江城子·密州出猎
〔宋〕苏　轼

老夫聊发少年狂，左牵黄，右擎苍，锦帽貂裘，千骑卷平冈。为报倾城随太守，亲射虎，看孙郎。

酒酣胸胆尚开张，鬓微霜，又何妨？持节云中，何日遣冯唐？会挽雕弓如满月，西北望，射天狼。

教学设计

教学目标：

一、品读、圈画关键词句，理解词中"狂"的情感基调和思想内涵，体悟词人的人生选择与坚守。

二、多种形式朗读，体会词在节奏上、韵律上的美感，感知词人豪放派词风的特点。

教学重点：

品读、圈画关键词句，理解词中"狂"的情感基调和思想内涵，体悟词人的人生选择与坚守。

教学难点：

多种形式朗读，体会词在节奏上、韵律上的美感，感知词人豪放派词风的特点。

教学过程:

一、新课导入

苏轼其人,满腹经纶,才高八斗,对妻子,他有"十年生死两茫茫,不思量,自难忘"的深情悼念;对亲人,他有"但愿人长久,千里共婵娟"的美好祝福;对自己,他有"竹杖芒鞋轻胜马,谁怕? 一蓑烟雨任平生"的坦然乐观。他是世人眼中的大文豪。

告诉你一个秘密! 他可不是个单纯的文弱书生,他还能骑马猎虎,威风凛凛! 今天,让我们一起走进苏东坡的密州岁月,学习他的《江城子·密州出猎》。

二、初读感知

(一)思考:苏轼被贬密州,写下这首出猎词想要表达什么? 带着问题,结合课下注释,通读全词。

(二)学生范读全词,注意读准字音。

三、研读感悟

苏轼被贬密州,写下这首出猎词想要表达什么? 想要解决这个问题,首先要读懂作者的情感。

(一)哪个字可以统领全词的情感基调? 带着疑问,齐读全词。预设:老夫聊发少年狂,狂。

圈画出词中能让你感受到这个字的字词句? 结合课下注释谈谈自己的理解。

预设:1. 原句:亲射虎,看孙郎。理解:运用典故,苏轼自比孙权,满腔热血。

2. 原句:何日遣冯唐。理解:运用典故,苏轼自比魏尚,渴望重新得到重用。

3. 原句:会挽雕弓如满月,西北望,射天狼。理解:会:终将。苏轼满怀信心,杀敌报国的意志坚定。

(二)苏轼当时在密州的现实处境如何? 能从词中找到依据吗?

预设:1. 老夫聊发少年狂:老夫。明确:人生起伏,身心俱疲。

2. 鬓微霜。明确:几经贬谪,历经艰难,处境不易。

3. 何日遣冯唐:何日。明确:不得重用已久,内心焦灼迫切。

(三)小组合作探究:这样的处境与"狂"有何联系?作者究竟想要表达什么?

预设:苏轼人到中年,几经起伏,不受重用,身处逆境之中。但即使如此,他也始终保持着他的满腔热血,急切地渴望重得重用,能杀敌报国。

他借这首词,也许是想表达:他没有忘记初心,他依然是那个"狂傲"的苏轼。

课堂小结:苏轼,少年成名,满身才华,一心想要报效国家。不想正值壮年却几经贬谪,不得重用。如今远在密州,他虽两鬓斑白饱受苦难洗礼,但初心不改,爱国之心更甚从前。原来逆境不能使他弯折,反而令苏轼更着一份豪放、乐观的光华,或者这才是他真正令世人折服之处。

(四)对比朗读,体悟"狂"字。

四、拓展延伸

整首词无论从内容、情感还是语言节奏读来都让人心潮澎湃,那么词人通过哪些形式表现出了语言上的"狂"意?

预设:1. 题材:以"壮"景抒"豪"情。

2. 语言:用词粗"狂"。

3. 艺术形象:用"狂"的典故。

课堂总结:通过本节课的学习,我们了解到,苏轼的"狂"在于他"少年豪气",充满热血,渴望得到重用,杀敌报国,但更重要的在于,经历世事沉浮,他始终不改初心,坚守自己的选择,保持着自己的热血和爱国之心。

苏轼的"狂"也许还在于,他的作品敢于与时代不同,他的语言、手法与他的个性相结合形成了他独特的语言风格,开始了他的词风变革之路,成为豪放派的代表词人。

苏轼是一个勇者,无论是为人还是为学,他都有自己的坚持和选择,我们是否也是如此呢?

五、作业布置

(一)背诵全词。

(二)试一试:以"苏轼,我想对你说"为开头,写一段你学完本词后的感悟(150字左右)。

教学反思

《江城子·密州出猎》是部编版九年级下册第三单元第十四课词四首中的第二首,选自《东坡乐府笺》卷一。主要记叙了苏轼在熙宁七年冬天与同僚出城打猎的情形,抒发了词人渴望得到重用,杀敌报国的豪情壮志。

一、新课导入

从苏轼耳熟能详的名句入手,引起学生的回顾和共鸣,体会苏轼的文学成就;同时以"秘密"一次打破学生对于苏轼文弱书生的刻板印象,激发兴趣,引领学生走进苏轼的密州生活。

二、初读感知

初读词作,希望学生能够带着"苏轼,被贬密州,写下这首出猎词想要表达什么?"的疑问思考作者的写作目的,但这个问题学生是无法回答的,要等到课堂最后,学生才能够理解苏轼通过这首词真正想要表达的深意,这个问题也是本堂课的核心问题,有助于培养学生对课文树立整体意识和逻辑思考能力。本堂课将始终围绕这个核心问题展开。

三、研读感悟

抛出核心问题,引出下位问题有助于学生层层剥开问题的表层,深入内核,体现逻辑思考的层次性。

首先,找出统领全词的字,并且在全词中梳理出与之相联系的语句,有效促进学生对这个"狂"字的理解。对"狂"的初步理解,是能够通过分析字词和手法得到的。既锻炼了学生梳理课文信息的能力,也提高了学生对于字词的理解和分析能力,进一步理解词作内容。

其次,梳理苏轼在密州的现实处境,重在引导学生明白苏轼当时经历了人生起伏,身心俱疲,他几经贬谪,历经艰难,不得重用已久,内心焦灼迫切,促使学生质疑课文,产生疑问。也就是本堂课的下一个环节,思考处境与"狂"的联系及本堂课的核心问题:作者通过词作想要表达什么?

至此,学生通过独立的阶梯式思考,明白了"狂"的基本内涵,也能够通过梳理关键信息,挖掘背景,知人论世。通过合作探究,明白苏轼如今远在密州,他虽两鬓斑白饱受苦难洗礼,但不改初心,爱国之心更甚从前。从而最终得到这样的体悟:逆境不会使他弯折。

最后,通过将写处境与"狂"的词句进行对比朗读,进一步突出苏轼豪放、乐观的个性,以读促解,通过整堂课的朗读体会词的节奏、韵律美。

四、拓展延伸

本堂课将难点放在理解词的语言风格上,依然是抓住"狂"字。学习完整篇词作之后,学生应建立整体意识,并且建构知识框架,将整堂课中分散的知识点整合起来,形成自己对苏轼豪放词风的初步理解,这也是对高层次学生的能力提升,使他们初步形成对诗词作品的语言风格的感知力和鉴赏力,提高学生的语言素养。

五、作业布置

背诵作为学习诗词的基本功,是每一位学生应掌握的,以"苏轼,我想对你说"为开头写 150 字的感悟,是为了反向检测学生本堂课的所感所得,分层作业让不同层次的学生都能有所得。

专家点评

在教学中,教师设置问题,就是为学生学习感悟提供路径,而将课堂提问有意识地形成问题链,则会使得课堂研讨更具逻辑性。正如本课教学,教师抛出核心问题:"苏轼被贬密州,写下这首出猎词想要表达什么?"而后,紧紧围绕此问题,逐层引出下位问题:"找出统领全词的字",结合文本说说你的理解;梳理作者在密州的真实处境;思考这种处境和"狂"之间的联系等。通过这样阶梯式的提问,帮助学生层层剥开问题的表层,抽丝剥茧,直抵文本的核心内涵。在此过程中我们不难发现,当学生在问题的引导下沉浸文本进行深入探究时,他们不会简单地去看待一词一句,而是将它们放回文本的语境中去整体分析其作用和价值,将它们作为思考的依据,进行比较推敲,形成对苏轼豪放笔法风格的初步理解。

江城子·密州出猎

执教者:上海外国语大学苏河湾实验中学　吕思静
点评者:上海市杨浦区教育学院　肖　磊

原文

江城子·密州出猎

[宋]苏　轼

老夫聊发少年狂,左牵黄,右擎苍,锦帽貂裘,千骑卷平冈。为报倾城随太守,亲射虎,看孙郎。

酒酣胸胆尚开张,鬓微霜,又何妨?持节云中,何日遣冯唐?会挽雕弓如满月,西北望,射天狼。

教学设计

教材分析:

《江城子·密州出猎》是苏轼"以此自矜"的中调。不仅有出猎豪迈(学生认知起点),更隐而未发透露了政治遇挫的自嘲及其人生起伏中的旷达胸襟。学习本词,从四个("魏尚"较为隐晦)与诗人相关的形象入手,捕捉分析相应句子,构建情感、志向的丰富层次,挖掘"狂"的丰富内涵,进而读懂词人幽微复杂的内心世界。

教学目标:

一、研读作品中的多重形象,品析"狂"的内涵。

二、借助相关材料,深入理解词人面对沉浮的豁达、一心报国的赤诚。

教学重点：

通过文本研读,深入"狂"字品析,体悟"狂"的表征与内涵。

教学难点：

通过对四种形象及其相关词句的研读,感知词人在人生逆境中依然将个人价值与国家命运相结合的胸襟和豪气。

课时安排：

1 课时。

教学过程：

一、初读全词,分析"狂"字

苏轼,是我们中国人耳熟能详的名字,他哪方面的成就让我们铭记至今呢? 今天学习的宋词,展示了苏轼特殊的一面,请齐读题目——《密州出猎》。

(一) 这首词中哪一个字最能概括词人形象?

(二) "狂"的字典义是"纵情恣意,不受约束"。请同学朗读上阕,圈画正面表现苏轼出猎之"狂"的语句并品读。

(三) 作者以"出猎"为题目,但在着重表现出猎场面的上阕,都没有直接表现弯弓射雕、追逐猎物的外显之"狂",而是展示词人的形态和气势,那么,词人借写"出猎"想要表达什么?

不仅如此,词人极力刻画自己牵黄擎苍的威武雄姿,提笔却写发着"狂"劲的"我"是位"老夫"。我们不禁要追问,"狂"字背后又隐藏着怎样的内心世界呢?

二、研读全词,理解苏轼

要走进苏轼的内心理解词人的写作意图,就需回到他在词中的形象本身。

短短 70 字,苏轼或隐或明变换了四次对自己的指称,在"老夫"外,还有哪三个? 圈画相关词句,并研读思考,除平仄考虑外,这些形象藏着词人怎样的内心世界?

(一) "孙郎"——壮志。自比孙郎,彰显过人胆识与英勇气概;希望同是少年成名的自己能像少年英主一样,在青年时代实现建功立业的伟大抱负。

(二)"魏尚"——隐痛。作战匈奴有军功;治军有方得拥戴;深陷逆境盼重用。其中"何日"一词,豁达中有不知时日的无奈。

(三)"太守"——责任。百姓倾城而出围观狩猎,"太守"自信得民心;军容肃整,治军有方。

小结:仕途不畅中也恪尽职守,不因个人得失懈怠职责,不因仕途浮沉消磨意志。

(四)小结——"老夫"。

1. 也许是人生太过跌宕,年仅 38 岁的苏轼自称"老夫",文中哪句能够看出他确实不再年轻了?

2. 仅仅只是"微霜",何至于称"老夫"呢? 这个称谓,你读出了什么情感? 明确:自嘲戏谑;委屈无奈。带着这层理解,请同学们完整朗读这句话,并为句子填写合适的关联词。

酒酣胸胆尚开张,＿＿＿**A**＿＿＿鬓微霜,＿＿＿**B**＿＿＿又何妨?

预设:虽然,但是。明确:但是,但是。两层转折,让豁达又多了一次顿挫,在狂傲中显示对逆境的超越。

3. 所以,苏轼笔下"老夫"的"狂"劲,除了出猎时的雄姿与气势,还隐藏着怎样的内心世界呢?"老夫"的心里,同时住着各个人生阶段的苏轼,高峰低谷都经历后的豁达让人动容。虽以老夫自嘲,却坚定地指向人生的志向!

三、文本小结,品读壮心不已

(一)词中有没有直接点明苏轼志向的句子?

"会挽雕弓如满月,西北望,射天狼"。

(二)其中哪一个字最能体现为国效力边疆的决心?

明确:"会"。"会"在杜甫《望岳》里是年轻人不曾受过生活打击、尚未品尝仕途波折的意气风发。而苏轼却已微霜染鬓,因而自称"少年狂"。

师生对比读"老夫聊发少年狂",同学们的重音在"少年狂",老师的重音在"聊"。同学们读的是苏轼的自我期待和家国赤诚,老师读的是这豪情壮志的底色,是被朝廷弃用等待"冯唐"的现实处境。

四、作业设计

选做:

(一)实是壮志难报,这密州太守,才借打猎喝酒暂抒心志。我们发现,宋人写词,实在少不了"酒"的催化。本课另三首宋词亦如此。那这不同词人的酒该当何种滋味呢?有兴趣的同学可以比较研读。

(二)后来的苏轼是否依然践行着他的理想呢?请同学们从《苏东坡传》卷二第十二章、第十三章中苏轼徙知徐州、黄州的故事里寻找答案,并继续完成"人物大事记"。

必做:

有人认为"为报倾城随太守"一句还可以作另一种理解,可能有助于我们拓宽对"狂"的理解,请使用工具书进行查证,并和组内同学交流看法。

五、朗读品味

现在请同学们快速浏览课文,回味理解,再次朗诵此词。

板书设计:

教学反思

《江城子·密州出猎》是苏轼"以此自矜"的一篇中调——"虽无柳七郎风味,亦自是一家……"所谓"自是一家",不仅因其词中渗透的豪壮之风有别于此前的绮靡之气,更在于其格局阔朗——虽有宦海不定的"小我"情真,转而又将境遇理想与身处时代、国家命运结合,展现出"大我"

气象。以"狂"为统领，又由"豪"而立魂——纵微霜染鬓、志向遇挫，仍凌云气概不坠、报效国家赤诚凛然。

一、定位教学的起点和终点

通过预习可知，学生能把握统领全词的"狂"，并通过圈画"狂"的具体表现，还原其苍鹰在肩、黄犬在侧的"出猎"英姿，同时结合注释读懂"西北望，射天狼"的心驰疆场、杀敌报国的壮志。

基于此，教学内容"舍"中求"得"。对学生的可知梳理后，重点要从"已知中揭示未知，指出他们感觉和理解上的盲点，将已知转化为未知，再雄辩地揭示深刻的奥秘，让他们恍然大悟。"①本词可能产生认知冲突的地方有：

其一，作者以"出猎"为题目，但即使在着重表现出猎场面的上阕，也没有实写弯弓射雕、追逐猎物的外显之"狂"，而仅是摆出雄健的架势，这种反常中藏着怎样的隐情？

其二，词人极力刻画自己牵黄擎苍的威武雄姿，提笔却自呼"老夫"。循着这个耐人寻味的"指称"，我们又找到"孙郎""魏尚""太守"。70字的中调，何以词人在说起自家心事时要将称谓一变再变？

由此我们从不同指称中解码苏轼出猎之"狂"的"纵情恣意、不受约束"下所隐藏的"孙郎"般少年壮志、"魏尚"一样的贬谪失落和"太守"的治理有方。狂傲张扬下，是仕途不畅难尽其用的暗淡底色。如夏敬观先生《手批东坡词》中云："天风海涛之曲，中多幽咽怨断之音。"

二、架设文本研读的阶梯

学生与文本间存在时空沟壑，在达成教学目标时也有攀登的必要。因此，必须架设阶梯。

1. 预习学案是教学设计不可或缺的一环。预习学案作用有二：检验老师的推测，利于更精准把握学情；为课堂学习做必要准备。"人物大事记"有助于学生通过知人论世把握词人不同时期的特有情感。

―――――――――

①

人物大事记				
时间	年龄	地点	官职	事件
1037		眉山		出生
……				
1075	38	密州	密州太守	写下本词
关于苏轼，我还知道：				

2. 换一个角度检验学生的学习所得。情感之幽微、形象之复杂的研读再深入，十分钟的讨论也不足以撼动苏轼固化的"豪放"形象。用恰当的角度进行检验，理解句间关系，可以夯实目标。于是我设计了关联词填写环节。

① 酒酣胸胆尚开张，__A 虽然__鬓微霜，__B 但是__又何妨？"虽然……但是……"脱口而出。足见学生对苏轼"纵然华发已生，依然无所畏惧"的认识颇为深刻。读来一气呵成、层层加强，语速变快、语气高昂，酣畅淋漓地展现了"豪放"。

也就是说，前文研读的苏轼心境的复杂还没能在学生的记忆中强化。由此，我们找到第二种填写——

② 酒酣胸胆尚开张，__A 但是__鬓微霜，__B 但是__又何妨？两层转折，不仅强调"又何妨"，"鬓微霜"也一样重要。表现出苏轼内心同时存在的惆怅和豪情。诵读时，学生自然而然在前两个分句之间留足停顿，原本激昂的语势，陡然遇挫，深郁沉吟。

3. 诵读对比，对教学目标的再夯实。"熟读"到"成诵"不仅检验学生所得，也是对目标的再冲刺。重回"老夫聊发少年狂"一句，学生诵读重音与学情预判一致，在"少年狂"，所以老师范读时，有意加强"聊"字的回味。以此类推，学生重读"霜"时，教师又用"微"去诠释。在诵读对比中，引导学生反思思维定势，加深对本词的感悟。

4. 板书设计，教学思路的直接呈现。三处"指称"基本串起苏轼写作

本词时的人生经历。其共同指向"老夫"是引导学生注意,人物情感并非
"单向维度",38岁的"老夫"包含着"多维"的复杂内心;人生经历经由线
段牵引,构成"张弓射箭"的造型,契合苏轼飘零沉浮中的不坠之志的
坚定。

当"老夫"呐喊"少年狂"时,不仅仅是"纵情恣意、不受约束"的出猎
豪放,更是世事无常里的"勇于进取"和聊以慰藉的"志向高远"。

板书帮助学生回顾课堂脉络——内心情感的幽微从何而来,"狂"字
的理解如何步步深入,此时一目了然。

三、延展课堂学习的边界

用"会"字,贯通少年杜甫的意气,加深苏子经受打击后的难得初心。

通过作业设计,补充徐州、黄州一段的经历,从《苏东坡传》的相关章
节去品读一二,知人论世,实现"知他"而"慰己",丰富学生的情感体验。

引入"为报倾城随太守"一句中的"为"作"为了"、"报"作"报答"的另
一种理解,开阔学生的眼界,培养质疑和思辨的能力。

不仅如此,点出"酒"这一特殊意象,品品本课不同词作的"酒"里藏
着什么特别的滋味? 也能拓展学生的文化体验。

教材采撷了越千年来古老大地上声声动情的歌子,它们的欢快或沉
郁里,有中华民族的性格和情感。辛苦劳作之外,浮生有闲之时,捧一卷
诗词,邀明月同饮,歌窈窕之章——哪怕不慰风尘,亦足以慰藉庸庸碌碌
的日常。作为教师的我们,将一份诗性的栖息之地,守护好给学生们共
赏,是责任,也是幸福。

专家点评

在文言文教学中,从文章看似矛盾之处精心设计问题,不失为引领
学生领悟文章精髓的有效方法。孙绍振教授曾表述过类似的观点:课堂
关键在于,要在学生忽略掉的、以为是不言而喻甚至是平淡无奇的地方,
发现精彩,而且揪住不放,把问题提出来,也就是把矛盾揭示出来。《江
城子·密州出猎》这堂课,教师正是在学生易忽略的、看似平淡无奇的称
谓中发现了精彩,找到了矛盾处:"70字的中调,何以词人在说起自家心

事时要将称谓一变再变?"进而设计教学问题:"短短70字,苏轼或隐或明变换了四次对自己的指称,在"老夫"外,还有哪三个? 圈画相关词句,并研读思考,除平仄考虑外,这些形象藏着词人怎样的内心世界?"这一系列问题引发了学生的浓厚兴趣,教师把探究这些问题作为教学的难点,浓墨重彩,着力渲染,学生在原来"一望而知"的地方有了诸多新发现和感悟。从而避免了孙绍振教授说的"从表面到表面的滑行"。

春夜喜雨

执教者:华东师范大学附属进华中学　孙旭东

点评者:上海市杨浦区教育学院　肖　磊

 原文

春夜喜雨

[唐]杜　甫

好雨知时节,当春乃发生。
随风潜入夜,润物细无声。
野径云俱黑,江船火独明。
晓看红湿处,花重锦官城。

教学设计

学情分析:

本班为古诗文社团班,学生对古诗文有一定的积累,具有一定的阅读能力。

设计理念:

随着信息科技进步,知识学习和信息的检索越来越方便,学生课下自己便可完成。课堂上,教师应该花更多的精力引领学生去体验传统诗歌的音韵美和内涵美,领悟诗歌的情趣与理趣,从而使学生对中华文化的核心思想有一些了解。

教学目标:

一、通过诵读体会诗歌的音韵美,进而理解诗的情趣美与理趣美。

二、通过分析"润物无声"、解密"智"与"慧",初步感受诗圣的"圣人气象"。

教学过程:

圣人参透天地,关怀苍生

（一）课堂引入

"圣"字的繁体字写作"聖",下面的"王"字,三横分别代表天、地、人,一竖代表参透三者的人——"王",左上的"耳"代表"听",右上的"口"代表"说"。参悟聆听天地的声音、说给百姓者,便是圣人。参透天地、关怀苍生便是大智慧,那到底什么是智慧呢?

（二）解读智、慧

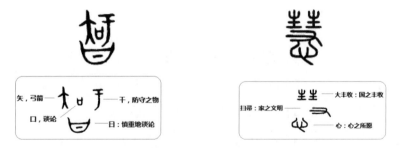

智,甲骨文写作,是"矢"字,代表弓箭,表示进攻;是"干"字,可以理解为盾,表示防守;是"口",表示谈论。合起来表示进攻与防守要随机应变。金文加"曰"(说),表示慎重地说。

慧,篆文写作,是两个"丰"字,意思是大丰收,代表国家的物质丰富,是"帚"字,是扫地的意思,代表家庭的精神文明,因为文明从讲究卫生开始,是"心"字,合起来就是心有家国。

"智"是根据客观实际,随机应变。"慧"是心有家国,是忠诚与担当。"慧"代表不变,"智"代表变化,合起来,智慧就是以不变应万变。

三、预习交流

（一）杜甫简介与本诗的写作背景。

（二）解释"潜""红湿处""锦官城""重"。

（三）贯穿全诗的一个字是____,何以见得?

四、诵读吟咏

（一）大声朗读。教师带读、同学朗读,体验诗人喜悦的情感,同时达到心胸畅达的目的。

（二）格律诵读。

好雨知时节,	仄仄平平仄,
当春乃发生。	平平仄仄平。
随风潜入夜,	平平平仄仄,
润物细无声。	仄仄仄平平。
野径云俱黑,	仄仄平平仄,
江船火独明。	平平仄仄平。
晓看红湿处,	平平平仄仄,
花重锦官城。	仄仄仄平平。

这首诗属于"平起平收"的格律,第一句末尾一字"节",格律要求是"仄"声。而"节"字在普通话中声调中属"阳平",应归入"平"声,原因何在?

本节课强调的是"入声字",本诗中"节""发""黑""独""湿"普通话为平声,古音为入声,应读"仄"声;再有"俱""看"普通话为仄声,诗歌中根据格律要求可读平声。

按照格律诵读——教师带读,学生诵读(注意平常仄短),感受格律的音韵美。

（三）按调吟诵。

根据诗意和图画想象自己是诗人:战乱中,多年逃难奔波,终于安顿下来,饱经忧患中有了一些安慰,经常与农民往来,自己虽一介书生,却心系苍生,祈求风调雨顺。一天晚上,天暗了下来,诗人放下手中的书,推开窗,啊——阵阵阴云、淡淡的风、密密的雨、饥渴的土地、点点的渔火、静静的夜……诗人胸中一热,不觉吟诵起来……

老师吟诵,学生静坐闭目,通过想象还原诗人吟诗的情绪和当时的场景,之后交流。

五、探究智慧

（一）根据提示，写一段话，之后交流：

1．"智"是随机应变，是选择合适的方式，"慧"是负责、是担当、是仁爱，那诗中的好雨有智慧吗？如果有，表现在哪里？

2．这难道仅仅是春雨的"智"与"慧"吗？

（二）提示与启发：

好雨——智慧的雨

知时节——把握时机

润物——有担当、有仁爱

潜入夜——不张扬、不叨扰

细无声——最能润物的方式

随风——

云俱黑——

花重——

乃发生——

六、课堂总结

读诗是与圣贤对话、与智者交流的过程，先贤把智慧寓于汉字，我们通过解读汉字感悟智慧的内涵，让我们离圣贤更近一点——关注自然的和谐、关注生命的伟大，心里装着土地、装着百姓，装着沉甸甸的海棠花、装着锦官城的美好清晨……

诗人"喜"，是因为遇到了好雨，好雨好在润物，这是"慧"，是仁爱；好雨无声，是"智"，是圆融。这是春雨的智慧，更是诗人心系苍生的情怀。我们通过朗读，读出的是诗的情感美；我们吟诵，诵出的是诗的音韵美；我们歌咏，咏出的是诗人的高境界和诗的理趣美……我们由衷地感恩诗圣杜甫！

七、课后作业

完成短文："润物无声"的"智"与"慧"

板书设计：

教学反思

本节课主要想通过诵读与分析的方式，引领学生体会《春夜喜雨》的音韵美和内涵美，感受诗歌的情趣与理趣，使学生对中华文化的核心思想有一些了解与感知，更好地完成教书育人的目标。

一、诵读吟咏，感受诗歌的音韵美与情感美

1. 坚持朗诵，通情倡气。传统的朗读教学中对节奏与重音有很多研究，如：

春夜/喜雨

好雨/知-时节//，当春/乃-发生//。

随风/潜-入夜//，润物/细-无声//。

"/"是为形成节奏而作语音延迟的单位时间，"//"是语音延迟的两倍单位时间。"-"表示前一个字应作一半单位时间的语音延迟，因为这些字或词是不能连成词的字或词组。

"高声朗诵，以倡其气；密咏恬吟，以玩其味"，为进一步玩味诗歌，有了下面吟诵的尝试。

2. 引入吟诵，音律入情。吟诵，就是按照格律去诵读，基本的节奏是"平长仄短"，就是平声的字声音延长去读，而仄声的字要读得短促。按照"平长仄短"的节奏，"好"和"雨"是两个仄声，需读得短促，而"知"与"时"两个平声字，需要延长去读，"节"属仄，要读得急促（用"!"标注），按照这个原则，和朗读比较一下：

朗诵：	吟诵：
好雨/知-时节//，	好雨/知时//节！，
当春/乃-发生//。	当春//乃发！生//。

　　用文字是很难表示出朗诵与吟诵的情感体验的，但从上面的标注中就可以发现，朗诵中出句与对句的节奏是一样的，显得平稳；而吟诵的节奏是相反的，显得跳跃，吟诵起来情绪会有急缓变化，通过吟诵实践，学生说感觉到了"开心"的体验。结论是按格律吟诵可以比朗诵更容易直接感知情感。

　　3. 创设情境，植入歌咏。具体做法是先创设情景，接着老师用叶嘉莹先生的吟诵调吟诵（见教学设计）。渐渐地，学生进入了情景，吟诵完4～5 秒之后，才如梦初醒，接着是一片掌声。这时学生的内心会有一些触动，体验到的是音韵美与情感美的具体感受。

　　二、讲字论文，感受诗歌的理趣美

　　1. 解读汉字，感受文化。理趣是和诗人的基本思想及整个民族的文化脉络息息相关的，感受诗的理趣不单单是解读一首诗的事，而是要对民族的文化有所追问，杜甫被称为"诗圣"，一定是有圣人的情怀和智慧。本课通过解读"圣""智""慧"，来走进民族文化核心思想，然后与诗的文本结合，感受诗的理趣美（见教学设计）。

　　2. 解读诗意，智慧表达。诗人给春雨定性为"好雨"，具体表现为"润物无声"。这里的"润物"是"慧"，是坚守，是使命担当；而"无声"是"智"，是方式，是恰到好处。

　　"润物"的目的是"当春乃发生"。润物的结果为"晓看红湿处，花重锦官城"。同时，"当春乃发生"一句，也充分表达了春雨的"智"，即"当春"，恰当的时机。"好雨"的"智"还表现为"无声"，不影响百姓的休息。"智"又表现为"随风"，懂得借力，相伴和风。还有"潜入夜""细"，默默浸入，精致入微。

　　课堂上通过老师讲读、启发，师生共同品味，学生书面整理的方式，感受到"润物无声"就是"智"与"慧"的具体体现。

三、交流总结,提升学生文化自信

最后,通过教师的总结,让学生认识到《春夜喜雨》集音韵美、情感美、理趣美于一体,同时对民族的智慧有具体可感的认识,在敬佩诗圣杜甫博爱情怀与诗歌造诣的同时,进一步提升文化自信心。

专家点评

文言诗文是古代语言的典范,蕴含着深厚的民族文化精髓。《春夜喜雨》这堂课,教师通过诵读教学,让学生体会到了古典诗歌的音韵美,进而深入领悟诗歌的情趣之美和理趣之美。教学目标中的"诵读"要求是按照音韵格律来读,显然这个目标定位是高的,好在这是一个古诗文社团班,学生对于"平长仄短"等术语规格并不陌生。在教师抑扬顿挫示范吟诵的引领下,学生沉入情境,走进诗歌,通过想象,还原诗人吟诗时的情绪,感悟诗歌字词句中所蕴含的"智""慧",最后读出诗圣心系苍生的博爱情怀。可见,从作品的声律气韵入手,体会其丰富的内涵和情感,不失为古诗文教学的一个好的方法。正如华东师范大学方智范教授所言:诵读是我国语文教育优秀传统中一种有益于积累、有效提高语文能力的好方法,应当适当提倡。

书湖阴先生壁

执教者:上海市复旦实验中学　张佳佳
点评者:上海市杨浦区教育学院　肖　磊

原文

书湖阴先生壁

[宋]王安石

茅檐长扫净无苔,花木成畦手自栽。

一水护田将绿绕,两山排闼送青来。

教学设计

教学目标:

理解"青苔"在古诗词中的意象,体会诗作中景与情的关系,通过体现景物特点的语句感悟人物形象。

教学过程:

一、导入

金庸武侠小说《天龙八部》中的扫地僧是隐居在少林寺里的神秘人物,他武艺高强,精通佛法,具有人生的大智慧。在王安石的诗作《书湖阴先生壁》中也有一位"扫地僧",他是谁呢? 他扫的是什么呢?

二、范读

教师诵读《书湖阴先生壁》,学生思考:诗中的"扫地僧"是谁? 他扫的是什么?

三、赏析

(一)诗中的"扫地僧"是谁？他扫的是什么？学生听教师诵读诗作，思考问题。

明确：诗中的"扫地僧"是湖阴先生，从"茅檐长扫净无苔"一句中我们可以看出，湖阴先生扫的是庭院中的青苔。

教师引导学生结合"写作背景"，了解湖阴先生其人。

写作背景：王安石是北宋杰出的政治家、思想家、文学家。宋神宗熙宁年间，王安石变法振兴了国力，然而变法触犯了保守派的利益而遭到反对，先后两次被罢相。公元 1076 年，王安石被二次罢相后，退居江宁，寄情山水，访僧问禅。在江宁郊外的半山园居住长达十年。《书湖阴先生壁》便是写于这段时间。

诗中的湖阴先生是一位饱读诗书的隐士，是王安石退居江宁时交往甚密的邻居与好友。王安石把湖阴先生看作陶渊明一类的人物，对他的才学和处世态度称赞有加，所写的有关湖阴先生的诗，现存有十首以上。

(二)诗人为什么要写湖阴先生扫苔这么小的事情？明确：湖阴先生连长在庭院角落里的青苔都扫得干干净净，可见他的勤勉，居家环境的清洁。

(三)湖阴先生"扫苔"的举动仅仅体现了他的勤勉和居家环境的清洁吗？苔是一种怎样的植物？教师在 PPT 上出示对于青苔的介绍，以及文学作品中青苔的象征意味。

明确：青苔是最古老的植物之一，它色泽青绿，清幽古寂，萧淡如烟，连绵如雾。石阶、溪涧、井栏处都可以看到它微小的身影。文人借青苔抒发情感，笔下的青苔往往有这样的象征意味：

1. 青苔生长在潮湿阴冷、人迹罕至的闲居之地。象征冷清孤寂。

青苔生满路，人迹至应稀。——[宋]赵师秀《大慈道》

2. 青苔往往伴着春夏季节的风雨而生，象征岁月的沧桑，人生的跌宕。

门掩日斜人静，落花愁点青苔。——[宋]欧阳修《清平乐》

3. 青苔单调微小，在园林里常作为其他植物的陪衬，用来抒发不被欣赏、不受重视的自怨自艾。

> 萦郁无人赠,葳蕤徒可怜。——沈约《咏青苔诗》

王安石描写自己所住的半山园时,用"百亩庭中半是苔"抒发二次罢相后门前冷落车马稀的哀怨自伤。

大观园里苔藓最多的是林黛玉居住的潇湘馆。"一进门,只见两边翠竹夹路,土地上苍苔布满。"——第四十回史太君两宴大观园

（四）从湖阴先生"扫苔"的举动中,你又发现了什么？学生活动:结合 PPT 上出示的"青苔"意象,说说自己的发现。

明确:湖阴先生扫去象征孤寂冷清、哀怨自伤的青苔,体会到他宁静淡泊、恬然自适的超脱态度。

（五）湖阴先生扫苔后做什么？明确:从诗句"花木成畦手自栽"可以看出,湖阴先生扫去青苔,亲手种上各种繁茂丰美、欣欣向荣的花木。

（六）结合本诗的创作背景,说说从湖阴先生扫去青苔,种上花木这一举动可以看出他怎样的心境和人生追求？学生活动:结合创作背景,思考问题,并小组讨论。

明确:湖阴先生作为一名隐士,他恬然自适,热爱生活,积极豁达,让自己的心境和生活充满清风、阳光、雨露。这在被二次罢相后用"百亩庭中半是苔"来抒发哀怨自伤的王安石看来是十分可贵和值得赞赏的。

四、总结

古人在诗词作品中,借苔抒情,借苔言志,在小小的苔痕上,寄予了自己喜怒哀乐的心境和人生追求!

湖阴先生的宁静淡泊,恬然自适,热爱生活,积极豁达在"扫苔"中可见一斑! 与其说王安石赞美湖阴先生的隐居生活,不如说赞美的是湖阴先生豁达的心境和超脱的人生态度。

教学反思

《书湖阴先生壁》创作于 1080 年暮春,是王安石二次罢相后在金陵半山园居住期间所写。诗中的湖阴先生,名叫杨骥,字德逢,是一名隐士。他是王安石退居金陵时的邻居和好友。据史料记载,湖阴先生饱读

诗书,很有见地,常令王安石"叹誉不已"。在诗中,王安石通过对湖阴先生庭院的描写表现了湖阴先生生活情趣的高雅和品质的高洁,表达对湖阴先生隐居生活的欣赏。

在对诗作的解读中,通常是通过"茅檐长扫净无苔"来体现湖阴先生家的整洁,主人的勤劳,通过"花木成畦手自栽",称赞主人亲力劳作,情趣高雅。

在这节微课的设计中,我试图通过湖阴先生扫苔种花木的举动,结合青苔在文学作品中的象征意义,引导学生体会诗句不仅写出了湖阴先生家庭院内环境的整洁和主人的勤勉,更体现了湖阴先生的宁静淡泊,恬然自适,超然出尘,安贫乐道。王安石欣赏湖阴先生的隐居生活,更欣赏的是湖阴先生积极豁达的心境和超脱的人生态度。

本课的教学目标定为理解"青苔"在古诗词中的意象,体会诗作中景与情的关系,通过诗中体现景物特点的语句感悟湖阴先生,以及作者王安石的思想情感。

在教学过程中,我以《天龙八部》中的扫地僧引入诗作,激发学生的兴趣,然后抓住"作者为什么要写湖阴先生扫青苔这么小的事"作为切入点引发学生思考,再设计问题,以问题链的形式为学生提供一条思维路径,由浅入深地引导学生形成自己的思考和感受。体会在王安石的这首诗作中,湖阴先生的宁静淡泊,恬然自适,安贫乐道,热爱生活,积极豁达在"扫苔"中可见一斑!诗人在作品中,借苔抒情,借苔言志,在小小的苔痕上,寄予了自己喜怒哀乐的心境和人生追求!

史树青先生在叶嘉莹先生的《唐宋词十七讲》的弁言里写道:"迦陵在校读书,尝谓羡季先生授课最大特色在于启发,凡书本所有者,学生可自阅读,而讲授者应是以自己之博学敏感和深思,并由于创造经验之丰富,能体会和掌握诗歌真正生命与妙涵,用多种譬喻与例证,将生命与妙涵作最细致和生动之传达。迦陵之教学与科研即循此前进,硕果累累,并非偶然。"在本课的设计中,我希望能够引发学生通过"青苔"这一意象发现《书湖阴先生壁》中诗人的情感世界,发现诗歌中容易忽略的生命与妙涵,并和学生一起对这首诗歌中的生命与妙涵进行细腻、生动的解读,这正是师生共同营造的美妙的与诗歌、与诗人"映心"的过程。

"在诗歌中寻找生命的力量,在诗歌中寻找生命的坚韧。"我将循此前进。

专家点评

文言诗文是中国传统文化的一个重要载体。学习它,不仅仅是积累词汇,看懂古文,更是感悟丰富的古代文学特征和传统文化内涵,是今人对古代文学、文化的学习和传承。《书湖阴先生壁》一课,教师不只是把目光放在字词含义的掌握上,更多的是引领学生挖掘其背后所蕴含的文化内涵。课中,教师旁征博引,帮助学生理解"青苔"在古代诗词中的含义,进而请学生思考诗人写湖阴先生扫苔种花木这一举动的目的。随着教学的深入,教师引领学生逐步感悟到诗人不仅要写出湖阴先生家庭院内环境的整洁,表现出主人的勤勉,更要从中表明湖阴先生的品格:恬然自适、超然出尘、安贫乐道。诗人欣赏湖阴先生的隐居生活,更欣赏的是湖阴先生积极豁达的人生态度。而对这种精神的感悟和传承,正是文言教学的价值所在。

蝶恋花

执教者:上海市浦东新区建平实验中学　马　娜
点评者:上海市杨浦区教育学院　肖　磊

原文

蝶恋花

[宋]柳　永

伫倚危楼风细细,望极春愁,黯黯生天际。草色烟光残照里,无言谁会凭阑意。

拟把疏狂图一醉,对酒当歌,强乐还无味。衣带渐宽终不悔,为伊消得人憔悴。

教学设计

教学目标:

一、借助想象品味词句,解读词中意象所表现的细腻而婉约的愁情。

二、通过质疑解析词句,领悟词中蕴含的矢志不渝的态度和坚毅执着的精神。

教学重点:

通过体会具体的意象理解词人传达的愁情。

教学难点:

理解词人锲而不舍、矢志不渝的态度和坚毅执着的精神。

教学过程：

一、了解作者，初步感知

（一）作者简介。出身官宦、白衣卿相。为民间钟爱、被主流不齿。才华横溢、草根明星。专业词人、市井"皇帝"。开拓普及宋词、无人能出其右。落魄潦倒、眠花宿柳。最懂烟花女子心、无数红颜倾心。这个人是谁？——柳永

（二）各式朗读，初步感知。学生自由朗读；个别学生朗读；教师示范朗读。

二、情景再现，体会意象

（一）你从词中读出了诗人怎样的情感？哪一个词直接表达了这样的情感？惆怅、伤感——"春愁"

（二）从哪些景物中可以体会到这样的情感？危楼、风细细、烟光、残照……

读上阕，画面想象，情景再现：假如你是柳永，你长久地伫立在高高的楼阁上，你望见了什么？听见了什么？感受到了什么？心里想了些什么？于是浓郁的愁绪从心中慢慢地升腾起来。请同学们以小组为单位，通过合作交流，以第一人称的口吻，写出想象的画面。

我站在高高的楼阁之上，倾听耳边清风吹拂，细细的微风扫在我的脸上，有一丝微凉，让我心生寒意。极目远望，天色黯然，云丝淡淡，孤鸿在空旷的原野上盘旋，此时我惆怅的心情在心中升腾，那愁绪化作一缕轻烟，飘飘然，升到了天边。极目望去，在这片一望无际的荒野上，丛生的野草，在缕缕青烟中肆意摇摆，那样无助。此时谁能体会我孤苦惆怅的心境呢，真是有苦无处诉，有苦无从说起……

三、学生疑点，探求主旨

（一）读下阕，思考词人的愁情是否真的深长？愁情是深长的。从"拟把疏狂图一醉，对酒当歌，强乐还无味"可见。词人愁苦之时，打算通过饮酒来一醉方休，借此排解内心的痛苦，让自己暂时忘却愁闷的心情。然而对着美酒，却无法下咽，勉强依靠饮酒来寻求欢乐，是索然无味的。可见愁情深浓到无法排解的地步。

（二）对酒当歌怎么会还无味？正所谓"借酒消愁愁更愁"。当愁苦的情绪过于浓稠，饮酒不仅仅无法排解苦闷，反而使人更为伤感。愁到连饮酒的兴致都没有了，更体现愁情之深浓。

（三）"拟把疏狂图一醉"不是渴望借酒消愁吗？与"衣带渐宽终不悔"是否有些矛盾？"拟把疏狂图一醉"说明词人的愁情过于浓深，自己难以排解。但最终还是表达了对"伊"的思念和追求矢志不渝、忠贞无悔。可见其不仅不想摆脱"春愁"，反而心甘情愿被其折磨，即使形容憔悴，瘦骨伶仃也不后悔，可见其情感态度的坚定，矢志不渝。

（四）探究"衣带渐宽终不悔，为伊消得人憔悴"两句含义，理解词人为何而愁。这两句可以解释为：我日渐消瘦也不觉得懊悔，为了你我情愿一身憔悴。

这里的"伊"可以指自己心中所爱恋的她，也可以指自己心中的理想，也可以指为之奋斗终身的事业……

四、拓展延伸，名句理解

（一）王国维的《人间词话》中认为"古今之成大事业大学问者，必经过'三种境界'"。"衣带渐宽终不悔，为伊消得人憔悴"在此处代表的第二种境界是什么？

此处指三种境界之第二境界：

昨夜西风凋碧树。独上高楼，望尽天涯路。此第一境也。——立

"衣带渐宽终不悔，为伊消得人憔悴。"此第二境也。——守

众里寻他千百度，蓦然回首，那人却在灯火阑珊处。此第三境也。——得

（二）清代贺裳《皱水轩词荃》"小词以含蓄为佳，以有作决绝语而妙者"这是对这首词的评价，谈谈你的理解。

五、学法总结，创意朗读

（一）总结诗词鉴赏的方法：朗读感受、意象体会、矛盾探求、名句理解。

（二）根据本课所学，各小组合作分工，揣摩语气，设计动作，进行创意朗读，并现场展示。

六、布置作业,巩固提升

(一)背诵全词。

(二)结合自身学习生活写一段话,说一说你对"衣带渐宽终不悔,为伊消得人憔悴"的看法。

教学反思

接到第一届"迦陵杯·诗教中国"诗词讲解大赛的任务后,我在多首诗词中几经取舍,最终选择了柳永的《蝶恋花》。

细读了此次大赛的教学要求,充分考虑了学生的学龄特点,以及这首词的创作风格,结合我个人的教学特色,以及视频录制课的呈现方式,我精心设计了几个学习活动,进行了一次试讲,结果收到了意想不到的良好效果。反思这一节课的教学,若有可圈可点之处,应归结于学习活动设计适当,实施过程得心应手。

学习活动之一:借助想象,助力诗词理解初感受

古典诗词跨越千年时空,走入课堂,它以凝练精干的语言,表达丰富深刻的情感。作者尤其善于通过多种意象的艺术组合,表情达意。若让学生真切体会之,理解之,不可谓之不难。若充分发挥初中生丰富的想象力,再现词作情境,将彼当己,以词人的身份,体会此情此景,学生对词作情感的把握将水到渠成。《蝶恋花》教学中,我设计了这样的学习活动:读上阕思考,假如你是柳永,你长久地伫立在高高的楼阁上,你望见了什么?听见了什么?感受到了什么?心里想了些什么?以第一人称的口吻,写出想象的画面。学生将自己想象成词人柳永,通过合作交流,再现了词人所处的情与境,词中所有的意象不再只是文字符号,而是生动的富有色彩感和线条感的画面呈现在了学生的脑海中,于是在空旷萧瑟迷离的环境中,学生体会到了词人此时此刻失落、孤独、苦闷的心情,这种体会是有代入感和真切感的。因而充分发挥学生想象力的优势,在词作初步感知环节,理解词人蕴藉在景物中的情感,可以说是轻而易举。

学习活动之二:质疑争论,推进诗词内涵深挖掘

仅仅体会到词人的"春愁"是远远不够的,本词下阕"衣带渐宽终不悔,为伊消得人憔悴"之所以成为经典名句,为世人所传颂,是因为其表达了词人的情感态度和精神追求,容易在人群中产生共鸣,具有感染人心的力量。然而如何让学生体会到这一点呢?深入探求词句的有效方式之一,就是引发学生对词作的质疑,从而使学生在讨论争辩中,深入对文本进行探究。对酒当歌怎么又说还无味呢?"拟把疏狂图一醉"不是渴望借酒消愁吗?与"衣带渐宽终不悔"不是矛盾吗?"衣带渐宽终不悔,为伊消得人憔悴"真的仅仅是针对爱情吗?放开手脚,让学生充分阅读词作下阕,于有疑惑处提出疑问,于矛盾处产生疑问,于无疑处生成疑问。而疑问的解答中,学生有不同观点的争鸣,有思维的激烈碰撞,有对词句前后勾连再解读,进而体会到词人"春愁"浓深以致无法排遣,却心甘情愿受此折磨,表现了情真志坚,令人叹服的情感态度。因而教学中,充分调动学生的思维能力,展开对文本的质疑,在争论中寻求适当的答案,使学生对诗词的理解准确且深入。

学习活动之三:创意朗读,加深诗词意蕴再体悟

诗词的语言具有音乐性的特点,因此在教学中,常常通过朗读带学生进入诗词的意境,不仅可以培养学生的语感,更易于学生通过语气语调把握诗词生动的形象,加深对诗词的理解,提升学生的诗词鉴赏能力。我在本课教学中,对朗读诗词的设计,亮点在课尾处:根据自己对这首词的理解,各小组合作分工,揣摩语气,设计动作,进行创意朗读,并现场展示。学生开始以小组为单位分头行动。任务分摊,设计动作,对语气语调进行反复朗读练习,力求准确表达自己的理解。最终每个小组到讲台上展示成果,可以说精彩至极。有的小组在朗读"无言谁会凭栏意"一句后面加了叹词"哎!";有的小组在朗读"望极春愁,黯黯生天际"一句时,抬头仰望天空,手附在额前,满眼的惆怅;有的小组在朗读"拟把疏狂图一醉"时,卷起拳头,手似握杯状,欲饮又止……朗读的个性化处理,呈现出了学生在本次课上对词作思想情感的理解程度,且在创意朗读过程中又加深了、丰富了学生对词作的理解体悟。

专家点评

古代诗歌,往往因文言的简约性与久远性,让学生产生距离感。教师必须搭建一些平台,让学生跨越阅读障碍,走进文本,和古人展开一场心灵的对话。在这方面,本堂课的教学有亮点:其一,多种形式的朗读。教师示范朗读,教师的朗读声情并茂,一下子把学生带入了作品所营造的氛围中,为学生的正确理解奠定了基础;学生的创意朗读,呈现出了学生对作品思想内涵的理解程度,丰富了学生的情感体悟。其二,调动实体体验,提升语言敏感度。教师请学生发挥想象后思考:"假如你是柳永,你长久地伫立在高高的楼阁上,你望见了什么?听见了什么?感受到了什么?心里想了些什么?以第一人称的口吻,写出想象的画面。"这一系列教学活动设计即是创设情境,调动学生的"实体体验",让学生设身处地地参与古人的生活,从而缩短了古今的时空距离。此时,教师再适度、合理地融入和强化对语言艺术的赏析,让学生能更深切地感悟到古代诗歌中高超、经典的语言艺术之美,不断提升学生的语言能力和语言素养。

如梦令

执教者:上海音乐学院实验学校　　朱尊祺
点评者:上海市杨浦区教育学院　　肖　磊

原文

如梦令
[宋]李清照

昨夜雨疏风骤,浓睡不消残酒。试问卷帘人,却道海棠依旧。

知否,知否? 应是绿肥红瘦。

教学设计

教学目标:

一、聆听范读,捕捉其中的缓急轻重之处。

二、分析吟咏中的缓急轻重来理解作者蕴含其中的心情变化和复杂情感。

教学重点:

一、聆听范读,捕捉其中的缓急轻重之处。

二、分析吟咏中的缓急轻重来理解作者蕴含其中的心情变化和复杂情感。

教学难点:

分析吟咏中的缓急轻重来理解作者蕴含其中的心情变化和复杂情感。

教学时长：

10 分钟

教学过程：

一、情境导入，回到从前

诗词是中国文化的一个瑰宝，历代的文人骚客借助一个个汉字组成的诗词散发着无穷的魅力和强大的生命力。今天让我们通过汉字、通过诗词，去穿越时空，回到 900 多年前，一位女孩所住之处的庭院中去看一株海棠树，通过轻重缓急的朗读方式来品味这位女孩对这棵海棠树的描绘，以及女孩蕴含其中的情感。

二、走进作者，了解背景

通过标题"易安"简单了解作者李清照，这位被誉为"千古第一才女"的女词人及她早年优越的生活。理解她早期诗歌的清新脱俗与少女情怀。

（一）范读感受、分享交流。老师为大家示范吟咏一遍，注意吟咏过程中的缓急轻重之处。学生分享交流自己听到的词中轻重缓急之处。

轻重缓急分享交流之处：

1. "风骤"重读且急促，可见风急而猛烈，若轻缓读来，则变成微风拂面了。

2. "试"轻声读来，可见当时一夜疏雨急风后，作者惦记着海棠情况，想问又不敢问，因而有小心发问的矛盾、忐忑、侥幸心理，若重读，则意境全无了。

3. "却道"重读且急促，可见作者对于侍女回答"海棠依旧"的惊讶与疑惑甚至有些难以置信。

4. "知否、知否"轻读且缓和，可见作者对于侍女鲁莽回答的嗔怪和循循善诱式的教导。若急促且重读，则显得作者太过生气而焦急，反而失去了李清照当时那种不急不慢的神韵了。

5. "绿肥红瘦"读来缓和，尤其是"瘦"更是轻读，可见作者对于红花凋零的哀叹。（在整个分析过程中，一定抓住朗读之法，分析一点，朗读一两遍来感受把握）

（二）聚焦"红瘦"，品味内涵。"红瘦"不仅是指红花凋零，更是意味着春天的逝去。古代的女子情感非常细腻，李清照其实也是在对于春天逝去的一种惋惜，一种伤感。而红花凋零、春天逝去对于古代女子又有什么象征意义呢？这象征着女子青春年华、如花岁月的逝去，李清照也在为自己易逝的青春年华而哀叹伤感呀。再次通过朗读这一句来体会作者蕴藏其中的情感吧。

（三）配乐朗读，加深理解。老师配上竹笛音乐《乱红》，在适宜的背景音乐声中再次吟咏这首流传千古的小令《如梦令》。读罢，学生一起在音乐声中吟咏本词，加深感受和理解。

（四）缓急轻重，贵在吟咏。通过吟咏诗词，我们能感受古人的生活情绪，我们也能感受到他们背后所思所想或者品质精神，那么希望各位能够借助吟咏，借助对于诗词轻重缓急的把握好好去品味。近千年的故事，能够让你的精神世界无比的充盈而美好。

教学反思

本首诗歌是沪教版七年级下册第四单元《宋词集萃》的一首，也是中国文学史上非常著名的一首小令。本词借作者李清照宿酒醒后询问花事的描写，委婉地表达了作者怜花惜花的心情，充分体现出作者对大自然、对春天的热爱，也流露了内心的苦闷。全词篇幅虽短，但含蓄蕴藉，意味深长，以景衬情，委曲精工，轻灵新巧，对人物心理情绪的刻画栩栩如生，以对话推动词意发展，跌宕起伏，极尽传神之妙，显示出作者深厚的艺术功力。后人对此词评价甚高！

作为七年级的学生对于本词的理解借助书下注解比较容易，但是对于这首小令，许多学生会简单理解为背出原词和解释即可，容易忽略作为诗词最朴素而又最富诗意的理解方式，那就是反复的吟咏。其实吟咏是高效的学习方法，用这种方法，不仅记得牢，而且理解得深。吟咏里，已经包含了句读、格律、结构、修辞等一系列的知识，有机地结合，能寓教于乐。吟咏尤其对于理解作品的思想感情是非常有效的。

所以，对于本词的教学，我就准备重点从吟咏角度入手，以范读形式朗诵后,带领学生去寻找在朗读中的缓急轻重,引导学生从缓急轻重中品味蕴藏诗词内的作者情感变化和寄托其中的复杂思想。因为这首小词,虽只有短短六句三十三字,却将词人因惜花而痛饮,因情知花谢却又抱一丝侥幸心理而"试问",因不相信"卷帘人"的回答而再次反问的心理变化表达得摇曳多姿。那么此时,关注轻重缓急的吟咏方式就显得尤为关键了。例如:"风骤"要注意重读且急促,这样就可读出风急而猛烈,若轻缓读来,则变成微风拂面了。"试"字需轻声读来,由此可以玩味一夜疏雨急风后,作者惦记着海棠情况,想问又不敢问因而小心发问的矛盾、忐忑、侥幸心理,若重读,则意境全无了。"却道"重读且急促,就可将作者对于侍女回答"海棠依旧"的惊讶与疑惑甚至有些难以置信的心理活动展现得尤为明显。仿佛一位瞪大眼睛、面露惊讶之色的少女形象跃然于面前。"知否,知否?"轻读且缓和,作者对于侍女鲁莽回答的嗔怪和循循善诱式的教导之语仿若萦绕耳边。若急促且重读,则显得作者太过生气而焦急,反而失去了李清照当时那种不急不慢的神韵了。

最为精彩的莫过于"绿肥红瘦"四字了,读来缓和,尤其是"瘦"更应轻读,作者对于红花凋零的哀叹才能更为强烈。可以说整个吟咏的过程就是一步步走进作者李清照内心、揣摩她心情变化的过程,所以反复的吟咏是必要的、是重要的、是很有意义和价值的。当然因为比赛的时间限制,有些含义和作者的心理活动并没有给学生太多时间去品味和交流,这是本课的一个遗憾。

专家点评

古人云:"读书百遍,其义自见。""吟诵"是学习诗词的有效方法。但教学中如果只是一味地死记硬背,那么这样的读背吟诵往往是索然无味的,学生对诗词内容的理解也只能是囫囵吞枣的。朱老师的吟咏朗诵教学是讲究的。教师范读,学生先寻找老师读得缓急轻重之词,再细品缓急轻重中所表现出的词人心理变化,条理清晰、层层递进。"风骤"应重读且急促,可见风急而猛烈,若轻缓读来,则变成微风拂面了,此处是对比之法;"试"应轻读,表现经一夜疏雨急风后,词人惦记着海棠,想问又不敢问终又小心发问的矛盾、忐忑、侥幸心理;"知否,知否?"要轻读且语气要舒缓,表现词人对于侍女鲁莽回答的嗔怪,她循循善诱式的教导之语仿若萦绕在读者耳边。可以说整堂课朱老师自始至终都能时刻抓住学生吟咏思索之兴趣,整个吟诵的过程就是师生一起一步步走进李清照内心深处、揣摩她心情变化的过程。吟咏品味的教学特色充分体现了以学生为主体的教学理念。

江城子·密州出猎

执教者:上海市松江区九亭中学　　张　俊
点评者:上海市杨浦区教育学院　　肖　磊

原文

江城子·密州出猎

[宋]苏　轼

老夫聊发少年狂,左牵黄,右擎苍,锦帽貂裘,千骑卷平冈。为报倾城随太守,亲射虎,看孙郎。

酒酣胸胆尚开张,鬓微霜,又何妨?持节云中,何日遣冯唐?会挽雕弓如满月,西北望,射天狼。

教学设计

教学目标:

一、把握苏词的主要内容,体会苏词豪放的词风。

二、感受苏轼在逆境中积极进取的豪迈气概和心怀天下的人格魅力。

教学重点:

把握苏词的主要内容,体会苏词豪放的词风。

教学难点:

感受苏轼在逆境中积极进取的豪迈气概和心怀天下的人格魅力。

教学过程:

一、介绍背景,导入新课

(一)由苏轼《与鲜于子骏书》引出课题。

《与鲜于子骏书》:"数日前,猎于郊外,所获颇多,作得一阕,令东州壮士抵掌顿足而歌之,吹笛击鼓以为节,颇壮观也。"

(二)解题:"江城子"是词牌名。"密州出猎"为词的题目,交代了词的写作内容。

(三)教师范读。

设计说明:由苏轼写给友人的信引出课题,让学生初步了解《江城子·密州出猎》是苏轼生平第一首豪放词,激发学生学习兴趣,为理解苏轼豪放词风做准备。

二、初读入境,整体感知

(一)教师指导学生朗读。

(二)学生反复诵读后思考:这首词写了一个怎样的出猎场面? 明确:结合课下注释品读字词,感受出猎场面的宏大、壮观、华美绚丽。

设计说明:教师指导学生朗读,把握词作内容,整体感知词作的节奏、韵律,引导学生初步读出诗词情感,初步体会苏轼的豪放词风,为突破教学重点和教学难点打下基础。

三、品析词句,质疑探究

(一)学生思考并交流:这首词中,苏轼描写的出猎场面是真实的吗? 明确:品读字词,结合写作背景分析,这样的场面是苏轼在事实的基础上做了艺术的夸张,因此场面格外雄壮开阔。

(二)教师提问,学生思考:苏轼为什么要描写这样的场面呢? 他想用这样带有夸张的宏伟场面表达什么呢?

(三)学生朗读,结合孙权典故,感受苏轼在词中抒发的豪情壮志。

设计说明:通过有张力的问题激发学生思维,在质疑探究中初步体会词人的情思。引导学生在字词品读中理解词句含义,体会狩猎场面的雄壮开阔,理解苏轼的豪情壮志,进一步感受苏轼豪放的词风。

四、抓住"狂"字,走近苏轼

(一)学生合作讨论并交流:

如何理解词中的"狂"与"少年狂"?"老夫聊发少年狂"中"老夫"和"少年"的表述是否矛盾?

(二)补充写作背景,讲解词中典故(魏尚),帮助学生理解苏轼的思想情感。

设计说明:品读"狂"字,感受苏轼的豪迈气概,明确"少年狂"是他内心的理想、人生抱负,而"老夫"却是他的现实处境,感知词中体现出的苏轼人生理想和现实的冲突。

五、知人论世,走进苏轼

(一)老师提问,学生思考:从词中看,苏轼面临理想和现实冲突的时候,他的选择是什么? 明确:尽管身处逆境,但苏轼仍有慷慨激昂的报国情怀和昂扬奋发的豪迈气概。

(二)学生讨论并交流:如何看待苏轼的这种人生选择?

(三)补充苏轼积极用世的人生态度及其思想来源(儒家思想),引导学生进一步理解苏轼无论身处顺境还是逆境都不忘兼济天下之志的济世报国之心。

设计说明:引导学生在品读字词中,理解苏轼的选择。补充苏轼积极用世的人生态度及其思想来源,让学生进一步感受他在逆境中积极进取的豪迈气概和心怀天下的人格魅力。

六、拓展延伸,提升认知

(一)补充北大教授周先慎对苏轼的评价及苏轼的生平,了解他对后世的影响。

周先慎:"有人这样评价苏轼,说他留给我们的精神遗产,除了文学创作之外,还有他崇高的人格魅力。他追求的是爱民和为直道而献身,处穷时仍不忘兼济天下之志;在复杂的政治斗争中表现出刚正不阿、光明磊落的高风亮节;身处逆境而能保持心境的安适,追求进入一种超功利、超世俗的自由的精神境界。"

(二)学生朗读,感受苏轼积极进取的豪迈气概和矢志不渝的报国情怀。

设计说明:引用周先慎先生对苏轼的评价,介绍苏轼的人生经历,呈现苏轼人生行迹图,使学生深入了解苏轼的思想、理想和进退自如、宠辱不惊的人生态度,加深学生对这首词的理解,提升学生的文化认知。

七、布置作业,学以致用

(一)背诵这首词。

(二)比较阅读:本词与辛弃疾《破阵子·为陈同甫赋壮词以寄之》。

(三)推荐阅读余秋雨《苏东坡传》(选做)。

设计说明:积累诗词名篇,体悟豪放词风,进一步感受古代文人的爱国情怀和积极进取的人生态度。

板书设计:

江城子·密州出猎

苏轼

豪放词 —— 宏伟壮观的狩猎场面 / 慷慨激昂的豪放气概 ⟶ 狂(理想与现实) ⟶ 积极进取 心怀天下

教学反思

《江城子·密州出猎》是一首充满豪情壮志的爱国词,一首具有阳刚之气的豪放词。作为苏轼创作的第一首豪放词,其"豪放"不仅仅体现在宏大壮观的狩猎场景的描写,更体现于苏轼在理想与现实的矛盾冲突中的选择,他在逆境中积极进取的豪迈气概和心怀天下的人格魅力。学习这首词,不仅要让学生沉浸文本,体会苏词的豪放词风,感受苏轼慷慨激昂的报国情怀和昂扬奋发的豪迈气概,还要让学生走进苏轼,初步了解苏轼的思想和进退自如、宠辱不惊的人生态度,理解中国传统文人身上一脉相承的思想,提升学生的文化认知。基于以上教学目标,这节课主要让学生质疑探究两个问题:"词作中出猎场面的描写是否真实?""'老夫'和'少年'的表述是否矛盾?"围绕这两个问题,通过捕捉、分析相应词句,挖掘"狂"的深刻内涵,读懂苏轼内心理想和现实之间的矛盾冲突。然后结合相关背景资料,理解苏轼的人生选择,从而感受他在逆境中积极进取的人生态度和济世报国的情怀。

教学中,我注重问题设计的思维含量,通过两个有张力的问题,引发学生质疑,激励学生深入思考,激发学生思维。同时,问题的质疑探究过程也是一个师生之间、生生之间的多边活动的过程,师生、生生之间通过对话进行思维碰撞,在对话中相互激发、相互启迪,学生的主体地位得以充分彰显。

教学紧紧围绕语言展开,反复品析、诵读,把思想、情感、情趣的熏陶感染有机地统一在教学过程中。我积极引导学生品析字词,让学生在"咬文嚼字"中体会词作意境,感受豪放词风,理解词人的豪情壮志。在教学环节的推进中,始终贯穿诵读教学,以诵读促理解,以理解促诵读,抓住了诗词教学的关键。诵读时,我充分发挥了教师的示范作用,同时对字词的重音、句子的节奏、朗读时应该把握的情感做了适当指导,让诵读教学落到实处。

这节课的教学没有停留在一首词的赏析和作者情感的把握上,而是向前迈了一步。通过补充写作的背景资料、苏轼的人生经历及后人对他的评价,使学生深入了解苏轼的思想和人生态度,进而初步理解中国传统知识分子一脉相承的思想,提升学生的文化认知。

本节课的教学还有很多不足,比如由于教学内容较多,学生讨论交流不够充分;课堂中资料的补充能够丰富教学内容,拓宽学生视野,但是这节课过多的资料冲淡了对文本的品读理解,导致对词作的分析不够透彻。

专家点评

对于课堂教学的作用,杜威曾有这样的论断:"有求知的渴望,心灵就会有所作为;没有求知的渴望,即使给他塞满了知识,到头来也几乎毫无所得。"课堂教学的作用就是要能激发学生的思维,而思维的过程就是发现、探究、解决问题的过程。没有疑问,就没有真正意义上的思维活动。因此,设置问题,就是在为学生的学习提供有效路径。这堂课,张老师就设置了两个有效问题:"词作中出猎场面的描写是否真实?""'老夫'和'少年'的表述是否矛盾?"围绕这两个问题,分析字句,挖掘"狂"的深刻内涵,读懂苏轼内心理想和现实之间的矛盾冲突,感受他在逆境中积极进取的人生态度和济世报国的情怀。可见,这两个问题的指向是源于对作品内涵与特色的发现,是有思维容量的,可以启发、激励学生深入思考。学生的主体地位也在此过程中得以充分彰显。

游子吟

执教者:上海工程技术大学附属松江泗泾实验学校　汤　英
点评者:上海市杨浦区教育学院　肖　磊

原文

游子吟

[唐]孟　郊

慈母手中线,游子身上衣。
临行密密缝,意恐迟迟归。
谁言寸草心,报得三春晖。

教学设计

教学目标:

一、诵读诗歌,分析诗歌物象,梳理诗作情感脉络,体会朴实凝练语言中寄寓的浓浓亲情。

二、从不同角度品读诗歌,领悟母爱的无私,培养感恩的情怀。

教学重难点:

重点:诵读诗歌,在朴实凝练的语言中感受母子离别前母亲的担忧和关爱,体会诗人对母亲的感激之情。

难点:从不同角度品读诗歌,分析诗歌物象,梳理诗作情感脉络,培养感恩的情怀。

教材分析:

《游子吟》是唐代诗人孟郊创作的一首五言古体诗,全诗共六句三十字,采用叙事和抒情结合的表达方式,歌颂了母爱的伟大与无私,表达了诗人对母爱的赞美和感激。现与贺知章的《回乡偶书》、孟浩然的《过故人庄》和朱熹的《春日》共同编入部编版(五·四学制)六年级下册的课外古诗词诵读部分。六年级教材中的古诗篇目体例不一,内容和思想情感也有不同,但都语言精炼而晓畅,情感真挚,是古诗中的经典篇目,很适合六年级的学生进行诵读和鉴赏。在古诗学习上,教材要求学生要抓住诗句物象,体会诗中重点字词句的表现力,在诵读中领悟诗人所表达的思想感情,把握诗中所咏事物体现出的人生态度,这都为学习《游子吟》奠定了良好的学习基础,更有利于让学生通过不同体裁和不同题材的诗歌感受中国古典诗词的魅力。

学情分析:

六年级学生正处于中小学衔接过渡阶段,小学阶段学生接触了许多表现亲情的诗歌,从诗歌中体会了亲子情,初步树立了一种积极的人生态度,也初步形成了自主学习意识和学习习惯,具备一定的鉴赏能力。同时《游子吟》家喻户晓,对于六年级学生而言,要理解本诗的内容和情感尚不太难,但要了解诗歌传达情意的方式和古典诗歌的魅力则需要教师引导。

学科德育要求:

由于学生为六年级,处于中小学衔接阶段,因此本诗教学对应的学科德育要求结合了小学学段德育核心要求1~13和初中学段德育核心要求2~10,即:背诵唐诗名篇,了解我国古代文学样式及其特征,体会浓浓亲情,感受中国古典诗歌的文学魅力。

教学过程:

一、知人论世,导入新课

(一)教师导语。

(二)出示《登科后》,教师朗读诗作。

(三)学生从分析诗人激动的心情入手感受孟郊科考之不易,了解写作背景,引出诗歌。

设计说明:关照诗歌语言特点和情感抒发,借助诗人的生平经历,激发学生学习兴趣,为下一个朗读环节做准备。

二、诵读诗歌,读出诗味

(一)出示《游子吟》,学生通过朗读,分析两首诗的情绪表达差异。

(二)教师指导学生朗读《游子吟》。

(三)学生齐读《游子吟》。

设计说明:教师指导学生朗读,引导学生初步读出诗歌感情,激发学生学习语言的兴趣,为突破教学重点和教学难点打下基础。

三、分析物象,品出诗意

(一)思考:在慈母缝衣场景中,诗人把目光聚焦在哪一个寻常而细小的生活物品上呢?

(二)探究:

1. 从慈母的角度看,这根线承载着什么?

2. 从游子的角度看,他借这根线想对慈母表达什么?

(三)小结:梳理本诗学习思路。

设计说明:教师引导学生抓住"线"这一物象,带领学生关注诗歌语言,分析重点字句,从慈母和游子的角度,感受人物情感,领悟至美亲情,突破教学重点和难点。

四、教师总结,升华诗情

(一)分享:回忆生活场景,说说哪个平常没关注到的物品最能表现母亲对你的爱?

(二)教师总结。

（三）师生配乐吟诵《游子吟》。

设计说明:教师引导学生关照自身经历,结合生活实际谈感受,让学生获得情境体验。同时通过配乐吟诵,营造浓浓的感恩氛围,进一步获得情感熏陶,升华诗情。

五、作业布置,学以致用

（一）结合课堂分享,抓住生活中常见的一个物品,尝试细致描绘母亲关爱你的一个场景,200 字左右。（必做）

（二）请从下列两首诗中任选一首,尝试用转换角度的方法进行鉴赏,体会亲情之美。（选做）

1. 搴帷拜母河梁去,白发愁看泪眼枯。惨惨柴门风雪夜,此时有子不如无。（[清]黄仲则《别老母》）

2. 吴树燕云断尺书,迢迢两地恨何如? 梦魂不惮长安远,几度乘风问起居。（[清]宋凌云《忆父》）

设计说明:针对不同学情设计分层作业,巩固学习内容,创设引导学生吸收和内化祖国语言文字的过程,提高学生鉴赏诗歌的能力,培养学生感恩情怀。

教学反思

《游子吟》是孟郊创作的一首五言古体诗,现在编入部编版(五·四学制)六年级下册的课外古诗词诵读部分。全诗共六句三十字,采用叙事和抒情结合的表达方式,通过白描的手法,回忆了一个游子临行前眼中所见的慈母缝衣的场景,歌颂了母爱的伟大与无私,表达了诗人对母爱的赞美和感激。诗歌内容充满温情,诗歌意象色彩明丽,跟他很多艰涩奇险的诗歌风格形成鲜明的反差。但是这首诗作学生都太熟悉了,怎样确定文本的教学路径,引导他们真正沉浸其中,触动学生内心,是需要我用心思考的一个问题。幸运的是在上海市教研员曹刚老师的指导下，我的这堂课最终确定从诗歌的语言形式出发，聚焦诗歌物象"线"，立足于母子离别前，母亲和儿子的不同视角，引导孩子逐步感知母子情深，最终达成了本节课的教学目标。

一、关注诗歌语言，感知诗人心境

46岁的孟郊在连续两次落第的情况下，依然选择奉母亲之命第三次应试，终于在不惑之年成功登第，步入仕途，虽然只得到了一个溧阳县尉的卑微官职，但喜悦之情难以掩饰，便写下了他生平第一首快诗《登科后》。回首一路科举之路，他命运坎坷，背井离乡，路途颠簸，饱受羁旅之愁，如今终于达成母愿，其中辛苦令人感慨万千，便随即东归，告慰母亲，慷慨之间写下了千古颂母名作《游子吟》。从孟郊在同一时间写下的这两首诗的对比中，我们可以发现，诗人心境不一样，感情不一样，诗作语言形式也不一样。所以本节课，我借用孟郊在同一时期写下的另外一首诗《登科后》作为导入，让学生从两首诗的情绪表达上的语言形式差异入手，学生在感知中初步了解了诗人当时的心境和情绪，也初步掌握了《游子吟》的诵读方式。

二、聚焦诗歌物象，感悟母子深情

孟郊将这亲情之深和亲情之美，全倾注在了这一根小小的物象"线"上，全凝聚在了这一个平常不过"慈母缝衣"的场景中。在这节课上，学生聚焦于这根小小的物象"线"，发现母亲无声地将所有的爱化为了一根平常的"线"，这根线缝制了温暖的衣服，又从"密密缝"和"迟迟归"的关系中，发现它还承载了母亲从缝衣的刹那到游子在外漂泊这个时间段的不舍、思念、牵挂、担忧、期盼等复杂的心情。我又引导学生将前四句和后两句相联系，由一刹那延伸到了更长的岁月，由一个场景想到了更多的场景，才读出了"线"和"三春晖"之间的关系。原来一根"线"在诗歌中竟然可以串联起孟郊整个成长经历的时间和空间，可以串联起一位慈母整个育儿过程的时间和空间。最后大家又站在了游子的角度，从这根线体会到了游子对母亲的赞美和感激，由此学生才真正读懂了诗歌的情感，感受到了诗的语言魅力。这个分析过程给学生提供了一个很好阅读路径,即:从诗歌物象和语言艺术两方面去感受诗人细密的情感。学生也深深感受到了,原来生活中的爱不需要轰轰烈烈,都可能寓于再平常细小不过的生活物品中。课堂到此,学生已经由沉醉于诗歌情感开始与自己的生活实际建立起了联系。

三、联系生活实际,触发感恩之情

学生经过上一个课堂主要环节的品读和感悟,已经下意识开始将诗歌与自己的生活实际建立联系。因此,这时候我设计了一个回忆和分享环节,要求学生回忆一下生活中的场景,说说哪个自己平时没有关注到的物品最能表现母亲对你的爱。这节课的预设是学生可以在这个环节尽情回忆并畅所欲言,结果由于时间的关系,只能给一位学生分享的机会,这也是这一节课的一个遗憾。但是,我相信学到这里,当学生在回忆自己与母亲相处的平常场景时,他们的内心已经感受到了母亲的伟大。原来,学生只是读懂了孟郊的母亲,而现在,这一个环节的设计,让学生读懂了自己的母亲,这首诗的育人意义至此也得到了充分的彰显。

当然,这节课也存在一些不完美的地方,比如:分析诗歌语言的时候,要给学生更多的诵读时间,让学生在诵读中进一步感知母子深情。同时,在回忆和分享生活实际的时候,给学生分享的时间比较少,其实还有很多学生跃跃欲试,如果能给他们留出更多的时间,可能课堂效果会更好,应该也可以成为本堂课的一个亮点。"教学永远是一门遗憾的艺术",因为"遗憾"让我有不断反思和改进的机会。感谢在此过程中每一位老师对我的关心和指导,希望自己能在不断的教学实践中,继续充分挖掘语文学科的育人价值,关注学生的学习经历,努力提高学生的语言素养。

专家点评

《游子吟》脍炙人口,学生几乎都能出口成诵,但那份母子深情是否真正直抵学生内心深处,是需要教师在教学中用心思考的问题,也是教学的难点。汤老师的这堂课用三个有效的途径为学生的深层理解构建了支架。一是知人论世。汤老师借用孟郊在同一时期写下的另一首诗

《登科后》作为导入,通过比较两首诗的语言形式,初步了解诗人当时的人生境遇。二是语言品味。孟郊将母子深情倾注在了慈母手中"线"上,汤老师就引领学生细品此"线"。学生发现母亲将所有的爱化为了一根平常的"线",它缝制了游子的"身上衣";学生又从"密密缝"和"迟迟归"的关系中,发现它还承载了母亲的不舍、牵挂、担忧、期盼。它是一根实实在在的"线",更是情感的纽带。通过细品"线"的内涵,学生真正读懂了诗歌的情感,感受到了诗歌的语言魅力。三是情境创设。汤老师设计了一个回忆和分享环节,要求学生回忆生活场景,说说哪个平时没有关注到的物品最能表现母亲对自己的爱。当学生在回忆自己与母亲相处的平常场景时,他们的内心已然能感受到母亲的伟大。此时,学生不仅读懂了孟郊的母亲,更读懂了自己的母亲。至此,诗歌的育人价值也得到了充分的彰显。

江城子·密州出猎

执教者:上海市闵行区民办上宝中学　张　恕
点评者:上海市杨浦区教育学院　肖　磊

江城子·密州出猎

[宋]苏　轼

老夫聊发少年狂,左牵黄,右擎苍,锦帽貂裘,千骑卷平冈。为报倾城随太守,亲射虎,看孙郎。

酒酣胸胆尚开张,鬓微霜,又何妨?持节云中,何日遣冯唐?会挽雕弓如满月,西北望,射天狼。

教学设计

教学目标:

一、理解本词的基本内容。

二、结合生活场景,理解词人在作品中表现的"狂"之境界,并引导学生培养"浩然之气"。

教学重点与难点:

一、教学重点:分析关键词句,通过朗读,揣摩感受词人情感和形象特点。

二、教学难点:"狂"之境界的逐层深入理解。

课前准备:

教学 PPT。

课时安排:

1 课时。

教学过程:

教学环节	教师活动预设	学生活动预设	意图说明
课程引入	展示生活中常见的画面并引导学生交流: 　　某班男生小李在学习上十分刻苦努力,而在某次单元测验中成绩却并不理想。在全班交流学习经验时,你认为他应该用以下哪句诗给自己打气? 　　A. 帘卷西风,人比黄花瘦。 　　B. 海到无边天作岸,山登绝顶我为峰! 　　C. 欲笺心事,独语斜阑。难,难,难。 　　D. 泪眼问花花不语,乱红飞过秋千去。	交流感受	词作与学生毕竟相隔近千年,即使努力深入了解苏轼,如不能搭建背景上的共同处,也很难产生情感上的共鸣。通过生活场景引导学生理解词人,再进一步反过来积极引导学生,会产生更好的理解效果
初步理解	引入介绍"狂"之境界,初步探知词作之情: 妄狂→狷狂→雄狂 妄狂:无才无德之狂; 狷狂:个性张扬之狂; 雄狂:有文化、有抱负,有浩然之气的大丈夫之狂	阅读课文,自主圈画	介绍不同的境界,让学生更好地定位并理解词作核心情感,有效品味词作深度
重点分析	齐读、指导个别朗读词作,引导交流"狂"之表现。 预设一:上阕狩猎之狂。 抓住人物的肖像、动作描写,"千骑卷平冈"和"倾城"的狩猎及观猎场面之大,"亲射虎,看孙郎"的豪气等分析其"浩然之气"。	分别交流。 抓住人物和场面描写,分析重点字词 结合写作背景,深层理解"狂"之背后的情感	在有了情感铺垫后,切入词作内容会更加顺畅,易于学生把握。通过朗读等途径拉近学生和词人的距离,并学会分析情感的方法

（续表）

教学环节	教师活动预设	学生活动预设	意图说明
重点分析	预设二：下阕抒情之狂。 以"持节云中,何日遣冯唐"涉及的历史典故,结合此词的写作背景,分析作者的情感;并以"会挽雕弓如满月,西北望,射天狼"为切入点,理解词人希望得到朝廷信任和重用的心情及渴望为国杀敌的决心,进一步引导对"雄狂"的理解		
总结	回顾多重境界,并再次返回生活场景,找寻跨越千年的相似,引导总结	再次理解把握,提升学习体验	回顾教学目标,体现课堂人文性和现实意义

板书设计：

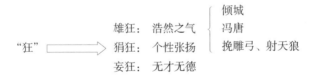

作业设计：

重新审视自己的学习生活,看看当我们遇到不如意时,如何培养自己的"浩然之气"。

教学反思

作为参加过首届"诗教中国·诗词讲解大赛"的一名中学语文教师,我回忆起整个比赛的过程,有过艰辛,有过犹豫,而更多的,一定是收获与成长。感恩能够有这样的机会,与来自整个上海乃至全国的优秀教师有一次相互学习的机会,更在与老师们的交流中,进一步感受中华诗词文化的独特魅力。接下来我将从以下三个方面来进行总结和反思。

一、选题及学情分析

《江城子·密州出猎》是苏轼豪放词作的代表,也是各个版本教材中的必选经典篇目。熟读理解本词,可引导学生对苏轼的写作风格和其开创的豪放词派有一定的了解,同时,我面对的是初二年级的学生,他们对古典诗词和相关的文化常识有了一定的储备,所以可以有效用好我们本次比赛的微课形式,在对词意初探的基础上尝试进行生活上的指导,即学以致用。这就是我最终选择本词的原因。

二、备课

微课的形式决定了在本次教学设计中,不能按照常规的 40 分钟的课堂来展开,那么如何有效尽快地抓住一个核心点为切入口,使学生真正学有所得,就显得尤为重要。我决定从实际问题出发,通过对学生在生活中可能会出现的问题的直面展示,即以"小李同学"在面对压力时的选择为引,得出《江城子·密州出猎》的核心词"狂"的分析,从而指向了词作的内容理解。

在对词作分析时,我脱开诗词作品的常规路径,力求教学的中心小而深,因此展示了"狂"的三层境界,即由"妄狂""狷狂"到"雄狂"的层层递进。在引导学生认识到意为"有文化、有抱负,有浩然之气的大丈夫之狂"的"雄狂"为最高境界时,马上请学生对本词中"雄狂"的表现去寻找并分析,从而打通了全词的内容。

在引导学生理解了如作者的肖像、动作描写和心态所表现出来的"雄狂"之后,在课堂的结尾重新回到开头时的问题,请学生再次做出选择,则会更为清晰地得出在面对困难时一定要养成一股"浩然之气",从而达到了教学目的。这就是本次教学设计的形成过程。

三、教学过程

在教学实践中,多数学生还是能按照我的预设较为顺畅地理解。尤其是面对生活问题和结尾处的学以致用中,学生都表现出了较高的积极性,课堂氛围很好。而在引导分析词作中能表现作者"雄狂"的内容时,不同学情的学生有着不同程度的理解,如有一些学生只能从浅层上去分析。因此想要真正理解苏轼在本词中表达的主旨,还需要更多的时间去深入浅出地指导。

在整个教学过程中,我还深刻地感受到,要读深读清楚这样有厚重感的作品,一定要自己首先与作者产生共鸣,再建立与学生之间的共鸣。如对"会挽雕弓如满月,西北望,射天狼"的理解,不可只停留于体现了词人的豪放,更应充分了解当时的写作背景和苏轼前后的心态,在教学的过程中就更容易感染学生,让文本、教师和学生三者统一,使教学过程更为自然流畅。

古典诗词如历史长河中璀璨的浪花,诗词教学的魅力是巨大的,对学生的影响也将会是终身的。我会珍惜并更多去争取这样的机会,使自己和学生不断收获成长。

专家点评

刘熙载在《艺概》中云:"凡作一篇文,其用意俱要可以一言蔽之。扩之则为千万言,约之则为一言。"张老师教《江城子·密州出猎》就抓住了词中"狂"这一高度凝练之字,以此"一言"撬动对全词的文意理解。上课伊始,张老师由学生的学习生活引发对"狂"字三层境界的阐释,即由"妄狂""狷狂"到"雄狂"。在引导学生认识到"狂"的最高境界即为"雄狂"时,请学生寻找并分析词中主人公的"雄狂"表现。用一字作为切入口串起了对全词的理解赏析,可谓匠心独具。教学结尾处,张老师再次重新联系学生的学习生活,鼓励学生面对困难一定要养成"浩然之气""雄狂"之气。可见,真正好的教学,一定能拉近学生与文言文的距离,走近先贤们的生活,读出作品的精神内涵,并加以传承发扬。

如梦令

执教者:上海市青浦区实验中学　　陈冰音
点评者:上海市杨浦区教育学院　　肖　磊

原文

如梦令

[宋]李清照

昨夜雨疏风骤,浓睡不消残酒,试问卷帘人,却道海棠依旧。
知否,知否? 应是绿肥红瘦。

教学设计

内容分析:

本词是李清照早年的代表作之一。词中作者以与侍女对话的形式,刻画了一个年轻女子伤春、惜花的细腻感情,又以被风雨摧残、压迫的海棠暗指家中风雨欲来的政治处境,以侍女对花事的漠不关心暗指无法感同身受的局外人。惜花不仅是惜春,惜自己如花的青春年华,更是蕴含了对身世的慨叹。

这首小令构思精巧,语言清新,巧用了多种修辞手法,创造了鲜明、优美的艺术形象。

教学目标:

一、通过朗读和分析关键词句,把握词人微妙的心理。
二、品味本词所蕴含的丰富情感,初步感受李清照词的魅力。

教学重点：

分析词中能体现词人微妙心理的关键词。

教学难点：

品味本词所蕴含的丰富情感。

课前准备：

一、备课、制作 PPT，挑选朗诵配乐。

二、准备视频拍摄。

三、课前组织学生朗读本词，初步感受本词的音韵美和画面美。

教学过程：

一、课前导入，激发兴趣

师："大河百代，众浪齐奔，淘尽万古英雄汉；词苑千载，群芳竞秀，盛开一枝女儿花。"这是臧克家为李清照纪念堂题写的对联，今天就让我们一同走进李清照，走进李清照笔下跨越千年依旧美丽的《如梦令》。

设计说明：用臧克家为李清照纪念堂题写的对联，引出对本首词的解读，激发学生的学习兴趣。

二、初读本词，分析心理

（一）师：范读本词，请同学们边听边思考，这首词主要写了什么内容？预设：学生用自己的话表述词的大意。

明确：昨天夜里雨点稀疏，晚风急猛，词人前一夜喝醉了酒，酣睡了一夜后依然觉得余醉未消，于是她试着问侍女，海棠花怎么样了？不曾想得到的回答是海棠花还和以前一样。词人便问侍女：你知道吗，你知不知道啊？海棠花应该是绿叶繁茂，红花凋零。

设计说明：初读这首小令，在教师的引导下解读本词的大意，对词的内容有一个整体的认识。

（二）师：请同学们找出本词中能体现词人微妙心理的关键，并分析其背后的心理。预设：找出三个关键字，品读背后所蕴含的情感。

明确："试"：词人关心花事却又害怕听到花落的消息、不忍亲见落花却又想知道究竟。"却"：侍女对女主人的心事毫无察觉，词人听到侍女回答后的意外和疑惑不解。"应"：埋怨嗔怪、启发诱导侍女，让她不这么无动于衷。

> 设计说明：在整体感知内容的基础上，进一步分析词人微妙、复杂的心理。本词虽短，但以上三个关键字背后却蕴含了词人不同的心理转变，需要引导学生仔细品读、体会。

三、细读名句，体会感情

提问：分析"知否，知否？应是绿肥红瘦"一句能成为名句的原因，进一步探索本词的情感。预设：手法：对比、借代、拟人、反复、设问。

情感：①惜春、伤春；②惜自己如花的青春年华；③身世之感（背景补充后引出）。（板书三种情感）

背景补充：宋徽宗崇宁元年，这年的夏秋之际，其父李格非因"元祐党人"案而罢官、被贬。本词创作于初夏五月，词人预感到政治上疾风暴雨的即将到来，于是词中被风雨摧残凋零的海棠也象征了包括李格非在内的"元祐党人"的命运，又用侍女对花事的漠不关心暗指无法感同身受的局外人。

> 设计说明：分析词的情感，除了反复品读，还要结合创作背景来辅助解读。

四、总结微课，齐诵本词

短短一首小令，却蕴含了如此丰富的意蕴，足见词人的功力之深厚，更无愧于"千古第一才女"的美称。拨开历史厚重的烟尘，我们看到了一个经历短暂幸福后陷入长久坎坷的女子，幸而她无愧于自己遭受的苦难，让自己的名字成为一个符号，让她和她的词永远高悬在历史的星空，成为不朽。

教学反思

《如梦令·昨夜雨疏风骤》是宋朝第一才女李清照的名篇。这首小令的解读课开设在七年级,通过此前的学习,学生对词已有了一定的了解,而本堂课的时间要控制在 10 分钟左右,这意味着教学环节宜精炼不宜复杂。

通过课前对词的研读和对学情的分析,我确定了教学目标:

1. 通过朗读和分析关键词句,把握词人微妙的心理。

2. 品味本词所蕴含的丰富情感,初步感受李清照词的魅力。抓住关键字品读词人微妙的心理变化是解读的关键点,而在分析词人的情感方面,则需要补充写这首词时李清照所身处的背景,帮助学生更好地体会她的情感和产生这些情感的原因。

基于教学目标,我明确了核心问题:词人写这首词想表达什么。围绕这一核心问题,我设计了三个下位问题,分别为分析这首词的大意、词人微妙的心理变化和"知否"句的妙处,加之对背景的补充,层层推进,最终达到解读本词的目的。

整个讲解的过程效果良好,教学目标基本达成。为了不破坏词的意境,所以在引导学生整体感知词的大意时,只需用自己的话描述内容,不需要逐字翻译,遇到需要解释的字词时再做说明。在我的引导下,学生能够较敏锐地捕捉到"试""却""应"这三个关键词,又抓住"知否,知否?应是绿肥红瘦"这句名句的妙处,顺畅自然地分析出词人借海棠花事所要表达的复杂、微妙的情感。尤其是在解读"知否,知否?应是绿肥红瘦"时,首先明确了这句词中包含的多种修辞手法,有比喻、反复、设问、借代和对比,然后再分析情感。背景的补充则安排在最后,目的是让学生避免在整体感知环节,思路受到背景的影响,而是在完成文本本身的分析后,再结合背景,对词人的情感做进一步的推测。

但整个解读过程还存在略微的遗憾,由于时间的限制,无法像日常授课那样组织多种形式的朗读,对学生的朗读进行指导,从而品味本词的音韵美,描绘词的画面美,更深入地体会李清照词的意境和魅力。

这首小令虽然只有短短的 33 个字,却写尽了才女李清照复杂的心理。将惜自己如花的青春年华、忧自己家庭的命运未卜,通过风雨过后询问海棠花事这件小事折射出来,使得这首词读来意蕴丰厚。

时隔近千年,我们虽看不到那日海棠的绿肥红瘦,却已从李清照的文字中读出了隽永的美,这种美或许带着惆怅和遗憾,但格外生动、丰富、迷人,所以跨越千年依然鲜明,始终让人难忘。也希望在未来的诗词教学中能带领学生更系统、更切实地感受中国古典诗词的魅力,热爱诗词,热爱我们的母语。

专家点评

文言文教学的核心在语言,语言是载体,凡知识能力的养成、情感思想的陶冶,无一不是依据语言教学的进行而发展的。因此,文言教学中多咬文嚼字,品析语言,才能真正达到理解篇章、激越情感的目的。《如梦令·昨夜雨疏风骤》这堂课中的"咬文嚼字"值得借鉴:一品学生浅读处。"试""却""应"三字,看似平常,学生对其的理解往往容易停留在字词的表层,此时教师引领学生细加品味,体察这三字中所蕴含的词人微妙的心理变化。二寻文章主旨处。凸显文章主旨的字词句起到了画龙点睛的作用,自然要让学生反复品析,以此带动全篇的学习。课中,教师请学生分析"知否"句的妙处,让学生通过"咬"和"嚼",获得走向"悟"的可能性,感悟作品的精神内涵。由此,本堂课通过种种方式的"咬文嚼字",学生由"言"入"旨",又由"旨"深入理解了"言"的内涵,把握了"文"的情韵。

马 诗

执教者:上海市实验学校附属东滩学校　傅文君
点评者:上海市杨浦区教育学院　肖　磊

马 诗

[唐]李　贺

大漠沙如雪,燕山月似钩。
何当金络脑,快走踏清秋。

教学设计

教学目标:

一、诵读诗歌,借助注释,扫除文字障碍,理解诗意。

二、结合李贺生平,深入理解诗歌表达的人生志向。

三、抓住"马"的特点和诗人生平的联系,体会借物言情的咏物诗特点。

教学重点:

结合李贺生平,深入理解诗歌表达的人生志向。

教学难点:

抓住"马"的特点和诗人生平的联系,体会借物言情的咏物诗特点。

教学过程:

一、导入

(一)说到马,你们会想到什么?(唤醒学生对马的记忆)

（二）马，在古代是人类极其重要的生活伙伴、生产工具。在诗歌中"马"作为一个重要的意象，被赋予了丰富的思想内涵。不同的诗人、画家乃至君王，他们眼里的马都是不一样的。在唐代咏马的诗人中，李贺和杜甫是最具代表性的。据记载，在李贺的诗中，咏马的特多，仅题马诗及句中谈到马的竟达八十三首，占全部作品的三分之一左右。今天我们就一起来看看李贺笔下的马。

二、解义

（一）齐读正音。

（二）用自己的语言和你的同桌描绘一下，这首诗写了一幅怎样的情景。（疏通字词）

（三）思考，诗里的马有哪些特点？

三、解马

（一）战场上的马。

1. 哪里看出是战场的？——"大漠沙如雪，燕山月似钩"。（分析景色描写——比兴结合）

2. 请同学们用自己的语言描绘这幅图景，说说你感受到了什么？月光下，广阔无边的沙漠泛着盈盈的白色，好像下了一场大雪，向远处眺望，弯月好像吴钩一样遥遥地挂在燕山之上。

诗歌一二句描绘出一幅富有特色的边疆战场景色。

3. 从何处能够感知到是边塞？这两个地点、两个景物的选取有何用意？"大漠"与"燕山"，前者空旷荒芜，后者高拔险峻。燕山，指燕然山，即今天蒙古国境内的杭爱山，是古代边塞诗歌中经常出现的一个地名。如："燕然未勒归无计"（范仲淹《渔家傲·秋思》）、"但闻燕山胡骑鸣啾啾"（《木兰诗》）、"萧关逢候骑，都护在燕然"（《使至塞上》）、"角声满天秋色里，塞上燕脂凝夜紫"（《雁门太守行》），在一定程度上成为古典诗词里边塞、边疆的代名词。这与汉武帝时期著名的燕然山之战及东汉时期打败北匈奴时著名的燕然勒功之典相关。

前两句诗中的两个比喻看似平常，其实很特别，"沙如雪"，不仅从视觉写出颜色，而且从触觉上写出了寒冷的感觉，需注意的是，古人写"沙如雪"往往和月亮有关,比如李益的名句"回乐烽前沙似雪,受降城外月如霜",可见,月光皎洁是"沙如雪"的前提,"沙如雪"也就从侧面写出了月光的皎洁明亮。

"月似钩",首先当然是写出了月亮的形状,但此处的"钩"不仅仅是写形状,更是写作者的向往,此处的"钩",就是"吴钩"。"吴钩"是春秋时期流行的一种弯刀,以青铜铸成,是冷兵器里的典范,充满传奇色彩,经常被历代文人写入诗篇。在众多文学作品中,"吴钩"已经超越兵器本身,成为驰骋疆场立志报国的精神象征,上升为一种骁勇善战、刚毅顽强的精神符号。李贺《南园十三首》(其五)中就有"男儿何不带吴钩,收取关山五十州"的诗句。屈原、李白、杜甫、王昌龄、王维、辛弃疾等人,都曾借"吴钩"表达报国之志。屈原《国殇》"操吴戈兮披西甲",李白《侠客行》"赵客缦胡缨,吴钩霜雪明",辛弃疾《水龙吟·登建康赏心亭》"把吴钩看了,栏杆拍遍,无人会,登临意"。

"沙如雪""月似钩"两个比喻,既写了月色月形,更寄寓着作者对沙场建功立业的向往之情。平实中含深意,形象中寄心志,放在"大漠""燕山"这样特定的环境之下,可谓寄意深远,匠心独运。

(二)有着昂扬希望的马。

1. 这匹马的哪些行为让你感受到了昂扬奋发的精神?一批带着金马鞍、被照顾得很好、很宝贵的马,在大漠的茫茫秋色中自由奔驰。

2. 追问。"何当金络脑":"金络脑"是贵重的鞍具,象征马受重视,得到重用。"快走踏清秋":什么时候才能骑上威武的鞍具,在秋高气爽的疆场上驰骋,建树功勋呢?

"踏清秋"三字,声调铿锵,词语搭配新奇,"清秋"之时草黄马肥,正好驰驱,冠以"快走"二字,形象暗示出马轻捷矫健的风姿,恰是"所向无空阔,真堪托死生。骁腾有如此,万里可横行"(杜甫《房兵曹胡马》)。——马渴望受重视,得到重用。

(三)壮志难酬的马?

1. 这匹马真的是在自由奔驰吗?

但以"何当"引出,却让人感慨扼腕。"何当"即"何时",冠以何时,即说明遥遥无期,不知什么时候,既含无限期盼,又寓无尽无奈。显然,这是作者热望建功立业而又不被赏识所发出的悲叹。

2. 追问:建功立业与壮志难酬哪个更重?

(四)补充——进一步体会壮志难酬之情。

1. 我们这首诗是组诗中的一首,组诗在内在的情感主旨上往往有一定的共同点,想要深入了解作者真正的情感寄托,就可以联系组诗中其他的诗歌。我们就一起来看看李贺心中的"马"还有怎样的遭遇呢?同学们如果你是这匹马,你会怎样来介绍自己?

其四、其六

此马非凡马,房星本是星。向前敲瘦骨,犹自带铜声。

首句开门见山,直抒胸臆,肯定并且强调诗歌所表现的是一匹非同寻常的好马。"房星本是星",乍看起来像是重复第一句的意思,有限文本空间的重复,再一次起到了强调的作用。房星原是天上的星宿,也就是说这匹马本不是尘世间的凡物。但这样一匹马的处境又是怎么样的呢?

"向前敲瘦骨"这匹马瘦骨嶙峋,显然境遇不好。为什么这匹马会如此瘦可见骨? 必定是没有得到好的照料。——没有人发现它的才能。"马之千里者,一食或尽粟一石。食马者不知其能千里而食也。是马也,虽有千里之能,食不饱,力不足,才美不外见,且欲与常马等不可得,安求其能千里也?"韩愈在《马说》中提到,千里马要发挥才能是需要更多的食物,但是这匹下凡的"房星"有得到吗? 必定是没有的。它外形甚至连一般的马都比不上,只有"瘦骨",多么可悲可叹!

那它甘心了吗? 没有!"犹自带铜声",尽管它境遇恶劣,被折腾得不成样子,却仍然骨带铜声。"铜声"是金属之声,也是兵戈之声,这悦耳的声音,表明器质精良,从而生动地显示了这匹马骨力坚硬的美好素质,即使是这样困苦的处境也没有磨灭它的才能,磨去它的理想,它向往的依旧是——金戈铁马、建功立业的沙场。

齐读《马诗·其四》它一直想象着,想象着……(齐读)《马诗·其五》。

明确：这匹马是一匹不得用的好马，它的志向是奔赴战场、建功立业。

2. 但他的结局呢？"饥卧骨查牙，粗毛刺破花。鬃焦朱色落，发断锯长麻。"

（1）同学们，你们看这马槽，你们看到了什么？你看它，已经瘦到了皮包骨的地步，身上的骨头根根分明地耸立出来，一动就显得参差不齐。"查牙"的意思是瘦骨嶙峋，由此可见马有多形销骨立。

但是它的落魄还不仅仅只是这样，对于好马来说，好皮相也是它的特征之一。如果一匹马膘肥体壮，毛发漂亮，那么说明它是受到重视的。但是现在它"粗毛刺破花"，美丽的毛发花纹被胡乱竖起的粗毛破坏了，整个形象显得很憔悴，也说明它已经很久没有被人好好照顾了。

再看接下来的两句"鬃焦朱色落，发断锯长麻"。"鬃"指的是马脖颈上的长毛，"发"指的是马额头前的毛，解释起来就是：马脖颈上的长毛好似被烧焦了一般，不仅杂乱不堪，纠结成一团，而且还失去了原先饱满亮眼的朱色。

不仅如此，因为长期奔波，马额前的毛发都被长麻给锯断了。长麻是制作马络头的一种材料，而马的额前毛发被锯断，可以说明这匹马此时正处于一种落魄不堪的境地。明确：一匹落魄不堪、濒临死亡的马。

（2）这是一匹"房星下凡""骨带铜声"的"非凡马"，它的梦中出现的是燕山的吴钩月，大漠的如雪沙，渴盼着能带着黄金络脑自由驰骋。可现实中呢？不过是困于方寸，食不果腹，瘦骨嶙峋，毛色尽褪，它有的只有那把它毛发锯断的长麻绳啊！

（3）梦中的一切有多美好，现实就有多残酷。让我们一起来连着读一读这三首诗。

（五）再次诵读。

四、解人

（一）这是一匹才能卓绝、志在千里的良马？又为何会落到如此地界？——没有伯乐。

（二）李贺为何不来当这个"伯乐"呢？——李贺是这匹马呀。

我们经常说"千里马常有而伯乐不常有"。李贺的郁郁不得志就像是这匹"骈死于槽枥之间"的千里马,他是多么渴望有人能来重用他,渴望自己的才能得以发挥、志向得以实现。可现实呢?

(三)通过关键词认识李贺。

体弱多病,细瘦长爪——字长吉(来自家人的美好祝福)

宗室子弟,家境贫寒——有志用国

天赋卓绝,勤奋刻苦——呕心沥血

遭人毁谤,不得科举——壮志难酬(韩愈《讳辩》)

忧郁病笃,英年早逝——生死矛盾

正是因为这样坎坷的经历和生死之间的挣扎,他的诗歌格外与众不同,读起来鬼气森森:语言悲冷凄苦;选词炼句,不落窠臼(想象瑰奇;色彩浓丽;继承乐府,或讽或叹);选择物象,独辟蹊径(死亡;鬼怪)。他也被后人尊称为"诗鬼",和李白齐名,"太白天才,长吉鬼才"。

(四)再诵读三首诗,想象一下,你就是李贺,自幼天赋卓绝,却孤贫病痛;一直有志用国,却遭受谗言,无法得到重用。

(五)明确主旨:"《马诗二十三首》,俱是借题抒情,或美、或讥、或悲、或惜。大抵于当时所闻见之中各有所比。言马者,而意初不在马矣。"

作者借马来表达对在位者的赞美或者讽刺,对他人或者自己身世的悲叹或者怜惜之情。

(六)抓住事物的特点和作者在描摹时所寄托的情感也正是咏物诗最终要求的阅读方法。

五、解己

(一)这一匹卓尔不凡又不得重用的马,是李贺怀才不遇的凝结。我们常说"诗言志",千古以来,怀才不遇的诗歌一直占据着中国诗歌史中的一大部分,成了中国诗歌的一大主题特征。同学们你们还知道哪些诗人在怀才不遇的境况下的心血凝结吗?

(二)"香草美人"的屈原、"安能摧眉折腰事权贵"的李白,"竹杖芒鞋轻胜马"的苏轼……千百年来的历史中,有着无数怀才不遇的萧瑟背影,他们有的忧伤前途,抑郁怨愤;有的自我排遣,忘情自然;有的赠答劝慰,寄情亲友;有的执着坚毅,关怀生命;有的勇担责任,爱国忘身;也有的自我调适,恬淡豁达。同学们你更欣赏谁呢?

(三)"世界以痛吻我,我要报之以歌。"命运的挫折打不倒我们,只会让我们更加坚毅。即使"饥卧骨查牙",但相信自己"房星本是星",一定会有"快走踏清秋"之日。

(四)昂扬齐读古诗,下课。

六、作业

自读《石灰吟》和《竹石》,分析诗中石灰/竹石的特点及作者对它的情感。

教学反思

古诗教学是我国传统文化的重要组成部分,对学生的美育、德育都有着重要的作用,大量的古诗词也是部编版教材的特点之一。然而在一线的教学实践中,可以发现,因为多种因素,古诗词的教学往往停留在含义的疏通和文字的背默。将原本有趣鲜活的诗词变成默写本上一个个方块字的拼接。这种丧失生命力的诗歌教学,不仅是传统文化传承的失败,更是会大大打击学生对古诗文的阅读兴趣,扼杀他们对文学的喜爱。

林语堂先生说:"中国的诗歌既有广泛性,又有深刻性,而且特别重意尚神,这相当于一种宗教情绪,对于移情陶性有着十分重要的意义。"基于这样的认识,诗歌教学应该充分发挥"诗教"功能,将审美教育与生命教育融入课堂中。因此,古诗的教学要引领学生读出诗歌的美感,将读诗变成享受,更要读出诗歌背后鲜活的言语、鲜活的作者,还有那鲜活千年的传统文化。

一、想象对比,读生命温度

本课教材由《马诗》《石灰吟》和《竹石》三首诗组成,这三首诗都是托物言志的名作,因此在教学目标和教学方法的设计上首先确定了从物到志的阅读途径。赋予生命温度,让它破书而来,是本课教学的第一步。

1. 画面想象,感受昂扬精神。对于六年级学生而言,无论是对马的了解还是对于"怀才不遇"这一志向的感知都是比较抽象、甚至刻板的,很难与之产生真实的共鸣。因此，在马形象的捕捉上，强调学生对画面的想象和品读，通过比喻、动词、外貌的手法的重点品析，共同勾勒一匹带着金络脑、在大漠圆月下奔驰的意气风发的"宝马"。随着品读想象的深入，学生被这马的自由自在、这马的雄心壮志、这马的意气风发所感染，抑扬顿挫、慷慨激昂的朗读声浸透着学生们对这匹马真切的喜爱。

这匹马不再是书上马，终于是有了温度。

2. 补充勾连，揭示悲剧命运。但仅仅停留在马积极奋发的表面，就难以触及作者在其中寄托的怀才不遇中积极用世的复杂情感，对诗歌的理解就仅停留在浅层次。

而帮助我们叩响文本深层含义的便是"何当"二字。但是在教学中也会发现，"何当"解释成对"金络脑"的积极向往之情，也是能够解释地通，学生往往不理解其中为何会有悲愤。故而，要想深入文本，一定要补充材料。

由于本诗是组诗中一首，介于组诗在文本和情感上具有关联性，我将第二个教学活动设置成"探究马的真实处境和命运"。通过"自我介绍"和"描绘马槽场景"，在巩固联想想象的鉴赏方式的同时，揭示这匹马命运的悲剧性。

"悲剧是将人生有价值的东西毁灭给人看。"学生通过这一活动发现，之前我们《其五》中勾勒的所有美好画面都是马自己的美好想象，感受到拥有这样一颗纯真炙热内心的马在现实中的境遇却极度悲惨。卓绝的才能与困窘的处境，美好的梦境与残酷的现实，这双重对比之下，命运的悲剧便不言而喻，直击人心。可以听到，这一次，学生的齐读不再是轻快昂扬，而多了沉重与怜悯，是一个生命对另一个生命的悲悯。

于是，"何至于此"的提问便迫切地涌现在每个人的心里。诗人的心真正被我们叩开。

二、知人论世，读生命厚度

马的悲剧不是个体的悲剧，也不是它作为动物的悲剧，更是人的悲剧。通过知人论世，将马的生命与作者的生命重叠，探寻诗歌生命的更深层。

在这一环节,我没有选择长篇的文本投影,而是剪裁出李贺生平的典型事例,采用关键词的形式,通过故事讲述的方法,复原这位"鬼才"人生。

一是为了便于学生记忆相关文学常识,相比起长篇书面的介绍,关键词的记忆法更加高效便捷,学生课后的检查情况也非常理想;二是为了勾勒李贺的生命气息,通过小故事的方式,让历史人物活起来:他有着我们生活中很多人的影子,体弱多病但受家人喜爱、命运不幸又自强不息、天资优秀又勤勉不怠……他不是千百年前的古人而是一个真实的人;其三,为了将马的生命悲剧与李贺的生命悲剧更好地关联统一,通过关键词的强调,同学们很容易发现李贺的"此马非凡马"、李贺所向往的"金络脑"、李贺面对的"长麻"。同学们将对马的悲悯和对李贺的同情结合起来,第三次代入式的诵读更加沉郁压抑,仿佛一声长长的叹息。

至此,何为托物言志,已显而易见。李贺短短的生平也更显悲剧的无奈,这匹马的意蕴也更有厚度。

三、拓展延伸,读生命长度

诗歌诞生于人的情感抒发,而传承在文化的长河中。诗歌的美感与意趣如果与文化割裂便也死气沉沉,阅读诗歌还要读出文化中的生命气息,也就是这生命在千百年来延续传承的长度。

1. 探讨意象,注重文化内涵。"燕山钩月""大漠黄沙"既形象生动,又富含文化情趣。通过名言警句和典故轶事的补充,学生不仅能有更形象的画面图景,也会对于马渴望建功立业的特点有更深入准确的把握,更重要的是有利于营造古诗阅读的氛围,调动学生对于古诗词学习的热情,发出"原来古诗如此有趣,如此博大"的感慨,进而建立文化自信,乐于传承经典文化。

2. 拓展勾连,发现当下意义。古诗不仅有千年的历史底蕴,更有当代的人生启示。将《马诗》放在怀才不遇的人文主题下,与学生进行一定的挫折教育,有利于培养学生积极旷达的思维、坚毅强韧的性格和健康完善的人格。让学生真切感受到,诗歌不是世代相传的积灰文本,而是智慧的结晶,人生的明灯。

诗歌是鲜活有趣的，它的生命气息在画面勾勒的温度上、在人生情思的厚度上，更在文化延绵的长度上。俗话说，"好诗不厌百回读"。那是因为我们进入了诗境，读出了诗味，在诵读中感受字里行间的生命气息。诗歌教学的不尽之味当在此。

专家点评

在文言文教学中，教师为学生提供一些与文本密切相关的、能为解读文本提供辅助作用的课外资料，并在恰当的环节使用，这样不但可以帮助学生更好地理解文本的内容，拓展思维空间，还能使课堂教学更为丰富、有效。本堂课就较好地体现了这一点。《马诗》的教学难点是理解诗人在作品中"寄托的怀才不遇中积极用世的复杂情感"，仅凭教材文本，学生较难体会。傅老师善用资料，借助比较，知人论世，提升了学生的理解、赏析能力。教学过程中，在学生不能理解教材文本中为何会蕴含有悲愤之情时，教师适时地展示组诗中的另两首《马诗》，让学生比对分析"探究马的真实处境和命运"，设计活动"自我介绍"和"描绘马槽场景"，揭示这匹马命运的悲剧性。进而知人论世，将马的生命曲线与作者的叠置，借物抒怀、托物言志的笔法显而易见，学生的理解也更为感性。

声声慢

执教者:上海市松江二中　李明玉
点评者:上海市浦东新区教育发展研究院　兰保民

声声慢

[宋]李清照

寻寻觅觅,冷冷清清,凄凄惨惨戚戚。乍暖还寒时候,最难将息。三杯两盏淡酒,怎敌他、晚来风急? 雁过也,正伤心,却是旧时相识。

满地黄花堆积。憔悴损,如今有谁堪摘? 守着窗儿,独自怎生得黑? 梧桐更兼细雨,到黄昏、点点滴滴。这次第,怎一个愁字了得!

教学设计

教学目标:

一、学会抓住诗歌意象去品味诗歌情感,感受抒情特点。

二、体会李清照夫亡家破、饱经忧患和乱离的哀愁,感悟忧国忧民的爱国情怀。

教学重难点:

重点:体会李清照夫亡家破、饱经忧患和乱离的哀愁,感悟忧国忧民的爱国情怀。

难点:挖掘词中意象的丰富而又复杂的内涵。

教学方法:

诵读品悟法、情感体验法、探究学习法。

教学过程:

一、导入新课

今天和同学们一起赏读的是易安居士的《声声慢》。在一个秋日的下午,晚年孀居的李清照,流落江南,偏居在一所孤单的院落中,她用这首词,回望了自己坎坷、凄凉的人生。

设计说明:营造情境,为进一步分析做准备。

二、分析全词

问题设计:

(一)开篇十四个叠字,非常富于层次感,分别写的是什么? 李清照当时的心情怎样?

设计说明:开篇作者为全诗奠定了忧伤的调子,体会李清照内心的忧愁。

(二)这首词表达上用了三个问句,试分析这几个句子,感受文字背后站立的是怎样一位女子?

设计说明:把握人物形象及其内心情感,具体感悟愁的不同层次和丰富内涵,同时体会在叙述中抒情的特点。

提示:"三杯两盏淡酒,怎敌他晚来风急?"并非酒淡,而是愁情太重,酒力压不住心愁,自然也就觉得酒味淡,这是一种主观感受。一个"淡"字表明了作者晚年是何等凄凉惨淡。"敌"的意思是"对抗",面对恶劣的环境,李清照的抵抗是何等无力。

提示:"满地黄花堆积,憔悴损,如今有谁堪摘?""黄花"比喻女子憔悴的容颜,满地枯萎衰败的菊花,正是李清照自身的写照。作者以花喻人,写出词人的凄苦忧愁。如今,与往昔形成对比,凸显出今不胜昔之感。而变化的不仅仅是李清照,夫妻阴阳两隔,国家破败衰败,都令人感伤。

提示:"守着窗儿,独自怎生得黑?""守"的意思是,长时间地看着,如葛朗台守着金子等。在这里用"守"字,更加突出了时间的漫长。李清照孤身一人,只剩下冷冷清清。找不到自己的出路,又谈何人生的意义呢。它不禁自问,怎样才能熬到天黑。在这里可以看出,她已经厌倦了这样烦躁无聊、日复一日的生活,恨不得日子快点过去,时间对于她就是无比的煎熬。此时此刻,她的内心已经充斥着最深沉、最愁苦、最无法忍耐的寂寞。她看不到个人的出路,更看不到国家的前途,因为一切都笼罩在无边的黑暗之中,连一点光亮都看不到。在前两问孤单、寂寞、感伤的基础上,她的愁苦之情更深一层,达到了高潮。

三、结句鉴赏

国破家亡,度日如年。愁深似海,一个"愁"字已经无法表现出李清照此时的内心情绪,她的内心比愁还深刻,甚至无法用语言表达。"这次第,怎一个愁字了得!"李清照不仅有情愁、家愁,更有政治之忧,民族之痛。所以"寻寻觅觅",李清照一寻再寻的是什么呢? 是美满的家庭、幸福的爱情,还有自身的价值,"位卑未敢忘忧国",李清照寻寻觅觅的更有国家的出路,民族的前途。

随着时代的进步,李清照当年许多痛苦着的事情都已有了答案,可是当我们再回望一下近千年前的风雨时,总能看见那个立于秋风黄花中寻寻觅觅的美神。

设计说明:体会诗词前后的勾连,全面把握人物的精神世界,更深入地理解愁背后的爱。

四、布置作业

根据所学知识,搜集相关作品,比较分析柳永、李煜、李清照三位诗人表现其"愁绪"的作品中"愁"的不同含义。

> **设计说明**:作业设计可以呈现多元化的形式,探究性作业的形式符合语文新课标的要求,可以促进学生更好地学习语文,提高语文综合素养。

板书设计:

声声慢　李清照 { 亡国之痛
沦落之苦 ⟹ 一般愁字别样情
孀居之悲 　　半世漂泊感生平

教学反思

一、教学任务分析

1. **教材分析**。《声声慢》是李清照南渡以后的名篇之一,写词人历遭国破家亡劫难后的愁苦悲戚,是词人情感历程的真实写照,也是时代苦难的象征。李清照作为词史上一位重要的女作家,她的作品以写自己真实的生活和内心世界为主,善于选取自己日常生活中的起居环境、行动、细节来展现自我的内心世界——她独有的寂寞心境。其艺术表现方式是独特的,视角和笔触比男性词人更为敏感与细腻,而《声声慢》即是此类作品的代表作。

2. **学情分析**。在教学活动中,学生是教学各活动的主体。每当我们向自己的学生传授新知识时,自然要考虑到我们的教学对象在学习本课知识时的原有基础、现有困难及某些学习心理特征,从而有针对性地确定学习的重点、难点及教学对策。本课的教学对象是高一年级学生,初中阶段学生已经接触过部分唐宋词,进入高中阶段,不能只局限于某一篇作品、某一位作家,而要把他们放在整个宋词的发展脉络中观照、比较他们的地位和作用,这样才能引导学生更好地鉴赏作品的思想和艺术价值。

3. 对应学科德育要求。李清照是宋代女词人,其生平、词作跨越南北宋。在这首词中,作者的悲情层层递进,由浅入深,将家破、夫丧、国亡的不幸遭遇,细致表达出来,融家愁、情愁、国愁为一体,哀婉感人。诵读李清照的词不仅有助于提升学生对婉约派词作的赏析能力,也有助于学生了解宋的历史并深入体会文学家的忧国忧民之情思,感受其家国情怀,从而进行爱国主义的教育。

二、设计思路

1. 教学流程。导入新课(读一读)——提问质疑(想一想)——深入探究(品一品)。

2. 活动设计。

(1)诵读感悟。在诵读中体验女词人孤凄愁绝的情感。让学生在诵读中发现诗词中的语言美、情感美、意境美!在诵读的过程中质疑,思考,品析,鉴赏。

(2)合作探究。设计有梯度有深度的问题让学生讨论,让学生自主合作探究,在探究中大胆质疑,在探究中解决问题。

(3)深度体悟。在联系中比较、理解作者的情感,感受本词的艺术特色。

3. 资源应用:运用 PPT 和学生原创作品的朗诵视频,调动学生的学习兴趣,营造氛围,更好地体会人物内心独特的情感。

女:明诚,距那次江边别离,你我已阴阳相隔二十七年了。你托付我的那些金石文物,我虽拼死守护,但仍然遗失了大半,我终究是辜负了你的信任,你是否还愿见我?

男:清照你一个弱女子,在这兵荒马乱的年代,要守护好这些文物是多么不易!我虽痛心,但不怪你。我还想像年轻的时候那样,摘朵花插在你的发上。如今,是否还有人为你插花打扮?

女:晨起,我坐在梳妆台前,面对铜镜只见一个憔悴苍老的妇人,幡然醒悟我已年过七旬,老啦还打扮什么呢?

男:清照,即使岁月褪去了你的美好容颜,但你依旧是我心头永远的挂念。秋日已至,天气渐凉,你是否有喝几碗热酒暖暖身子?

女:想当年你我吟诗作对,喝酒行令,即使是冬夜心里也是暖融融的。但今日,没有你,这凉意怎么也无法消解,只有外头堆积的黄花与我相对。也许是老了,也许一切都该结束了,也许我也该随你而去了。

专家点评

《声声慢》是李清照的经典名作,成功的教学案例也不少,而李明玉老师的这堂课能够在众多成功课例之外独辟蹊径,应该说具有丰富的研习价值。

课堂起始的教师范读环节,对于学生体会词作的思想感情来说,居功甚巨。教师的个人条件好,形象端庄,教态沉稳,声音醇厚,语音标准,这还是次要的,关键是朗诵的语速、语调、停顿、重音的处理,与教师对词作情感的理解把握紧密地结合在一起,仿佛教师就是李清照,李清照就站在课堂里向学生倾诉衷肠一样,因此让人感到情真意切,毫无造作情感之嫌。

在教学展开的环节中,教师对文本的处理方式也值得借鉴。认真思考下来我们就会发现,在整堂课中,文本已经不仅是学生学习的对象,而且还是组织教学的重要工具和资源。教师独具匠心地从文本中确定了三个教学内容:开头的十四字叠词、中间的三个问句、词尾一声感叹,作为组织教学的依据。通过"十四字叠词"提出整堂课的核心问题,通过对三个问句的品析,探究词人如许"愁"情的丰富内涵及其深度,通过最后的感叹句,完成对全词的整体理解和整堂课的回顾总结。这样,文本本身就不再是外在于学生的一个纯粹的客体对象,而且介入到建构学生学习的整个过程之中。这让整堂课不仅收到了清晰流畅、举重若轻的效果,而且让学生通过这种学习,达成了学习主体与文本客体之间的融合,实现了对文本的整体性理解和结构化理解。

我们经常说,语文阅读教学是学生与文本之间的对话。那么怎样才能让这种对话成为可能,而不至流于"鸡同鸭讲"或"隔山喊话"? 这个课例给我们的启示就是,教师对文本的研读深度和驾驭能力,是至关重要的。

登金陵凤凰台

执教者：上海市建平中学　张　昕

点评者：上海市浦东新区教育发展研究院　兰保民

登金陵凤凰台

〔唐〕李　白

凤凰台上凤凰游,凤去台空江自流。

吴宫花草埋幽径,晋代衣冠成古丘。

三山半落青天外,二水中分白鹭洲。

总为浮云能蔽日,长安不见使人愁。

教学设计

教学设想：

崔颢的《黄鹤楼》和李白的《登金陵凤凰台》被誉为登临诗的"双璧",有关两首诗的背景故事也一直是唐诗史上的一段趣闻。《黄鹤楼》和《登金陵凤凰台》孰更艺高一筹,恐怕很难有定论。我们可以抛开"高下"的价值标准,仅从情感表达的角度,对两首诗展开比较阅读。

"无理而妙"常常被看作艺术审美的特殊规律。在进行诗歌阅读教学的时候,很多老师也常常感慨"只可意会不可言传"。那么,在诗歌的情感"打开方式"里,有没有一定的规律可循？言语之间有没有"蛛丝马迹"可以帮助我们找到诗人情感表达的逻辑？本节课就想进行这样的教学尝试。

课前准备：

通过查字典，疏解字词，理解诗句意思，了解诗歌内容。

教学目标：

从情景结合的角度，探索诗歌情感表达的逻辑。

教学过程：

一、导入新课，激发兴趣

崔颢在写下《黄鹤楼》之后，有一天李白也来黄鹤楼游览，当他挥笔想要题诗一首时却发现了崔颢的《黄鹤楼》，李白读毕直呼"眼前有景道不得，崔颢题诗在上头"，最终搁笔而去。当他游至金陵，登上凤凰台，还是步崔颢的原韵创作了《登金陵凤凰台》，欲与崔颢一较高下。

我们今天这节课权且抛开两首诗的"高下"之争，而是一起走进诗歌，一起来探索这两首诗在情感表达逻辑上的异同。

二、找到"诗眼"，初步感知诗歌的情感内容

"诗眼"就是一首诗中最能体现诗人思想感情的一个字，或一个词。请同学们自读两首诗歌，分别找到两首诗的"诗眼"。

明确：两首诗的"诗眼"都是尾联的"愁"字。但是两位诗人"愁"的内容却各不相同。崔颢之"愁"是"乡关何处"的忧愁，这是羁旅漂泊、思念家乡的"乡"愁（"乡关"是不是仅仅指"家乡"？可以留下疑问）。而李白之"愁"却是因为"长安不见"而忧愁。作为唐王朝首都的长安，寄托着诗人的政治理想和抱负，然而浮云蔽日、谗谄蔽明，诗人心志难平、壮志难酬，因此愁苦。

三、深入比较，区别不同的情感"打开方式"

同样是登临诗，但诗人却表达了完全不一样的"愁"情。那么，两位诗人是如何表达感情的呢？这样的情感表达，是否在诗句中有迹可循呢？请同学们再读诗歌，试从颔联和颈联的内容，以及两联之间的关系的角度，比较两首诗在情感表达上的异同。明确：

（一）颔联内容的比较。

《黄鹤楼》的颔联"黄鹤一去不复返，白云千载空悠悠"。"空"作"广

阔、空荡"讲,能写出天空的辽阔,也能点出"千载"时间的浩渺无垠;意境阔大。"空"还有"徒劳"之意,黄鹤已去,徒留白云历经千年、游荡天际,与首联"此地空余黄鹤楼"有异曲同工之妙。"空"的多义性所营造出的独特意境,使人不禁产生对自然、对人生的哲学思考。

《登金陵凤凰台》的颔联则是历史的联想。曾经繁华的吴国宫殿如今已经荒草丛生,东晋时代的风流名士也早已化作历史陈迹,曾经煊赫一时的王朝就像那凤凰台上飞逝的凤凰一样,全都消失在了历史的长河之中。

崔颢诗意在凸显自然的永恒,而李白则意在表现人事的匆促。也可以说,崔颢的关注点是黄鹤去后的自然天地,而李白则似乎始终念念不忘那已逝的"凤凰"。

(二)颔联和颈联关系的比较。

崔诗的颔联以"白云千载空悠悠"展现出宇宙之无穷,而颈联然后才是汉阳树和鹦鹉洲的人事印记("汉阳树""鹦鹉洲");而李诗恰好相反:先在颔联显示人事之仓促,再在颈联写自然之永恒。这背后反映了诗人两种不同的逻辑推理过程——前者是:天高地迥,宇宙无穷,然而人世渺茫,一切努力都随风而逝,因此不如归去。而后者却是:人事匆促,转瞬即逝,而天地永恒,当可以容我纵横驰骋,有所作为。

崔颢与李白在颔联和颈联都讲了人事之短暂与天地之永恒之间的对立,但是两首诗的顺序不同,而顺序的差异恰恰反映了诗人情感逻辑的区别。

四、课后作业

请大家用今天课上所学习到的内容,比较以下两首诗的情感"打开方式"。

越中览古

李 白

越王勾践破吴归,义士还家尽锦衣。
宫女如花满春殿,只今惟有鹧鸪飞。

苏台览古

李 白

旧苑荒台杨柳新,菱歌清唱不胜春。
只今惟有西江月,曾照吴王宫里人。

教学反思

我们常常说,诗歌讲求"无理而妙"。叶嘉莹先生也说,在古诗词中,许多感性的联结无法做出理性的解读。(《古诗词课》)确实,在古诗词的阅读教学中,我们教师也常常会感觉到"只可意会不可言传"的玄妙。

那么,博大精深的传统诗词可否得到相对理性的阐释和解读呢? 我想做一些尝试。

针对"无理而妙"的说法,我在想,情感的触发和产生或许真的是"无理"的、没来由的。然而,一旦当作者预备将自己的情感诉诸笔端,以一定的艺术样式进行表达,那么文字就需要按照一定的思路进行排布。这"思路"就是诗歌情感表达的逻辑。

《普通高中语文课程标准》(2017 年版 2020 年修订)提出"要通过语言运用,获得直觉思维、形象思维、辩证思维和创造思维的发展。"在具体的课程目标里,这一素养需要达成的目标有这样的表述:"发展逻辑思维。能够辨识、分析、比较、归纳和概括基本的语言现象和文学现象,并能有理有据地表达自己的观点和阐述自己的发现;运用基本的语言规律和逻辑规则,判别语言运用的正误,准确、生动、有逻辑地表达自己的认识;运用批判性思维审视语言文字作品,探究和发现语言现象和文学现象,形成自己对语言和文学的认识。"

其实,如果我们从更宽泛一点的角度去理解"逻辑思维",我们就会发现在语文课中,几乎每时每刻都需要我们具备这一思维品质,而非仅仅局限于形式逻辑的学习及议论文的写作中。

以本节课所比较的两首诗歌为例。《登金陵凤凰台》是李白"致敬"崔颢《黄鹤楼》之作,无论是题材、内容、用韵、构思、艺术手法,这两首诗都存在着巨大的相似性。然而,从情感内容的角度看,二者的区别也是显而易见的。那么,这样不同的情感内容,有没有在情感表达方面体现出区别呢?我们能否在字里行间、从文本自身看出这样的区别,解密这两首诗同中有异的情感"打开方式"呢?可以说,这就是本节课的教学设计的起点。

虽然抱有这样的初衷,想进行一定的教学尝试,但是无奈自己才疏学浅,在对诗句进行赏读时,例如"晴川历历汉阳树""一水中分白鹭洲",我都能明显感觉到自己学识的"左支右绌",没有能够很好地运用自己的教学语言营造与诗歌意境相一致的课堂氛围。不过,我仍然非常愿意在接下来的古诗词阅读教学中,继续按照这节课的思路进行教学探索,尝试用理性的眼光观照感性的诗歌世界。

专家点评

将《登金陵凤凰台》与《黄鹤楼》放在一起,进行比较阅读教学,这一教学构思具有课程论和教学论的双重意义。

从课程视角来看,针对《登金陵凤凰台》这首七言律诗,高中阶段的教学该聚焦诗歌阅读怎样的教学内容,来落实怎样的教学目标,是值得深长思量的。把这两首诗放在一起开展比较阅读教学,在学生已有的学习基础上,以已经获得的学习经验为台阶,在两首诗的比较中让学生理解诗歌内在思路结构与情感表达之间的内在关系,不失为一种很好的选择。因为这样的学习,不再是古典诗歌学习内容的老调重弹,也不再是学生已有学习经验的简单重复,而是拾级而上,带领学生在诗歌阅读的学习之路上寻幽探密,开辟新路,以期最终能够登堂入室,在这个过程中,学生的语言能力、思维品质和审美素养也得到了提升。

从教学论的视角来看,有了比较,便突显出了差异;有了差异,便更容易形成认知上的冲突,从而更有利于引导学生由表及里地探究这种差异之所以形成的内在原因。这样,"探索诗歌情感表达的逻辑"这一教学目标的落实,便在教学开展中获得了一个撬动学生学习活动有序开展和思维进程不断掘进的支点。

八声甘州

执教者：上海市进才中学　吴　威
点评者：上海市浦东新区教育发展研究院　兰保民

原文

八声甘州

[宋]柳　永

对潇潇暮雨洒江天，一番洗清秋。渐霜风凄紧，关河冷落，残照当楼。是处红衰翠减，苒苒物华休。惟有长江水，无语东流。

不忍登高临远，望故乡渺邈，归思难收。叹年来踪迹，何事苦淹留。想佳人妆楼颙望，误几回、天际识归舟。争知我，倚栏杆处，正恁凝愁！

教学设计

教学目标：

一、品味语言、鉴赏艺术手法及其表情达意的作用。

二、知人论世，把握词人的悲情及其探究背后的原因。

教学重难点：

重点：品味语言，鉴赏情景交融、从对面写来等艺术手法及其作用。

难点：知人论世，更为深刻地把握作者情感。

教学课时:

1课时。

教学过程:

一、情景导入

亲爱的同学们,当我们的天赋不被尊重,当我们的梦想不被理解,当我们考试屡战屡败的时候,我们将如何面对家人,面对世俗,面对自我?今天,我们将透过一首《八声甘州》,来领略一下被后人誉为"慢词泰斗"的柳永是如何表达这种情绪的。

二、围绕问题,品读柳词

(一)教师泛读,请同学体会这首词的感情基调。(初步把握作者情感——审美)

明确:悲。

(二)请全体同学齐读,回答你是怎样体会到作者的悲情的。(品味语言,鉴赏情景交融、从对面写来等艺术手法及其作用——语言)

明确:1.情景交融的手法。"对潇潇暮雨洒江天,一番洗清秋"开头两句是说,面对着潇潇暮雨从天空洒落在江面上,经过一番雨洗的秋景,分外寒凉凄清,饱含作者悲秋之意。"渐霜风凄紧,关河冷落,残照当楼"中的"凄""冷落""残",写出凄凉的霜风一阵紧似一阵,关山江河一片冷清萧条,落日的余光照耀在高楼上,而此时的作者形单影只,秋凉无限。"是处红衰翠减,苒苒物华休"这两句中的"红衰翠减""物华休"也融会了柳永的无穷的感慨、愁恨、悲情。"唯有长江水,无语东流"表达了作者面对那滔滔的长江水向东流淌的无奈与无助,感慨时光匆匆,人生短暂。"一切景语皆情语",景中含情,情中有景,情景交融,更加委婉含蓄而又深沉地表达了作者的情感。

2. 从对面写来的虚实相生手法。"想佳人,妆楼颙望,误几回,天际识归舟?"从对方的角度写来,与自己倚楼凝望对照,进一步写出两地思念之苦,并与上片寂寞凄清之景象照应。虽说是自己思乡,这里却设想着故乡家人正盼望自己归来。佳人怀念自己,处于想象。本来是虚写,但词人却用"妆楼颙望,误几回,天际识归舟"这样的细节来表达怀念之情。仿佛实有其事,见人映己,化虚于实,情思更为悱恻动人。这种手法在唐诗中比比皆是,此处亦"不减唐人高处"。

3. 本词悲情的源头——思乡之情。下片"不忍登高临远"一句,"不忍"二字领起,在文章方面是转折翻腾,在感情方面是委婉伸屈。登高临远是为了看看故乡,故乡太远是望而不见,看到的则更是引起相思的凄凉景物,自然使人产生不忍的感情。而"望故乡渺邈,归思难收",点出了全词中心。

4. 直抒胸臆。结尾"争知我,倚阑杆处,正恁凝愁!"说的是:她哪会知道我,倚着栏杆,愁思正如此深重。"争知我"一句反问,表示无人知我的落寞;"倚阑杆处"照应开头,凭栏远眺,"无人会登临意";"正恁凝愁"直抒胸臆,表明了作者"怎一个愁字了得",总而言之,叠见层出,表现了思乡之苦和怀人之情。

(三) 请同学自由散读,结合资料。思考:作者一则悲秋,悲叹时光易逝,青春易老;二则悲叹有家难归。但是,这是所有人(游子)的悲哀,为何柳永悲得特别呢?(知人论世,更为深刻地把握作者情感——文化)

明确:知人论世。简介柳永写本词之前的人生遭遇。(PPT 呈现)

柳永出身官宦世家,祖父、父亲都是国家官员。柳永被规划的人生应该是"学而优则仕",即做官。

大中祥符二年(1009),柳永踌躇满志,自信"定然魁甲登高第"。及试,真宗有诏,"属辞浮靡"皆受到严厉谴责,柳永初试落第。作《鹤冲天·黄金榜上》。

大中祥符八年(1015),柳永第二次参加礼部考试,再度落第。同时,与相好歌女关系出现裂痕,作词《征部乐·雅欢幽会》。

天禧二年(1018),柳永第三次落榜。

天圣二年(1024),柳永第四次落第。同时,与情人离别,作《雨霖铃·寒蝉凄切》《轮台子·一枕清宵好梦》。

明道年间(1032—1033),柳永漫游渭南,作《八声甘州·对潇潇暮雨洒江天》。

人生的两重矛盾导致柳永深层的悲痛:家庭期望与期望落空之间的

矛盾、才高八斗与怀才不遇之间的矛盾。

（四）分组讨论，如何看待柳永人生的两重矛盾。（延伸思考，辩证眼光看问题——思维）

明确：于柳永仕途及其家庭声誉，未免有损。于文学创作、青史留名，则大有裨益。司马迁有"发愤著书论"、杜甫有"文章憎命达"之说、韩愈有"不平则鸣"之议、欧阳修有"诗穷而后工"之论，皆道出了文学家之所以成为文学家的某种规律。

三、拓展与作业

考查《鹤冲天·黄金榜上》《轮台子·一枕清宵好梦》《雨霖铃·寒蝉凄切》《征部乐·雅欢幽会》等词所抒情感和所采艺术手法的异同。写一篇微论文，不少于1500字。

教学反思

本词对于高中生而言，并不算太难。泛而言之，情感易于把握，艺术手法鉴赏易于梳理。但是，细而论之，太难了。难在字斟句酌，难在同频共振，难在人生际遇，难在才情不等，难在"得声容易得韵难"。正所谓"初闻不知曲中意，再听已是曲中人"，我们并不真正希望学生通过一节课便能全懂。我们只想说，通过教育引导，体会学生能体会的，理解学生能理解的，想象学生能想象的，这便足矣，认知的规律，人生的阶段，自自然然就好。

字里行间，皆是血泪，我们做得很不够：教的太多，读的太少。当然，在备课时，注意将新课标语文教学四大核心素养渗透到课堂设计中去。

专家点评

作为一首婉约词，柳永的《八声甘州》在整体审美风貌上，这与学生之前学过的一些纤巧婉丽、伤感缠绵的婉约词相比，就有明显的不同。因此，吴威老师将本词教学冠之以"不减唐人高处"（苏东坡语）的副标题，应该说基本上抓住了这首词的独特个性，是有着独到眼光的。

什么是"唐人高处"？就是盛唐诗歌表现出来的那种将自然万物与

生命感发完美结合，从而呈现出一种开阔高远的审美风貌，也就是我们常说的"盛唐气象"。柳永的这首《八声甘州》，从某种意义上说确实呈现出这种了不起的"气象"，这一方面表现在其取象的高远雄浑，一方面表现在它感情寄寓的慷慨遥深，而这两者之间又是相辅相成、彼此激发的。

再往深处探究，这首柳词之所以呈现出这样的审美风貌，又有其必然性。这首词所抒发的感情类型是"秋士之悲"，而不像其他众多婉约词那样抒发的是"春女之怨"，这是缘由之一。当然柳永的人生理想与其独特人生经历所构成的深刻矛盾，也是其中一个重要的缘由。

因此，在教学中就应该牢牢把握本词"不减唐人高处"这一独特个性，通过不同形式的阅读品评，结合学生已有的婉约词学习经验，去体会词人那种独特的生命体验。因此，要从学生的阅读初感出发，通过教师的讲解，将对词作内在情感的体会，对情景交融、虚实相生、直抒胸臆等艺术手法的鉴赏，以及知人论世的生平介绍，贯穿在这一条清晰的逻辑链条上，使学生形成"人"（作者）"文"（作品）合一、"情"（思想情感）"语"（语言形式）贯通的文学作品鉴赏理念，从而让教学内容的"结构化"理解落到实处。

梦游天姥吟留别

执教者:上海市嘉定区第一中学　李　超
点评者:上海市浦东新区教育发展研究院　兰保民

梦游天姥吟留别

[唐]李　白

海客谈瀛洲,烟涛微茫信难求;
越人语天姥,云霞明灭或可睹。
天姥连天向天横,势拔五岳掩赤城。
天台四万八千丈,对此欲倒东南倾。
我欲因之梦吴越,一夜飞度镜湖月。

湖月照我影,送我至剡溪。
谢公宿处今尚在,渌水荡漾清猿啼。

脚著谢公屐,身登青云梯。

半壁见海日,空中闻天鸡。

千岩万转路不定,迷花倚石忽已暝。
熊咆龙吟殷岩泉,栗深林兮惊层巅。

云青青兮欲雨,水澹澹兮生烟。

列缺霹雳,丘峦崩摧。

洞天石扉,訇然中开。

青冥浩荡不见底，日月照耀金银台。

霓为衣兮风为马，云之君兮纷纷而来下。

虎鼓瑟兮鸾回车，仙之人兮列如麻。

忽魂悸以魄动，恍惊起而长嗟。

惟觉时之枕席，失向来之烟霞。

世间行乐亦如此，古来万事东流水。

别君去兮何时还？且放白鹿青崖间。须行即骑访名山。

安能摧眉折腰事权贵，使我不得开心颜！

教学设计

知识点描述：

吟诵示范、知人论世、古籍探究、文化自信。

教学类型：

问题导向型、分组讨论型、合作探究型。

设计思路：

从李白的身世入手，朗诵《梦游天姥吟留别》的不同选本入手，引发学生对不同选本差异的兴趣，思考、讨论并阐述理由。教师从各时期的版本介绍中启发学生对古籍要有探究考证的精神。总结并鼓励学生热爱经典吟诵、培养文化自信、实现中华民族伟大复兴。

教学过程：

	展　示	解　说	时间
一、导入	《梦游天姥吟留别》是唐代大诗人李白的诗作。李白有谜一样的身世，谜一样的性格，但他并非像真的仙人一样远离尘器，也有常人的苦恼忧愁。他把一切都幻化到了他浪漫的气质中，生活中的种种的不堪都	今天我们来诵读学习《梦游天姥吟留别》。我们知道这是唐代大诗人李白的杰作。李白具有谜一样的身世和谜一样的性格。说他具有谜一样的身世，他父亲第一次出现在世人的面前是在李白的墓志铭上。	约2分钟

（续表）

展　示	解　说	时间
一、导入 败给了他那颗潇洒飘逸的心。正是在中华文化的浸润下，李白成为中国文学史上一颗耀眼的明星。这首是记梦诗，赠别诗，也是一首游仙诗。诗人运用丰富奇特的想象和大胆夸张的手法，组成一幅亦虚亦实、亦幻亦真的梦游图。富有浪漫主义色彩。不受律束，体制解放，堪称绝世名作。	他的父亲叫什么？李客。实际上在李白的墓志铭当中提道："父客，以逋其邑。""逋"是逃脱的意思，他从他的家乡逃走了，"遂以客为名"。他有谜一样的性格，李白是什么样的性格呢？是自信？自负？是仙风道骨？还是桀骜不驯？他是一个矛盾的综合体。李白的大贵人和忘年交贺知章称李白为"谪仙人"。谪，罚也。但他并非像真的仙人一样远离尘嚣，也有常人的苦恼忧愁。就是这样的一个人，他把他的一切都幻化到了浪漫之中，他把他的一切，种种的不堪都交给了他那颗潇洒飘逸的内心。	
二、朗诵示范 天台到底有多高？ ——从《梦游天姥吟留别》诵读中探究李白其诗其性。	我们来探究李白的诗和李白的性情。首先我来为大家朗诵一下《梦游天姥吟留别》。请大家注意我的字音，我的停顿。 《梦游天姥吟留别》李白 海客谈瀛洲，烟涛微茫信难求，越人语天姥，云霞明灭或可睹。天姥连天向天横，势拔五岳掩赤城。天台四万八千丈，对此欲倒东南倾。 我欲因之梦吴越，一夜飞度镜湖月。湖月照我影，送我至剡溪。谢公宿处今尚在，渌水荡漾清猿啼。脚著谢公屐，身登青云梯。半壁见海日，空中闻天鸡。千岩万转路不定，迷花倚石忽已暝。熊咆龙吟殷岩泉，栗深林兮惊层巅。	约3分钟

（续表）

	展　示	解　说	时间
二、朗诵示范		云青青兮欲雨,水澹澹兮生烟。列缺霹雳,丘峦崩摧。洞天石扉,訇然中开。 　　青冥浩荡不见底,日月照耀金银台。霓为衣兮风为马,云之君兮纷纷而来下。虎鼓瑟兮鸾回车,仙之人兮列如麻。忽魂悸以魄动,恍惊起而长嗟。惟觉时之枕席,失向来之烟霞。 　　世间行乐亦如此,古来万事东流水。别君去兮何时还?且放白鹿青崖间。须行即骑访名山。安能摧眉折腰事权贵,使我不得开心颜。	
三、讨论探究	你认为李白的原文是"四万八千丈"还是"一万八千丈"呢?请说说你的理由。 　　这应是李太白的常规操作:不一般的夸张——表达强烈情感。 　　飞流直下三千尺,疑似银河落九天(《望庐山瀑布》) 　　白发三千丈,缘愁似个长。(《秋浦歌》) 　　黄山四千仞,三十二莲峰。(《送温处士归黄山白鹅峰旧居》) 　　尔来四万八千岁,不与秦塞通人烟。(《蜀道难》) 　　会须一饮三百杯(《将进酒》) 　　百年三万六千日,一日须倾三百杯(《襄阳行》) 　　天子九九八十一万岁,长倾万岁杯。(《上云乐》)	李白的原文到底是四万八千丈呢?还是一万八千丈呢?请说说你的理由。好,接下来我们来小组谈论。 　　他是一个非常桀骜不驯的人。我不知道各位注意到了没有,我们的《梦游天姥吟留别》中有一个人,谁呢?谢公。这个谢公是谁呢?谢灵运。李白一生当中有三个偶像,全部姓谢。第一个就是谢灵运,最大的一个偶像。第二个,谢朓。第三个,谢安。 　　谢灵运曾经说过这样一句话,如果天下的才华用"一石"来形容的话,这个是石(dàn),不念石。古代的一个记重单位,如果天下的才华有一石的话,曹植占了八斗,我们说"才高八斗"。 　　李白把他作为偶像,我们	约4分钟

（续表）

展　示	解　说	时间
三、讨论探究	十步杀一人，千里不留行。（《侠客行》） 　　［南宋］杨齐贤（集注）［元］萧士赟（补注）本《分类补注李太白诗·卷之十五》：天台四万八千丈，对此欲倒东南倾。 　　杨齐贤《注》曰：天台山，高一万八千丈。在没有其他资料的情况下，没有改原文，存而未论，当为校勘古籍最正确的处理方式。（插图） 　　明万历四十年（1612）刘世教（等编校）四十二卷本《李翰林全集·卷之二十九》：（插图） 　　［清］王琦（注）三十六卷本《李太白集注·卷十五》：（插图） 　　王琦的理由： 　　［宋］张君房《云笈七签》上面明确记载：天台山高"一万八千丈"→所以"四当作一"。 　　综上而论， 　　"天台四万八千丈"为主（太白原文） 　　"天台一万八千丈"为后人注释校勘本（恐非太白原文）	要知道李白也是一个这样的人。所以李白最大的愿望就是梦游天姥山的时候，能够穿上谢灵运所发明的谢公屐，走一走他的偶像所走过的不寻常的路。 　　对待古籍要有一种探究的精神。 　　我们要去看一看前人是怎么说的。南宋的杨齐贤，他搜集了李白很多的诗，那么当中他记录了"天台四万八千"。 　　明代万历四十年的时候，有一个人叫刘世教，他又整理了一下。这个时候他还是延续了之前的说法"四万八千丈"，没有做更改。 　　清代人王琦没有改，但是他说"天台四万八千丈"，下面用小字写了"四当作一"。 　　王琦有理由，来自于一本书，叫作《云笈七签》。 　　这本书是北宋年间的道家名著。李白"十岁观百家"，他其实是一个很笃信道家学说的人。道家讲究的是"一生二，二生三，三生万物"。所以在道家当中所有的奇数为阳。 　　所以王琦认为李白人生三个理想，第一个理想经邦济世，第二个理想游侠，第三个理想求仙。求仙，我们知道就是道家的思想。 　　李白是道家的忠实信徒，所以这里应该是"一"。因为"一"是最大的阳数。但是我们	

（续表）

展　　示	解　　说	时间
三、讨论探究	从文学的角度来看的话,从前人更早的历史来看的话,似乎"四万八千丈"更符合李白的意愿。因为宋代的人、明代的人都是记录为"四万八千丈"。 　　当然我们的教材把"一"和"四"作为一个选项都放在了其中,其实是希望大家对这个问题有一个思考。	
四、教师小结	我们对待诗篇的时候、对待诗人的时候要多一点了解,知人论世。我们对待古籍要多一点探究的精神。对待我们的中华文化,我们要像李白一样多一点热爱。 　　我们要浸润在经典的吟诵当中,只有在经典的吟诵当中我们才能够体味文化之美,才能够树立文化自信,才能够让我们一起实现中华民族的伟大复兴。	约1分钟

教学反思

　　古诗文诵读是嘉定一中多年来颇具特色的一门语文拓展型课程。该课程致力于培养不同学段学生在经典诗文诵读活动中所应习得的多种能力,遵循学生成长规律,促进学生诵读兴趣的可持续发展和对传统文化经典欣赏、审美能力的提高。在这个课程中,也发生了很多有趣的故事,下面结合给新疆班同学上的《梦游天姥吟留别》诵读案例,谈谈古诗文诵读课的一些收获。

　　一、有问题导向的学习互动

　　期望通过对这首诗歌的细品精诵,来达到训练学生思维方式、强化学生在掌握诵读技巧的基础上能够对李白其诗其人及背后的中国文化进行探究。

　　课堂伊始,我先对新疆班的同学们说:"今天我们来诵读学习《梦游天姥吟留别》。我们知道这是唐代大诗人李白的杰作。李白具有谜一样的身世和谜一样的性格。说他具有谜一样的身世,他父亲第一次出现在世人的面前是出现在了李白的墓志铭上。他的父亲叫什么? 李客。实际上在李白的墓志铭当中提道:'父客,以逋其邑。''逋'是逃脱的意思,他从他的家乡逃走了,'遂以客为名'。他有谜一样的性格,李白是什么样的性格呢? 是自信? 自负? 是仙风道骨? 还是桀骜不驯? 他是一个矛盾的综合体。李白的大贵人和忘年交贺知章称李白为'谪仙人'。谪,罚也。但他并非像真的仙人一样远离尘嚣,也有常人的苦恼忧愁。就是这样的一个人,他把他的一切都幻化到了浪漫之中,他把他的一切,种种的不堪都交给了他那颗潇洒飘逸的内心。相信同学们都预习了,我首先为大家来诵读这首诗,请大家认真听,看看有没有发现什么问题?"

经我这样卖关子的一说,大家的精气神立马来了,都纷纷竖起耳朵,全神贯注听我诵读,想要从中找出有关错误的蛛丝马迹。看到已经吊起大家的胃口,我就开始朗诵《梦游天姥吟留别》了。当我读道"天台一万八千丈"时,我读作了课下注释的另一个版本"天台四万八千丈"。看到同学们纷纷拿笔圈画,我知道他们已经发现我的这一处"错误"了。

朗诵完毕,一个同学略带疑惑地问我:"为什么你把一万八千丈读作了课下注释的四万八千丈?"带着这样的一个提问,我们的课程进入下一个环节。

二、合作创新的研习互动

诵读课程需要合作创新的教学模式。在本课教学设计中倡导收敛与开放相结合,在教学过程中倡导灵活性与多样性相结合。教师只负责组织并引导学生活动,通过查阅资料、交流互动、质疑思辨等环节安排,同学们充分动脑思考、动手查找、动口表达。展开生命体验教育,打动其心灵。在教学评价中倡导终结性评价与发展性评价相结合。

我们的课堂还在继续中,在带着到底是"四万八千丈"还是"一万八千丈"这一问题任务驱动下大家开始分小组去探究了。为了全面地了解李白,经过跟我的协商后,他们根据各自的兴趣爱好和特长领域,同学们分成了三个小组从三个方向进行研究。

第一组同学的主题是"李白身世"。第二组同学负责"李白的学术"。

第三组同学是以"李白的作品风格"为方向。学生学习的主体性调动起来了,我也分别参与到了各个小组的查阅和讨论环节,同学们跟我讨论得面红耳赤。我暗自高兴,因为这充分激发和引导了学生思维的纵向深化与横向拓展,学生知识关联能力及审美鉴赏能力得到了培养与提升。

三、丰富开放的评价模式

我重视课程评价的正向激励作用,充分关注学生的学习和成长过程,使学生逐步养成自我评估、反思和改进的习惯。

课堂进入到了高潮环节,各小组跃跃欲试想要展示自己的资料以佐证本小组的观点。

第一组同学的主题是"李白身世",他们说:"李白的出生地是现在的新疆,生性豪放,一万八千丈是远远不够的,要四万八千丈。"

第三组负责李白作品风格的同学赞同说:"这应是李白的常规操作:不一般的夸张——表达强烈情感。我们找到很多他的诗为证。"

第二组负责"李白的学术"的同学则说:"我们认为是'一万八千丈'。李白是一个非常桀骜不驯的人,这是跟他崇尚老庄道家哲学有关。道家讲究'一生二,二生三',所以是'一万八千丈'。"

接下来我从李白对谢灵运的偶像崇拜说起,李白既然把他作为偶像,我们也知道李白应该也是一个这样的人。所以李白最大的愿望就是梦游天姥山的时候,能够穿上谢灵运所发明的谢公屐,走一走他的偶像所走过的不寻常的路。李白肯定是希望这个路越长越好,这样才能和偶像精神契合,才够过瘾!

同学们都哈哈大笑,他们觉得我的解说不仅语言幽默,而且讲得也很有道理。古诗文诵读的课程不仅使同学们获得愉悦,更重要的还要对中华文化有探究的精神,从而对我们的文化充满热爱和自信。

于是我趁热打铁梳理了"历代李白诗集版本变迁":

南宋的杨齐贤,他搜集了李白很多的诗,当中他记录了"天台四万八千"。

明代万历四十年的时候,有一个人叫刘世教,他又整理了一下。这个时候他还是延续之前的说法"四万八千丈",没有做更改。

清代人王琦没有改,但是他说"天台四万八千丈",下面用小字写了"四当作一"。他的理由来自于一本书,叫作《云笈七签》。这本书是北宋年间的道家名著。李白"十岁观百家",他其实是一个很笃信道家学说的人。在道家当中所有的奇数为阳。因为"一"是最大的阳数,所以这里应该是"一"。

四、结束语

一堂课就愉快地接近尾声了。我总结说:"以这篇诗文的诵读为例,同学们不仅学会诵读的表达技巧,更能将此文作为自己的积淀,作为人生阅历中的宝藏。我们以后对待诗人,要多一点了解。做到知人论世!对待古籍,要多一点探究。不忽视任何细节!对待我们的中华文化,要多一点热爱。增强文化自信!"

这节课我希望通过有问题导向的学习互动,合作创新的研习互动,丰富开放的评价模式扩展学生的生命维度,激发学生的诵读兴趣和学习情感,从而热爱中国文化,培养文化自信。

专家点评

李白的《梦游天姥吟留别》,就古诗来讲,篇幅相对比较长,内容比较丰富,而且比较典型地体现了李白作为浪漫主义诗人的独特个性。在短短一堂课中,要比较好地通过诵读指导,让学生充分体会到这首诗歌内在的那种精气神,并能经由李白而体悟到中华文化的永恒魅力,这显然是有较大难度的。

从李超老师的教学处理来看,他对文本的教学内容做了必要的剪裁,"弱水三千,我仅取其一瓢饮"。不求面面俱到,全线出击;而是追求精简,以点带面,试图通过一个比较小的切口,引导学生探察李白诗歌的浪漫主义神韵。这个"小切口",就是"天台一万八千丈"或"天台四万八千丈"中的"一""四"之辨。

应该说,这从某种意义上收到了"以少少许胜多多许"的功效,因为这个"一""四"之辨,其中确实包蕴着丰富的教学价值。在教学中,李超老师通过示范朗读、讨论探究、文献梳理等环节,引导学生深入洞察这个大文本中的小细节所包蕴着的"文化全息基因",试图以此撬动学生对李白全诗的深度理解。而从视频所呈现的教学效果来看,学生也能够从音韵的角度、诗人风格的角度,乃至文化的角度加以辨析,确实达到了教学设计的目的和意图。尤其是在学生对这首诗和李白这个人有比较广泛涉猎的情况下,这种"掘地为泉"的教学方法,不失为一种较好的选择。

　　当然,全诗如果能够让学生多读一读,那就更好不过了。

诗经·小雅·采薇

执教者:上海市曹杨第二中学　陈一星
点评者:上海市浦东新区教育发展研究院　兰保民

原文

诗经·小雅·采薇

采薇采薇,薇亦作止。曰归曰归,岁亦莫止。靡室靡家,猃狁之故。不遑启居,猃狁之故。

采薇采薇,薇亦柔止。曰归曰归,心亦忧止。忧心烈烈,载饥载渴。我戍未定,靡使归聘。

采薇采薇,薇亦刚止。曰归曰归,岁亦阳止。王事靡盬,不遑启处。忧心孔疚,我行不来。

彼尔维何?维常之华。彼路斯何?君子之车。戎车既驾,四牡业业。岂敢定居?一月三捷。

驾彼四牡,四牡骙骙。君子所依,小人所腓。四牡翼翼,象弭鱼服。岂不日戒,猃狁孔棘。

昔我往矣,杨柳依依。今我来思,雨雪霏霏。行道迟迟,载渴载饥。我心伤悲,莫知我哀!

教学设计

教学目标:

通过文本细读,进一步理解《诗经》"重章叠句"的结构形式对表达感情的作用,勾连和疏通诗歌各章节之间的关系。通过反复诵读,体会诗中抵御外敌、保家卫国之情与思归之忧、战争创伤互相交织的复杂感情。

教学重难点:

重点:通过文本细读,进一步理解《诗经》"重章叠句"的结构形式对表达感情的作用,勾连和疏通诗歌各章节之间的关系。

难点:通过反复诵读,体会诗中抵御外敌、保家卫国之情与思归之忧、战争创伤互相交织的复杂感情。

课时安排:

1 课时

预习作业:

一、结合注释,通读全诗,对自己读不懂的地方记录下疑问。

二、有人说,《采薇》这首诗其实就是前三章,后面的三章是出土文献的错简混入,你怎么看? 请说说你的理由。

三、请联系全诗,对最后一章抒情主人公归途中的心理活动进行想象和描写。

教学过程:

一、课堂导入

(一)学过的《诗经》课文:《蒹葭》,三章的主要形式特点:重章叠句。

(二)预习交流:提问:《采薇》的后三章是出土文献的错简混入吗?

1. 学生观点一:不是错简混入。文字上前后多处呼应:下文"岂敢定居"和上文"不遑启居""不遑启处"呼应;下文"玁狁孔棘"和上文"玁狁之故"呼应;下文"载渴载饥"和上文"载饥载渴"相似。内容上连贯、递进:下文详写戍守边疆的具体情况,是上文"我戍未定"的实际原因。情感上有联系:全诗都在表达对于战争的感情,总体而言是统一的。

2. 学生观点二:是错简混入。形式上:前三章格式整齐,均采用重章叠句的形式,而后三章的格式与其明显不符。内容上:后三章与前三章"采薇"的场景明显不同,蕴含的感情也相差甚远,几乎没有关联。

二、课文分析

(一)朗读前三章。提问:前三章主要表达了什么感情? 支架问题链：

1. 为什么要写"薇"的"作—柔—刚"的变化？为什么要选择"薇"作为起兴之物？"薇亦作/柔/刚止"的"亦"有何含义？

明确：前三章以"采薇"起兴，加上"作止""柔止""刚止"的字词变化，可以读到征战戍守的艰苦和漫长。从不变的"亦"字可以联想到戍卒与薇一样，面临着美好青春和生命的逐渐消逝。三章的感情越来越强烈，令人痛心。

2. "曰归曰归，岁亦 X 止"为什么不写成三章相似的句式？"莫"和"阳"在诗中意思相似，那么"岁亦莫止"和"岁亦阳止"能否互换位置？

【补充知识链接：王力《中国古代文化常识》夏、商、周三代岁首月建对应表】

明确："莫"为年尾，"阳"却可以预示新一年开始。先"莫"后"阳"，可以解读为年尾连着年头不断循环，中间夹着第二章的"心亦忧止"，产生的阅读效果是一年接着一年，戍边的生活永无止境，内心的忧思也是分秒相伴，而且愈发深重，令人绝望。

（学生朗读前三章，体会其中的忧心与痛苦）

（二）朗读第四、五章。提问：第四、五章主要表达了什么感情？支架问题链：为什么要写"彼尔维何"的两句？

明确：第四、五章描写了军队的装备精良和斗志昂扬，表达主人公保家卫国的豪情。棠棣花的盛开给人带来鲜明、美好、有生命力的感受，同时又让人联想到兄弟之情，表达将士们众志成城、同仇敌忾，一定可以消灭玁狁。

（学生朗读第四、五章，体会其中的斗志和豪情）

（三）朗读第六章。提问："我心伤悲，莫知我哀"，联系全诗，你是否能理解归途中的戍卒为何如此哀伤？支架问题链：

1. 请对最后一章抒情主人公归途中的心理活动进行想象和描写。

2. 联系全诗，重新组织前五章的时空，串联到第六章心理活动中，疏通全诗。

3. 解决课堂开头关于"错简混入"的问题讨论。

明确:整首诗饱含着主人公复杂的内心感情,既有抵御外敌、保家卫国的豪情,又有思归之忧和战争创伤的阴影,多种感情互相交织,写得质朴、真实、动人。

(学生朗读全诗,体会多重复杂感情的互相交织)

三、课后作业

(一)毛序"《采薇》,遣戍役也。文王之时,西有昆夷之患,北有猃狁之难。以天子之命,命将率遣戍役,以守卫中国。故歌《采薇》以遣之。"《诗经》最早的注释认为《采薇》是周文王所作的遣戍役之歌,你同意吗?请结合诗中具体词句,说明理由。

(二)阅读《王风·君子于役》,思考同为反映征戍生活,《君子于役》的写作视角与《采薇》有何不同,并结合重章叠句的特色,写一段诗歌赏析。

(三)请查找资料,并结合阅读过的诗经篇目,探究"重章叠句"的概念,给它下一个定义。(100字以内)

教学反思

作为这节课起点的主问题来源于对学生学过的课文《蒹葭》中"重章叠句"手法的反思。《采薇》的前三章与《蒹葭》相似,都采用"重章叠句"的手法,而比《蒹葭》多出来的后三章用词相对散乱,内容感情也与前三章相去甚远。那么后三章有没有可能是出土文献的错简混入?我希望用这一具有挑战性和趣味性的问题来带动学生对文本的细读和思考,由此落实三个学习要点。

一是对具体词句的品味和诵读揣摩,由此体会诗歌复杂深沉的感情,提升学生的语言素养。二是勾连和疏通诗歌各章节之间的关系,通过课堂研讨完善自己对于"错简混入"问题的解答,提升思维逻辑的素养。三是在《诗经》的不同篇目中,"重章叠句"手法的运用是有变化和差异的,我希望促进学生的反思,加深他们对"重章叠句"的理解,并且最终能在作业中展现自己梳理和探究的结果。"授人以鱼,不如授人以渔",我想这些学习经历能够有助于学生今后对于《诗经》作品的自主课外阅读。

这节课磨课的过程中，老师们提出了很多宝贵的意见：比如主问题下面的小问题过于细碎杂多，比如整个课堂的教师主导性太强会伤害诗歌解读原有的丰富空间，比如对于"风"诗和"雅"诗两者区别的思考还不够到位，等等，这些都促进着我对《采薇》这首诗及诗歌教学的深入理解和反思。

最初备课的时候，我并未料到后来课堂会以现在这个形式呈现。我被《采薇》吸引和打动，是因为《诗经》中的诗歌常有丰富的解读空间，它们的多义性和丰富性让我叹为观止。每一个字词注释在注家笔下的细微不同，每一处情感理解在读者阅读中的细微差异，都会让整首诗的旨趣产生巨大的变化，而每一种变化得到的解读又都是那么饱含深情。越是走近《诗经》，就越能体会到它确实是我们的先民留下的最质朴、最美好的文化遗产。所以，最开始的时候，我设想的课堂是和学生一起阅读各种注释，按照各自的理解对《采薇》进行疏通，包容肯定每一种能够自圆其说的解读，让学生在这个过程中沉浸在语词的丰富内涵中，体会文字背后质朴的深情。

但是，后来在进一步思考和设计的过程中，我发现一节课时间有限，不可能容纳多种解读的充分展开。于是我转变了设计的方向，改为以达成教师预设的解读为目标来进行这一次的教学。我想把这一次的课堂教学做成《诗经》阅读的一个范例，把其他解读的可能性留到课外，让学生习得方法后能够在自己的阅读中加以运用，自己去体会《诗经》文本的丰富性。这样的设计确实有遗憾，在学生交上来的预习作业中，我会读到他们与我相异却同样能自圆其说的想法，可是在课堂呈现时却只能割舍这些"旁枝"，把解读更多地往我的"主干"上引导。

不过，即使已经减去了"旁枝"，这节课还是内容太满了一些，很多地方没有留出充足的时间进行启发、提示、点拨，让学生读一读、想一想、慢慢体会。如果能够舍得，能够放下，更多地从学生的学习出发去思考，那么有时候"老师领进门"之后的适当留白可能也是一种好的教学方式。不过，应当点到哪些、留白哪些，则又要靠教师的教学智慧了。

专家点评

　　该视频呈现的是《诗经·小雅·采薇》整堂课的其中一个教学环节，聚焦全诗前三章的阅读理解，引导学生体会诗句所表达的感情。教师通过示范朗读、问题启发的方式，指导学生关注"薇"这一核心意象，品味"作""柔""刚"，以及"莫""阳"等关键字眼，并有意识地引导学生在梳理重章叠唱的诗句中关键字眼变化轨迹的过程中，体会诗句中所蕴含的丰富情感。从学生的课堂表现来看，应该说基本达到了教师预想的教学目的。

　　语文教学，必须以语言文字的理解和运用为核心，这是人尽皆知的常识。在此基础上，提升学生阅读与写作的能力，丰富学生的心灵世界。也只有牢牢立足语言文字，语文学科其他核心素养的达成才能够成为可能。这堂课虽然是公开课，也是参评课，但教师无意于求新求奇，耍花样，出怪招，而是遵循语文教学的基本常识，老老实实地遵循学生学习诗歌阅读的一般规律来组织教学，扎扎实实地去品读文字，理解诗句。就这一点而言，是难能可贵的。

　　当然，如果该教学视频能够呈现出如何引导学生从"篇"的角度来理解整首诗，那就更好了。就我的理解，从全篇来看，这首诗是一首"还乡者之歌"，它所勾勒的，是一个还乡者从征戍思乡到踏上归程的心路历程，而诗歌的前三章也好，其他章的诗句也好，其更加丰富的意义，是在全篇的整体语境中所生成的。所以我们说，"篇"的意识在语文教学中非常重要，因为如果没有对全篇的整体观照，所谓的文本细读，则很容易流于细碎。

声声慢

执教者:上海市同济大学第一附属中学　虞　宙
点评者:上海市浦东新区教育发展研究院　兰保民

 原文

声声慢

［宋］李清照

寻寻觅觅,冷冷清清,凄凄惨惨戚戚。乍暖还寒时候,最难将息。三杯两盏淡酒,怎敌他、晚来风急?雁过也,正伤心,却是旧时相识。

满地黄花堆积。憔悴损,如今有谁堪摘?守着窗儿,独自怎生得黑?梧桐更兼细雨,到黄昏、点点滴滴。这次第,怎一个愁字了得!

教学设计

教学目标:

通过用方言朗读《声声慢》的韵脚,感受、理解入声韵对表达作者情感的作用。

教学重难点:

重点:理解押韵的作用。

难点:理解入声字的发音特征。

课前预习：

下发《声声慢》课文，请学生熟读四至五遍，查询生字词，疏通词意。

教学过程：

一、导入

请学生集体朗诵《声声慢》。

二、关注"押韵问题"

肯定学生朗诵之响亮整齐。随即指出其朗诵缺乏"词味"，只是把《声声慢》当作普通的文章来读罢了。从而提示学生诗词和文章，在形式上的重要区别——押韵。（PPT引用朱光潜《诗论》中对押韵作用的分析："中文发音轻重不分明，音节易散漫，（诗歌的节奏）不易在四声上见出，即须在韵上见出。"）

请学生回顾刚学过的《八声甘州·对潇潇暮雨洒江天》，请学生找到押韵的字（"秋、楼、休、流、收、留、舟、愁"），感受押韵带来的节奏感。

随后呈现《声声慢》的韵脚："觅、戚、息、急、识、积、摘、黑、滴、得"。请学生大声朗读这十个字，感受这十个韵脚在读音上的差别（突出"摘、黑、得"这三个字的不同）。

三、简析"入声韵"

分析《声声慢》韵脚不一致的原因，简介"入声字"的概念，引导学生用上海话大声朗读《声声慢》的韵脚，感受入声字"入声短促急收藏"的发声特点（即相对平声，入声字更短促、有力，所以更适合表达激烈、悲伤、压抑的情感）。进而提示学生，《声声慢》的词牌多用平声韵，李清照使用入声押韵，显然考虑到入声字的发音特点，乃有意为之。

以"黑"字为例，鼓励学生反复诵读"守着窗儿，独自怎生得黑"（"黑"字用普通话、上海话交替朗读），体会在本首词中，入声韵对表达作者"痛楚抑郁"情感的作用（发音上看，"黑"的入声比普通话的平声更急促有力，更适合表达作者守至入暮、心神憔悴的情感；内容上看，"黑"的表达效果形象且自然，委婉又深沉，还与"乍暖还寒时候、晚来风急、到黄昏"呼应，浑然一体）。

四、"押韵"朗读

带领学生再次朗读《声声慢》,以普通话为主,同时用上海话朗读韵脚,完整感受押韵对于理解诗词的作用。

小结押韵的作用,引用习近平总书记在党的十九大报告中所言"中国特色社会主义文化,源自中华民族五千多年文明历史所孕育的中华优秀传统文化";以及总书记关于古典诗词的评论"古诗文经典已融入中华民族的血脉,成了我们的基因。我们现在一说话就蹦出来的那些东西,都是小时候记下的。语文课应该学古诗文经典,把中华民族优秀传统文化不断传承下去"——押韵,就是理解古诗词的金钥匙,理应成为课堂的一部分,从而让一代代青年人更好地传承优秀文化。

最后,教师用更能凸显古音的粤语朗诵本词,引导学生对音韵产生更多兴趣和思考(提示学生可用同样方式去朗读《雨霖铃》《满江红》《念奴娇·赤壁怀古》《江雪》等名篇)。

教学反思

经过反复诵读和查找资料,我决定把"押韵"作为讲解《声声慢》的切入点和教学目标。

为何如此?因为我觉得讲解一首诗词,首先就要引导学生关注诗词最本质的问题。而"押韵"便是诗词相对于散文、小说、戏剧等文体,最独特、最富魅力的一项。

其次,日常教学中教师往往把教学重点放在内容的赏析上,并不着重分析押韵(至多当作文学常识一带而过)。长此以往,并不利于学生理解诗词体裁的独特性。

另外,《声声慢》这首作品使用了特殊的入声韵,既增添了作品的表现力,也无形中提升了学生理解其押韵之美的难度,很有必要通过教师的引导来让学生体会作者的用意。总之,我就此"押"定了这个角度。

实际教学过程中,限于时间,也考虑教学目标与声律息息相关,所以我并不具体展开文本分析,而是鼓励学生大声朗诵,通过声音感受押韵。引出"押韵"的概念后,我先引用学者朱光潜的观点来明确押韵的作用,进而用已学过的《八声甘州》与《声声慢》作比较——前者押平声韵,用普通话朗读依然能感受到所押之韵。后者押入声韵,古今读音变化很大,如果缺乏押韵和声律知识,便不能理解押韵之美。由此,学生能自然发现《声声慢》韵脚的特别之处,进而对入声韵产生感性的认识。

利用大部分学生会说上海话的条件,引导学生用上海话念《声声慢》的韵脚。如此,学生在第一时间感觉到:《声声慢》是"押韵"的! 随后引导学生比较入声字和平声字发音上的不同,推导出"入声字更短促、有力,所以更适合表达激烈、悲伤、压抑的情感"的结论。

最后,我用最接近上古音的粤语来朗诵整首《声声慢》,以期让学生更真切体会本词入声韵的顿挫悲凉之意境。在联通千年的"回响"之中,将学生拉到作品的真容前,欣赏、沉思,乃至今后更多关注诗词的"押韵"之道。

专家点评

顾随先生曾经说过,诗词阅读"莫要于义,莫易于形,而莫艰于声"。他主张从意义、字形和音韵三个方面来抵达作品的意境,把握作品的高致。然而在这三者中,对于声韵,今天读诗习词者因为大多不太了解古代音韵和诗词格律,因此相对来说,这是一个难点,如果人人都能像俞平伯先生那样熟谙门径,那关于一首词的精粗高下,又何劳多言呢? 只要多读几遍,便可体会到"妙处难与君说"。

虞宙执教的这堂《声声慢》,便是从音韵格律切入的。这应该说不失为进入这首词作意境的一个有效的门径。因为这首词的韵脚安置,与词人那种孤独、悲戚的情感表达,的确构成了互为表里的密切关系。诗词作为一种独立的文体,究其底里,与其他文体相比,其最鲜明的特征便是其格律与音韵,因此,从这一角度切入,不仅在当前习见常闻的诗词阅读教学内容——如意象、意境、表现手法与抒情方式、选词炼字之妙,等等——之外,为学生提供了另一种文本意义的打开方式,而且还可以说,这差不多接近了诗词这种独特文体的形式根源。还是顾随先生说得好:"不知声音,总为门外汉耳。"而在这堂课中,母语方言为沪语的上海学生,对于入声韵的理解,与北方学生相比具有得天独厚的优势;虞宙老师对粤语方言的熟练掌握,更为这种形式的教学增添了光彩。这都是这堂课取得成功的重要保障。

不过对于音韵在读诗解词教学中的作用和意义,我们也要保持清醒。白居易说:"诗者,根情,苗言,华声,实义"。诗词学习,情与义是核心,是根本,而"言"和"声",说到底,总是手段,是凭借。只有在学生对诗词作品的内在情感和丰富意义充分理解的基础上,这种音韵格律的教学才能充分发挥其教学价值,否则"皮之不存,毛将焉附"呢?

声声慢

执教者：上海市嘉定区中光高级中学　周光珍
点评者：上海市浦东新区教育发展研究院　兰保民

声声慢

[宋]李清照

　　寻寻觅觅，冷冷清清，凄凄惨惨戚戚。乍暖还寒时候，最难将息。三杯两盏淡酒，怎敌他、晚来风急？雁过也，正伤心，却是旧时相识。

　　满地黄花堆积。憔悴损，如今有谁堪摘？守着窗儿，独自怎生得黑？梧桐更兼细雨，到黄昏、点点滴滴。这次第，怎一个愁字了得！

设计说明：

　　明代著名学者杨慎曰：宋人中填词，李易安亦称冠绝，《声声慢》一词，最为婉妙。作为千古第一才女的李清照，其《声声慢》是宋词中屈指可数的最优秀的词篇之一，值得赏玩之处颇多。本微课重在通过品析其叠字、铺叙之妙，揭示其超越时空的孤独之美。

教学过程:

一、背景导入

宋王朝经过 167 年"清明上河图"式的和平繁荣之后,天降煞星,北方崛起了一个游牧民族女真族,它一锤砸烂了都城汴京的玉宇琼楼,掠走了徽、钦二帝,赵宋王朝于公元 1127 年匆匆南逃,开始了中国历史上极屈辱的一页。身为"千古第一才女"的词人李清照也未能幸免于难。国破、家亡、夫死、无儿无女、漂泊沦落、孤苦无依的她,独自彷徨在深秋的落叶黄花中,吟出了这首千古绝唱《声声慢》。

二、诵读传情

教师通过精心选择的配乐,加上声情并茂的示范诵读,能快速将学生带入《声声慢》所营造的凄切、悲戚,难以化解的浓愁之中,从而获得对这首词初步的整体感知。

教师诵读时,要注意对入声韵脚(多为齿间音)的处理,要读得短促、压抑、欲说还休:觅、戚、息、急、识、积、摘、黑、滴、第、得。

教师诵读时,教师要做到眼中有物,心中有人,注意内心视像的自然流转:寻寻觅觅的茫然,觅而不得的冷清、凄惨、悲戚的身心感受,乍暖还寒的天气,淡酒、晚风、大雁、黄花、孤窗、梧桐、细雨、黄昏、滴答不绝的声响,等等。

总之,教师诵读时,必须调动视觉、听觉、触及内心的丰富感觉,将这首词处理得深情、饱满、动人,从而起到引人入境的作用。

三、提问激思

明代学者杨慎曾说:宋代词人中,李易安堪称冠绝。而《声声慢》一词,最为婉妙。那么这首词究竟妙在何处呢? 让我们细细品味。

四、细赏入境

(一)叠字之妙。首先是叠字的妙用。

开头十四叠字向来为人称道。"寻寻觅觅"四字,劈空而来,但作者到底在寻觅什么? 是流亡以前的宁静生活,是丈夫在世时的恩爱甜蜜,是失落的金石书画,还是美好的青春年华? 连她自己也不知道,她到底要寻觅什么。她只是那么怅然若失、茫然四顾地寻觅着。可结果却是

"冷冷清清"，一无所获。非但无所获，反而被一种孤寂清冷的氛围所包围。"凄凄惨惨戚戚"则将满腹的悲戚、愁怨和盘托出，奠定了全词愁苦的基调。

（二）铺叙之绝。其次是层层铺叙之绝。

"三杯两盏淡酒，怎敌他，晚来风急？"正因为淡酒，正因为风急，所以作者很自然地将目光转移到了天上：北雁南飞，鸣声嘹戾，似乎打破了眼前的死寂。然而，此时的大雁再也不会像当年"云中谁寄锦书来？雁字回时，月满西楼"那样，为词人传递甜蜜的相思离愁了。现如今，雁依旧，人早亡，一种物是人非的伤感扑面而来。

"满地黄花堆积，憔悴损，如今有谁堪摘？"表面是说，满地菊花，残败零落，无人摘取；实则以花自喻，蕴含作者年老憔悴、无人怜惜之悲。明诚已逝，知音难觅，世上再也没有怜我、懂我的人了。

"守着窗儿，独自怎生得黑？"一个人独坐窗前，百无聊赖。当生命的意义和价值消解，时间对她而言，就是一种无情的煎熬和摧残。

"梧桐更兼细雨，到黄昏，点点滴滴。"这"细雨"的"点点滴滴"，正是只有在极其寂静的环境中，才能听到的一种微弱而又凄凉的声音；然而对于伤心者而言，这点点滴滴不但是滴向耳内，更是滴向心头。似乎每一点每一滴都在提醒着、强化着作者的孤独、寂寞、愁苦，绵延不绝，永无止境。难怪作者情不自禁，喷薄而出："这次第，怎一个愁字了得！"层层铺叙到这儿，戛然而止，却留给读者无尽的回味。

（三）孤独之美。再次是跨越千古的孤独之美。

李清照的心中为什么有那么多的愁呢？

一则，因为李清照遭遇了人生太多的不幸。国破、家亡、夫死、再婚被骗。为了解除婚约，她不惜遭受牢狱之灾，精神上蒙受了巨大打击。

二则，作为千古第一才女，李清照睥睨欧苏，讥弹前辈，切中其病。她有志于收徒传学，可邻家小女孩却说"才藻非女子事"，这让她倍感荒凉。

国难、家难、婚难、学业之难都镕铸在她那如黄花般瘦弱的身子上，浓愁难化。

更深入论之,李清照的悲剧就在于,她是生在封建时代的一个有文化的女人。作为女人,她处在封建社会的底层;作为一个知识分子,她又处在社会思想的制高点,她看到了许多别人看不到的事情,她追求着许多别人不追求的境界,这就难免有孤独的悲哀。这是一种超越时空的孤独和无法解脱的悲哀。

然而,她偏偏是以心抗世,以笔唤天,把自己独特的生命熔化成字字珠玑,照亮了文学的星空,照亮了我们的生命。"落地,也有金石的声响,以婉约的姿态,站成文学园圃里永恒的意境"。

教学反思

一、说教材

《声声慢》选自高中语文第三册第二单元,这个单元的主要内容是鉴赏唐诗宋词,本单元的教学重点是在整体把握诗词思想内容的基础上品味诗词的语言,把握诗歌的意境和感情,目的是培养学生初步鉴赏诗词的能力。欣赏诗词要在反复的诵读中,运用联想和想象,探究它的意境和诗句中蕴含的感情。

《声声慢》是李清照南渡以后的名篇之一,写词人历遭国破家亡劫难后的愁苦悲戚,是词人情感历程的真实写照,也是时代苦难的象征。

二、说学情

本课的教学对象是高一年级学生。初中阶段,学生已经接触过部分唐宋词,当时的学习要求只是读一读,背一背,了解大意,体会情感而已。进入高中阶段,这种要求显然是不够的,不能只局限于某一篇作品、某一位作家,而要把他们放在整个宋词的发展脉络中观照、比较他们的地位和作用,这样才能引导学生更好地鉴赏作品的思想和艺术价值。同时,高一学生心智更加成熟,表现出追求独立的倾向,可塑性极强。语文学习"得法于课内,受益于课外"。如果在课堂上能帮助每一位学生习得正确的语文学习方法,养成良好的语文学习习惯,那将是他们终身受用不尽的财富。

三、说教法

教学方法上采用诵（诵读入情）、问（提问激思）、品（细品入境）相结合，层层递进，带领学生感受十四叠字之妙、层层铺叙之绝，以及词人李清照超越时空的孤独之美，从而由表及里、由现象到本质，获得对这首词较为深刻的理解。

四、教学反思

1. 由于教学视频录制比较仓促，而且是借班上课，因此师生、生生互动还不够充分，教师讲解的成分较重。

2. 在十四叠字的赏析上还可以做得更细致、更深入一些。

（1）三句叠字具有极强的层次性，语序不可重组："寻寻觅觅"——精神恍惚，若有所失，到处寻觅——外部动作。"冷冷清清"——寄身异地，无人为伴，孤独寂寞——生活处境。"凄凄惨惨戚戚"——人到中年，命运凄惨，心情悲痛——内心世界。三句叠字，三个层次，逐层深入、文情并茂地表达了词人面对夫死、家破、国亡的惨境，异常空虚，无可寄托，心绪难宁的悲苦情状。

（2）叠字中的"觅""清""凄"加上后面的"将""息""急""积"，乃至"点""滴""得""第"，分别为齐齿音字和舌音字，读来短促轻细，像是停留在唇齿边上的细呻低吟，仿佛女主人公在啮齿叮咛、自泣自诉，恰切地表达了词人的惆怅、忧郁和悲苦、凄凉。三句十四字七组叠字，创意出奇，卓绝千古，层次清晰，统领全词，抑扬顿挫，波澜起伏，极富音乐美感。

专家点评

周光珍老师的《超越时空的孤独——声声慢》，生动地诠释了古诗词的讲解之妙。

首先是"美读"。周老师的嗓音条件非常好，醇厚的女中音，以充沛饱满的情感演绎之，让人听起来不仅入耳，而且入心。通过声情并茂的示范诵读，将学生带进了《声声慢》凄切、悲戚，难以化解的浓愁之中，不仅营造了良好的意境氛围，而且为后续的讲解奠定了基础。

其次是"情讲"。在讲解词作的过程中，老师一直是饱含感情的，教学语言可以说是声情并茂。在讲解时,虽然是按照词作推进的自然顺序依次道来,然而对不同词句,教师却能够抓住重点,根据词句的不同特点,结合特定意象带领学生去感受词作中那种语言与心灵和谐共振的妙音。

正因为"美读"和"情讲",才将学生真正带入了"深思"的境界。教师读得醇美,讲得动情,学生自然生发出了问题:"为什么李清照有如此深的愁情?"问题从学生中来,再回到学生的思考探究中去,最终形成了对这个无法了得的"愁"字的深度理解。而结语中那"超越时空的孤独",不仅有曲终奏雅之效,更重要的是在文本的生命体验与学生的生命成长之间建立起了联系。

雨霖铃

执教者：上海市中原中学　张妍群
点评者：上海交通大学附属中学　乐燎原

原文

雨霖铃

[宋]柳　永

寒蝉凄切，对长亭晚，骤雨初歇。都门帐饮无绪，留恋处，兰舟催发。执手相看泪眼，竟无语凝噎。念去去，千里烟波，暮霭沉沉楚天阔。

多情自古伤离别，更那堪，冷落清秋节！今宵酒醒何处？杨柳岸，晓风残月。此去经年，应是良辰好景虚设。便纵有千种风情，更与何人说？

教学设计

教学目标：
反复吟诵、朗读、品读，感悟"多情"的词人"伤别离"之情。

教学难点：
感悟吟诵中押入声韵在传达"伤离别"之情的独特魅力。

教学过程：

一、导入

我们这次共同参与的是"迦陵杯·诗教中国"诗词讲解大赛，（请同学说说为何以"迦陵"冠名)"迦陵"是学者叶嘉莹先生的号,"迦陵"是佛教中的一种神鸟(敦煌壁画),意译为妙音鸟,其声音美妙动听,婉转如歌。菩萨认为众生听闻好声音,心就会变得"柔软",就容易接受教化。叶嘉莹吟诵诗词的声音就是最动人的迦陵妙音。今天我们一起来品味这首传唱千年的《雨霖铃》,也希望能吟诵出我们的"迦陵妙音"。

二、请同学朗读《雨霖铃》,这首词是因何情感而发的

明确:多情自古伤离别。

三、作者用了《雨霖铃》的词牌来抒发其"伤离别"之情

很少人敢用此词牌,它颇极哀怨,且入声字的韵。教师用"唐调"吟诵,请同学感悟吟诵与朗读的区别。

(一)(PPT展示吟诵)叶嘉莹:"吟诵是一种介于诵读与歌唱之间的汉语古典文学作品口头表现艺术方式,它依循作品的平仄音韵,把诗中的喜怒哀乐、感情的起伏变化,通过自己抑扬的声调表现出来⋯⋯是我们宝贵的非物质文化遗产。"(PPT展示"唐调")"唐调"全称是"唐蔚芝先生读文法"。学者陈以鸿先生(97岁)是唐蔚芝先生的亲授弟子,是当下传授"唐调"吟诵的最好指导者。

(二)执教者跟随陈以鸿先生学习吟诵7年整,用"唐调"吟诵《雨霖铃》。请同学谈吟诵的特别之处:入声字的韵"切、歇、发、噎、阔、别、节、月、设、说",收束急促,颇极哀怨,更显离别之伤。

四、处处是画境,处处是戏

在这首词中,处处是画境,处处是戏,请你谈谈哪一幅画境或是哪幕戏最能传达作者的"伤离别"之情。(学生自由发言,并通过诵读或吟诵传达情感,读出入声字韵的急促)

(一)"寒蝉"一句。寒冷秋天里即将结束生命的"寒蝉",其状必衰,其声必弱,这凄厉的叫声不仅打破离别环境的寂静,加重凄凉感受。

(二)"执手相看泪眼,竟无语凝噎"一句。此句凝固了"别有幽愁暗恨生,此时无声胜有声"的那一断肠的时刻。感情的准确聚焦,最后临别那一刻,两人泪眼相对,最终无法出一语相嘱,因为只要出语,必将泪雨滂沱。

（三）"千里烟波，暮霭沉沉楚天阔"一句，这"楚客"则不但表明宦游之所，而且还有将自己和屈原、宋玉、贾谊的等迁客骚人连为一体的意味。"烟波"江上使人愁，这些虚景承载寂寥的思绪和黯淡的离愁，一是已抛之身后的红颜知己，一是茫然坎坷的行役和无数孤独的时光。

（四）"此去经年"一句。设想"此去经年"后，不是"清秋节"，即使"良辰好景"，也无人共赏，如同虚设，痛苦之情溢于言表；"便纵有"一句，脱口而出的市井俚语，感情也因此喷薄而出，即使有"千种风情"，也因无人共语而倍觉痛楚。

（五）"今宵酒醒何处？杨柳岸，晓风残月"——千古丽句。名词的叠加，营造整体悲凉意境。离别之际想酒醒后身在何处？是虚写之景。作者设想今夜酒醒之际，恐怕已泊舟在杨柳岸，只有几株衰柳、一弯残月、习习凉风相伴自己。因这样的离别情景和情感柳永体验了无数次，所以想象才会如此逼真。

PPT 展示补充柳永漂泊的一生：

1. 20 岁左右，第一次落第，淡然一笑"富贵岂由人，时会高志须酬"；
2. 三年后第二次落第，"且把浮名，换了浅斟低唱"，长期的羁旅漂泊；
3. 第三次考中了，仁宗批曰："岂可令仕宦，且填词去吧！"更苍凉地漂泊；
4. 改名柳永，约 50 岁中进士，仕途常受阻，长期宦游。

PPT 展示补充"多情"的柳永：

1. 绝世的音乐才华，浪漫个性。"少有俊才，尤精乐章。"教坊乐工每得新腔，必求永为辞；教坊女子"怜我多才多艺"，为家人所不耻；
2. "凡有井水处，即能歌柳词"；
3. "不愿君王召，愿得柳七叫；不愿千黄金，愿中柳七心；不愿神仙见，愿识柳七面"；
4. 柳永终客死襄阳，家无余财，群妓合金葬之南门外。

五、总结"多情自古伤离别"

学生吟诵,吟出入声韵蕴含的离愁别恨。仕宦与浪漫性情纠结的风情;有漂泊一生不断聚散的离情;对情人无限眷恋不舍的痴情;有才子迟暮无可皈依的悲情。

柳永的一生是漂泊而多情的,一首《雨霖铃》道尽天下有情人难舍难分的那一份眷恋和那一腔离恨。柳永是经历四次大考才中了进士的,这四次共取士 916 人,其中绝大多数人都顺顺利利地当了官,有的或许还很显赫,但他们早已被历史忘得干干净净,但柳永的词依旧被我们传唱着,每一位迷茫的、失意的、离别的人,都可以从他的词里,得到了一份永远的温暖、共鸣,这就是他的诗教的魅力。

六、课后吟诵练习

跟音频反复吟诵《雨霖铃》,吟准平仄音韵变化与入声字韵,进一步体味词中的伤离别之情。

教学反思

《雨霖铃》是华东师大版高二教材中的宋词、元曲单元中的篇目。此篇四首均为宋代婉约词,以时间为线,分别是婉约词人柳永、秦观、周邦彦、李清照的作品,在此单元需要深味婉约的魅力。《雨霖铃》是一首传唱了近千年的经典离别词,柳永是精通音律的,在词调的创作、章法的铺叙、意象的组合上也都有极大开拓。

本堂课围绕着"多情自古伤离别"进行教学设计,通过反复朗读、品味诗句感悟一位"多情"者的"伤离别"之情。用"唐调"吟诵这首词,感受平仄韵律之美,感受押入声字韵,收束急促带来的颇极哀怨之感,更显离别之伤。

在此堂课设计中,有这样几个关注点:

1. 有较为充分的吟诵与朗读,特别将"唐调"吟诵引入教学,依循作品的平仄音韵,用自己抑扬的声调把诗中感情的起伏变化表现出来,特别是押入声字韵,如"切、歇、发、噎、阔、别、节、月、设、说",每句结尾收束短促,戛然而止,更能传达哀伤、悲戚之感。

2. 学生开放性品味词中画境、戏幕。在这首词中,处处是画境,处处是戏,请学生自由品味哪一幅画境或是哪幕戏最能传达作者的"伤离别"之情。学生赏析、品味意象、画境、场景,感悟词作在时空转换、虚实互映中的离别之伤,这也是他独特的婉约词风,屯田蹊径。

3. 补充了解柳永的一生是"多情而漂泊"的一生,因"多情"而更"伤离别"。柳永仕途受阻,一生漂泊,天性多情浪漫,处处留深情,故柳永怀有仕宦与浪漫性情纠结的风情;有漂泊一生不断聚散的离情;对情人无限眷恋不舍的痴情;有才子迟暮无可皈依的悲情。这有助于进一步感悟词作虚实互映传达的"伤离别"之情,如"今宵酒醒何处? 杨柳岸,晓风残月",堪称千古丽句,写出这黯然伤神、寂寥无聊的虚景,是因为柳永一生体验了无数次离别情景,所以虚景也会如此动人。

当然,课堂中还是有一些小遗憾的,因为时间有限,现场只教会了学生吟诵"多情自古伤离别,更那堪,冷落清秋节""今宵酒醒何处,杨柳岸晓风残月"几句及押入声字韵的短促读法,还不够充分,其他诗句只能课后继续吟诵。

专家点评

张妍群老师执教的这堂课围绕"多情自古伤离别"进行课堂教学,教学目标设定明晰集中。教师能引导学生通过赏析词作的意象组合、虚实变化,并结合柳永多情而漂泊的一生逐层品味"离别之伤"。本堂课的独特之处还在于,教师能将传统"唐调"吟诵法引入教学中,感悟吟诵中押入声韵在传达"伤离别"之情的独特魅力。

张老师讲授此词的情感内涵颇有层次且极具个性:先用"唐调"吟诵这首词,学生即刻感受到押入声韵的特点,每句收束急促,有哽咽感,更显离别之悲;吟诵能还原曲子词的音乐性,感受到平仄音韵抑扬之美,营造诗意的课堂氛围;学生开放性品味作品中传达"伤离别"之情的画境、戏幕,师生在对话中理解意象、感悟诗境,感受时空、虚实转化之美,并通过吟诵、朗读诗句深化感受"伤离别"之情;教师适时用PPT展示柳永"多情而漂泊"的一生,是集"风情、离情、痴情、悲情"为一体的"多情"生命常态,加深了学生对"伤离别"的情感体悟。

声声慢

执教者:上海市闵行区金汇高级中学　张　奕
点评者:上海市浦东新区教育发展研究院　兰保民

声声慢

[宋]李清照

寻寻觅觅,冷冷清清,凄凄惨惨戚戚。乍暖还寒时候,最难将息。三杯两盏淡酒,怎敌他、晚来风急? 雁过也,正伤心,却是旧时相识。

满地黄花堆积。憔悴损,如今有谁堪摘? 守着窗儿,独自怎生得黑? 梧桐更兼细雨,到黄昏、点点滴滴。这次第,怎一个愁字了得!

教学设计

教学目标:

一、通过诵读比较品味叠词的作用。

二、解读词的意象,把握景与情的关系,整体感受词的意境美。

三、了解词人的人生际遇,运用知人论世的方法体会作品的思想感情。

教学重难点:

一、通过诵读比较,品味叠词的作用。

二、解读词的意象,把握景与情的关系,整体感受词的意境美。

教学过程:

一、教师诵读展示

二、读易安词,同韵遥和之

用教师对《声声慢》的同韵和词,带领学生回顾李清照的生平,用知人论世的方式解读诗词。

声声慢

归舟不觅,去雁声清,词成万古悲凄。拒渡乌江时候,霸王长息。西湖舞扇暖酒,哪顾他、北关风急。《漱玉》也,黍离心,纵使美芹难识。

半世金石搜积,残破损、何堪后人寻摘? 龃俭俗儿,皎月与之俱黑? 流言有如冷雨,泪昏昏,莫向人滴。曲唱第,岂是彩笺可赋得?

三、通过不同英译本的比较,请学生体会《声声慢》的艺术魅力

(一)用韵:李清照《声声慢》仄声变体与英译本的爆破音。《声声慢》一词,多押平声韵,李清照用仄声变体。译本也用爆破音保留了仄声韵的特点,请同学们在试读中体会。

小结:仄声急促、闭塞,给人哽咽、凄厉的效果。

(二)叠字:南宋文学批评家张端义评价说:"易安秋词《声声慢》此乃公孙大娘舞剑手。本朝非无能词之士,未曾有一下十四叠字者。"

请同学们比较几种英译本对首句的翻译,品味叠字的表达效果。

Seeking, seeking, Chilly and quiet, Desolate, painful and miserable.(杨宪益)

I look for what I miss; I know not what it is. I feel so sad, so drear, So lonely, without cheer.(许渊冲)

So dim, so dark, So dense, so dull, So damp, so dank, So dead!(林语堂)

林语堂先生的译本以 14 个音节、7 个双声词开篇,且每组都以"so + d"开头,与原作 14 个字、7 叠音达成了高度还原,形式上都构成了短句排比。视觉效果清晰简洁,排列干净,对仗工整,可谓用心良苦。音律加

强,情感也随之加强,使得原词悲苦惆怅情绪的递进得到了更好的表现。

许渊冲译本将开篇的 7 个叠音词译为 miss 与 is、drear 与 cheer 两对相押的尾韵。miss 和"寻寻觅觅"的"觅",cheer 和"凄凄惨惨戚戚"的"戚"都有音近之感,取两对元辅音皆相近的词用于对仗,充分尊重了原诗的音韵美感,也保留了原词入声韵低沉、凄厉的效果。

小结:叠字:音韵铿锵——情感递进

(三)意象:填表,比较以下意象与英译词在表现力上的差异。

意象	英译	与前词的勾连
雁	Geese (goose 的复数形式)	云中谁寄锦书来,雁字回时,月满西楼 李清照《一剪梅》
黄花	flowers	莫道不销魂,帘卷西风,人比黄花瘦 李清照《醉花阴》
梧桐	kolanut	草际鸣蛩,惊落梧桐,正人间、天上愁浓 李清照《行香子》

小结:"雁""黄花""梧桐"等意象,或化用了典故,或与李清照早期反映婚姻幸福的词作勾连,有物是人非、凄怆动情的意蕴,这是英译本难以表现的。

(四)主旨:从许译本的品味再次进入诗歌主旨。

I look for what I miss；I know not what it is. I feel so sad，so drear，So lonely，without cheer.(许渊冲)

在许译本中,开篇便将一句本没有主语的句子添加了主语 I,这个开头充满了主人公意识,强化了行为主体。I look for what I miss；I know not what it is.奠定了全词寻而不得、孤独无助的情感基调。

小结:林译本结构工整,在还原度上值得赞叹,许译本在主旨把握上准确,但不得不在翻译中进行个人的添加。更因为诗词意象的难以再现,任何译本都难以很好地发散出原作的思绪和完整的审美价值。

用历史学家汤因比的话总结,激发学生的民族文化自豪感,鼓励学生以传承文化为己任。

如果让我选择，我愿意活在中国的宋朝。

……

我愿意生在中国。因为我觉得，中国今后对于全人类的未来将起到非常重要的作用。要是生为中国人，我想自己可以做到某种有价值的工作。

［英］历史学家阿诺德·约瑟夫·汤因比

（Arnold Joseph Toynbee，1889—1975 年）

总结：我们生活在让汤因比无比羡慕的中国，而且有幸出生在比宋朝更为开放、强盛的当代中国，汤因比所说的"某种有价值的工作"，就落在我们身上——做文化的传承者和传播者。

板书设计：

声声慢　李清照

用韵：仄声　入声——急促　闭塞　哽咽　凄厉

叠字：音韵铿锵——情感递进

意象：化用典故　勾连前史——物是人非

主旨：寻　孤独

教学反思

《声声慢》是部编版必修上册第三单元"文学阅读与写作"单元第 9 课的一首词，本单元要求学生在反复诵读和想象中感受、欣赏古代诗词独特的艺术魅力，了解古诗词的形式特征，包括对偶、平仄、押韵等语言形式，掌握古代诗词鉴赏的基本方法。

李清照是词史上一位重要的女作家，她的作品写自己真实的生活和内心世界，视角和笔触比男性词人更敏感、细腻。《声声慢》是词人情感历程的真实写照，其艺术表现方式是独特的，李清照善于选取自己日常生活中的起居环境、行动、细节来展现自我的内心世界——她独有的寂寞心境。

高一学生已经积累了不少诗歌，经过本单元前几首诗歌的学习，也初步掌握了鉴赏诗歌的方法。但能否有兴趣更为深入地理解诗歌感情、多层次地鉴赏诗歌,能否将诗人、诗歌放在更广的维度中去观照,则还需进一步引导。

基于对教材的理解和学生学情,也基于学科整合和比较阅读的教学理念,我将《声声慢》几种英译本引入课堂中来,请学生进行比较,这样可以让学生在对英译本咬文嚼字、反复推敲的过程中,更为深入地体会作者李清照的愁情和《声声慢》的艺术魅力。

在此基础上,我确立了本节课的学习目标:

1. 通过诵读比较,品味叠词的作用;

2. 解读词的意象,把握景与情的关系,整体感受词的意境美;

3. 了解词人的人生际遇,运用知人论世的方法体会作品的思想感情。

课堂上,用教师对《声声慢》的同韵和词,带领学生回顾李清照的生平,用知人论世的方式解读诗词。可以让学生依据这首词理出李清照的生平际遇,从而激发兴趣,并从词的仄声韵入手,开启对原词用韵手段的鉴赏。在不同英译本的比对中,学生体会了原词在声韵、叠字、意象上的艺术魅力,把握了诗歌的主旨。翻译大家的译本在还原度上值得赞叹,但因为诗词意蕴的丰富,任何译本都难以很好地发散出原作的思绪和完整的审美价值。至此,教师用历史学家汤因比的话总结,激发学生的民族文化自豪感,鼓励学生以传承文化为己任。

对于《声声慢》,任何过多的解释可能都意味着亵渎,通过对不同英译本的对比,让学生自发地反复推敲,深情吟诵原词,最大程度地激发了学生的文化自信。

专家点评

在不同国家和民族文学的可通约性与不可通约性之间寻找差异与平衡,这是比较诗学需要解决的问题,也是我们用以反观我们中华民族文学宝库的一种很有价值的视角。张奕老师所讲解的《声声慢》,在这方面做了很有意义的尝试。

她将《声声慢》原词与不同译者所做的各种不同翻译,有选择地予以比较,从而引导学生去体会词作的意境之美,音韵之妙。因为有了这种比较,《声声慢》作为中国古代语言经典之作的审美品格和文化气质,其独特性便显得更加突出而卓异了。当然,这种比较需要教师具备多方面的素养和积淀,如古典文学素养、英语文学素养、音韵学素养等,正是因为在这些方面具有较好的素养,教师才能够在讲解时做到出入中西,得心应手。

另外,在诗词讲解中着力激发学生热爱祖国、热爱民族优秀文化的积极情感,充分彰显古诗词教学的学科育德价值,也是值得充分肯定的。

水龙吟·登建康赏心亭

执教者:上海市金山区朱泾中学　胡怡泓
点评者:上海市浦东新区教育发展研究院　兰保民

 原文

水龙吟·登建康赏心亭

[宋]辛弃疾

楚天千里清秋,水随天去秋无际。遥岑远目,献愁供恨,玉簪螺髻。落日楼头,断鸿声里,江南游子。把吴钩看了,栏杆拍遍,无人会,登临意。

休说鲈鱼堪脍,尽西风,季鹰归未?求田问舍,怕应羞见,刘郎才气。可惜流年,忧愁风雨,树犹如此!倩何人唤取,红巾翠袖,揾英雄泪!

教学设计

教材分析:

本词秉承了辛弃疾词作的一贯特色:情感上悲愤苦闷、风格上雄浑豪放、手法上借景抒情、用典言志,他通常以一个报国无门、壮志难酬的沙场英雄和爱国将军的形象留存在历史上和自己的诗词中。对于本词的讲解,我们通常会从词的内容入手,很少会去重点关注其词牌名和题目,而题目中的"赏心"二字恰恰和整首词的情感基调形成鲜明对比。因此,在本课中,我将抓住这一点来组织教学。

学情分析：

学生在初中学过辛弃疾的《破阵子》等作品，对辛弃疾的生平有一定的了解。辛弃疾将报国无门、壮志难酬的满腔愤懑熔铸在作品中，含血带泪地诉说自己无人理解的痛苦和愁怨。通过本词的学习，要使学生从对辛弃疾概念化的认知转变为对其悲壮生命的体察和理解，使辛弃疾这一形象鲜活可感，立体而真实。

教学目标：

一、体会词人登高临远时的目中之景和心中之情。

二、知人论世，分析词中用典所表达的丰富内涵，深入理解词人登上赏心亭却不赏心的原因。

教学重点和难点：

重点：体会词人登高临远时的目中之景和心中之情；深入理解词人登上赏心亭却不赏心的原因。

难点：深入理解词人登上赏心亭却不赏心的原因。

教学过程：

一、开篇导语

北山白云里，隐者自怡悦。泓澄冷泉色，写我清旷心。大家好，这里是萝卜姐姐小课堂。我们今天要学习的是南宋词人辛弃疾的《水龙吟·登建康赏心亭》。

二、题目解读

（一）建康：今江苏南京，六朝古都，古称金陵、江宁、白下、石头城等。

（二）赏心亭：《景定建康志》云："赏心亭在（南京城西）下水门（即今西水关）之城上，下临秦淮，尽观览之胜。"

（三）赏心："良辰美景奈何天，赏心乐事谁家院。"——［明］汤显祖《牡丹亭》

三、重点把握：良辰美景却没有赏心乐事

良辰：清秋时节；美景：江水无际、遥岑远目、玉簪螺髻；赏心乐事（伤心悲事）：献愁供恨。

四、难点理解:赏心亭为何不赏心

(一)知人论世。

辛弃疾字幼安,号稼轩,因为是山东济南人,所以他和李清照并称为"济南二安"。他出生的时候,中原已被金兵所占。他 21 岁参加抗金义军,一生力主抗金。由于与当政的主和派政见不合,后被弹劾落职。他的一生基本上可以用壮志难酬、报国无门来形容。这首词作于辛弃疾任建康通判的时候。这时作者南归已八九年,却一直是个闲职,无法实现他的报国之志。

(二)移情及物。

"遥岑远目,献愁供恨,玉簪螺髻"三句,是写山,由纯粹写景而开始抒情,由客观而及主观,感情也由平淡而渐趋强烈。人心中有愁有恨,虽见壮美的远山,但愁却有增无减,仿佛是远山在"献愁供恨"。这是移情及物的手法。仇恨何来? 北望是江淮前线,效力无由;再远即中原旧疆,收复无日。南望则山河虽好,无奈仅存半壁;朝廷主和,志士不得其位,即思进取,却力不得伸。

(三)借景抒情。

"落日楼头,断鸿声里,江南游子"三句是典型的"有我之境",虽然是写景,但无一语不是喻情。辛弃疾用"落日"二字,喻南宋国势衰颓。"断鸿"是指失群的孤雁,与"江南游子"飘零的身世和孤寂的心境是何其相似!

(四)经典动作。

此时词人思潮澎湃心情激动,但他不是直接用语言来渲染,而是选用具有典型意义的动作,淋漓尽致地抒发自己报国无路、壮志难酬的悲愤。在《破阵子》中,词人"醉里挑灯看剑",在此又看"吴钩",这些兵器本应在战场上杀敌,但现在却闲置身旁,只作赏玩,无处用武,这就把词人虽有沙场立功的雄心壮志,却是英雄无用武之地的苦闷也烘托出来了。而胸中有说不出来抑郁苦闷之气,只能借拍打栏杆来发泄。词人雄心壮志无处施展的急切悲愤的情态宛然显现在读者面前。

(五)用典明志。

张翰思乡归隐(莼鲈之思):既写了有家难归的乡思,又抒发了对金人、对南宋朝廷的激愤,确实收到了一石三鸟的效果。

许汜谋取私利,刘备雄才大略:词人的倾向不言而喻。他既不学为吃鲈鱼脍而还乡的张季鹰,也不学求田问舍的许汜。词人很怀念家乡但却绝不是像张翰、许汜一样,当他回故乡当是收复河山之时。

桓温北征:流年易逝,北伐无期。

五、课堂小结

梁衡在《把栏杆拍遍》中说辛弃疾"由行伍出身,以武起事,而最终以文为业"。这短短几句话中饱含了多少"艰辛""酸辛""悲辛"和"辛辣"。辛弃疾所选用"水龙吟"这个词牌本身就有气势雄浑、情思激奋的特点。他登楼远眺,看到的是如落日般沦丧的大宋国土,听到的是如断鸿般凄凉的游子之声。他用移情及物的手法写尽孤寂飘零之情;用"看吴钩""拍栏杆"的经典动作淋漓尽致地抒发自己报国无门的悲愤;用季鹰、许汜和桓温的典故表明自己收复失地的初心;用少女的柔情抚慰"不轻弹却已到伤心处"的英雄之泪。因此,在秋高气爽之际登上下临秦淮的风景名胜,原本的赏心乐事到了辛弃疾笔下,就成了伤心悲事。无人会,登临意,何人拭,英雄泪!

六、作业设计

(一)分析词人所用的意象、典故及外在动作与表情达意之间的关系。

(二)结合辛弃疾的人生经历、时代背景及相关作品,评析其作品的思想意义。

(三)请利用高一南京之行登上如今的赏心亭,抒写你的登临感受。

板书设计:

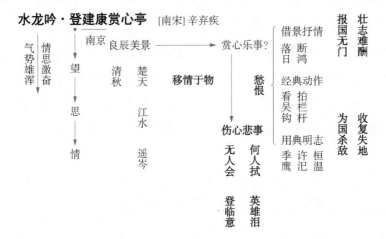

教学反思

在全国教育大会上,习近平总书记强调:坚持中国特色社会主义教育发展道路,坚持社会主义办学方向,立足基本国情,遵循教育规律,坚持改革创新,以凝聚人心、完善人格、开发人力、培育人才、造福人民为工作目标,培养德智体美劳全面发展的社会主义建设者和接班人,加快推进教育现代化、建设教育强国、办好人民满意的教育。为了保持中国特色社会主义事业的可持续性发展,必须教育培养源源不断的社会主义人才。要培育社会主义人才,最重要的一点就是要在厚植学生爱国主义情怀上下功夫。

"厚植"一词本义为深种、深深地扎根,这里是指深厚地培育,多用于比喻加强、加深积累,出自王夫之的《读通鉴论》"仁动于天,厚植于心"。

辛弃疾与屈原、陆游等都是我国著名的爱国诗人,而《水龙吟·登建康赏心亭》则秉承了辛弃疾词作的一贯特色:情感上悲愤苦闷、风格上雄浑豪放、手法上借景抒情、用典言志,他通常以一个报国无门、壮志难酬的沙场英雄和爱国将军的形象留存在历史上和自己的诗词中。对于本词的讲解,我们通常会从词的内容入手,很少会去重点关注其词牌名和题目,而题目中的"赏心"二字恰恰和整首词的情感基调形成鲜明对比,因此,在本课中,我便抓住这一点来组织教学。

学生在初中学过辛弃疾的《破阵子》等作品,对辛弃疾的生平有一定的了解。辛弃疾将报国无门、壮志难酬的满腔愤懑熔铸在作品中,含血带泪地诉说自己无人理解的痛苦和愁怨。作为一个摩拳擦掌了一辈子却英雄无用武之地的豪放派词人,辛弃疾的词作风格特征鲜明,"报国无门""壮志难酬"似乎是其标签,本词当然也能按这套路来。然而,在这套路之下,学生是否能真正读懂辛弃疾的"登临之意"呢?

因此,在组织教学的过程中,我从标题入手,并结合耳熟能详的汤显祖《牡丹亭》中的唱词"良辰美景奈何天,赏心乐事谁家院",请学生根据这首词中的内容一一对应,学生很快就能找出良辰美景,却难以找到赏心乐事,或者说直接找到了伤心悲事。我们正好能抓住这一点来引导学生思考赏心亭却不赏心的原因,适时地进行知人论世,并结合辛弃疾的其他相关作品。把握了背后的原因之后,我们再从移情及物、借景抒情、经典动作、用典言志等角度引导学生分析词人是如何抒发情感的。其中用典是辛弃疾词作的特色之一,是理解这首词的重要突破点,也是本堂课的难点。词人借古人之事、古人之语来表明自己的情感和意图,可谓是言简意赅感情委婉。这首词中三个典故的组合使用将"不轻弹却已到伤心处"的英雄之泪展现得尤为深刻。

本堂课的亮点在于我们抓住了题目中的"赏心"二字,引发学生思考"下临秦淮,尽观览之胜"的赏心亭为何不赏心的原因,并结合其他相关作品,进而深入理解体会词人的形象和情感,而非贴标签式地解读,使学生从对辛弃疾概念化的认知转变为对其悲壮生命的体察和理解,使辛弃疾这一形象鲜活可感,立体而真实。

辛弃疾所处的风雨飘摇的时代已经一去不复返。而稼轩那颗滚烫的爱国之心、那种真切的爱国之情则伴随着中华优秀传统文化传承至今,依然保持着源源不断的生命力。

如今,当我们再次登临赏心亭,必然是良辰美景,赏心乐事。诗云:昔闻水龙吟,今上赏心亭。秦淮美如画,不似稼轩景。五湖四海汇,六朝古都新。百年华诞日,盛世有金陵。

专家点评

辛弃疾的壮词,是中国韵文史上的一段强音。正如顾随先生说:"稼轩手段既高,心肠又热,一力担当,故多烦恼。"这一"高"一"热"与时代的"低迷"、遭际的"凉薄"所带来的烦恼,二者的激烈冲突可以说正是辛词之所以为"辛词"的生命动力之源。

《赏心亭为何不"赏心"?》这一微课,教师在设计时,很敏锐地抓住了题目中"赏心"这两个字眼来组织教学,虽然略显勉强,却也能够有效地揭示出文本所内蕴着的深层矛盾,从而激发学生的认知冲突,引导他们进一步探究在这楚天千里清秋的无边秋色中,词人内心的烦恼和苦闷。

教师在讲解时,有意识地开阔学生的阅读视野,调动学生的知识积累,试图通过"外围战"来帮助学生攻克《水龙吟》这一首词的文本堡垒。如介绍辛弃疾的生平,回顾初中所学的《破阵子》等,应该说,这对于学生学习这首词,解答"赏心亭为何不'赏心'"这一问题,都是有帮助的。而精心设计的板书,以及教师据此而开展的对全词的意义巡礼,在某种程度上,也对学生进一步理解词作的内在情感提供了很大的帮助。

其实,词作中那"无人会"的"登临意"是很重要的。结合全词的写景、摹态和用典,让学生试着去做一位辛弃疾的知音,让一代英雄千载之后不再孤独,或许能够更好地帮助学生解答好"赏心亭为何不'赏心'"这一问题。

水调歌头·明月几时有

执教者:华东师范大学第三附属中学　吴雨柔
点评者:上海市浦东新区教育发展研究院　兰保民

水调歌头·明月几时有

[宋]苏　轼

丙辰中秋,欢饮达旦,大醉,作此篇,兼怀子由。

明月几时有? 把酒问青天。不知天上宫阙,今夕是何年? 我欲乘风归去,又恐琼楼玉宇,高处不胜寒。起舞弄清影,何似在人间?

转朱阁,低绮户,照无眠。不应有恨,何事长向别时圆? 人有悲欢离合,月有阴晴圆缺,此事古难全。但愿人长久,千里共婵娟。

教学设计

篇目分析:

《水调歌头·明月几时有》是苏轼的代表作之一,是苏轼因与王安石政见不和自请外放,至密州任官,恰逢中秋思念胞弟苏辙,因而写下的词作。本词虽为怀人之作,但并未像其他同类词作一般缠绵于思念之情中,而是跳脱出个人得失悲欢,俯瞰万事万物、古今变迁,使个人情感具有了时间和空间双重维度的延展,达到了超脱豁达的人生境界,这是本词的独特之处,也是词人苏轼非同一般的思想境界的展现。学习这首词,可以帮助学生更好地理解苏轼词中超脱旷达的情致及洒脱旷远的风格,为学生鉴赏其他古典诗词作品奠定基础。

学情分析:

本课面对的是高一学生,于他们而言,苏轼并不陌生,他们在初中阶段已学习过苏轼的《江城子·密州出猎》《黠鼠赋》《记承天寺夜游》等诗文,对于"苏东坡""苏子瞻""苏仙"等别称更是熟稔于心。但依据我对学生的了解,他们对这些别称只是进行了记诵,并未真正了解其内涵,对苏轼超脱旷达情致的理解也仅仅停留在表面,于学生而言,苏轼是个"熟悉的陌生人"。因而,本课以"苏仙"之称切入,以学生的已知又不甚知,激起他们的兴趣。

另外,作为市实验性示范性高中的学生,他们已经具有一定的文学素养和语言表达能力,并且在小学、初中阶段学习过相当数量的诗词作品,具备了一定的诗歌领悟能力和鉴赏能力,这些都为学生学习这首词奠定了基础。因而本课以学生为主体,鼓励学生多读、多说、多思考,教师适时加以补充引导,让学生在阅读体验中品味意境,在情境想象中揣摩情感。

设计理念:

依据篇目特点及学生学情,笔者选择以"苏仙"之"仙"字作为本堂课的核心。"仙"字的内涵可包括词作中"乘风归去""琼楼玉宇"的想象,清新缥缈、美丽宽阔的意境及超脱旷达的人生境界,以一"仙"字串起词作内容、意境、情感。在课堂实施过程中,不断组织学生以各种形式进行朗读,以营造课堂氛围,还原词作意境,品味词人情感。

教学目标:

结合创作背景,理解词作内容,感受词人超脱旷达的人生境界。

教学重难点:

本课的教学重点与难点一致,均为:在吟咏赏析中揣摩词人起伏流转的情感变化,感受词人超脱旷达的境界。

教学过程:

环节	教师活动	学生活动	设计意图
导入提出主问题	苏轼被称为"苏仙",那么《水调歌头》中的苏轼"仙"在何处		设置主问题,以之贯穿整堂课,清晰连贯。又从学生已知入手,激发兴趣
诵读词之初体验	朗诵本词	听教师朗诵,思考主问题	通过教师的朗诵营造氛围,帮助学生尽快进入词的意境
涵咏"仙"之境界	本词中的苏轼"仙"在何处	预设: (1) 词人想象自己"乘风归去",如同仙人一般 (2) 词作意境清新缥缈、美丽宽阔 (3) 跳脱出个人的得失悲欢,俯瞰万事万物、古今变迁,达到超脱豁达的人生境界 (适当补充背景知识)	从"仙"字入手,引导学生品味其中"乘风归去""琼楼玉宇"的想象,清新缥缈、美丽宽阔的意境及超脱旷达的人生境界
结语	人生不如意十有八九,古往今来文人骚客亦是千千万,但能像苏东坡一样在悲伤不得志之时仍能"乘风归去",愿"千里共婵娟"的怕是没有几人了,这也许就是苏东坡"仙"之所在吧		

教学反思

一、以主问题贯穿,清晰连贯

本课将"苏轼被称为'苏仙',那么《水调歌头》中的苏轼'仙'在何处"

作为贯穿课堂的主问题,引导学生通过吟咏、赏析等方式对主问题进行思考和解决,最终形成结论。

以主问题串联课堂环节、统领课堂提问,使课堂思路清晰地展现在学生面前,学生以主问题为抓手进行课上研习及课后回顾,捕捉课堂重点,提高课堂效率。与此同时,主问题的设置也能避免问题链琐碎零散,增强课堂环节及课堂提问的指向性,更有效地达成课堂教学目标。就本课而言,以"'仙'在何处"串起学生对词中"乘风归去""琼楼玉宇"等想象的理解,对清新缥缈、美丽宽阔意境的感受及对词人跳脱出个人悲欢的超脱境界的体悟,内容、意境、情感均融汇其中,保证了诗词的整体性,避免了零碎讲解造成诗词被"肢解"的尴尬。

二、从学生已知入手,激发兴趣

于高一学生而言苏轼并不陌生,初中时他们就已学过《江城子·密州出猎》《黠鼠赋》《记承天寺夜游》等诗文,对于"苏东坡""苏子瞻""苏仙"等别称更是熟稔于心。但依据笔者对学生的了解,他们对这些别称只是进行了记诵,并未真正了解其内涵,因而对学生而言,苏轼是个"熟悉的陌生人"。

因此,本课以"苏仙"之"仙"领起,是学生的已知又不甚知,在与他们旧有学习经验发生关联的同时,又抛出了一个新问题,激起学生对本词的阅读兴趣。与此同时,在完成学习,了解"仙"字中的各项内涵后,学生又能以此对已知进行补充完善,丰富对苏轼词作、思想的理解。

三、在读中品味意境,激活想象

诗词是一种艺术,其中的韵律格调既是诗词的艺术风格,又与诗词内容相辅相成,因而诗词是无法脱离韵律格调的形式仅谈内容情感的。而于对诗词押韵、平仄、格律等理论不甚了解的高一学生而言,朗读是最为有效的感受诗词形式美的方式,在朗读中品味诗词的意境、代入诗词的场景、感受作者情感的起伏流转,这让学生在学习诗词内容思想的同时,也体验到了诗词的音韵美、意境美。

在本课中,我组织学生以各种形式进行朗读,例如教师范读、师生齐诵、自由品读等,在课堂各个环节中适时插入,依据教学需要,选择或全篇、或分阕、或单句诵读。此外,我也可通过学生的朗读获悉学生对诗词的理解程度,再配以适宜的背景音乐,适时加入朗读指导,如注意"无眠""但愿"上语速、语调的转变,帮助学生更好地品味词中意境,还原词人心境,推动课堂进程。

但这堂课也存在诸多遗憾,尤其是对于课堂节奏的把控,不论是课堂环节的推进还是师生对话的开展,都稍显急躁。而本词意境清新缥缈,过快的课堂节奏与之有所冲突,不利于氛围的营造,也希望在日后的诗词教学中予以改进。

专家点评

以"仙"字作为关键词,引领学生把握苏词《水调歌头》的神韵,让这堂课在设计上收到了"纲举目张"的效果。在"仙"字的提领下,教师和学生一起,由表及里,逐层展开,一步步体会到了词作中那种清新缥缈的意境,那段超脱豁达的人格和那份沁肌浃骨的诗意。

教师的讲解语速适中,要言不烦,较好地把握了全词的情思意蕴。而从学生的课堂表现来看,他们在教师的引领下,对于词作内在精神的理解,也经历了一个由肤浅到深入的过程。

当然,把这首词定位于一个"仙"字,还是有可讨论的空间的。就其精神气质而言,苏轼的很多词作,包括这首《水调歌头》,确实是有超越品格的。他能超越一时的得失荣辱、悲欢离合,通过一种宇宙的眼光来达成自我内心的调适,表现出豁达开阔、平和恬淡的心境。然而,这种超越,却绝不是从现世的人生中冯虚御风,飘然而去,而是对现世人生饱含热爱的一种审美式的观照,是一种对人世生活欣赏玩味的姿态。所以我们说,这种情怀归根结底是"人间"的,而不是"仙界",是此岸的,而非"彼岸"的,是"审美"的,而非"宗教"的,在这一点上,他和陶渊明息息相通。从苏词中,我们能够体会到最典型的中国传统文化的色彩,也正是这个原因,苏词才能够让人们感到"情致圆熟,善中人意",引发中国人普遍的人情人心的共鸣共感。

秋　词

执教者:上海市复旦实验中学　徐　静
点评者:上海交通大学附属中学　乐燎原

秋　词

[唐]刘禹锡

自古逢秋悲寂寥,我言秋日胜春朝。

晴空一鹤排云上,便引诗情到碧霄。

教学设计

教学目标:

一、了解古人悲秋的情怀及其实质,理解"鹤"的勇毅与执着。

二、感受诗人"我言"的自信及豪迈乐观的精神。

教学对象:

初中六年级学生

教学准备:

一、准备 PPT 课件。

二、学生查找资料了解刘禹锡生平。

三、尝试用日常所学吟诵《秋词》。

教学时间:

10 分钟(微课)

教学过程:

一、导入

(一)青葱年少读秋词,灌顶醍醐始识诗。梦得豪情遗万古,晴空一鹤最相思。同学们,这首七绝是徐老师写的一首读后感,你们知道我读的是什么诗吗?(刘禹锡《秋词(其一)》)

(二)关于刘禹锡,有谁了解他?刘禹锡,唐代中晚期文学家、哲学家,字梦得。贞元九年,与柳宗元同榜进士及第,后与柳宗元一起因王叔文永贞变法革新失败而被贬,《秋词》即其第一次被贬为朗州司马时所作。刘禹锡一生经历坎坷,但他性格倔强、刚毅豪迈,有"诗豪"之称。

让我们学习《秋词》,来深入了解刘禹锡。

二、授新

(一)请听老师吟诵《秋词》。

(二)初步感知:从这首诗中,你读到了什么呢?

(三)赏析诗歌。

1. 诗题为"秋词","秋"是诗歌主题。自古以来,一般文人对"秋"的感受是怎样的?"自古逢秋悲寂寥":"寂寥"意为冷清萧条。自宋玉写下"悲哉!秋之为气也。萧瑟兮,草木摇落而变衰。(《九辩》)",似乎就给"秋"贴了一张名片,此名片名为"悲哉!"因秋天的萧条冷清而悲,因人生的不如意而悲,因面对的困难坎坷而悲。

见一叶落而知岁之将暮。——《淮南子·说山训》

裹露珠晖冷,凌霜桂影寒。——骆宾王《秋晨同淄川毛司马秋九咏·秋月》

秋色无远近,出门尽寒山。——[唐]李白《赠庐司户》

黄金然桂尽,壮志逐年衰。日夕凉风至,闻蝉但益悲。——孟浩然《秦中感秋寄远上人》

古来悲秋,实质是志士失志,对现实失望,对前途悲观,因而在寂寥萧条的秋天,更易触景伤情,倍觉寂寞孤苦与悲愁。

2. 诗人眼中的"秋"又是怎样的呢?("胜春朝",意为比春天还美)谁能描绘一下诗人心中的"秋"色呢？

云淡风轻，秋高气爽，万里晴空，一碧无垠，广阔的晴空，晴明的秋景，让人赏心悦目而激情澎湃！呀，看，清波荡漾的秋水边，一只白鹤忽地振翅高飞，冲上云霄，冲破漂浮的云层，似要直上那九天去揽月！这是何等壮美的秋色！

3. 诗人写秋，为什么用"鹤"？而不是小燕子？小燕子多可爱！（小燕子没有力量冲云霄！）那为什么不选大雁？（大雁多相思意，且无鹤勇武有力，更缺了鹤的高洁幽雅）

为什么是"一鹤排云"而不是"群鹤冲天"？在这只"鹤"的身上，我们仿佛看到了——诗人的影子。一鹤是孤独的，然而它所呈现出来的气势，却是非凡的。诗人以"鹤"自喻，也许是诗人视"鹤"为不屈的化身。

三、理解诗情

诗人被贬到朗州时，是三十四岁，正该春风得意之时，却被赶出了朝廷，其苦闷是可想而知的。但他为何能够一反古人的"悲秋"情结，从如此勇毅的凌云之鹤感受到秋天的辽阔壮美呢？

许是诗人豪迈乐观的性格，许是诗人具有顽强不屈的斗志，更可能是诗人有着丰富的积极向上的"诗情"吧，所以，当他回顾二十三年被贬于"巴山楚水凄凉地"的经历，他发出的是"沉舟侧畔千帆过，病树前头万木春"的慷慨高歌，而在收到白居易的绝句，感慨于友朋离世的无奈悲伤之时，他吟出的是"芳林新叶催陈叶，流水前波让后波"的哲思。

这是一个傲视忧患、独立不移的灵魂，拥有着迎接苦难、超越苦难的情怀，奔腾着生命的活力和弃旧图新面向未来的乐观与执着，昭示着一种坚毅高洁的人格内蕴。他在用自己的诗歌，告诉我们要笑对困难、乐迎坎坷，要在悲凉的秋季看到明媚和灿烂，能化身为凌云之鹤冲破阻碍与艰险，这是一首多么深情而热烈的生命之歌！

同学们，让我们一起吟诵这首诗，一起礼赞这积极进取的人生态度吧！

四、吟诵下课

教学反思

《秋词(其一)》是唐朝诗人刘禹锡被贬朗州时所作的一首七绝。他写了两首秋词,这第一首更为大众所熟知,因为这首诗鲜明地表达了诗人对秋天与众不同的感受,一反过去文人悲秋的传统,赞颂了秋天的美好,并借黄鹤直冲云霄的描写,表现了作者奋发进取的豪情和豁达乐观的情怀。

这样的情怀,对于今天的我们来说,也是难能可贵的。

在我自己读书的年代,我对这首诗就情有独钟,所以这次,我选择讲解这首诗。为此,我还创作了一首七绝读后感:青葱年少读秋词,灌顶醍醐始识诗。梦得豪情遗万古,晴空一鹤最相思。

上课时,我以自己的这首七绝引入,激发学生学习兴趣,然后让学生了解刘禹锡坎坷的一生及其倔强豪迈的性格。接着,围绕着"秋"这个主题词,引导学生了解古人"悲"的情怀及本质,以此衬托刘禹锡自信乐观的精神。之后,扣住"鹤"这一意象,感受其"排云"而上的勇猛执着、义无反顾,来体会诗人身处逆境却不悲观消沉、向着心中理想坚定执着进取的信念。最后,集体吟诵,感受诗情,礼赞诗人积极进取的人生态度。

我学习唐调吟诵多年,在日常的诗词教学中,我将唐调吟诵推广到了语文课堂,孩子们对此也非常感兴趣。我们一起用老祖宗的读诗文调,在平长仄短、抑扬顿挫中感受中华文化的丰厚韵味。

专家点评

徐静老师执教的《秋词》(其一),教学目标设定明晰集中。教师能结合古人"悲秋"的传统,引导学生通过对"鹤"这一独特意象的形象把握,逐层品味诗人积极进取的人生态度。课堂教学环节紧凑而过渡自然,教学语言准确而饱含激情,师生对话流畅生动而相得益彰。尤其精彩的是,徐老师不仅以自己创作的古典诗词来导入教学,为课堂增添了一抹亮色,更是将"唐调"吟诵引入课堂,让学生在平长仄短的韵味中体悟诗情，使《秋词》的自信豪迈在袅袅余音中涤荡学生心灵。

　　徐老师以自己的一首七绝读诗后感表明《秋词》诗之隽永难忘；以激昂清越的唐调吟诵直接抒发诗歌的乐观豪情；对古人"悲秋"的实质探讨衬托诗人独特的情怀；在鹤与"雁""燕"的比较分析、"一鹤"与"群鹤"的效果之别中，丰富对诗歌的深度理解；而高潮处的师生吟诵，更是将《秋词》一诗对积极进取人生态度的礼赞化无形为有形，加深了学生的情感体验与共鸣。

声声慢

执教者:上海市格致中学　苏　添
点评者:上海交通大学附属中学　乐燎原

原文

声声慢

[宋]李清照

寻寻觅觅,冷冷清清,凄凄惨惨戚戚。乍暖还寒时候,最难将息。三杯两盏淡酒,怎敌他、晚来风急? 雁过也,正伤心,却是旧时相识。

满地黄花堆积。憔悴损,如今有谁堪摘? 守着窗儿,独自怎生得黑? 梧桐更兼细雨,到黄昏、点点滴滴。这次第,怎一个愁字了得!

教学设计

教学目标:

一、反复朗诵,依据平仄声韵,体会本词哀婉动人但不失豪放纵恣的本色词境。

二、因声求气,进入本色词境,切实领略词人凄苦低沉的身世之感与家国之思。

教学重难点:

重点:帮助学生从古典词作中体会作者的身世之感与家国之思。

难点:通过外显的词作平仄声韵来感知内隐的词作之境。

教学方法:

诵读法、创设情境法。

教学过程:

一、课堂导入:联系意象(酒、雁等),知人论世(北宋灭亡、夫妇死别)

同学们,1922年,梁启超先生在清华学校讲授国史课时,曾这样评价《声声慢》一词:"那种茕独恓惶的景况,非本人不能领略。"他认为,我们后代的读者无法领略词人所创设的茕独恓惶的景况,同学们,你们同意这样的观点吗?(PPT详细展示本词的意象及与此词相关的背景)

我想,同学们心中一定有这样的疑问:从词人所使用的意象,比如三杯两盏无味的淡酒,还有曾经相识,如今却离词人远去的大雁;除此之外,我们查阅文献后也可知李清照在写作此词的时候,正处于亡国丧夫之痛中,这些难道不可以让我们了解她的孤独与悲伤吗?

二、感知声韵:教师朗诵,初入词境

但是,实际上,了解情感与梁启超先生所言的领略情感是有差异的。相信同学们也曾有过这样的疑惑:"是不是词人在使用相同意象或在某一创作背景之下的词作情感都是类似的呢?"答案显然是否定的。因为每首词作都有其独特词境,但跨越千古,我们又当如何进入古人的词境并与其达成情感共鸣呢?我想,李清照本人对词作的评价或许会给予我们一些灵感:"盖诗文分平侧(仄),而歌词分五音,又分五声又分六律,又分清浊轻重。"(PPT展示李清照《词论》中的上述语句)

由此可见,词的创作与音乐有着密不可分的关系,音乐中的音与韵往往能够从节奏上与我们情感的波动产生共振,体现在词作中,就是词作中的声韵。那我们是否可以借助声韵来走入词境呢?让我们一同来尝试下。接下来,老师先为同学们朗诵下这首词,请大家在老师朗诵的时候,体会下这首词的声韵所带给你的独特感受。

三、呈现词境:师生讨论,声韵设境

在老师朗诵的过程之中,同学们一定思绪翩跹。

1. 频用仄声:短促急切➡心神难宁(国破家亡 丈夫离世)。有些同学可能会发现,该词中的"觅觅""乍暖""两盏淡酒""雁过也""守着""点点滴滴"均是仄声连用的情况,读时格外短促,令人联想到词人局促不安之愁情:即词人寻找的时间漫长,但觅得的温情却如此短暂;能够聊以慰藉的淡酒和旧相识的大雁也仅能在这光景中仓促饮下或是匆忙掠过;不想长久独守的黑夜,却因短促敲击心房的密雨而更令人坐立难安。而当这种频繁使用的仄声出现在各句的联结处时,会使得那些可缓解这些局促不安的情感,又自然地通过短促的仄声加以连缀,使得这种局促不安发展为一种心神难宁。

例如,"觅觅"与"冷冷"二词分别为两句的结尾与开头,两句连用的短促仄声让我们体会到此时词人寻觅无果,没有可以凭依的有边界的客体,便只能无奈堕入无边的冷清之感的窘迫。又如"两盏淡酒""怎敌"之间的短暂连缀亦可作此解析:淡酒带来的些微温暖倏忽间便被急风裹挟而去。此时,我们再联系词人所作《金石录后序》中的几处记载"至靖康丙午岁……十二月,金人陷青州,凡所谓十余屋者,已皆为煨烬矣""已酉……八月十八日,(赵明诚)遂不起。取笔作诗,绝笔而终",或许就更能切身领会彼时词人因国破家亡、丈夫离世而产生的心神难宁的情感状态。

2. 仄平交替:扼腕兴嗟➡顾影自怜。在仄声频用、连用而带来的心神难宁的情感基调之中,借由外显的词义来看,同学们会进一步发现,词人其实有那么片刻得以喘息的光景:如突然的天气转暖、因黄花而产生的对于青春年华的联想、丈夫与自己"比并"相依的旧时光的怀念,但每每遭遇骤然而来的寒冷、憔悴堆积的残花与难捱摧心的雨夜时,也只能作罢。(此处用PPT展示该词各句的平仄对应,插入相应词句的吟诵音频)

但是,在仄声占据较大篇幅的词作中,间歇放入一些平声,会令人感觉到此时平声的出现已不能达成情感的释放,反而在频繁的短促收音与零星的悠长气息的交互中,成为了一种情感被长久压制后出现的嗟叹,令人自然联想到词人此时顾影自怜的神情。

3. 仄声入韵:循环往复➡顿挫凄绝。感知至此,同学们会不会觉得李清照的《声声慢》与历代的闺怨诗无异? 但正如陆鎣在《问花楼词话》中的评价所言:"《声声慢》一词,顿挫凄绝。"一篇担得上"顿挫凄绝"之评价的词作,我想,定然会在不失女性词人特有的哀婉动人的词境之外,更有一番豪放纵恣的呈现。

那么,这样的顿挫凄绝,又该如何凭借平仄之声来寻觅其踪呢? 深入思索后,同学们会发现,该词诸句皆使用的是一七韵,如"觅、戚、息、急、识、积、滴"。且此七处韵脚又皆为仄声。一七韵读时本就缩口、短促、凄婉,再叠加短促仄声时,会使得这种句与句之间的情感转换增加了力度,从而一转原本柔弱的嗟叹之感,反有一种遒劲的深沉之兴。同时,伴随着词句的铺展,由于韵脚的类似和重复,又会令我们在品味词句时产生一种循环往复之感,似乎只要我们身处词境之中,便无法从那种凄绝的情感中摆脱,也无法全然识得这词境的全貌:正如彼时的李清照——她不知道像今晚这样难挨的傍晚究竟何时才能结束? 未来是否依旧如此? 她也不知道北宋的命运将走向何方?

四、深入词境:学生朗诵,声韵入境

同学们可在这节课的结尾,自己再伴随着音乐朗诵一遍《声声慢》,希望同学们能够再次借由词作的声韵与李清照达成情感的共振。跨越时空,从那点点滴滴、断断续续的细雨中识得词人绵延不绝、凄怆难言的心曲,进而由词人细腻的身世之感、年华之忧自然漫延到命运之思中,从而使得个体的幽微情思转变为宏阔的时空之感。

感谢同学们的聆听。

板书设计:

声声慢

李清照

意象		声韵	情感	词境	
		频用仄声:短促急切	心神难宁		
借酒消愁	孤雁独鸣	仄平交替:扼腕兴嗟	顾影自怜	身世之感	家国之思
		仄声入韵:循环往复	顿挫凄绝		

教学反思

李清照的《声声慢·寻寻觅觅》一词，以其"本色当行"，堪列宋代诸词之名篇，被编选至统编版高中语文必修上册第三单元。

关于此篇的教学设计，历来众说纷纭，统编版教材的学习提示指导教师关注"口语入词""词人愁绪""叠字层次"等要点，而在实际的教学之中，往往会被教师具体化为口语词的简单辨识、诗人生平与创作背景的通识讲解，以及叠字作为词作艺术手法的机械鉴赏。这样的教学设计看似合乎规范，但当学生问出"这样的口语词在某一诗歌或曲词之中是否具有相同的意蕴""是不是词人在这一生平与创作背景之下写出的词作大多情感类似"，以及"只要是多层次的叠字是否均能体现词作艺术的匠心之时"，相信不少教师都会如我一般哑然。

因为，依据学生的困惑仔细想来，我们就会发现，零散化的口语词、叠字分析及同质化的词作情感教学设计往往会流于普适性与类型化。这是由于，词亦称"诗余"，但诗词之间的嬗递关系，依旧不可取代词作之异于诗作的语言形式与审美属性，而曲的真率质朴与词作的雅俗互见亦有所区别。同时，词人作为创作者，亦会受到创作情境的影响，在不同的词作中运用类似的艺术手法体现出绝非全然相同的情感。

如此思考，针对《声声慢·寻寻觅觅》一词的教与学究竟采取怎样的策略才可凸显词作区别于"蒜酪"与"绝句"的"本色当行"？又该如何体现该词是李清照创作风格中"最为婉妙"的呢？

李清照本人对词作的评价或许会给予我们些许教学的灵感："盖诗文分平侧（仄），而歌词分五音，又分五声又分六律，又分清浊轻重。"由此可见，词的创作与音乐有着密不可分的关系。当我们再从词的诸多名称来看，无论是"曲""曲子词""倚声"，还是"长短句"，它们都从不同角度向我们证明着词与音、韵之间的骨血相亲。《礼记·乐记》有言："情动于中，故形于声。"由此可见，情感在心中激荡，便可通过声音表现出来。故而，教师引导学生因声求气，借由音韵来渐次品味词人创作之时的心境，或许能够还原本词哀婉动人但又不失豪放纵恣的本色词境。

1922年,梁启超先生在《艺蘅馆词选》中这样评价《声声慢·寻寻觅觅》一词:"那种茕独恓惶的景况,非本人不能领略,所以一字一泪,都是咬着牙根咽下。"我认为,先生此话,绝非在说我们后代的读者无法了解词人在国破家亡之时所想要彰显的情感,实际是指我们无法切身来领略那种深重到无法释怀的凄怆。

因为,我们总是通过了解某些实指的字词、背景、手法等来零散化地拆解诗词,却往往忽视使用与情感联系更为紧密的音韵来领略情感。故而,我便尝试从频用仄声、仄平交替和仄声入韵的视角加以探索,逐层深入到本色词境中词人心神难宁、顾影自怜、顿挫凄绝的情感之中,希冀通过音韵的波动建立起其与情感流转的共振,力图找寻词作教学中师生能够共同跨越时空,进入古人词境并达成情感共鸣的教学路径。

专家点评

苏添老师执教的《声声慢》这堂课,围绕"依平仄声韵,入本色词境"来展开课堂教学,教学目标设定集中而明晰。教师通过创设情境,引导学生反复朗诵,依据平仄声韵,体会本词哀婉动人但不失豪放纵恣的本色词境;因声求气,进入本色词境,切实领略词人凄苦低沉的身世之感与家国之思。在讲授过程中,教师能将吟唱引入教学中,让学生充分感受这首词所传达出的浓郁的悲情。

苏老师引导学生借由音韵来渐次品味词人创作之时的心境,引导学生从"单一仄声""仄平交替"和"仄声入韵"等三个层面加以探索,逐层深入本色词境中词人"愁绪难宁""愁绪绵延"和"愁情无尽"的悲情之中,希冀通过音韵的波动建立起读者与作者情感流转的共振,竭力找寻古诗词教学中师生能够共同跨越时空,进入古人词境并达成情感共鸣的教学路径,这一教学追求加深了学生对词人因国破家亡、身世飘零而茕茕孑立、凄惶欲绝的情感体验。

诗经·秦风·蒹葭

执教者：上海市北虹中学　周　龑

点评者：上海交通大学附属中学　乐燎原

诗经·秦风·蒹葭

蒹葭苍苍，白露为霜。所谓伊人，在水一方。

溯洄从之，道阻且长。溯游从之，宛在水中央。

蒹葭萋萋，白露未晞。所谓伊人，在水之湄。

溯洄从之，道阻且跻。溯游从之，宛在水中坻。

蒹葭采采，白露未已。所谓伊人，在水之涘。

溯洄从之，道阻且右。溯游从之，宛在水中沚。

教学设计

教学目标：

一、诵读诗歌，把握语气语调，读出韵律和节奏。

二、了解《诗经》重章叠句的形式和起兴手法的运用。

三、感知诗歌内在的情韵，通过品读和想象加以深入体会。

四、理解《蒹葭》主题的多重性。

教学重点

一、诵读诗歌，把握语气语调，读出韵律和节奏。

二、了解《诗经》重章叠句的形式和起兴手法的运用。

三、感知诗歌内在的情韵,通过品读和想象加以深入体会。

教学难点:

理解《蒹葭》主题的多重性。

教学方法:

讲授法

教学课时:

1课时

教学过程:

一、引《蒹葭》之诗

今天的陕西陇东古称秦地,其地"迫近戎狄",秦人尚武,情感激昂,秦风有一种在别的风诗中少见的尚武精神和悲壮慷慨的情调,却有两篇作品情致缠绵,更像郑卫之音,《蒹葭》就是其中之一。下面就让我们一起走进蒹葭河畔,一探其美吧。

二、读《蒹葭》之韵

(一)检查预习。

1. 读准字音并解释。

出示:蒹葭 jiān jiā 溯洄 sù huí 晞 xī 湄 méi 跻 jī 坻 chí 涘 sì 沚 zhǐ。

2. 这首诗歌写了什么内容? 诗中流淌着怎样的感情?

明确:一个人在蒹葭河畔邂逅伊人,却苦苦追寻而不得,感到惆怅失落。

(二)全诗共三章,请同学们观察这首诗在章节形式和韵律上有什么特点?

小结:从结构上看,全诗三章,句式相同,字数相等,后两章只是对首章文字略加改动而成,这种形式我们称之为"重章叠句"。从内容上看,后两章内容与首章基本相同,这是诗中常见的一种表现形式,有一唱三叹的美感。

学生说说《蒹葭》韵律的特点。

出示:首章押 ang 韵,韵脚有"苍、霜、方、长、央";

次章押 i 韵,韵脚有"凄、晞、湄、跻、坻";

三章押 i 韵,上古音中押 ω 韵,韵脚有"采、已、涘、右、沚"。

小结:押韵,形成各章内部韵律协和,而换韵,又形成各章之间韵律参差的效果,给人一种变化之中又包涵了稳定的感觉。

(三)老师用上古音诵读全诗,学生感受上古音押韵。

(四)《蒹葭》多四字一句,两字一顿,全班一齐朗读,感受诗歌的回环往复之美。

(板书:形式美　重章叠句　一唱三叹　音韵美)

三、绘《蒹葭》之美

(一)俗话说"诗中有画,画中有诗",《蒹葭》同样也充满了浓浓的诗情画意,走近这幅画,你依稀看见了什么? 景物有何特点?

1. 蒹葭。

"蒹葭/苍～苍～""蒹葭/凄～凄～""蒹葭/采～采～"——丛生茂密。试着通过延长、停顿,读出这种蒹葭随风摇曳的感觉。诗歌写的是哪个季节的蒹葭? 你的依据是什么?

2. 白露。

——"白露为霜"传达出节序已是深秋。具体时间:深秋的清晨。

——依据:"白露未晞""白露未已",芦苇叶片上还存留着夜间的露水,给人清冷之感。"晞"和"已"解释为干,这三句话点明朝露结融,时间变化。

3. 秋水澄澈。

(二)这些景物共同渲染了什么氛围? 属于诗经的哪一种表现手法?

小结:诗歌通过描绘蒹葭、白露、秋水等景物,渲染出凄清萧瑟的氛围,衬托追求者寻觅未果的惆怅失意之情。

(板书:画面美　蒹葭　白露　秋水　凄清萧瑟)

四、感《蒹葭》之情

(一)看过画中的景,我们再来看看画中的人。出示:伊人在哪? 给追求者的感觉如何? 追求者是怎样追寻伊人的? 结果如何? 追求者是一个怎样的形象呢?

用诗句回答,或用自己的话回答。

1. 伊人在哪,给追求者的感觉如何? 出示:

  第一组　　　　　　第二组

在水一方。　　　　宛在水中央。

在水之湄。　　　　宛在水中坻。

在水之涘。　　　　宛在水中沚。

这两组句子,表达的情感一样吗? 为什么?

第一组句子中,"在"字点明伊人就在岸畔,透露着追求者激动、兴奋、满怀憧憬。

第二组句子中,"宛在"表明伊人的身影是隐约的,缥缈的,是可望而不可即的,透露出追求者惆怅、失落之情。

我们试着各添加一个语气词,读出追求者当时的心情。出示:

"所谓伊人,啊! 在水一方。"

"溯游从之,唉! 宛在水中央。"

学生添加语气词,朗读这几句诗。

2. 追求者是怎样追寻伊人的? 结果如何? 出示:

溯洄从之,道阻且长。溯游从之,

溯洄从之,道阻且跻。溯游从之,

溯洄从之,道阻且右。溯游从之,

为何反复写"溯洄""溯游"?

流而上去逆寻,道路崎岖遥远;顺流而下去找,伊人宛在,觅之无踪。几番写"溯洄""溯游",写出了追求者寻觅之艰辛,可见其深企愿见之情。《蒹葭》反复叙写,旨在使寻觅未果的惆怅失意之情层层加深,这也正是重章叠句的妙处。

诗歌止于"宛在",结果不表。大家想象一下,追求的结果可能会是怎样的?

也许是"执子之手,与子偕老",也许是"相忘于江湖",也许继续上下求索,这就是所谓的"言有尽而意无穷"。

(二) 请女生扮演伊人,读每章前四句,男生扮演追求者,读每章后四句。此时此刻,你感觉追求者是一个怎样的形象呢?

思念伊人情真意切,追寻伊人不畏险阻,这是一个执着追求、矢志不渝的人。

(三)全班一齐背诵《蒹葭》,感受其情真意切,意味深长。

(板书:人情美　明朗→隐约　憧憬→惆怅　执着追求　矢志不渝)

五、悟《蒹葭》之道

追求者寻寻觅觅的"伊人"仅仅是一位美丽的女子吗,还能不能有其他的理解呢? 如果追求者是他们,那么"伊人"何指?

出示:

追求者		"伊人"
孔子	博学而笃志,切问而近思,仁在其中矣。 ——《论语》	仁德
俞伯牙	锺子期死,伯牙破琴绝弦,终身不复鼓琴, 以为世无足复为鼓琴者。 ——《吕氏春秋》	知音
刘禹锡	斯是陋室,惟吾德馨。 ——《陋室铭》	德馨
周敦颐	予独爱莲之出淤泥而不染,濯清涟而不妖。 ——《爱莲说》	君子
钟南山	恰同学少年,愿风华正茂。 期投身杏林,更以行证道。 ——《寄少年》	投身医学 救死扶伤
中华民族		

小结:"伊人"到底是谁,一千个追求者心中就会有一千个"伊人"。读到这,我们或许会发现,《蒹葭》不仅是一首爱情恋曲,更是一阕追求者的颂歌。在清代以前,"伊人"一词无性别指向,诗中的"伊人",不仅指爱人,还可以是追寻的目标、理想。

课堂总结:

出示:《论语》的句子及释义。

子曰:"《诗》三百,一言以蔽之。曰:思无邪。"("思无邪"者,诚也,即思无不可对人言)

子曰:"乐而不淫,哀而不伤。"(快乐不是没有节制的,悲哀却不至于过于悲伤)

子曰:"克己复礼为仁。"(约束自己,使每件事都归于"礼")

——《论语》

子曰:"《诗》三百,一言以蔽之。曰:思无邪。"《蒹葭》之所以脍炙人口,因为它描绘出了我们每一个人心中"在水一方"的"伊人"——理想,而追求者上下求索的热情,求之不得的惆怅,这种情感是"诚于中而形于外"的,体现的是诗人的真性情,但这种喜乐与惆怅又很有节制,不过分张扬,因此孔子评价:"乐而不淫,哀而不伤。"孔子重视诗教,"诵《诗》……可藉以练达人情",《蒹葭》中的伊人与追求者,都是理想人格,符合孔子"克己复礼为仁"的标准。《蒹葭》体现了一种深刻的人生意义,美好的事物往往可遇不可及,不管结果如何,追寻的过程本身就具有极大的意义。

作业设计:

《诗经》中的诗一般以诗的首句或首句中的两字为题,请为本诗重新拟一个题目,并简述理由。

板书设计:

蒹葭

教学反思

　　《蒹葭》是部编教材八年级第二学期第三单元《诗经》二首中的一首。子曰:"《诗》三百,一言以蔽之。曰:思无邪。"《蒹葭》之所以脍炙人口,因为它描绘出了我们每一个人心中"在水一方"的伊人——理想,而追求者上下求索的热情,求之不得的惆怅,这种情感是"诚于中而形于外"的,体现的是诗人的真性情,但这种喜乐与惆怅又很有节制,不过分张扬,因此孔子评价:"乐而不淫,哀而不伤"。孔子重视诗教,"诵《诗》……可藉以练达人情",《蒹葭》中的伊人与追求者,都是理想人格,符合孔子"克己复礼为仁"的标准。《蒹葭》体现了一种深刻的人生意义,美好的事物往往可遇不可及,不管结果如何,追寻的过程本身就具有极大的意义。

　　八年级的同学已经具备了一定的诗歌欣赏能力。教师要尽可能地为学生提供朗读的机会。朗读,读准字音,读准节奏,读出感情,读懂意思。品读,在读中生疑,读中释疑,读中释义,读中品味,从而得到一种能力,得到一种欣赏古诗文的方法。其中伴随着教师的提问、引导、解说、启发等教学活动一起进行的,朗读带动讲解,讲解促进朗读。从而体会诗歌的形式美、音韵美、画面美、人情美。

　　《诗经》中所涉的植物名目唯有与抒情主人公的自身情感相融合,方可作为植物意象而存在。笔者以草木意象为《诗经》探索的切入点进行《诗经》的教学实践。首先明确《蒹葭》一课的核心问题:诗人借蒹葭起兴,所言何志? 继而设计了4个下位问题,并在教学环节中落实:

下位问题1.蒹葭之兴——蒹葭何以使人起相思?	环节一:读《蒹葭》之韵 环节三:感《蒹葭》之情
下位问题2.蒹葭之观——为何以蒹葭白露营造意境?	环节二:绘《蒹葭》之美
下位问题3.蒹葭之群——《蒹葭》所歌者,乃诗人一时一人之悲? 还是别具社会意义?	环节四:悟《蒹葭》之道
下位问题4.蒹葭之怨——王国维为何评价:"《蒹葭》一篇,最得风人深致?"	总结全诗

笔者依次从"诗韵""诗境""诗情"三个方面解读《蒹葭》。

在"读《蒹葭》之韵"环节,引导学生观察诗歌重章叠句的形式和韵律的特点之外,笔者效仿《蒹葭》上古音拟音,进行诵读,让学生可以直观地感受到上古诗歌和谐的音韵,于回环复沓间,上古诗歌的语言节奏与特色就显示出来了。古音诵读使学生心中既感欣悦,又觉新奇。

在"绘《蒹葭》之美"环节,引导学生把握景物及其特征,理解蒹葭白露所营造的意境,渲染出凄清萧瑟的氛围,衬托追求者寻觅未果的惆怅失意之情。

在"感《蒹葭》之情"环节,由诗中的景,引入诗中的人,并提供思考路径:①伊人在哪? 给追求者的感觉如何? ②追求者是怎样追寻伊人的? 结果如何? ③追求者是一个怎样的形象呢? 学生首先通过比较两组句子所表达的情感的不同,伊人的身影由明朗到隐约,追求者的内心也随之变化:从满怀憧憬到惆怅失落。接着在"所谓伊人,_____在水一方"和"溯游从之,_____宛在水中央"两句中各添加一个语气词"啊"和"唉"读出追求者当时的心情。然后品读反复叙写"溯洄""溯游"的诗句,理解重章叠句的妙处,能使情感层层加深。最后让学生展开想象,追求的结果可能会是怎样的? 理解《蒹葭》"言有尽而意无穷"的妙处。

在"悟《蒹葭》之道"环节,笔者提出疑问:"追求者寻寻觅觅的'伊人'仅仅是一位美丽的女子吗,还能不能有其他的理解呢? 如果追求者是他们,那么'伊人'何指?"选取课内名篇及时事热点人物,引导学生理解《蒹葭》主题的多重性。因此,《蒹葭》所歌者,不啻是诗人一时一人之悲,更是别具社会意义。

在全文总结时,笔者提及诗人上下求索的热情,求之不得的惆怅,这种情感是"诚于中而形于外"的,却又很有节制,不过分张扬,这正体现了王国维所说的"风人深致"。学生通过《蒹葭》的学习,能明白《蒹葭》体现了一种深刻的人生意义,美好的事物往往可遇不可及,不管结果如何,追寻的过程本身就具有极大的意义。

专家点评

　　周夔老师执教的《诗经·秦风·蒹葭》的这堂课,教学内容符合课程标准要求和学生认知规律。教师引导学生从"读《蒹葭》之韵""绘《蒹葭》之美""感《蒹葭》之情""悟《蒹葭》之道"等多个层面,来感知诗歌内在的情韵和旨趣。上课伊始,教师引导学生观察诗歌重章叠句的形式和韵律的特点之后,接着以上古音吟诵全诗,让学生直观地感受到诗歌的节奏美和韵律美。

　　特别值得称道的是,周老师在"悟《蒹葭》之道"这个教学环节,引入了一组古代名家及时事热点人物,来帮助学生理解《蒹葭》一诗呈现出主题的多义性与复杂性,进而让学生通过《蒹葭》的学习,深入体悟生命的哲学意蕴:美好的事物往往可遇不可及,不管结果如何,追寻的过程本身就具有极大的价值和意义。这就充分体现出核心素养导向,较好地落实了古典诗词的教化功能。

诗经·周南·芣苢

执教者:上海市位育中学　丁晓昕
点评者:上海市浦东新区教育发展研究院　兰保民

原文

诗经·周南·芣苢

采采芣苢,薄言采之。采采芣苢,薄言有之。
采采芣苢,薄言掇之。采采芣苢,薄言捋之。
采采芣苢,薄言袺之。采采芣苢,薄言襭之。

教学设计

教学对象:

高一年级

预计课时:

1课时

教学目标:

一、学习古代诗歌的文化常识、句式特点、写作手法。

二、了解古人日常生活与劳动场景。

三、感受古人劳动时的欢乐与情趣,理解劳动在不同历史阶段下的价值与意义。

教学重点:

一、《诗经》重章叠句的表现手法。

二、"劳动欢歌"在《诗经》中的体现及其地位。

三、古代与现代的劳动精神的内涵与价值的异同。

教学难点：

感知"劳动欢歌"内涵的古今异同。

教学过程：

一、课前预习作业。

熟读并背诵《芣苢》，梳理字词并释义，纠正字音。初步感受诗歌的美感（音乐美、画面美、建筑美）。

二、导入。

教师示范吟诵《芣苢》，从传统的吟诵调中，直观感受《诗经》的魅力。

全班朗诵《芣苢》，教师导读领读，从声情并茂的朗诵中，直观体会到诗歌朗朗上口的节奏。

三、学习路径。

激发学习兴趣——展示"车前草"图片，说明芣苢是古时可入药、可烹饪的重要农作物，《芣苢》描述的即是两千多年前，一群女子在采摘芣苢时的劳动场景。

提示重点、难点，指出阅读学习路径——解决三个问题：

（一）字词释义上的问题。

注意正音，正形，发现诗歌规律，几个动词的替换，有什么细微差别，以及差别中体现出的递进关系（包括动作的逐渐加快及情绪的逐层高涨）。如《芣苢》，将采芣苢的动作分解开来，以六个动词分别加以表示：

"采，始求之也；"

"有，既得之也。"

"掇，拾也；"

"捋，取其子也。"

"袺，以衣贮之而执其衽也。"

"襭，以衣贮之而扱其衽于带间也。"（朱熹《诗集传》卷一）

六个动词，鲜明生动地描绘出采芣苢的图景。提醒学生观察："掇"和"捋"字，它们有什么共同之处？"掇"右边有四个"又"字。在古代"又"

字指的是手。从字形上看，"掇"字包含这么多手，是什么意思？再看看"捋"字，右边又指什么？看资料，会有更多的发现。

通过结合注释和字形，我们理解了"掇"是一个一个地摘，而"捋"是一把把地摘。再看"袺""襭"有什么发现？这两个字和衣服有关。看看注释，理解它们的意思。结合注释来理解可是一条法宝。当时老百姓的衣服如图所示（出示图片），他们的衣襟长达膝盖，腰间有腰带。类似风衣的款式，这两个字，意思也很接近。最后，可以请学生上来用动作演示一下怎么是"袺"，怎样是"襭"。最后通过结合注释和图片，我们又明白了"袺""襭"的意思。

（二）语言风格与艺术手法上的体现。

反复诵读，感受诗歌的重章叠句，音韵之美。通过回环往复的反复表达，体现出劳动人民热火朝天的劳作场面。看起来似乎很简单，但是作者却很有用心，写出了芣苢越采越多，姑娘越采越欢、满载而归的过程。我们读起来是越读越有味道。两千多年前的古人就是这样一边采着野菜，一边唱着歌谣，是多么快乐，多么自在。以旁观者的视角，对仗工整地描绘出一幅率真自然、热爱劳动的欢天喜地的场面。

语言风格朴素简单，艺术手法回环往复又层层递进。

（三）拓展探究上：

1.《诗经》当中，与《芣苢》类似的歌颂劳动欢歌的诗篇还有没有？它为何频频出现在各种主题的篇章中？

明确：《诗经》中不仅有大量诸如《豳风·七月》这样专门描写农民劳动生活的诗篇，更有其他题材内容的诗篇中频频提及劳动，劳动渗透人们生活的方方面面，恋爱中往往少不了劳动的场景。先民在当时的自然环境和生产条件下勤恳朴实地劳动着，在平凡简单而又艰苦的劳动中展开对生命意义的探寻和体认，如呼吸一般习惯劳动、陶醉于劳动——先民们就是这样通过劳动实现生命的跨越，推动华夏文明的车轮缓缓向前。

2.《诗经》当中，与《芣苢》截然不同的控诉沉重劳动的诗篇有没有？同是劳动，为何有此区别？

明确:在诗经中,有关劳动的诗歌写得都很欢乐,描绘的劳动情状不但不苦,反而轻松愉悦,极具生活情趣。劳动创造了人,劳动也满足了人的实际需要,因此劳动本身即使艰辛,我们的先民们也依然感到充足踏实的喜悦与成就。但是,当这种为自己丰衣足食的劳动变成了在鞭子和棍棒下的苦役后,如《伐檀》《七月》,就会使劳动人民表现出对不劳而获的封建贵族阶级的不满、讽刺与反抗,进而对自身不堪重负的沉重徭役也就报以怨尤了。

教学反思

作为古诗词吟诵爱好者,我一直试图在高中阶段探索一条"教师有抓手,学生喜闻乐见"的诗词鉴赏教学方式。2019年高一第一次启动语文部编版新教材改革,中国传统经典古诗词的篇目与之前沪教版有所不同,于是借着第二届"迦陵杯·诗教中国"诗词讲解全国比赛的机会,我挑选了一篇难度适中的课文《诗经·周南·芣苢》作为新教材诗词鉴赏教学的试水之作。很幸运地入围了全国决赛,最终又很荣幸地获全国二等奖。回想这几个月的选课、备课、磨课、试课、创新思路、整理文稿和技术调整等忙碌而充实的过程,一言难尽,甘苦自知。

吟诵是中国传统口耳之学的凭藉,是学习中华传统文化经典的钥匙。学习吟诵,是传承与弘扬中华优良传统,在语文教学实践研究中推广吟诵极为必要。声韵创作是汉文学的特质,曾国藩在《家训字谕纪泽》中说:"如四书,李白、杜甫、韩愈、苏轼之诗,韩愈、欧阳修、曾巩、王安石之文,非高声吟诵不能得其雄伟之概,非密咏恬吟不能探其深远之趣。"随着我国经济的发展与国力的进一步强大,中华文化只会越来越在世界舞台上焕发出独属自己的光彩。文化复兴,是国家复兴的重要标志,通过振兴吟诵的努力,促使真正的国学传统发扬光大。

这篇课文出自新教材必修上册第二单元第六课,意思浅近,通俗易懂又生动活泼,很容易获得学生第一印象的好感。在三个班的试课过程中,我让学生提前做好了字词释义的基础准备,无需逐字逐句进行课堂讲解,整节课氛围非常好,大家其乐融融,避免了常规古诗词教学授课中的"一言堂""从头分析到尾,学生昏昏欲睡"的情况。学生在我示范吟诵的一腔一调抑扬顿挫中,闭上眼睛打开心灵,让脑中的想象帮助他们飞到三千年前那个劳动妇女兴高采烈的工作场景中。

针对新疆部高一学生的语文基础水平,我选择的这篇课文理解难度不大,旨在与学生共同探讨并体会古时劳动人民采摘收获的喜悦与满足,学会沉浸其中并感受天人合一、自然和谐的氛围。这样一种富有浪漫色彩和朴素的劳动热情的场景,与新疆学生在家乡采摘棉花、水果等现实生活息息相关,因此整堂课"文本与现实"环环相扣,比较顺畅地将重难点推导下去,学生接受程度较高。

其中,吟诵算是课堂的一个特色吧,我第一次在新疆部的课堂上采用吟咏的方式将采摘车前草的欢乐场景有声化、画面化,让学生在好奇之中打开新的理解鉴赏文学作品之门。意外之喜是学生参与度高,热情胆大,不光愿意欣赏更愿意亲自参与其中,最后与我一起完成吟诵,学会了这首小诗的吟诵调。吟诵,即吟咏诵读,是中国古典诗文特定的展读方式。不仅是一种治学方法,更是古人创造性的艺术尝试。但吟诵现状并不容乐观。"吟诵是传统文化的一部分,是学习传统文化最好的方法和手段",但何为吟诵,怎么吟诵,为何吟诵,却知之者甚少,有兴趣者甚少。从教学策略上看,吟诵以旧法开新路,用传统形式有效地弥补了当前高中古诗词教学分析有余而感悟不足的单一授课模式。优秀的吟诵,对原作的声韵会有创造性的发挥,有助于表现原作的内涵,会把原作表现得越发精彩。学会吟诵,有利于理解记忆甚至背诵,有利于感悟诗词要领,提高学习效率。

遗憾之处在于:部分提问如果能再放给学生自行思考的时间更多一些,或许答案不必有我讲授得那样饱满,相比而言,给到学生思考的时间更多,启发也就更大。限于课时关系,40分钟的体量与徐吟慢唱的诗词诵读之间有着一定的不可调和,这也是我未来吟诵课堂需要努力解决的问题,但总的来说,我相信自己在"吟诵进课堂"上的尝试不会白费,它的确能够为高中古诗词教学新增一种教学的可靠手段。提高美育,既能益智,也能提高阅读记忆的效果。提倡吟诵,让高中学生亲近母语,都如吟诵家陈少松先生所言"用普通话吟诵是与时俱进的必然趋势,也是继承和弘扬中华绝学的长久需要"。目前新教材改革、新教法改革皆如火如荼,吟诵或许也能助一臂之力。吟诵已经贡献了传承多维传统文化的历史价值,未来必将为弘扬优秀文化及教育,巩固道德文明建设,倡导全民终生读书而实现多样的当代价值。

专家点评

《芣苢》是《诗经·周南》里的一首诗,写一群妇女在田野上采摘车前子(芣苢)的情景,意思是最简单不过的。但要教得让学生喜欢,能够体会到全诗那种劳动过程中欢快之情,进而激发热爱劳动、亲近优秀传统文化的积极情感,却是不容易的。

丁晓昕老师执教的这堂《芣苢》,至少有三点值得肯定。

首先便是教学立意的确立。一般来说,中学课堂上,只要教《诗经》,教师就会借助具体篇目来讲授《诗经》的有关知识,如重章叠句的结构形式,如赋比兴的表现方法,等等。而在这堂课中,教师当然也有对这些知识的相应呈现,但是她却把这些知识"化"在了整个教学过程中。也就是说,这些知识,在这堂课中已经不再是单纯的静态知识,而是成为学生去体会全诗语言之美、情感之美的凭借。

其次便是教学内容的选择。《芣苢》这首诗,可讲的东西很多,切入的角度也很多,但根据教学的需要,教师对这些内容,以及切入教学的角度做了精心的选择。于是整堂课的教学,概括起来讲,便落实为"一个核心,两个基本点"。所谓一个核心,便是需要学生去充分体会那种劳动过程中的欢快之情,为了落实这一核心教学目标,教师选择了两个教学点作为支撑,一个便是"声",一个便是"形"(当然,字之"形"的背后便是字之"义")。对于这两个基本点的处理,教师通过吟诵、朗诵、字形比较辨别等方法,引导学生去体会、理解、感悟,这就教得比较实,能让学生有实实在在的收获。

再就是,教学过程的设计充分体现了教师的"学生"意识。整堂课的三个阶段,首先是温故知新,唤起学习动机,继而是教师声情并茂的吟唱,以及学生齐声的吟唱,在吟唱声中,体会全诗的情感之乐、音声之美,进一步强化了学生对诗歌的喜爱之情,最后,教师通过六个动词的字形辨别和比较,引导学生体会到全诗领队劳动场面之描写的内在秩序,这就让学生的理解,从"感其情"的层面,深入到"得其理"的层面了。这样,这堂课便构成了"趣"—"情"—"理"不断推进的过程,而这一过程的建构,完全是贴着学生的学习来开展的。

登岳阳楼

执教者:上海交通大学附属中学　孙　悦
点评者:上海交通大学附属中学　乐燎原

原文

登岳阳楼

[唐]杜　甫

昔闻洞庭水,今上岳阳楼。
吴楚东南坼,乾坤日夜浮。
亲朋无一字,老病有孤舟。
戎马关山北,凭轩涕泗流。

教学设计

教学目标:

一、品味"吴楚东南坼,乾坤日夜浮"一联为全诗"筋骨"之妙。

二、赏析颔联恢宏阔大的意境,体会杜甫博大深沉、忧国忧民的情怀。

设计说明:杜甫晚年独立茫茫宇宙间,深深悲哀自己的孤独无力,却不曾营造逼仄幽昧的诗境,总是用宏大的空间、壮丽的景色来衬托自己的身影。《登岳阳楼》作于杜甫漂泊荆湘时期,借登岳阳楼观洞庭湖的壮阔景象,自叙兵乱中漂泊的孤独,抒发对国家政局动荡的担忧。杜甫雄健遒劲的笔力和他包容宇宙的襟怀,使他创造出比洞庭湖本身更为壮阔的诗境,该诗"气象宏放,涵蓄深远,殆与洞庭争雄"(强行父《唐子西文录》)。其中"'吴楚'二句,气压百代",被刘辰翁评为"五言雄浑之绝"(高棅《唐诗品汇》引)。本设计以赏析"吴楚东南坼,乾坤日夜浮"入手,梳理诗歌意脉,赏析诗歌恢宏阔大的意境,体会"诗圣"杜甫博大深沉、忧国忧民的情怀。

教学重难点:

重点:诵读涵咏,品味"吴楚东南坼,乾坤日夜浮"一联为全诗"筋骨"之妙。

难点:知人论世,赏析颔联恢宏阔大的意境,体会杜甫博大深沉、忧国忧民的情怀。

设计说明:教学对象为上海交通大学附属中学高一人文班学生。学生人文功底扎实,对杜甫的生平经历和创作特色有基本了解,也有不少学生对古诗词创作有一定的能力和兴趣。为体现高中语文课堂中语言、文学、审美与文化四位一体的教学观,教学重难点紧扣"吴楚东南坼,乾坤日夜浮"一联,运用诵读涵咏、知人论世之法,带领学生赏读杜诗,品味诗境,激励学生读诗立志,作诗言志。

教学方法:

朗读指导、问答讲解、词义分析、比较阅读、课后古诗词创作实践。

教学过程:

一、对联导入,昔闻今上始可言诗

湖南岳阳楼景区对联:"后乐先忧,范希文庶几知道;昔闻今上,杜少陵始可言诗。""始可言诗"的意思是:揣摩不透老杜这首《登岳阳楼》,可以说不足以谈论诗歌。

二、诵读全诗,品味杜诗沉郁顿挫

(一)学生齐读全诗。诵读指导:理解诗意,读出杜诗沉郁顿挫之感。

（二）教师朗诵全诗。诵读指导：注意押韵、语调、节奏变化，品味四联的情感意脉。

（三）学生个别朗读。诵读指导：注意四联起承转合，以诵读促品味——昔闻今上，初登之慨；吴楚乾坤，开阔之境；自叙身世，落寞叹息；心忧国事，涕泪交集。

三、"吴楚"二句，气压百代，雄浑之绝

（一）问题：既然说读懂《登岳阳楼》始可言诗，你觉得哪一联最妙？（各抒己见，反馈预习作业）

预习作业反馈：全班半数以上学生觉得颔联写得最好。

学生疑难问题：

（1）如何理解"乾坤日夜浮"？

（2）面对宏阔江景为何涕泪交加？

（3）颔联颈联运用对比，有何用意？

（二）问题："'吴楚'二句，气压百代，为五言雄浑之绝。"（《唐诗品汇》引刘辰翁评）如何体现"雄浑"？如何理解"气压百代"？

资料：《说文解字》"坼""浮"释义；《水经·湘水注》有关洞庭的史料。

明确：紧扣"坼""浮"二字，体会洞庭湖水分断吴楚、吐纳日月、浩渺无际、恢宏壮阔之景。

分析此联与"亲朋无一字，老病有孤舟""戎马关山北"呼应，作者可对国家安危、时局动荡的忧思尽在其中。时局的动荡、湖水的动荡和诗人心灵的震动，可谓同频共振，合而为一。"吴楚"一联关联全篇，可谓是全诗"筋骨"。

（三）学生诵读颔联。诵读指导：读出"气压百代"的雄浑之感。

四、知人论世，感受失意儒者不忘乾坤的伟大胸怀

（一）问题：此时杜甫漂泊荆湘，辗转流离，生计无着，是人生最为困顿、艰难的时刻，也是生命的最后阶段。如此境遇为何能写出"吴楚东南坼，乾坤日夜浮"这样雄浑宏阔、气压百代的名联？

资料："写景如此阔大，自叙如此落寞，诗境阔狭顿异。"（［清］黄生《杜诗说》）

"不阔则狭处不苦,能狭则阔境愈空。"([清]浦起龙《读杜心解》)

明确:此联并非作诗技巧的卖弄,而是博大情感的真实迸发。杜甫漂泊西南时期的许多诗作,都抒发了他郁悒失望的心情。但他并不营造逼仄幽昧的诗境,不将自己化为凄切卑微的形象,总要用宏大的空间、壮丽的景色来衬托自己的身影。

资料:《登高》:"无边落木萧萧下,不尽长江滚滚来。"

《旅夜书怀》:"星垂平野阔,月涌大江流。"

(二)总结:颔联可见杜甫虽是失意儒者,却始终心系乾坤,心忧国事,借景寄托自己博大深沉的情怀,失意而不失志。所谓"吴楚乾坤天下句"(李东阳《登岳阳新楼》),读懂了这一联,便"始可言(杜)诗"。

(三)学生诵读全诗。诵读指导:读出"阔狭顿异"之感,感受杜甫失意儒者心系乾坤的伟大胸怀。

五、课后作业

(一)背诵《登岳阳楼》。

(二)阅读《旅夜书怀》《江汉》,赏析两首五律的精妙构思,进一步感受杜甫晚年深沉博大的情怀。

(三)学有余力,尝试创作,诗抒胸怀。

附:学生作业

读《登岳阳楼》

黍蓛靡空野,秋风过此楼。

山形逐波荡,鼓角彻江流。

雕马壮心烈,沙鸥枯骨休。

舟行三峡远,烽火切关愁。

（上海交通大学附属中学 唐宇辰）

板书设计:

登岳阳楼

吴楚 乾坤 天下句

坼 浮

教学反思

杜甫晚年漂泊荆湘,独立茫茫宇宙间,深深悲哀自己的孤独无力,却不曾写逼仄幽暗的诗境。这首《登岳阳楼》借登楼观洞庭湖的壮阔景象,自叙兵乱中漂泊孤独的处境,表现对国家政局动荡的担忧。其中"吴楚二句,气压百代",被刘辰翁评为"五言雄浑之绝"。

本课的教学对象为我校高一人文班。学生功底扎实,对古诗词创作有一定能力和兴趣。在新课标精神的指导下,结合课程、教材、学情,制定了以上教学目标。本课的教学始终以学生为中心,之所以将颔联确定为教学内容,不仅因为本诗的特点和诗论家的评论,更源于学生预习作业中的疑难问题:学生普遍对颔联的理解及其全诗的意脉筋骨存在疑惑。课堂从学生的实际问题出发,探讨并解决问题,更契合学生对课堂的期待。

本课以岳阳楼的千古名联开头,以李东阳的诗歌对联结尾,课堂设置悬念,首尾呼应,激发诗歌学习兴趣。这堂课以问题导学,重点解决的核心问题有两个:一是"颔联何以称'气压百代,为五言雄浑之绝'";二是"杜甫在最困顿、最艰难的时刻,何以写出如此开阔雄浑之句"。这两个问题贯穿课堂始终,教学目标相对集中。颔联是全诗的"意脉筋骨"。湖水的动荡、时局的动荡和诗人心灵的震动,可谓同频共振,合而为一。此联并非是作诗技巧的玩弄,而是情感的真实迸发。杜甫哪怕贫病交集,却不将自己化为凄切卑微的形象,总要用宏阔的意境来衬托自己,体现其博大深沉的情怀。

在教学上,运用多种方法实施教学。本课通过教师朗读示范,以诵读促品读,让学生在课堂的四次读诗过程中,注意音韵、语调、节奏变化,真正体味出杜诗包孕的思想内涵和审美意蕴;同时,本课将相关杜诗评论作为一把钥匙,援引名家诗论,带领学生思考并形成自己的见解;诗歌的情感借助语言传达,本课抓住一个"坼"字、一个"浮"字,让学生借由词义赏析意境,借助史料,想象洞庭湖开阔雄浑之景;最后,通过比较阅读,援引作者同一时期的不同诗作,鉴赏杜甫用宏阔空间、壮丽景色衬托自己漂泊孤独的身影,情感失意而不失志。课后,鼓励学生进行古诗词创作实践,读诗立志,作诗言志。

诗教中国,传承经典。语言、文学、审美、文化——四位一体的教学理念是我一直以来的追求和实践。愿当代学生在古典诗词中寻找精神的后花园,而我们语文教师更是任重道远。

专家点评

孙悦老师执教的《登岳阳楼》,以品味"吴楚东南坼,乾坤日夜浮"这一千古名联为切入点,可谓是"小""了""巧"。此联看似只为渲染恢宏阔大的湖景,实则是全诗的"意脉筋骨"。叶嘉莹先生在解读《登岳阳楼》时说:"杜甫虽然经过这么多挫折困苦,可他对于国家民族的关心始终没有磨灭。你如果只看了他几首诗就认为他消极,那你算没有真正认识杜甫这个人。"将赏析颔联作为教学重难点,不仅把握了本诗最本质的特色,更与学生的感悟、疑惑相契,体现了孙老师对解读诗歌和理解教学的扎实功底。

在教学方法上,孙老师兼有传统读诗之法,并融合现代教学手段。知人论世、以意逆志的解读之法自古有之,值得一以贯之;援引名家诗论对于解读博大精深的杜诗,更是左右逢源。当下的诗歌教学往往遮蔽音韵美,但孙老师的课以诵读促品读,在书声琅琅中品味杜诗的沉郁顿挫,探寻诗人之深情幽旨,借助诗歌"兴发感动",真正激荡学生的心灵,充分体现诗教的作用。

秋　词

执教者:上海市宝山区教育学院附属中学　柳絮儿
点评者:上海交通大学附属中学　乐燎原

 原文

秋　词
[唐]刘禹锡

自古逢秋悲寂寥,我言秋日胜春朝。
晴空一鹤排云上,便引诗情到碧霄。

教学设计

教学目标:

一、通过诵读,体会关键词语的表现力,理解诗意。

二、感知"云中鹤"的意象,领悟诗中传达出的激昂向上的情感。

教学重难点:

重点:通过诵读,体会关键词语的表现力,理解诗意。

难点:感知"云中鹤"的意象,领悟诗中传达出的激昂向上的情感。

课前准备:

熟读、吟诵全诗,借助注释熟悉诗歌内容。

课时安排:

1 课时

教学过程：

教学环节	教师活动预设	学生活动预设	意图说明
析题导入 引出问题	1. 读题,析题,引出"悲秋"的传统概念。 2. 聚焦核心问题:诗人写了怎样的秋景,想要表达怎样的情志。	1. 读题、析题,回顾写"悲秋"的诗词。 2. 思考核心问题。	培养学生分析诗题并从中获得关键信息的能力,以"核心问题"统摄整堂课的教学。
释词悟情 吟诵品韵	一、品读 1～2 句,朗读并思考: 1. 第一句中哪一个词表现了自古以来文人墨客对秋天的态度? 2. 诗人对于秋天的态度有何不同?从哪些词可以读出?	1. 朗读、圈画。 2. 思考、交流。	联系过往所学,培养学生分析诗歌的能力。
	二、品读3～4 句: 1. 怎样的秋景激发了诗人"胜春朝"的情感? 2. 诗人写了哪些景物? 3. 景物有什么特点?这些景物给人以怎样的感受? 4. 品味"一鹤"的意象。 5. 赏析"排""引"。	1. 朗读、思考。 2. 圈画、分析。 3. 分析、表达。 4. 讨论、分析。 5. 赏析、感悟。	引导学生体会融情于景的写法;感受"一鹤"意象的象征意义;赏析关键词,理解其感情色彩。
	吟诵全诗,品味音韵美。	吟诵、品味。	通过师生合诵,引领学生深入体会诗的音韵节奏美,创设吟诗入情的氛围。
	诗人写了明丽、壮美的秋景,想要表达怎样的情志?	思考、交流、感悟。	引导学生感受诗人激昂向上的情感和乐观豁达的胸怀。
回顾总结 作业强化	回顾解决核心问题的思考路径。	互动完善,回顾课堂学习的思考路径。	总结课堂教学的思考路径。
	布置作业,完成教学。	课后学生自主完成作业单。	积累巩固课堂所学。

板书设计:

志存高远

激昂向上

乐观豁达

我言诗情

独特秋景

作业设计:

一、解释词义

排:_____　　引:_____

寂寥:_____　　春朝:_____

参考答案:推开、冲破;引发;冷清萧条;春天

二、这首诗一改传统秋词的_____情调,赞美了秋天的_____,反映出诗人_____的斗志和_____情怀。

参考答案:悲秋;动感、明丽、壮美、辽阔(任选两个即可);激昂向上;乐观豁达

三、"晴空一鹤排云上"中的"排"字,有何妙处?

参考答案:一个"排"字,有"推开、冲破"的意思,写出了孤鹤冲破云层的豪情壮志,抒发了诗人激昂向上的不屈斗志,这正是诗人虽遭贬谪,却绝不消沉的顽强意志的生动体现。

四、秋天可写的景物很多,刘禹锡在诗中为什么只写"排云上"的"一鹤"? 有何深意?

参考答案:诗人以鹤自比,他虽是孤独的,但更是不屈的。正是这只鹤的顽强奋斗,冲破了秋天的肃杀氛围,为大自然别开生面,使志士们精神为之抖擞。这只鹤是不屈之士的化身,奋斗精神的体现。

五、联系过往所学,写出两句带有"悲秋"情怀的诗句。

参考答案:"君问归期未有期,巴山夜雨涨秋池。"——李商隐《夜雨寄北》

六、用描写性的语言描绘后两句的景色,体会诗人笔下独特的秋景与诗情。

参考答案:略

教学反思

本课教学主要体现诗人寄情于景所传达出的激昂向上的斗志和乐观豁达的情怀,这也正是"诗教中国"之"道德胸襟"这一重要文化内涵所在。我的说课将从"教学目标、重点难点、教学方法、教学过程"几个方面展开。

中国是诗的国度,但《诗三百》的年代已久远地被折叠成了中华文化历史长卷中的泛黄一页,而"诗教中国"让我们再度恭敬地去翻阅、重温这一页! 习总书记曾明确指出:"学诗可以情飞扬、志高昂、人灵秀。"作为一名年轻的语文教师,理应怀有弘扬国学文化的使命与担当,我所理解的诗教就是以诗审美、以诗育心。再结合"揣摩和品味诗词语言"的单元目标,我将本课的教学目标设置为:①通过诵读,体会关键词语的表现力,理解诗意。②感知"云中鹤"的意象,领悟诗中传达出的激昂向上的情感。对于《秋词》的教学,重在通过对重点字词的赏析读懂诗意,这便是这堂课要达成的教学重点;于七年级学生而言,想要全面理解诗中"云中鹤"的文学意象较为艰难,因此第二个教学目标(二)即为本堂课所要解决的教学难点。

这首诗的独特之处在于前两句以议论起笔,诗人亮出"胜春朝"之观点一反"悲秋"传统,所以引导学生理解后两句中的秋景之独特有助于学生更好地感悟诗情,故我将本课的核心问题设置为"诗人写了怎样的秋景,想要表达怎样的情志"。

进入教学层面,首先,我带领学生回顾前两句诗中传统文人与诗人对于秋天的态度之对比:"悲秋"与"胜春",进而抛出问题:究竟是怎样独特的秋景引发了诗人的赞美之情呢？通过朗读、圈画、分析引导学生提炼出秋景之特点。其次,重点分析"一鹤"的深意,并结合写作背景,感知诗人寄托于"一鹤"的情感。接着,通过对"排""引"两个关键词的赏析,且借助吟诵深入体会诗人的豪迈诗情,引导学生自然领会志存高远的境界,并在师生共同诵读中结束本堂课的学习。

之所以选择后两句作为我的 10 分钟教学内容呈现,原因有五:一是于内容而言,后两句所选取的独特秋景汇成了诗人心中那个独一无二的秋;二是于情志而言,那只凌空而飞的孤鹤就是激昂向上的诗豪自身的象征;三是于表现手法而言,此种融情于景、情景交融的文学表达手法是诗歌教学的一项重要内容;四是于诗歌的绘画美而言,后两句所呈现的壮美与开阔的画面给予读者的感染力是极强的,让学生感悟到这种美感是诗歌教学的另一种境界,即上文提到的"以诗审美,以诗育心";五是于诗歌的音乐美而言,学生通过吟诵,体会后两句诗的节奏、韵律和情感,正如前人所言"歌而咏之,神气出矣",如此也许才能更好体会诗豪的艺术高度。

21 世纪是互联网云端时代,当那些让人眼花缭乱的快餐文化正在慢慢吞噬指尖流逝的光阴的同时,也磨损了我们心中的诗意与情怀。希望通过"诗教中国"这样有意义的教育教学活动唤醒"腹有诗书气自华"的文化自信。"诗教中国",我们任重而道远。

专家点评

柳絮儿老师执教的《秋词(其一)》,教学目标设定明晰而集中。教师创设吟诗入情的氛围,并通过富有感染力的诵读,引领学生深入体会诗的音韵美和节奏美;引导学生理解诗意,体会融情于景的写法;结合写作背景,重点感受"一鹤"意象的象征意义;通过对"排""引"两个关键词的赏析,体会诗人以豪迈的诗情表达出志存高远的精神追求。整堂课教学环节流畅紧凑,课堂容量适当,时间分配合理,师生互动充分。

柳老师着力追求"以诗审美,以诗育心"的教学境界,在引导学生对

"色彩"与"视野"、"一鹤"与"群鹤"的赏析之中，品读出孤鹤冲破云层的豪情壮志，让学生充分感知"云中鹤"的意象，领悟诗人刘禹锡于贬谪生活状态下的激昂向上的斗志和乐观豁达的情怀，教学效果明显，知识、能力、思想情感目标达成。

江城子·密州出猎

执教者:上海市五浦汇实验学校　陆　欣
点评者:上海交通大学附属中学　乐燎原

原文

江城子·密州出猎

[宋]苏　轼

老夫聊发少年狂,左牵黄,右擎苍,锦帽貂裘,千骑卷平冈。为报倾城随太守,亲射虎,看孙郎。

酒酣胸胆尚开张,鬓微霜,又何妨?持节云中,何日遣冯唐?会挽雕弓如满月,西北望,射天狼。

教学设计

教学目标:

一、通过多种形式的诵读,深入品读苏轼之"狂"。

二、在后疫情时代,以诗人之"狂"引导学生培养乐观进取的积极心态,热爱中华传统优秀文化。

教学时间:

1课时

教学过程:

一、导入

苏轼的这首《密州出猎》,入选九下统编教材。我们是预备年级的学生,能够理解吗?

> 设计说明:以难度激发学生学习兴趣。

二、师读《出猎》词,议老师之"狂"

(一)教师示范朗读《密州出猎》。要求学生边听边思,点评老师的朗诵。

(二)学生品味,谈听后感受。预设:

生1:老师的诗读得气势磅礴,很有苏轼的感觉。

师:肯定"气势磅礴"的评价,但同时明确这不是诗,而是一首词。利用课堂生成,顺势指导词牌名和标题等词的知识。

生2:老师您做了停顿,在"看孙郎"和"酒酣胸胆尚开张"之间停了一会儿。

师:听得仔细,为什么要停顿?

生2:比较长的停顿,这提示分别是上阕和下阕。

师:是的。而且,词的表达在这里有一个明显的变化,我需要通过停顿来表现。

生3:老师,您朗诵时面部表情很丰富。

生4:老师,您朗诵时抑扬顿挫,情绪很饱满。

生5:老师,您最后"射天狼"几句加重了语气。

师:(转)你们都在表扬我,这首词的朗诵,我还是有不满意的地方。你们觉得呢? 我自己感觉,我还没有把这首词最核心的东西充分表现出来。就是这个字——狂。(板书)

> 设计说明:以教师的示范朗诵起,再请同学们点评老师的朗诵。以点评领学生整体感知文本,以褒贬激趣引出——"狂"。

三、生读《出猎》词,品词人之"狂"

(一)提问激发。先用PPT播放《说文解字》中的注解:狂,狾犬也。

教师进一步明确:《说文》中"狂"指狗的发疯状态,指人则为丧失理智、躁动失控。问:苏轼密州出猎之"狂"亦是如此吗? 要解决这个问题,我们首先要细读这首词,读一读词中苏轼"狂"在哪里?

(二) 全体男生齐读上阕,边读边品上阕之"狂"在哪里? 在教学中,请女生发言,可顺势指导学生品味男生齐读中重读的部分,思考重读处理的原因等。

预设:①老夫、少年狂的反差;②走狗放鹰,锦帽貂裘,打扮鲜亮,衣冠楚楚;③"千骑卷平冈",声势浩大,人多势众,特别是"卷"这个动词的理解;④"亲射虎,看孙郎",自比吴王孙权之狂。

(三) 全体女生齐读下阕,边读边品下阕之"狂"。

1. 男生点评女生的朗诵。(教师根据学生课堂生成,适时补充词的背景:密州当时的情况、王安石变法、苏轼的遭遇;云中、冯唐、天狼等典故。这一部分需结合学情,特别是他们已读的与苏轼有关的书籍、诗词等)

2. 教师在学生发言的基础上,补充提示"酒酣""持节""会"等学生未关注到的点,并指导学生运用课下注释解决学习中的困难。

四、共读《出猎》词,赞苏轼之"狂"

(一) 师生一起梳理苏轼之"狂"。预设:

1. 少年之狂——表现自己的返璞归真。

2. 言语之狂。

3. 狂借酒性。

4. 进取之狂——建功立业、报效国家之志。

(二) 师生共读余秋雨的《苏东坡突围》(选段),深入感受苏轼进取之"狂"。

(三) 教师小结。

庚子大疫,抗疫需修心。修何心?

我们应该向苏轼学习。学习他乐观进取的积极心态,学习他强国抗敌的不凡抱负,学习他建功立业的壮志豪情。以少年之"狂",席卷五湖,激荡四海,共同建设我们伟大的国家,共同开创我们中华民族的伟大复兴!

（四）布置作业。以《赞苏轼之狂》为题,写一篇练笔。（学生写,教师亦写,第二节课讲评）

教学反思

一、教材解读

宋神宗熙宁八年十月（1075 年）,即苏轼自杭州迁密州的第二年,苏轼与同僚会猎常山。他时而扬鞭奋马,时而张弓疾射,直到日薄常山,才满载猎物踏上归途。这次场面壮阔、气氛紧迫的会猎,使他想起当时西北边疆的紧张局势,虽外放密州,忧虑国事,心中十分渴望能效力疆场,以身许国。以上是《江城子·密州出猎》的写作背景。

词的上片,记叙此次出猎的情况,共分三层。首句"老夫聊发少年狂",提领全词脉络,以"老夫"和"少年狂"形成强烈对比。而词人实际上并不老,此时 38 岁（苏轼出生于景祐三年十二月十九日,即西元 1037 年 1 月 8 日）;而"少年狂"亦非真狂,而是借"出猎"写报国豪情。第二层写随从众多,装备齐全。第三层写词人自比年轻英武的吴主孙权,要亲自挽弓,马前射虎,表现了词人的英豪与快意。

下片以抒情为主。苏轼借酒酣,以西汉名将魏尚典故自况,表达希望被朝廷重用,建功立业的心愿。在结句,以"射天狼"再次表达了自己报效国家之志。

整首词感情奔放,昂扬奋发,从题材内容到意境风格,完全突破了传统词作的樊篱。至此,苏轼以诗为词,即所谓"指出向上一路,新天下耳目,弄笔者始知自振"（[宋]王灼《碧鸡漫志》卷二）,开创了词的新时代。对此,苏轼亦颇为自得,曾写信对好友鲜于子骏说,这首词"虽无柳七郎（柳永）风味,亦自是一家"。

二、学情分析

1. 关于苏轼其人其文的阅读:同学们在五升六的暑假阅读了黄玉峰的《千古风流人物苏轼》等书籍,并做了读书笔记;结合笔者编著的校本读物《复旦五浦汇古诗文诵读手册》,背诵积累了苏轼的十首诗词;疫情期间,学生分别制定了自己的研究性读书计划,阅读了王水照的《苏轼传》和笔者的《元丰七年的苏东坡》等书籍;六年级第二学期的午间自修,学生集体收看了六集专题片《苏东坡》;课间师生一起吟唱《大江东去》《少年狂》等古风歌曲,编排《出猎》中国鼓、笛子等的演奏活动。

2. 关于《密州出猎》教材的编排:这首词的部编版教材收录在九年级第二学期,原沪教版教材收录在七年级第二学期。而现在我面对的是13岁左右的六升七的学生。

3. 关于现时学情的分析:一方面,不同年级学生的学情差异明显;另一方面,教学设计时应该充分考虑学生的具体情况,特别是我们的学生经过一年多时间的熏陶,已经积累了与苏轼有关的一定量的文学作品,具备了一定的古诗文鉴赏素养,且对国学古诗文充满兴趣,热爱诵读,乐于品味。

三、教后反思

基于以上学情,笔者在教学目标的设计上,强调以老师的示范读、男女生分读、全体齐读、击鼓吹笛和之等多种形式的诵读,不断深入,从三个层面来品读苏轼之"狂"。

在课堂教学中,这样的设计极大地调动了学生学习的兴趣和主动性,使学生在诵读活动的感染下,学习的情绪一直处于饱满、亢奋的状态,从而使学生能更深入地品味词人作品,理解词人渴望效力疆场,以身许国的豪迈之情。

时隔两年再来看这节课,笔者当时对苏轼的理解还是浅陋了。毕竟,此时苏轼还未经历"黄州、惠州、儋州"——人生立命的这几个节点的"淬炼";密州的苏轼在生活上的"任性",在政治上的幼稚,以及这首词中苏轼反复强调的"狂",其全貌都是六七年级学生所难窥全豹的。教师还需要在教学中多搭几节"梯子",给学生思考以一些支撑,会更有利于学生思维品质的提升。

专家点评

　　陆欣老师执教苏轼《江城子·密州出猎》一词,课前关于苏轼其人其文的拓展阅读为本课的学习做好充分的铺垫。教师在课堂上通过饱含情感的示范朗读、男女生分读、全体齐读、击鼓吹笛和之等多种形式的诵读，从多个层面不断深入品读苏轼之"狂"。学生在诵读活动的感染下，学习情绪始终处于饱满、亢奋的状态，从而能更深入地品味作品，体悟词人渴望效力疆场，以身许国的豪迈之情。

在疫情常态化时期，陆老师以诗人苏轼之"狂"来引导学生充分感受词人建功立业的壮志豪情及强国抗敌的宏伟抱负，鼓励学生以少年之"狂"，共同建设我们伟大的国家，共同开创中华民族伟大复兴新局面。这就在熏习悟化中落实了立德树人根本任务，发掘出中华优秀传统文化的育人价值。

己亥杂诗(其五)

执教者:上海市西林中学　潘　琳
点评者:上海交通大学附属中学　乐燎原

原文

己亥杂诗(其五)

[清]龚自珍

浩荡离愁白日斜,吟鞭东指即天涯。

落红不是无情物,化作春泥更护花。

教学设计

教学目标:

一、有感情地朗读诗歌,感受诗歌的节奏和韵律。

二、品析名句"落红不是无情物,化作春泥更护花"的内涵,体会诗人深沉的爱国之情,培养学生拳拳爱国之心。

教学重难点:

重点:朗读古诗,品析"落红不是无情物,化作春泥更护花"的内涵。

难点:体会诗人的爱国之心和报国之志。

教学过程:

一、朗读诗歌,描述诗歌内容

(一)教师简介作者龚自珍及诗歌创作背景,并范读。

教师:1839年,农历己亥年,鸦片战争爆发的前一年,48岁的龚自珍对清朝统治者大失所望,毅然主动辞官南归,后又北上去接眷属。就在往返途中,他看着祖国的大好河山,目睹生活在苦难中的人民,不禁触景生情,创作了这一部堪称绝唱的大型七绝组诗《己亥杂诗》,共 315 首。其中的第五首作品广为流传。

教师朗读

(二)学生齐读,感受诗歌的音韵美。

学生朗读

教师:哪位同学能用描述性的语言,根据自己的理解和想象,说一说古诗的内容呢?

(三)学生描述诗歌所写的内容。

学生:浩浩荡荡的离愁别绪向着日落西斜的远处延伸,离开京城,马鞭向东一挥,感觉就是人在天涯一般。从枝头上掉下来的落花,并不是无情之物,它融于春天的泥土之中,还能起着培育鲜花的作用。

二、品析名句,把握情感

(一)赏析"落红不是无情物,化作春泥更护花"一句,理解深层含义。

教师:结合古诗背景,"落红不是无情物,化作春泥更护花"这句话又有怎样深刻的内涵呢?

学生:作者把自己比作落花,所以"化作春泥更护花"中的"花"就是指国家了。所以我觉得这句话作者还想要表达的含义是:虽然自己脱离了官场,但依然会关心着国家,尽自己的力量为国家做一些贡献。

(二)学生交流自己的阅读体会。

学生:老师,我还有这样的感悟:为国做贡献不在于官位的高低,我们每一个普通人、每个学生都可以通过自己的方式为我们祖国尽一份力。

(三)结合作者回乡后的行为,理解作者写作本诗想表达的思想感情。

教师:事实确实如此,龚自珍辞去官职回到家乡后就主掌书院,在江苏丹阳云阳书院聚起学生进行讲学,把自己的学业和思想传给学生们。那年三月他的父亲去世,他又兼任了原来由他父亲主持的杭州紫阳书院讲席。那年夏末,他还写信给当时江苏巡抚,准备去上海参加反抗外来侵略者的战斗。可惜的是,不久突患疾病卒于丹阳,年仅 50 岁。直到生命的最后时刻,龚自珍还想着为国为民尽自己的一份力量。他正用自己的行动诠释着自己的爱国之心,这正是"化作春泥更护花"的表现呀。

学生朗读

三、"以诗解诗",培养爱国之心

(一)教师小结这首诗。

教师:三国曹操诗云"老骥伏枥志在千里,烈士暮年壮心不已";北宋范仲淹说过"居庙堂之高则忧其民,处江湖之远则忧其君";南宋陆游写道"夜阑卧听风吹雨,铁马冰河入梦来";清朝龚自珍说"落红不是无情物,化作春泥更护花"。古往今来,历史动荡,我们中国总是不缺忧国忧民的爱国志士。他们不仅"在其位谋其政",更难能可贵的是,即便"不在其位",却依旧心怀天下。

"天下兴亡,匹夫有责",我们每个人都可以用自己的实际行动为我们的祖国做出一点贡献,让我们一起在心中播下一颗爱国的种子。

(二)师生一起有感情地诵读。

师生共同朗读

教学反思

这首诗写于 1839 年,是鸦片战争爆发的前一年,当时清王朝可谓穷途末路。作者对朝廷大失所望决定辞官返乡。诗中作者以"落红"自喻,深切抒发了虽然辞官回乡,但依旧心忧天下的爱国之情。诗歌教学应注重朗读,读出韵味、读出情感,因此我将教学目标设定为以下两点:①有感情地朗读诗歌,感受诗歌的节奏和韵律。②品析名句"落红不是无情物,化作春泥更护花"的深刻内涵,体会诗人深沉的家国情怀,唤醒学生的爱国之心。教学重难点为:多形式朗读古诗,以读带品名句"落红不是无情物,化作春泥更护花"的深刻内涵;体会诗人的爱国之心和报国之志。

七年级的学生年龄较小,教师运用生动的叙述性语言来讲解古诗更能引起他们的兴趣,也更易于学生们接受。因此教学过程中我设计了以叙述的形式将作者龚自珍的人生经历贯穿其中,并引导学生多形式朗读古诗,用以读带品的形式领悟名句"落红不是无情物,化作春泥更护花"的深刻内涵。

我的教学过程分为三个板块:第一,朗读诗歌,描述诗歌内容。首先教师介绍作者及写作背景引出诗歌,并配乐范读,随后学生齐读,再请同学用描述性的语言,根据自己的理解和想象,说一说古诗的内容,初步了解诗歌大意。

第二,也就是本节微课要落实的教学重点,赏析名句"落红不是无情物,化作春泥更护花",把握情感。教师引导学生理解这句话的深层含义,体会作者想要表达虽然辞官,但依旧心怀天下的爱国之情。并引导学生谈一谈自己对于这种情感的认识。然后再次朗读强化,深入了解诗歌内涵。

第三,是由教师进行小结。教师通过吟诵爱国志士们写下的诗句传达给学生:我国在哪个时代都涌现出那些"以天下为己任"的人,让学生知道爱国可以从自己做起。最后,以师生一起再读诗歌结尾。

通过这节课的学习,希望学生在今后学习诗歌时,能够注重朗读,爱上朗读古诗词,养成朗读习惯,从而感悟中国古诗词的魅力。同时,能够在这首诗中感悟诗人的家国情怀,唤醒学生的爱国之心。

专家点评

潘琳老师执教龚自珍《己亥杂诗(其五)》这堂课,教学设计与教学目标一致,符合学生的认知水平,且能充分体现导学功能。教师引导学生以多种形式有感情地朗读诗歌,感受诗歌的节奏美和音韵美;以叙述的形式将诗人龚自珍的人生经历贯穿其中,理解诗人虽然脱离官场,但依然不畏挫折,不甘沉沦,始终要为国家效力的一腔热情和献身精神。

龚自珍曾说:"诗与人为一,人外无诗,诗外无人,其面目也完。"(《书汤海秋诗集后》)其基本意思是,诗词作品的精神风貌可以充分凸显诗人的个性品格。在这首诗中,龚自珍即以"落红"自喻,深切抒发了心忧天下的爱国之情，这正是本节课要落实的教学重点。潘老师引导学生领悟名句"落红不是无情物，化作春泥更护花"的深刻内涵，创设思想教育场域，以情感人，以德育人，并以此唤醒学生的爱国之心和报国之志，较好地落实了诗词的教化功能。

钱塘湖春行

执教者:上海市闵行区民办上宝中学　张　恕
点评者:上海交通大学附属中学　乐燎原

原文

钱塘湖春行
[唐]白居易

孤山寺北贾亭西,水面初平云脚低。
几处早莺争暖树,谁家新燕啄春泥。
乱花渐欲迷人眼,浅草才能没马蹄。
最爱湖东行不足,绿杨阴里白沙堤。

教学设计

教学目标:

一、梳理把握诗歌内容,感受诗人情感。

二、结合诗韵规律,引导学生感悟古典诗词之美。

教学重难点:

重点:掌握诗歌内容并理解主旨情感。

难点:引导学生对诗词格律、古吟诵调的初步感知,实现创新型教学。

课前准备:

准备教学PPT;学生完成学案。

课时安排：

1 课时

教学过程：

教学环节	教师活动预设	学生活动预设	设 计 意 图
课程引入	展示"春行不足"，引导通过关键词找寻诗歌中对应内容	初步对诗歌中的基本信息有一定了解	较快引入诗歌内容，并对关键词有一定敏感度
初次朗读	与学生齐声朗读	齐读诗歌	符合一般朗读古诗词的形式，熟悉诗歌内容，并建立与诗歌间的情感关联
疏通诗意	1. 对标题中信息的区分； 2. 了解律诗的基本知识，并结合注释把握首联内容； 3. 品读颔联，抓住景物、动词等感知春天特色； 4. 品读颈联，对"乱""渐欲""浅""才能"等关键词语理解、感受； 5. 把握尾联，品味直抒胸臆的表现手法，并总结主旨	1. 了解诗歌基本信息； 2. 明确行踪和景物特征； 3. 感受早春景色； 4. 了解炼字精妙，再知景物特点； 5. 对诗歌情感的把握	读懂一首诗，除了必要的写作背景和作者信息，从诗歌本意到内在情感，由浅入深地层层品读是必要的过程，并结合诗歌本身炼字的特点，感知内容和主旨
格律诵读	1. 讲解诗歌文体特征，介绍诗词格律基本知识； 2. 关注平声仄读和入声字的特殊情况； 3. 按格律调诵读	了解近体诗格律基本知识，并以诵读来感知	了解诗词格律是读好一首诗歌的必备素质，同时体现回归传统文化的诗教精神
诗词吟诵	1. 了解诗歌内容，体会诗人的愉悦和对西湖景色的赞美，为吟诵造势； 2. 诗词吟诵	1. 理解诗歌内容，感受作者情感，聆听吟诵； 2. 交流赏析	使学生切实感知传统经典魅力，感受古诗词的音乐美，体悟诗人对祖国自然风光的热爱，并实现创新型诗歌教学课堂

（续表）

教学环节	教师活动预设	学生活动预设	设 计 意 图
情感把握 课程总结	1. 引导得出诗歌主旨,深层把握诗人情感; 2. 诗歌阅读路径总结,并鼓励积极学以致用	通过各种阅读途径深入理解情感,且初步掌握理解诗歌的方法	把握情感、探究诗人写作目的,以及使学生具备赏析诗歌的能力

作业设计:

一、用相同的阅读路径深入理解李白《渡荆门送别》的诗意和情感。

二、背诵《钱塘湖春行》,并完成练习册相应内容。

设计说明:落实上课内容,巩固重点,并学以致用,提升学生的鉴赏能力。

课后知识:

关于律诗:律诗是近体诗的一种,要求诗句字数整齐划一,每句五个字或七个字,简称"五律"或"七律"。通常的律诗规定每首八句,每两句成一联,计四联。习惯上称第一联为首联,第二联为颔联,第三联为颈联,第四联为尾联。一般说来,律诗第二、三联(即颔联、颈联)的上下句应是对仗句。律诗要求全诗通押一个韵,限平声韵;第二、四、六、八句押韵,首句可押可不押。一般说来,律诗每句中用字平仄音相同,上下句中的平仄音相对。此外,也有十句以上的律诗,成为"排律"或"长律"。

教学反思

语文学科的提升,其本身就是一个较为长期的过程,而学生的人文素养提升之源,我认为,就是古典诗词这一历史中正统文学的浸润和积淀。优美的现代抒情散文,现代诗歌,无不是在大量积累了古代优秀传统文化的基础上绽放出的花。因此,通过各种形式来引导启发学生对古典诗词的兴趣,是一件需要长期坚持去做并且意义重大的事。

在描写赞美西湖美景的诗词中,白居易的《钱塘湖春行》无疑是一首经典的名篇,也是我们部编版教材中八年级上学期的课内诗歌。赏析语言,设身处地地感受西湖之美,是在讲评本诗时常规的教学重点。而在创新型课堂的要求下,如何进一步调动学生的兴趣,在感知美景的同时能够深切品味诗词本身的魅力,则可以在教学实践中不断尝试。作为一直都在初中一线教学的语文教师,我对本诗的内容情感和常规教法是非常熟悉的,那么,在保证原有的教学重点的基础上,尝试创新型课堂,就有了可操作性。

结合自身的古代文学专业,我决定从诗词韵律和吟诵的角度实现创新教学,且古吟诵调更为贴近古人诵读诗词的方式。在课前与学生的沟通中,我认识到他们对诗词的格律只是有一个初步的了解,对吟诵则更为陌生,而学生都有着较强的兴趣和好奇心。那么在微课中就马上有了两个教学的方向,即理解诗意和情感,以及通过吟诵进一步感知古典诗词之美。

在课前的准备中,为了使学生能够在课堂上尽快掌握诗歌内容,我设计了一份学生学案,要求判断并填写时间、地点、核心词、行踪、景物等基本内容,并对自己喜欢的句子进行赏析,以加深理解。且为了配合教学中格律知识的引入,我要求学生给每个字都加上了声调。这样就完成了较为充分的准备环节。

在教学实践中,充分搭建平台,采用各种手段达到使学生感受西湖美景是第一个教学目标。因此我首先通过"春行不足"这个对诗句提炼的标题,引导学生在诗歌里找到表现"春"的时间,"行"的核心词和线索及"不足"的情感的内容依据,通过齐读尽快带入诗词情境。接下来,是常规的内容分析,逐一品读律诗的四联,以分析关键词、写作视角和修辞手法等方式使学生理解诗意,想象美景画面,沉浸其中。在本环节中,学生能体会到如"乱""渐欲""浅""才能"等炼字的效果,捕捉到诗人的平视、远望、仰观和俯视等不同视角观察下的春之美景,实现了理解尾联中"最爱"和"不足"的情感表达,实现了这一教学目的。

最后是创新教学的体现和对情感理解的提升。我讲解了诗词格律的一些知识,引导学生通过课前标注的普通话声调与诗词格律要求一一对应,来按照格律调再读诗歌。这一环节本身对学生来说就是较为新颖的诵读方式,引起了他们极大的兴趣,最终我展示了诗词吟诵的规范:

1. 依字行腔;
2. 平长仄短;
3. 激荡声情。

通过展示准备的西湖美景的图片,引导学生发挥想象力想象自己就是诗人,在游赏美景,我直接进行缓缓吟诵,最终将学生的理解提升了一个高度,实现了最终的教学目标。

诗词的讲解是对学生终身受益的工作,我会从本次教学实践中不断反思,并在坚守传统教法的同时尝试推陈出新,使自己和学生都能尽快成长。

专家点评

张恕老师执教的《钱塘湖春行》,能引导学生梳理把握诗歌内容,感受诗人情感。教师通过"春行不足"标题,引导学生在诗歌里找到表现"春"的时间、"行"的核心词与线索,以及"不足"的情感的内容依据,通过诵读进入诗词情境。教学过程中,能结合诗韵规律,引导学生感悟古典诗词之美。

特别值得称道的是,教师能将传统的吟诵调引入教学中,使学生感受古诗词的音乐美,切实感知经典名作的艺术魅力。教师是诗词朗读的组织者和参与者,也是诗词朗读的主导者和促进者,在指导学生反复诵读中,注重学生亲身体验、情境感知,不断创设情境,引导学生想象诗词的意境,让学生渐入佳境,与诗人的情感产生共鸣。在此基础上,引导学生探究诗人的写作目的,体悟诗人对自然风光的热爱,进而引导学生掌握基本的鉴赏方法,不断提升学生古诗词赏析能力。

登飞来峰

执教者:复旦大学第二附属学校　柳　旭
点评者:上海市闵行区教育学院　殷秀德

原文

登飞来峰
[宋]王安石

飞来山上千寻塔,闻说鸡鸣见日升。
不畏浮云遮望眼,自缘身在最高层。

教学设计

教学目标:

一、在反复吟诵中,感受诗歌的节奏和韵律。

二、想象诗句描绘的景象,体会诗人表达的情感,理解诗歌中所蕴含的哲理。

教学重难点:

体会诗人表达的情感,理解诗歌中所蕴含的哲理。

教学过程:

一、分享诗句,热身导入

教师:孔子云:"君子登高必赋",登高赋诗是中国古代知识分子所向往和推崇的习惯,是代代相传的文化现象。你知道哪些登高的诗歌?

预设:

《登鹳雀楼》([唐]王之涣)：白日依山尽，黄河入海流。欲穷千里目，更上一层楼。

《登幽州台歌》([唐]陈子昂)：前不见古人，后不见来者。念天地之悠悠，独怆然而涕下！

《望岳》([唐]杜甫)：会当凌绝顶，一览众山小。

教师小结：人为何要登高呢？今天我们带着这个问题一起来学习《登飞来峰》。

二、唐调吟诵，初步感知

叶嘉莹先生也说过，声音里有诗歌一半的生命。接下来老师用唐调吟诵《登飞来峰》，同学们结合声音和文字想象画面。

唐调吟诵指导：诵读时遵循仄短平长的规律。"升""层"是韵字，中等开口元音，收于后鼻音，悠长之感突出，多有上升、飞腾之意。应长吟，吟出恢宏的气势。

三、展开想象，分享交流

（一）千寻塔。

"千寻"拖长了，感受到了声音的延长，正好和"千寻"的意思相吻合。吟诵讲究仄短平长。"寻"是古代的长度单位，八尺为一寻。我们知道李白的《望庐山瀑布》"飞流直下三千尺，疑是银河落九天"。"千寻塔"用了夸张的修辞手法极言塔高。大家想象一下高山之上叠加高塔，人又在高塔之上，是在说诗人的自立点很高。

（二）鸡鸣见日升。

"升"吟诵时拖长了，且有种上升的感觉，余韵悠长，我仿佛看到了一轮冉冉升起的旭日，喷薄而出。

这里还用典。《玄中记》云："桃都山有大树，曰桃都，枝相去三千里。上有天鸡，日初出照此木，天鸡即鸣，天下鸡皆随之。"不仅言其目极万里，亦言其声闻遐迩。"闻说鸡鸣见日升"，还有"一唱雄鸡天下白"的气势。作者通过对这样景象的憧憬，表达了对自己前途的展望。

（三）不畏浮云遮望眼。

"不畏"一词吟诵时读得短促，有种坚定、斩钉截铁的感觉。而"浮云"拖得很长,声音的延长加上脑海中对浮云的联想,我仿佛看到了登上山顶后,脚下的层层白云。"浮云"仅仅指山间浮动的云雾吗?"浮云遮望眼"用典,把浮云比喻奸佞小人,如《新语·慎微篇》:"故邪臣之蔽贤,有浮云之障日也。"《登金陵凤凰台》"总为浮云能蔽日,长安不见使人愁"。

山中的浮云能够遮住登山人的双眼,而人类社会这座高峰上又有多少"遮望眼"的"浮云"啊! 既有陈规陋习,还有闲言碎语。这些都可能成为遮挡我们视线、妨碍我们认清方向的"浮云"。王安石反其意而用之,表现了立志改革的坚定信念和对前途充满信心的神情意志。

(四)自缘身在最高层。

1. 如何才能"不畏"? 诗人给出答案了吗? "自"是自然。自然是因为身在最高层。

2. 这里的最高层不仅仅是地势的高吧? 应天塔有七层,宝林山本身也没那么高。诗人应该是借题发挥。所以我认为最高层是眼界高、境界高。站得高才能看得远,才能透过现象看本质,才能不被事物的表象、假象所迷惑。

3. 如何才能"身在最高层"? 同学讨论。预设:立志、读书……

一般的登高言志诗会描写眼前之景,但这首没有过多地写眼前之景,只写了山高塔高,重点是写自己登临高处的感受,寄寓哲理。

四、感悟哲理,拓展延伸

(一)谈谈你对"站得高,望得远"的思考?

补充资料:

1. "夫夷以近,则游者众,险以远,则至者少,而世之奇伟瑰怪非常之观,常在于险远,而人之所罕至焉。故非有志者不能至也。"(王安石《游褒禅山记》)

2. "今日始知高处险,不如归卧旧林丘。"

总结:在王安石看来,站得高是因,看得远是果,进而联想到人生,只要认识和眼界到了一定的高度,才能透过现象看本质,不被事物的假象所迷惑。足以见时值31岁的王安石雄心勃勃,踌躇满志。

登高表面是一种形式,实际上是一种精神。登高是一种突破,突破自身的局限,对未知领域的突破。

(二)如果这种登高的精神和杜甫的"会当凌绝顶,一览众山小"(《望岳》)、王之涣的"欲穷千里目,更上一层楼"(《登鹳雀楼》)比较,你会有什么发现?

(三)拓展延伸:少年自有凌云志。习近平总书记曾经在 2017 年春节团拜会上引用过王安石的《登飞来峰》,号召全国各族人民在中国共产党的领导下,闻鸡起舞,登高望远,书写伟大奋斗的历史新篇章。

五、全班吟诵,感悟诗情

唐调吟诵指导:诵读遵循仄短平长的规律。"升""层"是韵字,中等开口元音,收于后鼻音,悠长之感突出,多有上升,飞腾之意。应长吟,吟出恢宏的气势。

教学反思

叶嘉莹先生曾说:"声音里有诗歌一半的生命……要让诗人的生命在你的声音里复活。"吟诵中诗歌轻重缓急的节奏,平仄组合的错落有致,仄短平长的抑扬顿挫,不仅体现了音乐的美感,还将古典诗歌文字所蕴含的丰富情感表达得淋漓尽致。

机缘巧合旁听了杨浦区唐调吟诵课,在课上我听到张妍群老师吟诵李白的《早发白帝城》很受震撼,诗人要表达的心情全在诗歌吟诵中了,如"千里江陵一日还"中"一日"两个都是入声字,吟得很短促,强调时间的短暂,把诗人遇赦后愉快的心情淋漓尽致地体现出来。吟诵是让学生走进诗词作品获得个性审美体验的最佳方式。

于是我学习了唐调吟诵,并在王安石的《登飞来峰》一诗中采用了吟诵的方式,让学生结合声音和文字想象画面。"'千寻'拖长了,感受到了声音的延长,正好和'千寻'的意思相吻合。'升'吟诵时拖长了,且有种上升的感觉,余韵悠长,我仿佛看到了一轮冉冉升起的旭日,喷薄而出。'不畏'一词吟诵时读得短促,有种坚定、斩钉截铁的感觉……"学生在听的过程中能听出老师的仄短平长的处理,结合意思理解,更容易理解诗人的雄心勃勃,踌躇满志。吟诵有助于情绪感染,在声音中感受这首诗的磅礴气势,最后再让学生带着对诗歌的理解一起师生吟诵。

吟诵是抵达诗歌的一种最直接的方式,巧妙设置的问题则是激发思维千层浪的石子,在问题的引领下向更深处漫溯。"你知道哪些登高的诗歌?"这一问题比较简单,让学生有话可说,调动起学生的知识储备。在上《登飞来峰》之前学生已经学过《登幽州台歌》《登鹳雀楼》《望岳》,所以这一问温故知新,引出人为何要登高这一问题。

老师用唐调吟诵《登飞来峰》,同学们结合声音和文字想象画面。学生的回答很精彩,老师适时补充拓展。

如何才能"不畏"? 诗人给出答案了吗? "自"是自然。自然是因为身在最高层。如何才能"身在最高层"? 这些问题环环相扣,引导学生进一步探寻诗中蕴含的哲理。

最后联系开头学生讲的杜甫的"会当凌绝顶,一览众山小"(《望岳》),王之涣的"欲穷千里目,更上一层楼",探寻"人为什么要登高"。登高表面是一种形式,实际上是一种精神。登高是一种突破,突破自身的局限,对未知领域的突破。

在教学中老师补充王安石的《游褒禅山记》"夫夷以近,则游者众,险以远,则至者少,而世之奇伟瑰怪非常之观,常在于险远,而人之所罕至焉。故非有志者不能至也。"学生在讲"浮云"意象时联系了《登金陵凤凰台》"总为浮云能蔽日,长安不见使人愁"。如果孤立地学习一首诗歌,那么学生所得势必逼仄。"让诗与诗之间、意象与意象之间、诗人与诗人之间、诗人与时代之间等建立起互联与关照,以更开放更开阔的视角,更符合古诗词本质特点的形式学习古诗词。"

专家点评

教师采用唐调吟诵的方法带领学生感受诗词中的韵律美,通过不同字词采用不同的吟诵方式,让学生体验并想象,以此感受诗句中字词所蕴含的情感,激发学生的学习兴趣,为学生学习诗歌提供了一个合适的学习方式。

　　教师在教学中循循善诱、层层推进并适时结合背景知识，帮助学生理解本首诗歌的含义。也运用了对比阅读的方式，将本诗与杜甫的《望岳》、王之涣的《登鹳雀楼》进行比较，引导学生领会杜甫与王之涣是作者设想之词，而本诗是作者实际所看到的景象，王安石的感受更为真切，更具豪情。

　　整节课的教学设计环节与教学策略清晰、科学、有效。

春　望

执教者:上海师范大学附属松江实验学校　周　荣
点评者:上海市闵行区教育学院　殷秀德

原文

春　望

[唐]杜　甫

国破山河在,城春草木深。
感时花溅泪,恨别鸟惊心。
烽火连三月,家书抵万金。
白头搔更短,浑欲不胜簪。

教学设计

教材分析:

《春望》是部编版语文八年级(上册)的一首五言律诗,虽只有八句、四十个字,但语言精炼,风格沉郁顿挫,包含着丰富的思想内容。天宝十四载(755),安史之乱爆发,叛军一路西进,很快攻陷了洛阳、长安,唐玄宗被迫逃往成都,太子李亨在甘肃灵武即皇帝位,史称唐肃宗。杜甫当时一家因战乱流亡至鄜州,听说肃宗在灵武即位,就准备去投奔肃宗,不想途中被叛军抓住,押解到长安。杜甫一人在长安城里走动,看到整个长安城满目疮痍,他此时内心是悲苦的,但又是充满希望的。此时的国事、家事已经紧密地联系在了一起,正是国家的动乱、战事的频繁,才使得自己被困长安,有家不能归,而要想归家,则只能祈盼着战事平息,国家太平。诗人在诗中描写了国都长安城春天破败的景象,表达了诗人忧国忧民、思家悲己的感情。

教学目标:

一、品味重点词句,体会诗文融情于景写法的妙处。

二、结合诗人生平和诗歌创作背景,理解诗中寄寓的诗人忧国伤时、念家悲己的情感。

教学重难点:

重点:品味重点词句,体会诗文融情于景写法的妙处。

难点:理解诗中寄寓的诗人忧国伤时、念家悲己的情感。

教学过程:

一、课题导入

一年之计在于春,在人们印象中,春天是生机勃勃、充满希望的。今天让我们走近杜甫的五言律诗《春望》,看看杜甫眼中的春日景象又有何不同? 他想表达怎样的感情?

二、初读感知

(一)老师配乐范读这首诗,学生听时注意诗中的字音与停顿,把握诗歌的情感基调。

春 望
杜 甫

国破/山河/在,城春/草木/深。

感时/花/溅泪,恨别/鸟/惊心。

烽火/连三月,家书/抵万金。

白头/搔更短,浑欲/不胜 簪。

(二)学生齐读,读准字音与停顿,试着读出沉郁忧伤的感情基调。

三、望中所见

诗题叫作《春望》,思考诗人在春日里望到了怎样的景象?

预设:从"国破山河在"可以看出,诗人望到了国都长安在沦陷后变得残破不堪,祖国山河依然存在。从"城春草木深"可以看出,长安城本应是繁荣祥和的景象,但这里却长满了荒草,草木繁密而又荒芜,诗人望到了国都长安人民离散,人烟稀少。

小结:在生机勃勃的春日里,诗人看到的尽是这春日长安城中的破败、萧条之景,想到的是不知官军何时才能平定叛乱,不知百姓何时才能合家团聚。短短十个字,不仅让我们看到了诗人眼前的春日景象,更让我们读到了当时的历史背景。

四、见中所感

(一)诗人看到这样的景象,内心有了怎样的感想呢?

预设:国破;感时花溅泪——忧国伤时;恨别鸟惊心;家书抵万金——思亲;白头搔更短——忧国悲己。

小结:诗人由翘首望景,逐步转入了低头沉思。"搔"欲解愁而愁更愁,他的"搔头"是在哀国家、悲百姓、念家人啊,或许也还有对个人衰老、时不我待的忧虑。

(二)诗人写"春望"写得如此沉痛,与我们印象中的春天很不一样,回看题目"春望",试想"春"字还隐含了诗人怎样的情感?

预设:诗中实写作者望见的春天破败的景象,背后隐含的是诗人对战争结束、国家复苏、亲人团聚的深切的盼望。

五、望见"诗圣"

(一)补充《闻官军收河南河北》诗句,思考诗中哪个字最能体现诗人听到国家收复失地的感受?

闻官军收河南河北

杜 甫

剑外忽传收蓟北,初闻涕泪满衣裳。

却看妻子愁何在,漫卷诗书喜欲狂。

白日放歌须纵酒,青春作伴好还乡。

即从巴峡穿巫峡,便下襄阳向洛阳。

预设:"喜"字

（二）这首诗是诗人写得非常痛快的一首诗,听到国家收复了失地内心感到狂喜。而在《春望》中诗人却见花落泪,闻鸟鸣而心惊,联系两首诗你有什么发现?

预设:诗人总是把自己的命运和国家的命运紧紧联系在一起,他总是在和国家同呼吸,共命运。

（三）补充杜甫的主要生平和不同时期的诗句,进一步体悟诗人"圣"之所在。

补充课外诗句:

朱门酒肉臭,路有冻死骨。——《自京赴奉先县咏怀五百字》

牵衣顿足拦道哭,哭声直上干云霄。——《兵车行》

安得广厦千万间,大庇天下寒士俱欢颜,风雨不动安如山。——《茅屋为秋风所破歌》

小结:从这些诗句中可以看出,杜甫始终深爱着这个国家和人民,他让我们看到了一颗拳拳赤子之心。虽然人生经历坎坷多难,但终其一生他初心不改;他虽然生活在苦难的谷底,但他的思想却在巍峨的巅峰。

课堂小结:

杜甫是一位矢志不移的爱国诗人,一生忧国忧民,人格高尚,诗艺精湛,所以被后世尊为"诗圣"。《春望》正是因为浸润了家国情怀而具有了一种振聋发聩的力量,这种力量也正是杜甫诗歌的核心气质。课后希望同学们可以继续品读杜甫的其他诗作,感受杜甫的诗作魅力。

教学反思

古代诗歌作为中国优秀传统文化的重要组成部分,体现了中国几千年以来所形成的历史文化积淀及古代文人的才情与智慧。初中学段的学生,正处于能力与人格的形成与发展的关键时期,学习古代诗歌有利于培养其语言运用、思维发展、审美鉴赏及文化理解和传承等多方面的能力,这也正与中学生发展语文核心素养的要求相一致。在《春望》一诗的教学中,笔者试图在古诗词教学中探索学生语文核心素养的提升。

一、体味字词意蕴,锻炼语言的建构与运用

中国古代诗歌大多短小精悍,却蕴涵着丰富的内涵和情感。鉴赏古诗词必须以语言为抓手,把握字里行间的情感意蕴,才能真正与作者或诗中人物产生情感共鸣。如在教学《春望》时,当让同学们思考"诗人看到这样破败的春日景象,内心有怎样的感想?"这个问题时,可以通过抓住尾联中的一个"搔"字理解诗人的思想情感。这个字写出诗人总是在不停搔头,想要解愁的动作,背后反映的是诗人焦虑不安、坐卧不宁的复杂心境。他的"搔头"是在哀国家、悲百姓、念家人,学生通过联系全诗理解诗人的思想情感,锻炼了自己的语言"炼字"分析的能力。

二、比较课外诗句,促进思维的发展与提升

古典诗词作为一种特殊的语言表达形式,与思维能力和品质有着千丝万缕的联系。古诗词教学中也要善于运用分析、比较、归纳等多种思维方式,以实现思维能力发展和思维品质的提升。在我执教《春望》的第四个环节结束后,学生把握了处于特定时期的杜甫当时的忧国伤时、念家悲己的情感,但学生还不能够深入理解杜甫的家国情怀,体悟"诗圣"之"圣"。于是我补充《闻官军收河南河北》的诗句,让学生抓住一个"喜"字,在对比中感受诗人的大悲大喜并思考其背后原因。最后再补充杜甫不同时期创作的诗句,通过比较分析会发现他总是把自己的命运和国家的命运紧紧联系在一起,这就是已深入诗人灵魂的一种"家国情怀",让学生深刻感受杜甫的诗作与人格魅力。

三、发挥想象与联想,提升审美的鉴赏和创造

"借景抒情"是大多古代诗人偏爱的一种表达方式,诗人常常会通过景物及画面的描写来抒发特定的思想感情。通过对其中景物所构成的场景或画面的想象与联想,学生能够提升古诗词鉴赏能力。《春望》中"国破""草木深""花溅泪""鸟惊心"等词,可以令学生联想到春日长安城中的破败萧条、花鸟令人落泪心惊等画面,在联想与想象中体会诗人内心的悲痛忧伤。王国维说过:"以我观物,故物皆着我之色彩",诗人在这里没有直接抒情,却把自己的情感浸透在所写之景中,学生在花草树木之中听到了诗人回荡的心声。

四、体悟诗圣情怀，做好文化的理解与传承

从古至今，虽然不同时代、不同阶级的人对古典诗词难免会有不同的理解与感悟，但蕴含于古典诗词中的已经超越诗人自身、超脱时代意识的共同文化心理却始终影响着中国历代文人性格的形成。在学习《春望》时，我试图让学生在分析比较中把握他浸润在诗歌中的家国情怀，领略"诗圣"之"圣"。杜甫一生始终深爱着这个国家和人民，他让我们看到了一颗拳拳赤子之心。他虽然生活在苦难的谷底，但他的思想却在巍峨的巅峰。他激发着我们的爱国热情，感染着历代中国人为中华民族崛起而奋斗。

古典诗词以其深厚的哲理意蕴、丰富的精神内涵及浓郁的文化底蕴给人以体味及感悟，我们应该充分去挖掘古诗词的魅力，让学生在吟咏中使语文核心素养得到切实的提升。

专家点评

杜甫的《春望》是统编版八年级上册一首诗歌，学生对诗人杜甫有所了解，教师在学生已有经验的基础上，以读促进诗歌的理解。首先教师伴音范读再让学生齐读能让学生进入到文本中，在分别对每一联的分析上也可以采用让学生分别读、齐读等多样的朗读方式加深学生的理解。

在教学内容选择上，教师主要按照诗人的写作思路，即由所见到所感，分别让学生品读首、颔、颈、尾四联，在过程中侧重于每一联带给学生的感受，同时联系杜甫的其他诗作进行对比，进而聚焦杜诗的特点及杜甫的家国情怀。

诗经·邶风·静女

执教者:上海市行知中学　应　炯
点评者:上海市闵行区教育学院　王　林

诗经·邶风·静女

静女其姝,俟我于城隅。爱而不见,搔首踟蹰。

静女其娈,贻我彤管。彤管有炜,说怿女美。

自牧归荑,洵美且异。匪女之为美,美人之贻。

教学设计

设计依据:

一、教材依据。本诗被选入部编版高中语文教材必修上册的古诗文诵读部分。原诗出自《诗经·邶风》。

二、文本特点。《静女》出自《诗经》"十五国风"中的《邶风》。《国风》中诗,大多看似简短质朴且多有反复,实则语言古奥,内容也别有洞天,值得反复咀嚼品味。

《邶风》与《鄘风》《卫风》同出卫地。西周至春秋时,卫国的封地内有殷商遗民的聚居地,又与北方游牧民族狄人杂出,受宗周礼乐文化的影响较弱,所以《邶风》中不乏被后世理学家视为"淫奔之诗"的篇章,包括《静女》,其实多是反映自由恋爱的作品。有此文化背景,则更方便读者理解《静女》的主题与内容。

《国风》大多不是现代意义上的民歌,此论自朱东润《国风出于民间论质疑》起当成为教学者的常识。因而也不能将《静女》视作民间歌谣——这也是探讨"单行章"在本诗中出现的前提。

构思过程：

对《静女》主题的阐释,自古多主"刺"说。诗汉学中,《毛诗序》说："刺时也。卫君无道,夫人无德。"诗宋学代表,朱熹的《诗集传》说："此淫奔期会之诗也。"清姚际恒《诗经通论》说："此刺淫之诗也。"清方玉润《诗经原始》说："刺卫宣公纳伋妻也。"以上四家释《静女》,或基于春秋时卫国的不相干史事,或以道学眼光批判,皆不足据。欲认清《静女》主题的真相,还须回到文本本身。

参考卫国当时的道德风俗,读者不难判断《静女》是首叙述男女约会的爱情诗。进而探寻作为约会主角之一的静女本人形象,以及约会的全过程及其相关细节,包括男方如何抒发爱意等问题,都会成为读者探寻本诗内容的推动力。而带着这些问题去细读本诗,未必会有直截了当的答案,这也更能促使读者品味出《静女》创作上的独特之处。

芝加哥大学东亚系汉学家夏含夷已从学理上否定以宇文所安为代表的《诗经》口传论,因而我们有理由认为本诗末章作为"单行章"是当时文人创作或改编的结果。毕竟如作为口传的民歌,每章之间大同小异才更方便传唱。

教学目标：

一、探究《静女》一诗在谋篇布局上的高妙之处。

二、探究《静女》一诗对静女进行侧面描写的多种艺术手法。

教学重难点：

理解单行章在《静女》中的作用与表达效果。

教学过程：

一、导入

显示大英博物馆所藏中国古代名画《女史箴图》的卷首,从乾隆所题"彤管芳"三字,引出该典故出处——《诗经·邶风》中的《静女》。

二、配乐朗诵全诗

所配音乐为张学友《吻别》前奏。该曲除节奏舒缓具古风外,也可令人联想起该歌 MV 中与"爱而不见,搔首踟蹰"类似的场景。

三、概述全诗

(一)交代本诗结构:三章,每章四句。

(二)交代本诗主题:以男女相恋为主题的古老的爱情诗。

(三)叙事视角:青年男子一方(男词)。

(四)诗歌内容:青年男子与心上人一次约会的全过程。

四、首章解读

(一)约会碰面地点"城隅"的文化阐释:城墙的一些重要组成部分,由于其有地标性的醒目特征,成为了人们约定会面碰头的首选地点,如《子衿》中的"城阙",又如分布于《郑风》和《陈风》中的"东门"。本章中的"城隅",就是城墙拐角处的角楼所在,因其高而醒目,遂成为约会碰面的佳处。

(二)《静女》开篇,不见静女:由女主角静女的缺席或曰迟到,引出本诗对男主角陷入等待中的焦虑的描写。以动作描绘心理状态,而非直陈心理活动。由女主角静女的缺席或曰迟到,在本诗所述情节的推进中加入悬疑因素,打破平淡叙事。

五、次章解读

(一)不书静女,却咏彤管:看似避重就轻,不写约会场景及女主角容貌,是留另一层悬念,给读者提供了更广阔的想象空间。"彤管"作为爱情信物,以物载情,间接表达男方的爱恋。

(二)"彤管"作为文学意象。

六、末章解读

(一)赋"荑草"予人格:"爱屋及乌"式的抒发爱意。赋物予人格在《国风》中亦有他例,如《郑风·萚兮》《魏风·硕鼠》《桧风·隰有苌楚》。这种人格化抒情,拉近了读者与诗人或诗中人物的距离,更便于读者体会诗中情感。

(二)迥然不同的"单行章"。末章因结构内容与前两章完全不同,可称为"单行章"。该章看似破坏全诗整体和谐,实则是文人故意为之,如《周南·卷耳》《邶风·绿衣》《邶风·燕燕》《鄘风·蝃蝀》《王风·大车》等篇都有"单行章"的存在。过去日本汉学家青木正儿和我国学者孙作云提出"错简说"来解释"单行章",是肤浅之说。"单行章"既是古代歌诗合唱形式的遗存,更起到了如揭开谜底般的点明诗旨的作用,即所谓的"卒章显志"。

七、总结

(一)对静女形象的描写:多采用侧面描写;通过青年男子的行动、心理表现。

(二)静女形象的特色:距离感、神秘感。

(三)全诗风格:朦胧感。

教学反思

这是大英博物馆所藏中国古代名画《女史箴图》的卷首,上书清代乾隆皇帝亲笔所题"彤管芳"三字。中国古代常用"彤管芳"来赞美形象美好而品行优秀的女子。"彤管芳"之说源自何处? 原是出自《诗经·邶风》中的《静女》一诗。

《诗经》中诗歌的每一段落,在古代被称为"章"。《静女》全诗共分三章,每章四句。我们不难看出,这是一篇以男女相恋为主题的古老的爱情诗。全诗以一位徜徉于爱河中的青年男子的口吻创作而成,叙述了他与心上人一次约会的全过程。全诗妙处有三。

一、首章——等待

妙处之一:《静女》开篇,不见静女。

我们先来看首章。"城隅"就是古代城墙拐角处,上有角楼,该处地点十分醒目,相当于我们现在所说的"地标性建筑"。这位青年男子与心上人约定在此碰面,可说再合适不过。

但在本章中,女主角却迟迟未现身,这让青年男子陷入了等待中的焦虑。焦虑源自不确定性,他不知道心上人会不会来、何时能来。于是他开始怀疑,是不是他的爱人在故意躲着他? 可是除了等待他又毫无办法，只能在城隅这边心急得抓耳挠腮，漫无目的地来回踱步。

本章中，女子的"爱而不见"使原本可能平淡的约会变得曲折离奇、充满变数；"搔首踟蹰"则将男子等待中的焦虑刻画得入木三分、跃然纸上。

二、次章——相会

妙处之二：不书静女，却咏彤管。

原本，我们希望在这章中，目睹并欣赏这位姗姗来迟的女子，她的花容月貌，是何等地婀娜多姿、光彩照人。然而诗人在此却笔锋一转，回避她的美貌不谈，却将我们的注意力集中到了女子赠予男子的爱情信物——"彤管"上来。

"彤管"究竟是什么东西？历代学者为此争论不休：一说是古代女性史官使用的红色笔管；一说是一种乐器；还有说就是末章中的"荑"。未有定案。但更重要的是，由于受赠"彤管"，男子无疑加深了对心上人不可遏止的爱恋。"彤管"是诗中女子所赠，后世就由此用其来指代形象美好、品行优秀的女子，"彤管"因而也成为了中国文学史中的一个源远流长的意象。

三、末章——别后

离别之后，男子将女子所赠的荑草捧在手心珍视不已。非但如此，他还将荑草赋予人格，和它对话起来——这恐怕是对"爱屋及乌"的最好诠释。

我们看到，本章与前两章大不相同，完全破坏了《诗经》"回环复沓""重章叠句"的法则。我们不妨将这称为"单行章"。《诗三百》原本都是能在舞台上演唱的，看似不和谐的单行章的存在，就像合唱中的不同声部，能让诗歌更具舞台性、表演性，同时使诗歌富于变化，体现了文人创作的心机。

"单行章"，便是《静女》的妙处之三。

"静女"本该是全诗的女主角，可诗人对她进行正面描写的笔墨却相当吝啬。她的形象，更多借由青年男子的行为与反应勾勒出来。而这更增添了静女本人距离感、神秘感，和全诗风格上的朦胧感。恰如唐代文学评论家司空图所言:"不著一字,尽得风流。"这也是《静女》一诗的魅力所在。

专家点评

　　应炯老师执教的《静女》一课,他从乾隆所题的"彤管芳"三个字入手,很自然地引出了《静女》这首诗。他在自己非常准确的范读后,把诗歌的内容演绎成一个男女恋人相约相见的爱情故事,讲述了男女约会的全过程。首先是开篇第一章,男子等待静女的到来却又不见静女,使约会变得曲折离奇,然后,他抓住"搔首踟蹰"一词,让学生看到男子等待中的焦虑与不安。接着进入约会的第二个环节"相会",这里,教师将学生的注意力集中到了女子赠予男子的爱情信物——"彤管"上来,分析诗人不言美貌,只言"彤管",为读者留下悬念。应炯老师非常巧妙地把诗歌的最后一章看作"别后",分析男子将女子所赠的荑草捧在手心珍视不已,以此表达男子对女子的喜爱。应炯老师将一首两千多年前的古诗变为一个爱情故事,如此讲解,生动有趣。

　　应炯老师不仅声音好听,他的教学语言也很干净。他在备课的过程中参考了很多《诗经》的研究资料,对诗歌有很深入的了解,所以,他讲解起来灵动透彻,举重若轻。

左迁至蓝关示侄孙湘

执教者:上海市青浦区豫才中学　徐周栋
点评者:上海市闵行区教育学院　殷秀德

原文

左迁至蓝关示侄孙湘

[唐]韩　愈

一封朝奏九重天,夕贬潮州路八千。

欲为圣明除弊事,肯将衰朽惜残年!

云横秦岭家何在?雪拥蓝关马不前。

知汝远来应有意,好收吾骨瘴江边。

教学设计

教学目标:

一、理解诗句含义,体会其中蕴藏的"悲愤"情感。

二、感受诗歌的语言美、音韵美,体会诗歌"苍凉悲壮"的意境和"凄切而不衰飒"的艺术特点。

三、理解诗人的精神追求,体会诗中的"义烈之气"和"文人风骨"。

教学重难点:

重点:理解诗句含义,体会其中蕴藏的"悲愤"情感,感受诗歌的音韵美。

难点:理解诗人的精神追求,体会诗中的"义烈之气"和"文人风骨"。

教学过程：

一、导入：板书商代甲骨文"示"字

解说："示"字下面代表祭台，上面代表祭品。因为祭品的公开属性，所以"示"字渐渐也有了展露给人看的意思。那么，本诗的作者想"示"人的又是什么呢？听老师把这首诗朗读一遍，大家边听边想。

二、明诗意：诗人因何"左迁"

问题：要理解诗人的心迹，首先要知道诗人的经历。那么，诗人"左迁"的原因究竟是什么？

预设：一封朝奏九重天，夕贬潮州路八千。

解说：因为诗人上了一封奏折，而这封奏折恰恰触到了皇帝的逆鳞。元和十四年正月，唐宪宗派宦官到扶风法门寺，把佛祖舍利迎入皇宫。但韩愈却认为"事佛有害"，百姓为此焚顶烧指，甚至有人为此断臂脔身。这就是国家的祸害！所以他要把佛骨"投诸水火"以"永绝根本"！皇帝大怒，欲将他处死，百官苦劝，遂改为放逐。朝奏而夕贬，一封"论佛骨表"换来的，便是八千里绝域的"左迁"！

三、体诗情：诗人为什么冒险进谏

问题：诗人难道不知道这样做会触怒皇帝吗？他为什么非要上这封奏折呢？

预设：欲为圣明除弊事，肯将衰朽惜残年。

解说：除弊事，那就意味着诗人坚定地认为自己是正确的，他在为国家、为社稷扫除隐患。为此，他不惜个人的一切！为天下苍生，他义无反顾！

追问：请你来读一读，读出这种大义在前、义无反顾的味道来。

朗读指导："欲为"两个字可以读得稍微快一点，体现一种主动。"除弊事"可以重读，体现决心。"惜残年"可以稍微慢一点、缓一点，体现一种悲壮。合起来，就是一种义无反顾。请再来读一读。

四、悟诗境：眼前之景，呈现了诗人怎样的内心感受

问题：诗人此时身处何处？所见何景？如此情景，隐含了诗人怎样的感受？

预设：云横秦岭家何在，雪拥蓝关马不前。

解说：此时，横亘在诗人面前的是风雪关城。前路茫茫，连马儿都裹足不前。诗人回望，身后是巍巍秦岭，云雾翻腾、好似天堑！天地苍茫，却化成了牢笼！家人、故园、朝堂、理想，一切都被阻断了，只留下了眷恋和悲愤。

朗读指导：让我们闭上眼睛，一起来想象一下，然后读一读，感受这景致的苍凉与内心的悲壮。

五、解诗心：诗人想"示"人的究竟是什么

解说：英雄失路，诗人早已料定了不能生还长安。他连后事都安排好了。将一切托付给了侄孙。满腔的苦楚与激愤，只化作了一句悲歌。

预设：知汝远来应有意，好收吾骨瘴江边。

追问：同学们，这一切值得吗？要知道，诗人三岁丧父，年少孤苦。中年时又因为写《论天旱人饥状》疏而得罪权贵，屡遭贬谪。云横秦岭、雪拥蓝关，诗人并不是第一次经历了。他写《马说》，悲叹伯乐不常有。这匹无人赏识的千里马，苦苦熬到了 50 岁，才终于立下大功，成为刑部侍郎。但是一篇《论佛骨表》又把他打入了更深的深渊。

谏阻佛骨对诗人有什么好处吗？并没有！但对国家、对社稷、对天下黎民有好处！

师生共读：

欲为圣明除弊事，哪怕夕贬潮州，诗人也道：肯将衰朽惜残年！

欲为圣明除弊事，哪怕云横秦岭，诗人仍道：肯将衰朽惜残年！

欲为圣明除弊事，哪怕雪拥蓝关，诗人还道：肯将衰朽惜残年！

欲为圣明除弊事，哪怕埋骨瘴江边，诗人更道：肯将衰朽惜残年！

六、识其人、承其道：理解诗中的"义烈之气"和"文人风骨"

问题：读出了这股义烈之气！现在，请你写一写，诗人想要"示"人的，究竟是什么？

预设 1：诗人想要示人的是他忠心为国却被贬官的不平与悲愤。

预设 2：诗人想要示人的是他心怀大义、义无反顾的坚定决心和不屈风骨。

解说:是啊! 哪怕夕贬潮州、哪怕云横秦岭、哪怕雪拥蓝关、哪怕埋骨瘴江边,他悲愤、他委屈、他不甘、他痛苦,但他唯独不后悔! 为国家、为社稷、为黎民,他九死而无悔! 这就是韩愈,这就是诗人想展示的、中国文人的担当与风骨! 一腔浩然正气!

教学反思

《左迁至蓝关示侄孙湘》是统编版语文教材九年级上册中的一首诗歌,作者是唐代的韩愈。元和十四年,唐宪宗迎佛骨,韩愈上《论佛骨表》谏阻,触怒皇帝而被贬,路过蓝田关时做此诗。此诗"风格沉雄、感情真挚,卷洪波巨澜于方寸之间",极富艺术感染力和精神冲击力。

教授这首诗,我有几层考虑。

首先,从内容理解的角度,要教学生明了诗句的意思、体察诗人的情感。实现的途径,包括了解诗歌的写作背景、推断诗句的字面意思、推敲诗人的行为动机等。这一层次的讲授,是后续进行文学鉴赏、探究诗人精神世界的基石。

其次,从文学鉴赏的角度,要教学生品味诗歌的语言、体悟诗人营造的意境。实现的途径,包括研磨关键字词的意思、联想景物的形态、破解物象的隐喻、激发与诗人的情感共鸣等。诗歌是语言美感的极致形态,在诗歌教学中渗透审美价值的培育,可得事半功倍之效果。

最后,从文化传承的角度,要教学生品诗而识人、识人而承道。所谓品诗而识人,是指学生通过作者在诗句中表达的意思和寄托的情怀,感受作者的精神境界和心灵力量。所谓识人而承道,是指学生在领会了作者崇高的精神境界之后,主动传承这种精神,使中华优秀文化绵绵永续。

基于这几层考虑,我设计了本课的三项教学目标:

1. 理解诗句含义,体会其中蕴藏的"悲愤"情感。

2. 感受诗歌的语言美、音韵美,体会诗歌"苍凉悲壮"的意境和"凄切而不衰飒"的艺术特点。

3. 理解诗人的精神追求,体会诗中的"义烈之气"和"文人风骨"。

教什么已经明确,接下来还要考虑怎么教的问题。在本课的教学中,我主要关注了三条设计要素。一是结构化,二是故事感,三是诵读线。

先说结构化。散乱的课堂设计是不能吸引学生的,也无助于学生的思维成长。为此,我以标题中的"示"字为突破口,设下了贯穿课堂的主问题:诗人想要"示"人的究竟是什么? 为了更好地解答主问题,又设下了几个下位问题:①诗人因何"左迁"? ②诗人为什么冒险进谏? ③眼前之景,呈现了诗人怎样的内心感受? 这些问题共同构成严密的问题链,使得课堂结构清晰。

再说故事感。考虑到初中学生的认知水平,我设计以讲故事的形态来推动课堂。具体而言,先讲诗人因何左迁,再讲诗人为何非要进谏,再讲诗人眼前的处境和内心的悲愤,最后讲诗人向侄孙托付后事。这样设计的目的,是让整堂课都浸润在一种娓娓道来的情境之中,从而提高学习效率。

最后说诵读线。诗歌教学中,朗读的重要性是无可比拟的。几乎在每一个小环节,我都设计了相应的朗读。朗读的能力层级也随着解读的深入而逐渐提升,到最后以师生共读的方式,掀起课堂的高潮。朗读恰似一根隐在暗处的线,将课堂的各个板块串成了更加紧密的整体。

专家点评

导入新颖。这是诗人韩愈写给侄子托付后事的诗,同时诗人也表达了他的心志。徐老师以"示"字入手,图文并茂,巧妙地引领学生进入诗歌内容分析。

教学问题设计层层推进:诗人因何"左迁"? ——诗人为什么冒险进谏? ——眼前之景,呈现了诗人怎样的内心感受? ——诗人想"示"人的究竟是什么? 这四个问题由浅入深,由外至内。学生在解决梯度合理的问题过程中,自然接近本诗的学习难点,即理解诗中的"义烈之气"和"文人风骨",体会诗人内心的英雄失意之悲。教师在教学中缜密的问题设计及引导学生的思考过程,对学生的思维培养和诗歌学习都大有裨益。

本节课,教师在内容与方式的设计上有一定特点,这样的教学在深入理解文本的基础上,能充分考虑到学生的学习心理,会收获比较好的学习效果。

春 望

执教者:上海市文来中学　王　琦
点评者:上海市闵行区教育学院　王　林

原文

春 望

[唐]杜　甫

国破山河在,城春草木深。

感时花溅泪,恨别鸟惊心。

烽火连三月,家书抵万金。

白头搔更短,浑欲不胜簪。

教学设计

教学目标:

一、反复朗读诗歌,把握诗歌整体含义,体会诗歌丰富的内涵、精美的语言和蕴藉的情感。

二、感受诗圣忧国伤时思亲悲己的家国情怀,激发学生的爱国之情。

教学重难点:

重点:通过多种形式的反复诵读,梳理古诗的内容,感悟作者的复杂感情。

难点:在理解诗歌的基础上,感受诗圣忧国伤时思亲悲己的家国情怀。

教学过程:

一、激趣导入

(一)由《望岳》导入:你望见一个怎样的杜甫?

预设:望见了 24 岁裘马轻狂、心怀凌云志的杜甫,也望见了盛世赋予他的敢攀高峰的自信与兼济天下的豪情。

(二)生朗读杜甫诗句,体会年少杜甫之自信、豪迈。

放荡齐赵间,裘马颇清狂。——杜甫《壮游》

致君尧舜上,再使风俗淳。——杜甫《奉赠韦左丞丈二十二韵》

(三)简介杜甫人生转折、安史之乱及《春望》创作背景。

简介:当梦想照进现实,李林甫一句"野无遗贤",让皇帝关了科举这道门,杜甫困居长安十年,也只谋得一个八品官职。公元 755 年,安史之乱爆发。安禄山与史思明率叛军攻入长安国都,烧杀抢掠,贪婪残暴,繁华的都城一夜之间哀鸿遍野,百姓流离失所。心系国难的杜甫于鄜州安顿好妻儿后,立即孤身离家,投奔肃宗,不料中途却被叛军虏至长安,监禁半年有余。正是在这期间,他写下了这首五律咏怀诗《春望》。

二、范读诗歌,解读诗意

(一)教师配乐范读诗歌。

(二)解题:春望,即在春日里眺望。

(三)解读首联:杜甫这一望望到了什么? 对比阅读(杜甫《丽人行》),理解关键字"破、深"。

解读:杜甫这一望,望见了沦陷的国都。杜甫曾言:三月三日天气新,长安水边多丽人。畅想昔日长安春日,那定是仕女踏青、游人赏景、男耕女织、牧童横笛,一派祥和热闹的景象。然而今日长安春日,又是怎样一番情形呢? 一个"破"字,道尽了沦陷国都兵荒马乱,人去城空的残破不堪,触目惊心;一个"深"字,写尽了春日长安的草荒木深,萧条破败,满目凄然。山河依旧,但早已物是人非,诗人满腔沉痛尽显于此句:"国破山河在,城春草木深。"

(四)解读颔联:诗人还望到了什么春景? 借由关键词"溅、惊",把握移情于物的手法,体会杜甫"感伤国事、叹惋别离"之情。

预设：流泪的花、惊恐的鸟。

追问：仅仅是花在流泪，鸟儿惊恐吗？

预设：还有诗人、还有饱受战乱之苦的百姓。（"移情于物"）

解读：断壁残垣，引花儿落泪；战火纷飞，使鸟儿受惊；国都沦陷，望往日春景只倍增今日哀情。国事令诗人感伤，与家人别离令诗人怅恨，一颗心含悲带愤，又敏感惊恐，这浓烈的情绪只能诉诸花鸟，最终化作一句"感时花溅泪，恨别鸟惊心"。

（五）解读颈联：诗人还在望什么？借由关键词"连三月""抵万金"和《月夜》诗句，体会杜甫的"国愁家忧"。

预设：烽火

追问：中华大地早已满目疮痍，战争的烽火却仍连绵不断，遥遥无期。越过烽火，诗人竭尽所能想望却望不见的是？

预设：家人

解读：此时杜甫的家人远在鄜州，流落被俘多日的诗人，已经好久没有妻子儿女的音信了。"遥怜小儿女，未解忆长安"啊。可恨的战争隔离了亲人却又无休无止，此时的诗人是多么忧虑焦急，由衷发出慨叹："烽火连三月，家书抵万金。"

（六）解读尾联："白发"为何而生？杜甫因何而愁？借由未老先衰之事实，体会杜甫的"愁"——"忧国、伤时、思亲、悲己"。

三、朗读诗歌，体会诗情

（一）学生配乐朗诵《春望》，声缓愁长。

（二）提问：诗题为"春望"，但杜甫只是在望长安的春天吗？

预设：他实际上也在盼望唐王朝的春天，望家人团聚，望国泰民安。

杜甫的"望"，也代表了唐朝千千万万饱受战乱之苦的百姓的心之所望啊。

四、走近诗圣杜甫，领悟先辈们的家国情怀

（一）提问：你又望到了怎样一个杜甫呢？

预设：一个忧国忧民，胸怀天下的杜甫。

解读：从 24 岁"会当凌绝顶，一览众山小"的凌云壮志；到 36 岁

"……"的政治抱负,从"……"的悲悯之心,再到"……"的宁苦己身以利国利民的大爱,纵观杜甫一生,尽管他求仕无门,怀才不遇,生活困顿,但是他从来都是将自己的命运与家国的命运紧紧相连在一起。我们望见的,是一生坚守家国情怀、使命担当的杜甫。他用那沉郁顿挫的大笔,写尽了对天下苍生的眷望,所以,在中国古代浩瀚的诗歌星空里,他的诗成了诗史,他本人也被后人尊为"诗圣"。

(二)提问:古往今来,多少中华儿女,听懂了杜甫这一首《春望》背后的高度自觉性和责任心,范仲淹、文天祥、林则徐、邓稼先、袁隆平、钟南山……你们听懂了吗? PPT 展示:"先天下之忧而忧,后天下之乐而乐。"——范仲淹

"人生自古谁无死,留取丹心照汗青。"——文天祥

"苟利国家生死以,岂因祸福避趋之。"——林则徐

五、总结

(一)教师小结:一棵树要有根,初心不改的家国情怀,就是这片土地上的根,就是中华文化的根,她会因一代又一代中华儿女的砥砺前行越扎越深,枝繁叶茂。"国家兴亡,匹夫有责",有幸生活在杜甫所期盼的盛世中国,少年们,我们应该如何做呢?

预设:做一个有家国情怀的人。(勤奋学习,提升自我,为中华崛起而读书)

(二)全班再诵《春望》。

作业设计:

1. 课后积累杜甫诗歌,进一步感受诗人忧国忧民的情感。

2. 背诵全诗。

教学反思

一、教材分析

《春望》是八年级部编版语文教材第六单元第 26 课诗词五首中的第二首。该单元教学主题是"人应该有怎样的品格与志趣"。所选的几篇古诗文,从不同角度回答了这一问题,有的论述人生理想与担当,有的寄

寓不凡的追求,有的以生动事迹彰显人物品格。

《春望》是一首杜甫写在安史之乱时期的五言律诗。这首诗的前四句,写春日长安的破败景象,饱含着兴衰感慨;后四句,写诗人挂念亲人、心系国事的情怀,充溢着凄苦哀思。整首诗格律严整,颔联以"感时花溅泪"应首联国破之叹,以"恨别鸟惊心"应颈联思家之忧,尾联则强调忧思之深导致发白而稀疏,对仗精巧,声情悲壮,饱含诗人忧国、伤时、思亲、悲己多种复杂情绪,也寄寓了诗人"国家兴亡,匹夫有责"的家国情怀。

二、学情分析

本次教学对象为七年级的学生。学生刚刚学完七年级下册的《望岳》,考虑到诗歌教学的连贯性,将八年级这首《春望》作为《望岳》的拓展部分进行教学。对于七年级的学生来说,他们在诗歌的学习方面有了一定的知识积累,但是对于《春望》这样一首情景交融,而又含蓄凝练、言简意赅、意境深沉的五言律诗,学习起来还是有一定困难。不过,同学们已经在历史课上学习过中国古代史,对于安史之乱有一定的了解,大体清楚本诗的创作背景,这一定程度上为深入理解诗歌提供了可能。

三、教学目标

根据教材中诗文的特点和七年级学生对诗歌的深层次思想感情理解较困难这一客观情况,参考《初中语文新课程标准》"诵读古代诗词,有意识地在积累、感悟和应用中,提高自己的欣赏品味和审美情趣""语文课程教学应整体考虑知识与能力,过程与方法,情感态度与价值观的综合"的这一理念,本节课我确定以下教学目标:

(一)知识与技能

1. 反复朗读诗歌,能够熟练背诵。

2. 掌握重难点字词的读音、书写和释意。

3. 凭借注释和工具书理解诗文大意。

(二)过程与方法

1. 学会通过各种形式的朗读,感知诗意。

2. 学会通过设疑、点拨、讨论探究等方式理解诗意,体会诗人情感。

3. 通过比较阅读,了解杜甫一生,理解古往今来诗人的家国情怀。

（三）情感态度和价值观目标

1. 体会诗人忧国、伤时、思亲、悲己的复杂情绪及其背后的家国情怀。

2. 树立热爱祖国、强国有我的高尚道德情操和健康的审美情趣，形成正确的价值观和积极向上的人生态度。

四、教学重难点

10分钟的教学时间，精读细品肯定是不够的，教师需要迅速把握诗魂，提炼出课之魂。习总书记曾这样提出对中国青年的期望："要以国家富强、人民幸福为己任，胸怀理想、志存高远，投身中国特色社会主义伟大实践，并为之终身奋斗。心中有阳光，脚下有力量，为了理想能坚持、不懈怠，才能创造无愧于时代的人生。"因此，在七年级这个学生形成价值观的关键时期，本课决定将重点落在"理解诗歌内容，感悟诗人复杂情感"上，而难点落在"理解杜甫的家国情怀，激发爱国之情"这一情感目标上。

围绕一个情感目标进行教学，同时兼顾诗歌含义、创作背景及艺术手法的讲解，对教师的整合之功提出极高要求。然而，诗是诗人特定情境下的所见所感所想所思，遥远的历史背景超出了学生现有的生活体验，给学生的理解增加了不小的难度，所以补充写作背景、社会背景、诗人经历，对学生深入理解诗人的情感又是必不可少的。教师必须在整合中提升自己分析处理教材的能力，在整合中简化教学头绪，在整合中扩大教学的容量，在整合中丰富学生的思维层次；教师也必须摒弃漫无边际的对话，争取把宝贵的教学时间用在刀刃上。因此，在备课过程中，如何精简教学环节、凝练教学语言、整合教学内容，也成为教师备课过程中的重难点。

五、教学方法

（一）诵读法。

"书读百遍，其义自见"，特别是古诗词。诗的节奏、韵律，所蕴含的感情内涵都要靠诵读来感受体会，因此，朗读贯穿整个教学过程。

（二）质疑、点拨法。

通过课前学生质疑、课上教师点拨的方法，让学生作为学习的主体，全身心地参与教学活动的全过程。

（三）比较阅读法。

通过将《望岳》与《春望》比较，让学生走近杜甫"少有凌云志，老有家国情"的一生，通过列举古往今来名人展现家国情怀的诗句，让学生理解家国情怀是中华民族之根，每个中国青年都应"为中华崛起而读书"。

六、教学反思

10分钟的诗词教学时间想要达到预想效果，势必需要教师在课前做好一系列铺垫工作。在课前，我首先布置了一张预习单，预习单上给学生布置了三项任务：第一项是阅读《望岳》《春望》的创作背景，以及安史之乱的简介；第二项则是借助工具书、课下注释，翻译诗句；第三项是反复诵读三遍后，针对诗歌，提出自己的三个质疑。

课堂上的诗词理解部分，很多是在课前就初步完成的。比如针对首联"国破山河在，城春草木深"的理解：在批阅学生预习单的过程中，我发现有的学生将其翻译为"春天到了，长安城里草木茂盛"，不能和上联"国破山河在"联系起来，体会城池破败，乱草遍地，满目疮痍、一片荒凉的场景，说明没有联系历史背景，因此对诗句也没有真正理解。于是我找来有关"安史之乱"的图片和视频网站利用早读时间让学生观看，并展示"杂草丛生"和"草木旺盛（经过打理）"的对比图片给他们看，学生一下子就明白了。这样等到课上，我再用故事性的语言把这一段历史简单地叙述给他们听，他们就能够很快理解诗歌首联的真正含义了。

课堂上对于"感悟家国情怀"这一情感目标的实现，还是较为成功的。学生在充分理解诗歌，并了解了杜甫一生后（少年裘马轻狂胸怀凌云志，中年忧国伤时心有家国情），已经能够自然得出杜甫是一个有"家国情怀"的人这一结论了。再联系古往今来有家国情怀的名人名言，在诵读过程中，学生自然生发向榜样学习，做一个有家国情怀的人这一情感。

但是，因为课堂时间太短，许多教学环节仍是教师为主导，讲解较多，学生讨论和互动很多在课前课后完成，在时间和语言把控上，教师也仍需再提高，这堂课的不足仍有许多。但是，笔者仍认为，古诗文中的传统文化、中华美德,应该成为语文教学的重点,初中生对家国情怀的体悟,也并不应终结于这一堂课,而应贯穿整个初中的语文教学,在日后,笔者会继续尝试,让人文教育成为课堂语文教学的方向标。

专家点评

《春望》是诗人杜甫于"安史之乱"期间在长安所作的一首五律,他通过对"安史之乱"中长安荒凉景象的描写,抒发了内心忧国思家的感情,表达了其渴望安宁幸福生活的愿望。王琦老师执教的《春望》一课,她首先由《望岳》导入新课,让学生读出一个24岁、裘马轻狂、心志凌云的杜甫;然后通过《壮游》《奉赠韦左丞丈二十二韵》中的诗句,读出年少且自信豪迈的杜甫;在学生感知《春望》中的杜甫和青春年少杜甫的差异后,及时介绍杜甫的人生转折、安史之乱及《春望》的创作背景。然后分别通过品味"破""深""溅""惊"等重点词语,体会杜甫"感伤国事、叹惋别离"之情。再通过"连三月""抵万金"和《月夜》诗句,体会杜甫的"国愁家忧"。又总结出杜甫的"愁",并进一步读出"忧国、伤时、思亲、悲己"的杜甫形象。最后总结出范仲淹、文天祥、林则徐、邓稼先、袁隆平、钟南山等……把诗歌中表达的思想感情和现代人的思想情感对接,鼓励学生做一个有家国情怀的人,在语文课堂很好地落实了语文的学科德育。

宿建德江

执教者：华东师范大学第二附属中学前滩学校　骞雨佳
点评者：上海市闵行区教育学院　殷秀德

原文

宿建德江
[唐]孟浩然

移舟泊烟渚，日暮客愁新。
野旷天低树，江清月近人。

教学设计

教材分析：

一、单元分析。《宿建德江》选自部编版语文教材（五·四学制）六年级上册第一单元的《古诗三首》一课。本单元的篇目都是写景抒情的文章，单元导语明确了本单元的学生学习目标：一是在准确、流畅地朗读课文的基础上，重点关注课文中的景物描写，特别是那些富有想象力的片段；二是在获得审美体验的同时，积累一些写景抒情的语句。

二、篇目分析。《宿建德江》是唐代诗人孟浩然的一首抒写羁旅之思的诗作。这首诗以舟泊暮宿为背景，虽然露出一个"愁"字，但立即又将笔触转到景物描写上去了，并把客观写景和自己的真实感受结合在一起，在选材和表现上都颇具特色。沈德潜在《唐诗别裁集》中说，这首诗

"下半写景,而客愁自见"。黄叔灿在《唐诗笺注》中也说:"人但赏其写景之妙,不知其即景而言旅情,有诗外味。"

结合单元分析和篇目分析,我们发现,《宿建德江》的独特景物描写和借景抒情手法的运用,是最有价值的教学切入点。

学情分析:

经历了学前及小学五年的古诗词学习,学生对于诗歌中常见的羁旅相思的主题思想有过体会,同时也能初步感知诗歌中的景物画面,但对于景物与情感的联结、诗人写景的特色则欣赏不足。

教学目标:

一、明确本诗景物描写的特点:超越客观真实的艺术真切。

二、想象诗歌情境,体会"下半写景,而客愁自见"的精妙。

教学重难点:

重点:理解诗歌后两句的含义及写景特点。

难点:学生难以体会后两句景物描写与前文"客愁"之间的关系。

教学过程:

一、明确诗作"客愁"的情感基调与叙事背景

(一)朗读并找到中心句(最能表现诗人情感的句子):"日暮客愁新"。

(二)拓展"客愁"的内涵:羁旅之思、相思哀愁、漂泊之孤独,等等。

(三)结合第一句和题目,分析平添了客愁的叙事背景:日暮、夜宿、泊船、烟渚。

二、理解后半诗句含义,明确诗歌写景特色

(一)从看似不合理的景物出发,准确翻译"天低树":天比树还要低。

(二)想象"天低树"的视角及条件:在平坦荒芜之地远眺天之尽头。从而明确"天低树"的指向实则是为了突出"野旷"。

(三)以同样的路径分析"月近人"的倒影感,是为了突出"江清"。

(四)带入想象,用自己的话描述整个画面。

(五)总结本诗中景物描写的特点:并非一定要进行客观的表达,诗人要写出的往往是自我的感觉,他摄取当时的直觉,甚至容许刹那的错

觉。这便从现实的真实,升华到了艺术的真实。

三、想象情境,建立写景二句与"客愁"之间的关联

(一)思考:"野旷""江清"和客愁有什么关系?

(二)引用诗句:"黄沙碛里客行迷,四望云天直下低。"(岑参)"陇头流水,流离山下。念吾一身,飘然旷野。"(北朝民歌)

在这两句诗歌中找到人物的状态:客行迷、飘然。明确身处旷野的迷惘孤寂之感。

引用诗句:"大江阔千里,孤舟无四邻。唯余故楼月,远近必随人。"在这句诗歌中想象人物的状态:在千里大江上,小舟一叶,随水漂流,任凭东西。"唯余",注意这个唯余,只有一轮明月相伴。明确这是一种无尽的孤独和漂泊之感。

(三)回到孟诗,明确孟浩然写"野旷""江清"是为了写迷惘、写孤寂、写漂泊,这些都对应了第二句中的"客愁"。对比孟诗和前面引用诗句,引导发现孟诗更加高明,因为他没有写人物的状态,只写了景物。

展示沈德潜评论:"下半写景,而客愁自见。"明确孟诗含蓄且余味无穷的精妙写法。

四、知人论世,总结借景抒情的精义

(一)总结本诗叙事、写景、抒情之间的勾连:如果说前文是客愁之所起的话,那么后两句诗,便是客愁之所注。这是孟浩然把客愁寄托倾注在了旷野和清江上。

(二)给出本诗写作背景,将客愁与诗人的人生遭际联系在一起。

(三)引用王国维:"有我之境,以我观物,故物皆著我之色彩。"明确借景抒情手法的精义便在于诗人既能观物,又能观我,因此景物都带上了诗人的情感与心境。并总结在景物中体悟情感的方法:把隐藏在景物之中的人物找出来,去想象他在如此情境下的心情如何。

(四)总结本诗内容及艺术特色:诗人描写了从日暮到夜晚,在建德江中,烟雾朦胧的小舟边泊船上所见的景色,用看似不真实的景物,表达了诗人的羁旅之思、异乡愁绪。

作业设计:

请学生自主赏析《古诗三首》的另外两首诗歌,回答以下两个问题。

1. 诗人写了什么样的景物?

2. 诗人借这样的景物,想要表达什么情感?

教学反思

《宿建德江》是孟浩然流传千古的名作,尤其是"野旷天低树,江清月近人"二句素来为人称道,成为古代诗歌的写景名句。要在微课的时长限制下,让学生欣赏本诗最大的艺术价值,重点必然要放在后两句的写景上。这也符合本诗所在单元及本课所选择三首诗歌的共同学习目标。

借景抒情是中国古代诗歌自《诗经》就生发出来的伟大传统,这个词语也经常在学生鉴赏诗词时被提及。然而,景是何景,情是何情,都是明白的,但这样的景为何能表达这样的情,景情之间的关系是如何建立起来的,在学生这里仿佛只是约定俗成。因此,笔者便将借景抒情设立为本课的切入点。

将整首诗贯穿来看,文章以"日暮客愁新"为中心,照应上下、联结全篇。虽然露出了一个"愁"字,但又立即将笔触转到景物描写上去,整首诗作的叙事、写景、抒情,在多种因果关系里实现了承接。这些承接为教学环节提供了勾连,以中心词"客愁"为起点,向前勾连愁的起因,向后勾连愁的寄托,便形成一个孟浩然所经历并创造的圆融境界。

《古诗三首》一课的另外两首古诗,分别是《六月二十七日望湖楼醉书》和《西江月·夜行黄沙道中》。在《宿建德江》的基础上,学生已经学习了如何发现诗人所写之景的特点、如何在情境中去体会人物的情感,在后两首诗,可以进一步引导学生了解:借景抒情的理解,也要结合诗人选用的语词、修辞及意象组合。经历这三首诗的学习,学生将会对古诗中景物描写的独特性、景与情的密切关系,有更深的体悟。

本次微课的教学设计,也留存仍待解决的问题。首先是所引用的王国维关于"有我之境"与"无我之境"的文学批评话语:这两个词语本身都可以代表借景抒情,那么对于《宿建德江》的界定则是值得继续探讨的。

其次,引用其他诗句去解释孟诗的方式,是否会影响学生对于孟诗进行直接的情景想象。这些问题都希望能在后续的古诗教学中,寻得更智慧的方式。

古诗词教学一直是语文教学中的难点。在备课及录课的过程中,笔者既体会到引领学生走向诗歌鉴赏的幸福,也感受到教学目标取舍的纠结、教学环节不尽完美的遗憾。愿在未来能够设计、完成更加精妙的课堂,为古诗词教学献上自己的一砖瓦、一亮光。

专家点评

本节课,在教学内容的选择上,教师依据写景诗歌"借景抒情"的表达方式,以情切入,直接抓住了诗中表达中心情感的"客愁",引领学生找出并朗读"日暮客愁新",理解"愁"的含义,再转入"愁"所体现出来的景物。

接着,引导学生理解感受"天低树"和"月近人"这样反常的对景物的刻画,进而分析诗人在特定情况下构思需要的直觉与错觉。最后,教师再回到景物与诗人愁绪的关系来分析孟浩然写"愁"的高明之处,对于"愁"是从景物上去体现的,而非直接写自己的愁思,从而让学生体会到孟诗含蓄且余味无穷的精妙写法。

因此,在内容的选择上层次分明,重点突出,让学生在学习中能有针对性地理解诗歌内容,把握作者情感。同时,也引导学生掌握这一类诗歌的写作特点,并形成阅读意识。

卜算子·黄州定慧院寓居作

执教者:上海市松江区泗泾实验学校　李晓洁
点评者:上海市闵行区教育学院　殷秀德

原文

卜算子·黄州定慧院寓居作

[宋]苏　轼

缺月挂疏桐,漏断人初静。谁见幽人独往来,缥缈孤鸿影。

惊起却回头,有恨无人省。拣尽寒枝不肯栖,寂寞沙洲冷。

教学设计

教学目标:

一、诵读体悟,探究孤鸿形象。

二、知人论世,体会词人孤独的心境和高洁的志趣。

三、比较阅读,感受苏轼旷达乐观的人生态度及其深远影响。

教学过程:

一、旧知导入

同学们,还记得元丰六年夜游承天寺的苏轼吗? 那个空明澄澈的月夜留下了初到黄州时苏轼的身影,今天我们一起走进他同一时期的一首词作《卜算子·黄州定慧院寓居作》。

设计说明:通过回顾统编版八年级上册课文《记承天寺夜游》

导入,勾连起新知与旧识。本词与《记承天寺夜游》同属苏轼被贬黄州时所作,复习中可以帮助学生理解苏轼的处境,从而更好地理解本文的写作背景。

二、诵读感悟

(一)教师范读,学生聆听。

(二)学生散读,初步感知。

设计说明:通过教师有感情的诵读,学生能够正确地朗读,并初步理解词意、把握节奏,同时也希望带领学生进入词的情境中去。

三、探究孤鸿

(一)这是一首咏物词,词中所吟咏的对象是什么？预设:"孤鸿"。

(二)孤鸿的"孤"体现在哪里？结合具体词句分析。预设:

1. 处境之"孤":"缥缈孤鸿影"可以看出"孤鸿"飘零失群、孤独无依。(生齐读:"缥缈孤鸿影")

2. 心理之"孤":"惊起却回头,有恨无人省"可以看出孤鸿惊恐不已,心怀幽怨,却无人知晓。(生齐读:"惊起却回头,有恨无人省")

(三)孤鸿出现的环境有什么特点？"缺月""疏桐""漏断"等意象营造了怎样的氛围？

预设:寂寞清冷。(指名读"缺月挂疏桐,漏断人初静")

设计说明:抓住本词吟咏的对象——"孤鸿"入手,结合具体词句分析,从"孤鸿"的处境和心理等角度探究孤鸿的形象,环境描写更衬托孤鸿之"孤"。从这一环节的学习中,由探究孤鸿形象为下面解读幽人形象的环节做好铺垫。

四、解读幽人

（一）在这寂寞清冷的月夜中，形单影只的仅仅是孤鸿吗？预设：还有"幽人"。（生齐读："谁见幽人独往来"）

（二）"幽人"是幽居之人，也就是词人苏轼。"孤鸿"和苏轼之间是什么关系？预设："孤鸿"就是苏轼自己。

（三）（课件出示背景"乌台诗案"）孤鸿失群，幽人失志。苏轼因乌台诗案获罪，免死被贬，惊魂未定的其实是苏轼自己。"恨"意为遗憾不满，苏轼为什么而遗憾不满呢？

预设：

1. 没有知己与他志同道合而遗憾。

2. 因莫须有的罪名获罪而愤懑不平。

3. （课件出示背景材料："苏轼思想"）苏轼受儒家思想影响，是要积极入世、建功立业的。但他被贬黄州，无法实现理想抱负，因此感到非常遗憾。（生齐读："有恨无人省"）

> 设计说明：本环节由"孤鸿"形象引到"幽人"形象，孤鸿即幽人，因此"有恨无人省"的"恨"也是幽人的心理。所谓知人论世，通过补充"苏轼思想"的背景材料，帮助学生理解"恨"的多重意蕴，进一步了解苏轼其人。

五、走进苏轼

（一）即使处境悲凉，心中幽怨，孤鸿却不栖寒枝，独宿沙洲。孤鸿具有怎样的品质？

预设：孤傲、高洁。

（二）可是鸿本身就是不栖息在树枝，只栖息在平原上的，这是它们的习性。这里苏轼却写孤鸿有意而为之，这是为何？

预设："寒枝"感觉就像冰冷黑暗的官场，凸显出苏轼像孤鸿一样坚持操守，志趣高洁。苏轼以孤鸿为喻，托物咏怀。即使被贬漂泊无定，即使内心幽怨无人理解，但他仍然坚持操守，更加凸显了他心境的孤独与

志趣的高洁,以及不愿与世俗同流合污的品格。(生齐读全词)

(三)(课件出示黄州后期的词作《定风波·莫听穿林打叶声》)对比《卜算子·黄州定慧院寓居作》,苏轼的心境有什么变化?

预设:《卜算子》中苏轼的心境略显孤独悲凉,而《定风波》中苏轼的心境更加旷达乐观。

> 设计说明:通过"孤鸿"与"幽人"形象的迁移,更进一步读懂苏轼高洁的志趣,以及不愿与世俗同流合污的品格。并了解本词的手法——托物咏怀。再将苏轼同一时期两首词作进行对比阅读,体会苏轼的心境变化,感受他旷达乐观的人生态度。

六、课堂总结

读词更是读人。苏轼不仅是一位伟大的文学家,更成为一种精神象征。贬谪之人无数,唯有苏轼无论处于何种逆境,都能从容面对。苏轼这种旷达乐观的人生态度影响了后世许多文人。从他身上我们看到了中国士大夫的一身傲骨与豁达的胸怀,希望同学们也能从他身上汲取力量,积极乐观地面对生活。

板书设计:

卜算子·黄州定慧院寓居作

苏 轼

飘零　孤独(处境)

孤鸿　惊恐　幽恨(心理)　　　幽人(苏轼)

孤傲　高洁(志趣)

教学反思

古诗词是中华文化的重要载体之一,也是语文教学的重中之重。教师要通过古诗词教学让学生汲取优秀传统文化的养分,了解并传承中华文化,提升学生的语文核心素养。《卜算子·黄州定慧院寓居作》是统编教材八年级下册课外古诗词诵读部分的一首词作。这首词是苏轼因乌台诗案被贬,初到黄州时所作,八年级上册学生学习过苏轼同一时期的一篇文言文《记承天寺夜游》,所以在这次的教学中主要通过旧知导入,在多种形式的诵读基础上,力求通过"探究孤鸿、解读幽人、走进苏轼"的环节设计完成对整首词的品析感悟。回顾这次的教学实践,我主要运用了以下教学策略。

一、指导诵读,体会情韵

学习古诗词,诵读训练必不可少。古典诗词具有深厚的韵律和音乐性,教材中选编的诗词大都对仗工整、押韵考究,非常适合开展诵读教学。在教学实践中,首先通过教师有感情的范读,帮助学生纠正字音,再由学生散读,初步理解词意、把握节奏,体会词的韵律美。在词句赏析的环节,通过融情入景的诵读教学,加入齐读、指名读等诵读形式,让静止的文字变成跳动的符号,加深学生对文本语言中具体意象的理解,体会词人融入在词中的独特情感。

二、创设情境,品读意象

情境教学,就是在教学过程中借助多种手段构建出完善的教学情境,增加学生的对文本情感的体验和感受。为学生创设适合的情境,可以让学生更好地理解诗词的深层内涵。而"意象"是诗词的灵魂,也是我们品读诗词的关键。在教学中,通过把握"缺月""漏断""疏桐"等意象,创设情境,引导学生展开联想,想象这是个怎样的夜晚? 营造了怎样的环境氛围? 通过上述意象的组合,学生很快能体会出环境的寂寞清冷,这更衬托出"孤鸿"之"孤",由情境进一步引申到孤鸿形象的探究中。教师作为知识的传授者、课堂的组织者,要注重以情感人,增强学生的参与意识,使之主动学习,在情境中获得审美愉悦和思想启迪。

三、知识迁移,知人论世

在本词教学实践中,以探究"孤鸿"形象入手,通过"孤鸿"与"幽人"形象的迁移,将孤鸿与词人形象合二为一。再抓住"有恨无人省"的"恨"(即遗憾不满),回顾《记承天寺夜游》中苏轼没有知己与他志同道合而遗憾的知识,通过补充"苏轼思想"的背景材料,帮助学生理解"恨"的多重意蕴,进一步了解苏轼其人。有鉴于苏轼在整个文学史上的特殊性,以及他的人生态度对后世产生的深远影响,笔者并没有止于词作本身。而是通过对比阅读苏轼同一时期两首词作《卜算子·黄州定慧院寓居作》和《定风波·莫听穿林打叶声》,体会苏轼的心境变化,感受他旷达乐观的人生态度,以达到知人论世的效果,同时希望学生也能从他身上汲取力量,积极乐观地面对生活。

本次教学实践给了我很多收获体会,同时也有不少遗憾。诗词极具音韵美,在诵读环节若能配乐朗诵,可能对于情境的创设会有更好的效果。苏轼的词内涵丰富,学生理解起来难度较大,而实际授课时间较短,环节之间的衔接略显仓促,学生可能没能充分理解吸收就进入了下一环节。而对于苏轼其人及他前后期思想变化,特别是后期儒释道思想影响下对他人生态度的影响等背景补充还应再详细一些,后续要继续落实到位。

专家点评

本节课通过示范朗读、学生散读等多种朗读方式,引导学生逐步理解诗歌,通过读感受了古典诗歌的韵律美。

教师通过意象"缺月""疏桐"等的把握,创设情境,引导学生进行合理的想象,引导学生积极主动参与学习,在课堂上给学生留下更多的学习时间与空间,让学生对诗歌有了真切的体验与感受。

对已学知识的合理运用,带领学生回顾梳理苏轼的思想背景及《记承天寺夜游》,加强对本首词的理解与感受,让学生形成不仅仅孤立于一篇学习的意识,增加了学习内容的"厚度"。

永遇乐·京口北固亭怀古

执教者:上海市行知中学　蔡思骅
点评者:上海市闵行区教育学院　王　林

原文

永遇乐·京口北固亭怀古

[宋]辛弃疾

　　千古江山,英雄无觅、孙仲谋处。舞榭歌台,风流总被、雨打风吹去。斜阳草树,寻常巷陌,人道寄奴曾住。想当年,金戈铁马,气吞万里如虎。

　　元嘉草草,封狼居胥,赢得仓皇北顾。四十三年,望中犹记,烽火扬州路。可堪回首,佛狸祠下,一片神鸦社鼓。凭谁问:廉颇老矣,尚能饭否?

 教学设计

教学目标:
一、感受《永遇乐》表达的深沉悲愤的爱国之情。
二、理解词中典故的含义。

教学重难点:
重点:理解词中典故的含义。
难点:理解词中所用典故与所表达情感之关系。

教学过程：

一、介绍写作背景

《永遇乐·京口北固亭怀古》中京口即镇江。1204 年辛弃疾调任镇江府参与北伐，他向朝廷献计献策，但观点不被采纳，还受到排挤。1205年辛弃疾调离镇江府。

二、介绍用典手法

用典是中国诗歌创作的传统特色之一，分事典和语典两种。事典是借用历史故事来表达作者的思想感情，包括表明对现实生活中某些问题的立场和态度、个人的意绪和愿望等，属于借古抒怀。语典是指引用或化用前人的诗文名句，目的是加深诗词中的意境，促使人联想而寻意于言外。

使用典故，可以充实内容，美化词句，使表情达意委婉含蓄。

三、分析词中典故

（一）孙权。

千古江山，英雄无觅，孙仲谋处。

舞榭歌台，风流总被，雨打风吹去。

京口是东吴重镇，一度成为其都城。孙权 19 岁继承父兄之业，统领江东，西征黄祖，北拒曹操，赤壁之战打破曹军，年仅 27。词人对孙权的丰功伟绩无比仰慕，但英雄无觅，京口的热闹繁华和英雄的伟绩随着时间的流逝而不在。词人的情感一度转为对英雄无觅的惆怅。

（二）刘裕。

斜阳草树，寻常巷陌，人道寄奴曾住。

想当年，金戈铁马，气吞万里如虎。

京口是刘裕的发迹地。刘裕曾两次北伐，收复失地，建立政权。然而，现在只剩下故居满目荒凉，尽显时间沧桑。此处表达了词人对南宋朝廷未能收复失地的不满，以及收复失地的决心。

（三）刘义隆。

元嘉草草，封狼居胥，赢得仓皇北顾。

四十三年，望中犹记，烽火扬州路。

北伐需做好准备，否则会犯刘义隆同样的错误，一心想封狼居胥，到头来落得仓皇北顾。当年扬州一带,战火弥漫,这些教训还不足够吗? 此处表达了词人对朝廷的劝诫:切莫仓促北伐,务必做好准备。

(四)佛狸祠。

可堪回首,佛狸祠下,一片神鸦社鼓。

佛狸祠是拓跋焘击败刘宋军队后建造的行宫,是民族耻辱的象征。 现在佛狸祠成为南宋百姓祭祀的庙堂,一派热闹,香火不断。此处表达 了词人对百姓忘记历史耻辱的悲哀。

(五)廉颇。

凭谁问,廉颇老矣,尚能饭否?

廉颇尚有能力,却不被重用。词人以廉颇自喻,表达了自己报国无 门的愤懑。

四、评价本词用典手法

南宋岳珂批评《永遇乐·京口北固亭怀古》用典太多,明代杨慎却说 "谓此词用人名多者,当是不解词味"。用典是本词最大的特点,其妙处有:

(一)用典合理自然。所用典故,除廉颇一事,其他都与镇江相关,是 京口怀古应有的题目。

(二)用典符合词人表情达意的需要。所用典故表达的情感,内容丰 富,层次鲜明,是词人当时内心的真实写照。

(三)用典表达简洁疏朗,并能与所见之景相联系。封狼居胥的典故 既是对霍去病功绩的褒扬,又是对刘义隆惨败的讽刺,言简意赅,具有深 度。孙权的典故与舞榭歌台的场景,刘裕的典故与寻常巷陌的场景,都 形成了一种反差,生动地体现物是人非,更好地表现词人的心境。

五、总结

学习古诗词,必须要抓住其特点。本词最大的特点是用典。理解了 词中典故,能够帮助我们更好地理解词意,把握词人的情感。

教学反思

一、教材分析

必修第三单元属于高中语文"文学阅读与写作"学习任务群,单元人文主题为"生命的诗意",选录了魏晋至唐宋时期的经典诗词作品八首。第九课共三首宋词,《念奴娇·赤壁怀古》和《永遇乐·京口北固亭怀古》都属于豪放词,《声声慢》则属于婉约词。同为豪放词,在题材上又同属于怀古之作,《永遇乐》最大的特点在于豪迈悲壮,借典故抒发词人情志。词的风格特点,词中体现的情感世界,词人的生命思考与精神追求,都是教学中的重点。

二、学情分析

在初中阶段,学生对宋词有过初步的学习,懂得基本的文学文化常识,同时该学龄段的学生对诗词有着浓厚的学习兴趣。

在本课教学中,最困难的莫过于典故的理解和用典的作用分析。这是理解这首词的关键,也是单元学习任务中完成文学短评的基础。除此之外,通过本堂课的学习,学生应对用典手法有了初步了解。

三、教学目标分析

本课教学目标有两条。第一条感受《永遇乐》表达的深沉悲愤的爱国之情,第二条理解词中典故的含义。借典故抒发词人情志是《永遇乐》的最大特点,而典故就其内容来看,较难理解,所以理解词中典故含义是学习中的重点,理解词中所用典故与所表达情感之关系则是学习中的难点。

四、教学过程分析

本课以本词的写作背景导入,知人论世,为理解整首词的情感表达做铺垫。之后介绍用典手法,包括典故的分类及用典的作用。学生需记忆理解这一重要知识点,并在此基础上开始词作典故的分析。

在分析典故的时候,务必做好诵读的训练:在诵读中品味字词,揣摩情感;涵泳领悟,以诵读展现词作情感。孙权和刘裕的典故不难理解,但其中蕴含的情感是复杂的,既是对往昔英雄的仰慕,又有对现实中不见英雄的惆怅。刘义隆的典故较为复杂,典故中还藏有典故,其中的一喜一悲,对比鲜明,更凸显刘义隆北伐失败的狼狈,并以史鉴今,结合南宋时期扬州路上的战火,对朝廷进行劝诫。此处要把两层典故和现实充分融合,才能把典故和情感之间的联系理清,感受词作简洁表达背后的丰富情感。佛狸祠是拓跋焘战胜刘义隆后在瓜步山上建造的行宫,被辛弃疾视为民族的历史耻辱,但是南宋臣民却不了解这些历史,将它作为祠堂,词人为此感到悲哀和痛心。此处的情感凝聚在"可堪"二字,而"一片神鸦社鼓"的热闹场景,实质是以乐景写哀情。廉颇是词人自喻,都是烈士暮年壮心不已,但报国无门。

通过对典故含义的理解,我们可以更好地把握词人的情感,但对典故的认识不能只留在理解层面,还需要对本词用典手法进行评判。无可否认,本词用典手法是成功的。在教学过程中,列举了几点,作为学生鉴赏本词用典手法的角度。本单元学习任务中有文学短评写作的要求,就本词而言,对典故含义的分析和对用典手法的评价无疑是最恰当的切入口。

专家点评

蔡思骅老师执教的《永遇乐·京口北固亭怀古》一课,他抓住这首词用典的艺术特点,对词中所用的典故一一进行了分析,通过对典故的阐释,帮助学生理解作者在词中表达的思想感情。

教学中,蔡老师重点分析了"千古江山,英雄无觅,孙仲谋处。舞榭歌台,风流总被,雨打风吹去""斜阳草树,寻常巷陌,人道寄奴曾住。想当年,金戈铁马,气吞万里如虎""元嘉草草,封狼居胥,赢得仓皇北顾。四十三年,望中犹记,烽火扬州路""可堪回首,佛狸祠下,一片神鸦社鼓""凭谁问,廉颇老矣,尚能饭否"等几句,分别通过对孙权、刘裕、刘义隆、佛狸祠、廉颇等历史人物所处时代与历史背景的分析,帮助学生理解辛弃疾在典故中表达的希望奔赴疆场,抗金杀敌,收复失地,为国效劳的决心,以及他报国无门,才能无法施展,壮志不能实现的痛苦。

用典是本词的最大特点,蔡老师抓住了这个突破口,便抓住了理解这首词的关键。

饮酒(其五)

执教者:上海市丰镇中学　沈如月
点评者:上海市闵行区教育学院　王　林

原文

饮酒(其五)

[东晋]陶渊明

结庐在人境,而无车马喧。

问君何能尔,心远地自偏。

采菊东篱下,悠然见南山。

山气日夕佳,飞鸟相与还。

此中有真意,欲辨已忘言。

教学设计

教学目标:

一、结合资料,了解有关陶渊明的文学常识。

二、反复诵读,感知田园诗语言美、意境美。

三、品析诗句,感受诗人悠然淡泊的人生态度。

四、比较中西方隐士哲学,对如何处世形成自己的看法。

教学重难点:

重点:品析诗句,感受诗人悠然淡泊的人生态度。

难点:比较中西方隐士哲学,对如何处世形成自己的看法。

教学准备:

课堂资料单、多媒体课件、视频。

课时安排:

1课时

教学过程:

一、导入:缘何"饮酒"

(一)由美国作家梭罗的隐居生活,引出中国魏晋时期著名隐士陶渊明。

(二)结合导引资料一,了解陶渊明生平及当时的社会背景,分析"饮酒"与"酒瘾"之间的关联。

二、初品:缘何"无喧"

(一)齐读诗歌,教师纠音。

(二)展示学生预习后的提问,并出示提问较集中的诗句,明确诗句中的相关词语共同指向了一个偏僻宁静的世界。

(三)思考诗人在这个偏僻宁静的世界里过着怎样的生活。

(四)让学生思考如果自己也在这个场景中,会有怎样的感受。

(五)学生朗读,体会诗歌内容。

三、精思:缘何"采菊""见山"

(一)思考诗人如何找到这个"无喧"的世界。

分析诗中设问句,明确陶渊明通过这句诗告诉我们如果想要找到这样"无喧"的世界,就要先调整自己的心态,变得豁达超然。

(二)结合导引材料二,思考诗人为何选择生活在这个"无喧"的世界。

1. 明确"喧闹"的来源,结合相关资料,理解陶渊明想表达的心境。

2. 通过"此中有真意",找到陶渊明心中真正有意义的生活。

(三)结合导引材料三,思考诗人何以认为在"无喧"中能找到人生的意义。

1. 分析"采菊东篱下,悠然见南山",通过"见南山""采菊",理解陶渊明隐逸背后的风骨。

2. 分析"山气日夕佳,飞鸟相与还",播放倦鸟归林的视频,让学生理解"归鸟"这一意象与真我之间关联。

3. 思考诗人为何在这种生活中找到了人生的真意。

(四)学生再读诗歌,体会此中真意。

四、回味:缘何"忘言"

(一)思考陶渊明为何在感悟到人生真意后却"忘言"。

(二)有感情地朗诵诗歌,并当堂背诵。

五、对比:缘何"隐居"

(一)让学生结合本诗,思考梭罗是否一定要去瓦尔登湖边才能找到理想的生活,设想自己是梭罗的朋友,对梭罗谈谈自己的看法。

(二)结合导引材料四,找出梭罗和陶渊明隐居的原因,谈谈异同。

作业设计:

1. 录制一段配乐朗诵视频,上传到晓黑板讨论区,互相点评。

2. 从"采菊东篱下,悠然见南山"和"山气日夕佳,飞鸟相与还"中任选一句,发挥联想和想象,描述你体会到的作品情境,不少于80字。

板书设计:

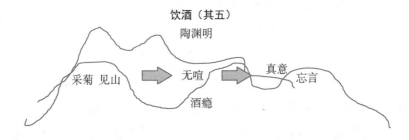

教学反思

一、说教材

《饮酒(其五)》是部编版初中语文八年级上册第六单元《诗词五首》中的第一首。该单元引导学生通过古诗文思考人的品格与志趣,《饮酒(其五)》短短十小句,以"无喧"开头,以"忘言"结尾。整首诗在一种宁静闲适的境界之中,以诗意语言传递了陶渊明对人生的感悟与思考。

二、说学情

八年级学生对古诗文有一定的知识积累,能够通过诗歌中的意象把握诗歌内容,借助相关资料揣摩诗人情感。但他们对诗歌意蕴缺乏深层思辨的能力,整合资料的能力较弱,需要教师在教学过程中有效引导,以达成对诗歌的深度理解。

三、说教学目标

基于以上分析,设定本课教学目标为:

(一)结合资料,了解有关陶渊明的文学常识。

(二)反复诵读,感知田园诗语言美、意境美。

(三)品析诗句,感受诗人悠然淡泊的人生态度。

(四)比较中西方隐士哲学,对如何处世形成自己的看法。

四、说教学重难点

在此基础之上,我确定了本课的重点为"品析诗句,感受诗人悠然淡泊的人生态度",难点为"比较中西方隐士哲学,对如何处世形成自己的看法"。

五、说教法与学法

本课主要采用讲授法、读书指导法、自主学习法来进行教学。

六、说教学过程

我将教学过程设计为以下环节:

(一)导入:缘何"饮酒"

1. 由美国作家梭罗的隐居生活,引出中国魏晋时期著名隐士陶渊明。[搭建中西文化对比的框架,由美国作家梭罗导入,引出诗人陶渊明]

2. 结合导引资料一,了解陶渊明生平及当时的社会背景,分析"饮酒"与"酒瘾"之间的关联。[让学生结合诗人生平及当时的社会环境,推测出陶渊明饮酒背后的原因,明确饮酒与归隐之间的关联,以便于更好地理解诗歌内涵]

(二)初品:缘何"无喧"

1. 齐读诗歌,教师纠音。[学生在诵读中初步感知诗歌内容,品味诗

歌的语言美〕

2. 展示学生预习后的提问,并出示提问较集中的诗句,明确诗句中的相关词语共同指向了一个偏僻宁静的世界。〔学生通过初步感知,抓取诗中反常之处,主动思考,从而对诗歌内容有整体把握〕

3. 思考诗人在这个偏僻宁静的世界里过着怎样的生活。〔进一步梳理诗歌内容,理解诗歌内在层次〕

4. 让学生思考如果自己也在这个场景中,会有怎样的感受。〔让学生调动自己的感受,体会诗中场景,强化学生对诗歌的体验〕

5. 学生朗读,体会诗歌内容。〔带着问题思考,并在朗读中进一步熟悉诗歌内容〕

(三)精思:缘何"采菊""见山"

1. 思考诗人如何找到这个"无喧"的世界。分析诗中设问句,明确陶渊明通过这句诗告诉我们如果想要找到这样"无喧"的世界,就要先调整自己的心态,变得豁达超然。〔这一环节通过问答启发学生的思维,调动他们自身的人生体验,在一问一答中开始思考人生的意义,与诗人产生共鸣〕

2. 结合导引材料二,思考诗人为何选择生活在这个"无喧"的世界。

(1)明确"喧闹"的来源,结合相关资料,理解陶渊明想表达的心境。

(2)通过"此中有真意",找到陶渊明心中真正有意义的生活。

3. 结合导引材料三,思考诗人何以认为在"无喧"中能找到人生的意义。

(1)分析"采菊东篱下,悠然见南山",通过"见南山""采菊",理解陶渊明隐逸背后的风骨。

(2)分析"山气日夕佳,飞鸟相与还",播放倦鸟归林的视频,让学生理解"归鸟"这一意象与真我之间关联。

(3)思考诗人为何在这种生活中找到了人生的真意。〔这几步抓取关键词的象征义,发挥学生的联想与想象,让学生沉浸到诗歌描绘的境界中去,从而真正感悟诗人想要表达的内涵。同时,继续调动学生的个人体验,将诗人的感悟与个人体验联系起来,增强对诗歌的感受力〕

4. 学生再读诗歌,体会此中真意。[让学生带着新的感悟再读诗歌,品味诗歌内涵]

(四)回味:缘何"忘言"

1. 思考陶渊明为何在感悟到人生真意后却"忘言"。

2. 有感情地朗诵诗歌,并当堂背诵。[从"忘言"引导学生感受此时无声胜有声的境界,再次回味整首诗歌,投入自己的真实情感,体味诗歌意境]

(五)对比:缘何"隐居"

1. 让学生结合本诗,思考梭罗是否一定要去瓦尔登湖边才能找到理想的生活,设想自己是梭罗的朋友,对梭罗谈谈自己的看法。

2. 结合导引材料四,找出梭罗和陶渊明隐居的原因,谈谈异同。[通过中西方隐士思想的对比,拓宽学生的理解范围,深化学生对于"隐士"文化的认知,形成更多元的世界观]

(六)作业

1. 录制一段配乐朗诵视频,上传到晓黑板讨论区,互相点评。

2. 从"采菊东篱下,悠然见南山"和"山气日夕佳,飞鸟相与还"中任选一句,发挥联想和想象,描述你体会到的作品情境,不少于80字。[作业设计采用线上线下相结合的形式,旨在充分调动学生的内在感受,让学生在诗歌与其他文学、艺术形式相融合的过程中,深化对诗歌语言美、意境美的认知]

专家点评

《饮酒》(其五)表现了陶渊明弃官归隐田园后的悠然心态,抒发了他摒弃浑浊的世俗功名,回归自然,陶醉于自然生命体验。沈如月老师执教的《饮酒》(其五)一课,她巧妙地通过美国著名作家亨利·戴维·梭罗离开喧嚣的城市而独居瓦尔登湖畔的事例,引出中国古代著名的诗人陶渊明,提出"缘何'饮酒'"的问题,以此引出作者所处的时代背景及"饮酒"与"酒瘾"的关系。然后提出"缘何'无喧'",抓取诗人的反常之举,引导学生体会陶渊明希望脱离世俗生活及对宁静生活的向往。接着提出的问题是"缘何'采菊''见山'"？教师通过抓取诗歌中的几个关键词和意象，让学生沉浸于诗歌所描写的美好意境，体会诗人的内心情感。最后，思考"缘何'忘言'"，领会诗人感悟人生真意的快乐。最后，把梭罗与陶渊明进行对比，思考他们"缘何'隐居'"，拓宽思维的空间，进一步理解诗人的内心世界。

沈老师的这堂课，她以问题为引导，抓住关键，步步设问。教学目标明确，教学思路清晰，不枝不蔓，直指课文的内核，让学生在中西文化的对比中理解诗歌。

过零丁洋

执教者:上海市建青实验学校　黄黎敏
点评者:上海市闵行区教育学院　殷秀德

原文

过零丁洋
[宋]文天祥

辛苦遭逢起一经,干戈寥落四周星。

山河破碎风飘絮,身世浮沉雨打萍。

惶恐滩头说惶恐,零丁洋里叹零丁。

人生自古谁无死? 留取丹心照汗青。

教学设计

教学目标:

通过分析诗歌的主要内容和写作手法,理解作者的思想感情。

教学过程:

一、朗读导入,问题引领

(一) 朗读全诗。

(二) 思考。

学习这首诗,我们要思考的核心问题是:作者想通过这首诗表达什么? 想要解决这个问题,我们可以在分析诗作时通过以下两问进行切入:

1. 诗歌是如何将个人命运与国家兴亡联系起来的?

2. 从全诗看,作者的情感有怎样的变化?

二、赏析诗句,体会情感

(一)首联:辛苦遭逢起一经,干戈寥落四周星。明确:"遭逢""起一经""干戈""寥落"的释义。

首联写了两件事,一是个人通过科举考试进入仕途,二是国家在频繁的抗元战争中已度过四年。作者心情:唏嘘感伤。

(二)颔联:山河破碎风飘絮,身世浮沉雨打萍。明确:"风飘絮""雨打萍"的比喻义。

颔联运用比喻的修辞手法:大宋国势危亡如风中柳絮,自己一生漂泊坎坷如雨中浮萍。将国家命运和个人命运紧密相连。作者心情:悲哀凄凉。

(三)颈联:惶恐滩头说惶恐,零丁洋里叹零丁。明确:"惶恐滩""零丁"的释义。

颈联设计了地名与心情的双关:"惶恐滩""零丁洋"是地点,"惶恐""零丁"则描写了诗人的心情。国家形势的险恶和个人境况的痛苦巧妙结合。作者心情:孤独沉痛。

(四)尾联:人生自古谁无死? 留取丹心照汗青。明确:"丹心""汗青"的释义。

尾联作者直抒胸臆,慷慨陈词,抒发诗人以死明志、为国捐躯的豪情壮志。一个人难免一死,但为国家,可舍生取义,一片丹心永垂史册。作者心情:慷慨悲壮。

(五)梳理小结。

通过以上每一联的分析,我们发现诗人从考中科举和四年抗元写起,高中状元和国家时局相比,已无足挂齿,有的只是唏嘘与感叹。紧接着运用比喻,写国势衰微和个人命运浮沉,进一步加剧了诗人的忧国之痛。第五、六两句巧妙运用双关,表现了抗元战败和战败被俘两件事中诗人的切身遭遇,让人仿佛看到了诗人"无力回天"的痛楚与绝望。最后两句诗人的情感层层推进,步步升华,最终选择了赴死来表达忠心,为国视死如归的大义凛然的精神。整首诗歌中个人的命运与国家的命运紧密相连。作者的情感变化也从低沉悲凉到慷慨激昂。

	修辞手法	国家命运	个人命运	诗人情感
第一联		干戈寥落	遭逢起一经	唏嘘感伤
第二联	比喻	风飘絮	雨打萍	悲哀凄凉
第三联	双关	惶恐滩兵败	零丁洋被俘	孤独沉痛
第四联	反问		留取丹心照汗青	慷慨悲壮

三、知人论世，把握主旨

想要更深刻地理解本诗，我们还可以用知人论世的方法，了解诗人当时写作的背景，走进文天祥的内心，进而读懂他想通过《过零丁洋》表达的情感。

背景补充：文天祥被俘后的第二年，当时，元军元帅张弘范把文天祥拘于船上，经过零丁洋时，逼迫文天祥写信招降在崖山抗击元军的宋军元帅、爱国将领张世杰。文天祥慷慨陈辞："我自己救父母（祖国）不得，怎么能教人背叛父母？"并奋笔疾书此诗，表明心志并作答。张弘范看文天祥意志坚决，连称"好人！好诗！"不再追逼。

元朝政府为了使他投降，决定把文天祥押送大都。在大都，文天祥被闪禁四年，面对种种诱惑，他毫不动摇，即使面对降元的宋恭帝和当时元朝皇帝忽必烈的亲自劝降，他也一概严词拒绝，即使许以丞相之位也不为所动。最终忽必烈下令处死文天祥，以成全其气节。

富贵不能淫，威武不能屈，在高官厚禄或引颈就戮这道选择题上，文天祥选择后者，用生命诠释了经书中的舍生取义、杀生成仁。

四、主旨升华，再次朗读

诗格与人格浑然一体，浩然正气与斐然文采集于一身，文天祥这慷慨激昂、掷地有声的宣言，几百年来激励和感召了无数仁人志士为祖国的前途和命运而英勇献身。

让我们再次朗读全诗，去感受诗人宁死不屈的意志，生死无畏的坦荡胸怀和丹心不渝的报国热忱。

教学反思

　　《过零丁洋》是南宋诗人文天祥的代表作,是一首永垂千古的述志诗,被选入统编版九年级下册第六单元第 24 课《诗词曲五首》中。它的境界美,气势磅礴,情调高昂,影响了一代又一代的仁人志士;它的语言美,善用修辞,生动感人,产生了强烈的情感共鸣;这样一首七言律诗,如何在 8 分钟的微课里,带领学生领略诗歌的魅力、诗人的精神,我采取了如下的教学设计策略:

　　一、核心问题引领,分析情感脉络

　　"诗言志"是中国古代诗词的传统,诗人或词人的喜怒哀乐通过直接或间接的方式得以宣泄。因而理解作品的内涵,感受诗人所要表达的情感,是学习这首作品的核心目标。要想解决这个核心问题,我设计了两个下位问题:其一,诗歌是如何将个人命运与国家兴亡联系起来的;其二,作者的情感在全诗中有怎样的变化。

　　首联抓"遭逢""起一经""干戈""四周星"等关键词,诗人高中状元,就此满心为朝廷效力,然而此时烽烟四起,状元的身份与国家局势相比,变得微不足道。历经四年的抗元战争,朝廷节节败退,国家岌岌可危,让他夙夜忧叹,我们可从中读出作者的身份由状元郎变为阶下囚的唏嘘与感伤。

　　颔联则通过分析"风飘絮""雨打萍"的比喻义,来感受个人命运与国家命运的紧密结合。"风飘絮"形容大宋国势像风中的柳絮一样失去根基,即将覆灭。用"雨打萍"比喻自己身世坎坷,如同雨中浮萍,漂泊无根,时起时沉。当时的文天祥母亲被俘,妻妾被囚,大儿丧亡,真如水上浮萍。自己无依无靠,任意沉浮。皮之不存,毛将焉附。

　　颈联可谓是千古名对,"惶恐""零丁"体现出作者的巧妙构思,惶恐滩,在今江西万安境内赣江中,水流湍急,极为险恶。宋端宗景炎二年,文天祥在江西兵败,经惶恐滩退往广东。零丁洋是位于珠江入海口的一片海域,文天祥兵败被俘,押送过此。他内心的痛楚难以名状。

尾联更是荡气回肠,这联中的"丹心"指爱国的忠心,"汗青"这里指史册。一个"照"字,光芒四色,这颗赤诚之心照耀的何止是史册,还照亮了世界,照暖了人心。

因而由此可分析出,诗人的命运与国家命运紧密相连。

二、艺术手法分析,体会诗歌魅力

除了通过关键词分析作者的情感变化,这朗朗上口的诗句其艺术表现力也同样可圈可点。因而在微课中,不仅要让学生了解到诗写了什么,也要学会分析诗人是怎么写的。在《过零丁洋》这首七言律诗中,文天祥巧妙运用了比喻、双关、反问等修辞手法,将这用生命渲染的绚丽诗章更显悲壮。

颔联中的比喻修辞手法,将国家危难和个人坎坷化作生动的形象,让人直观感受诗人的艰难处境和悲苦心情。颈联对仗工整,巧妙双关,"惶恐滩""零丁洋"是地点,"惶恐""零丁"则描写了诗人的心情。通过成对使用两个蕴含感情色彩的地名,巧妙转化为内心的情感,兵败惶恐滩,多么惶恐不安;被押经过零丁洋,多么孤单无助,其语言驾驭力更显得不凡。尾联的反问"人生自古谁无死",语气坚定且强烈,更突显出诗人义无反顾、以死报国的决心。

三、背景资料补充,感悟诗人精神

要想更为深入地剖析诗歌,理解诗人的情感变化的原因,还需要采用知人论世的方法。因而我做了如下的背景内容补充:文天祥被俘后的第二年,当时,元军元帅张弘范把文天祥拘于船上,经过零丁洋时,逼迫文天祥写信招降在崖山抗击元军的宋军元帅、爱国将领张世杰。文天祥慷慨陈辞:"我自己救父母(祖国)不得,怎么能教人背叛父母?"并奋笔疾书此诗,表明心志并作答。张弘范看文天祥意志坚决,连称"好人!好诗!"不再追逼。诗格与人格浑然一体,浩然正气与斐然文采集于一身,文天祥这慷慨激昂、掷地有声的宣言,几百年来激励和感召了无数仁人志士为祖国的前途和命运而英勇献身。

这则小故事,能迅速将学生代入相关情境,了解作者所处的时代背景,结合他个人经历,理解诗人的情志。

这样一节短小的网课,由此也可归纳出一条学习古诗词的路径:通过分析关键词,体会诗人情感变化;结合艺术手法的运用,体会诗词韵味;补充相关背景资料,加深理解。

当然这短短的 8 分钟,还是颇有遗憾,首先在分析作者情感时,缺少支架,可借助情感折线图等方式,帮助学生更好地分析;其次,古诗的魅力在于诵读,可惜未能在微课中体现吟诵的魅力。

在中华民族的历史长河中,有太多爱国志士留下了震古烁今的壮词。像《过零丁洋》这样一首荡气回肠的诗,对于学生的教育价值不仅在于诗歌本身,更是进行爱国主义教育的极好题材。丹心映千古,情怀驻心间,如何将这样一份情怀,通过教学,刻入学生心间,是今后教授此类古诗所需要继续探讨研究的方向。

专家点评

教师在教学内容的选择上,是基于对"诗言志"的理解与认识。教师引导学生理解诗歌每一联的关键词句,均能够联系作者的遭遇、心境及当时的社会背景,助力学生进一步了解作者的情感。同时,在教学过程中教师能够引领学生将诗句中所使用的修辞手法提炼出来;在分联教学后,再引领学生从整体上把握作者的情感变化,使教学过程有整体性。学生经历这样的学习过程,能逐渐迁移到对其他诗歌的理解与学习,并逐步形成阅读诗歌的能力。

教师依据诗歌特点,在教学中语调慷慨激昂,情感上富有变化,颇具感染力,能引导学生沉浸其中。

念奴娇·赤壁怀古

执教者：上海市建青实验学校　徐泽群

点评者：上海市闵行区教育学院　王　林

原文

念奴娇·赤壁怀古
［宋］苏　轼

大江东去,浪淘尽,千古风流人物。故垒西边,人道是:三国周郎赤壁。乱石穿空,惊涛拍岸,卷起千堆雪。江山如画,一时多少豪杰。

遥想公瑾当年,小乔初嫁了,雄姿英发。羽扇纶巾,谈笑间、樯橹灰飞烟灭。故国神游,多情应笑我,早生华发。人生如梦,一尊还酹江月。

教学设计

教学目标:

发现《念奴娇·赤壁怀古》不合正格词调之处,进而体会词人在词格创新上的贡献。

教学过程:

一、导入

同学们,我们知道"词"最早的时候叫作"曲子词",大约产生于隋唐时期。

《旧唐书·音乐志》云:"自开元以来,歌者杂用胡夷、里巷之曲。"所谓里巷之曲是当时民间流行的俚曲小调,如《渔歌子》《望江南》等。——游国恩《中国文学史》

由此我们知道词的本质属性是音乐性,北宋以前,词的创作基本上是先有谱,后有词,故称"填词"。

二、介绍关于"词牌"的相关知识

每首词都有一个调名,称词调或词牌。如《临江仙》《念奴娇》《水调歌头》等。词调,是指写词时所依据的乐谱。词牌,如《念奴娇》《西江月》等,是各种词调的名称。词牌规定了词的句式、平仄和用韵。当各种词牌的句式、平仄、韵律等大致定型以后,即形成每首词的词谱,后人照谱填写,所以创作词叫作"填词"。

三、比较两首《念奴娇》在词调上的不同之处,激趣激疑

按今存宋词之谱《念奴娇》者,沈唐一首最先出,次则东坡二首。——罗忼烈《词学杂俎》

《念奴娇》沈唐

杏花过雨,渐残红零落,胭脂颜色。流水飘香人渐远,难托春心脉脉。恨别王孙,墙阴目断,手把青梅摘。金鞍何处,绿杨依旧南陌。

消散云雨须臾,多情因甚,有轻离轻拆。燕语千般,争解说、些子伊家消息。厚约深盟,除非重见,见了方端的。而今无奈,寸肠千恨堆积。

《念奴娇·赤壁怀古》苏轼(略,见原文)

通过比较学生很容易会发现有四处不一样的地方,分别是:

大江东去,浪淘尽,千古风流人物。(沈词是四、五、四式,苏词是四、三、六式)

故垒西边,人道是三国周郎赤壁。(沈词是七、六式,苏词是四、三、六式)

遥想公瑾当年,小乔初嫁了,雄姿英发。(沈词是六、四、五式,苏词是六、五、四式)

故国神游,多情应笑我,早生华发。(沈词是四、四、五式,苏词是四、五、四式)

四、思考苏轼在创作《念奴娇·赤壁怀古》时为何没有遵循《念奴娇》词调最初的要求

(一)教师首先明确苏轼对于《念奴娇》词调最初的要求是非常熟悉

的。展示苏轼《念奴娇·中秋》

凭高眺远,见长空万里,云无留迹。桂魄飞来光射处,冷浸一天秋碧。玉宇琼楼,乘鸾来去,人在清凉国。江山如画,望中烟树历历。

我醉拍手狂歌,举杯邀月,对影成三客。起舞徘徊,风露下,今夕不知何夕。便欲乘风,翻然归去,何用骑鹏翼。水晶宫里,一声吹断横笛。

苏轼不仅知晓《念奴娇》最初的词调格式,而且还用得得心应手。他创作的《念奴娇·中秋》正是遵循原调格式的,如今更是被视作《念奴娇》这一词调"正格"的代表作。

(二)师生分别诵读两种句式的四句话,进一步思考能否用原本正格的词调诵读《念奴娇·赤壁怀古》?

生:故垒西边,人道是,三国周郎赤壁。/师:故垒西边人道是,三国周郎赤壁。

生:大江东去,浪淘尽,千古风流人物。/师:大江东去,浪淘尽千古,风流人物。

生:遥想公瑾当年,小乔初嫁了,雄姿英发。/师:遥想公瑾当年,小乔初嫁,了雄姿英发。

生:故国神游,多情应笑我,早生华发。/师:故国神游,多情应笑,我早生华发。

(三)以"小乔初嫁了,雄姿英发"句为例,思考与"小乔初嫁,了雄姿英发"哪一种格式更好?

1. 学生提出"了"在古汉语中有"全"的意思,那么"了雄姿英发"可以理解为"全然一派雄姿英发的气度"吗?

教师补充资料——"了"表示"全"之义时的一些例句:

"醉卧古藤荫下,了不知南北。"(秦观《好事近》)

"被西风吹尽,了无尘迹。"(辛弃疾《满江红》)

"贞芳只合深山,红尘了不相关。"(张炎《清平乐》)

学生可以发现"了"字表示"全"的意思时都是与否定词连用的。以上这些诗句都具有这个特点,所以"了雄姿英发"理解成"全然一派雄姿英发的气度"是说不通的。教师进一步补充,有学者对电子版《全宋词》

和《全宋文》进行检索后发现，没有单个"了"表示"全"的意思。由此看来，从句意上理解"了"字属下句，是不太科学的。

2. 进一步引导学生思考"小乔初嫁"和"小乔初嫁了"的区别。

（1）"小乔初嫁"强调的是"初嫁"这个动作，注重的是过程；而"小乔初嫁了"强调动作的完成，给人一种周瑜抱得美人归的感觉，衬托周瑜的英俊潇洒，更贴合"风流人物"的形象。

（2）苏轼这里写周瑜的春风得意，实则写自己抱负难展的失意，此处周瑜的风流倜傥可以与后文悲凉自嘲形成对比，更加贴合词人当时的心境。

五、教师小结

清人王又华《古今词论》引毛先舒言曰："东坡'大江东去'词：'故垒西边人道是三国周郎赤壁'，论调则当于'是'字读断，论意则当于'边'字读断；'小乔初嫁了雄姿英发'，论调则'了'字当属下句，论意则'了'字当属上句；'多情应笑我早生华发''我'字亦然。

同学们都能主动地从词内容的角度来思考究竟哪种读法更适合《念奴娇·赤壁怀古》，刚才我们未做分析的其他三处又何尝不是呢？其实这一点正是苏轼在词的内容方面的拓展——不必完全拘泥于词调的限制。

赵令畤《侯鲭录》载黄庭坚语："东坡居士曲，世所见者数百首，或谓于音律小不协。居士词横放杰出，自是曲子缚不住者。"

苏轼"不协音律"的背后是他更强调词应该"以意为主"的思想，他使词从最初的民间俚曲小调发展成为独立的新诗体，拓宽了词的意境，成为同样可以抒情言志的作品。

这节课学生不仅学习到了一种解读诗歌的方法，更是由词的一小句切入，管中窥豹地感受到了伟大词人在"词格创新"上的贡献。这首《念奴娇·赤壁怀古》更是成为了《念奴娇》这一词调变格的代表作。

六、齐诵整首词

教学反思

苏轼的《念奴娇·赤壁怀古》不仅是苏轼的杰作，也是豪放派的代表作。该词在词坛上的地位是早有定论的,被入选编至统编版高中语文必修上册第三单元第九课。

关于此篇的教学设计,历来众说纷纭。《普通高中语文课程标准》(2020年修订)中谈到语文学科核心素养是学生在积极的语言实践活动中积累与建构起来的。在文学阅读与写作学习任务群的"学习目标与内容"中强调,要理解欣赏作品的语言表达,把握作品的内涵,理解作者的创作意图。必修上册教材第三单元该课后的学习提示中指导教师引导学生"思考词中寄托的生命感悟与人生态度"。在实际教学中,我们大多会将重点放在这首词思想艺术性的探究,但却忽视了对词句的探讨。那么如何通过创设阅读情境,真正激发学生阅读兴趣,从词句入手上出一点不一样的味道,成为了我在新一轮教学中所思考的问题。

学习活动一:我设计的是让学生比较《念奴娇》最初的词调和《念奴娇·赤壁怀古》的不同之处。学生自然会产生疑惑,也许苏轼并不知晓《念奴娇》词调原本的要求,所以才会自己创作出新的形式? 这时,教师展示苏轼《念奴娇·中秋》,这首词是《念奴娇》这一词牌正格的代表作,排除学生的困惑。学生发现同为苏轼的两首《念奴娇》,句式却有着不同。这样的发现对学生来说是新鲜的,学生也自然地诵读起来,激发了学生的探究欲望。这四处差异也正是学界长期以来对《念奴娇·赤壁怀古》的断句有争议的地方。那么苏轼为什么要打破词调的限制呢? 这样的改动又是否合理呢? 学生在发现这样的语言差异之后,还需要进一步思考现象背后的原因,这需要老师的进一步引导。

学习活动二:老师和学生分别对两种句式进行诵读,在诵读中感受诗歌的意境,感受诗人的精神世界,这一点也正是教材单元导语给我们提出的要求。诵读之后,学生首先就发现"小乔初嫁,了雄姿英发"这一句的断句从句意上理解是很困难的。随后在同学之间互相补充的过程中,老师提供加以支撑的材料,这也给学生种下了一颗严谨求知的种子。接下来,就以这句为例,既然"了"字属下句不通,那么"了"字属上句又好在哪里呢? 一步步引导学生走向语言现象背后的深层原因,体会词人的思想情感。学生通过思考苏轼为何要将"了"字属下句,自觉进入对语言形式背后词意的探讨。进而能够做到知识的迁移,理解其余三处不协调音律背后的深意。

这节课学生不仅学习到了一种解读诗歌的方法,更是由这一首词管中窥豹地感受到了伟大词人在"词格创新"上的突出贡献。今后学生在阅读到其他词人在词格上的改动时,便可以自觉地从词内容的角度进行解读,在比较的过程中获得新的体会。

专家点评

徐泽群老师执教的《念奴娇·赤壁怀古》一课,她把讲解的重点放在作品的言语形式上,从苏轼的《念奴娇·赤壁怀古》与"念奴娇"词牌正格句式的差异入手,引导学生通过对作品形式的分析来理解词作内容。

教学的过程中,徐老师首先根据罗忼烈《词学杂俎》:"今存宋词之谱《念奴娇》者,沈唐一首最先出,次则东坡二首"的观点,把沈唐创作的《念奴娇》视为正格,然后把苏轼的《念奴娇·赤壁怀古》与其进行对比,找出四处不同的地方。然后,师生分角色诵读这不同节奏的四句,思考、品味其中的差异。在语言形式的对比中,辨析节奏的变化给词意带来的变化,学生在对比中理解了苏轼豪放词的风格特点。

在这堂课中,我们看到了徐泽群老师良好的古典文学修养。她收集了很多相关的词学资料,拥有比较丰富的词的写作知识,正因为如此,她在教学中能够以小见大,以四句词而见苏词风貌。

诗经·秦风·无衣

执教者:华东师范大学附属枫泾中学　王雨柔

点评者:上海市闵行区教育学院　王　林

原文

诗经·秦风·无衣

岂曰无衣? 与子同袍。王于兴师,修我戈矛,与子同仇!

岂曰无衣? 与子同泽。王于兴师,修我矛戟,与子偕作!

岂曰无衣? 与子同裳。王于兴师,修我甲兵,与子偕行!

教学设计

教学目标

一、诵读《无衣》,掌握重章叠句的表现手法。

二、理解战士在"与子同仇""忘生轻死"中体现出的爱国情怀。

教学重难点:

重点:诵读《无衣》,掌握重章叠句的表现手法。

难点:理解战士在"与子同仇""忘生轻死"中体现出的爱国情怀。

课程资源:

统编教材高中语文选择性必修中册、多媒体投影

教学过程:

一、导入

孔子曾说"诗可以兴,可以观,可以群,可以怨",又说"不学诗,无以

言",由此可见《诗经》内蕴丰富,是一座值得挖掘的宝藏。今天,就让我们一起来学习《诗经》中的一篇——《无衣》,在斗志昂扬的战歌中感受战士们的爱国主义情怀。

学生活动:回顾《论语》中关于《诗经》的诗句。

不学诗,无以言。——《论语·季氏》

诗可以兴,可以观,可以群,可以怨。——《论语·阳货》

设计说明:从同学们的已知出发,同学们刚学完《论语》,记忆还很鲜活,以此导入,激发学生对《诗经》的好奇心和学习兴趣。

二、教学环节一

学习活动:聆听"经典咏流传"中武警官兵演唱的《无衣》片段,体会诗歌的感情基调。

设计说明:创设情境,铺设情感场,在慷慨激昂的音乐氛围中走进本诗。《无衣》是一首秦地广为传唱的军中战歌,通过播放《经典咏流传》中武警官兵演唱的《无衣》,让同学们在慷慨激昂的音乐中初步体会诗歌情感。

三、教学环节二

学习活动:阅读资料,了解故事背景。

(一)据今人考证,周幽王十一年(秦襄公七年,前771年),周王室发生内讧,西北边境的戎族入侵,占领了镐京。周王朝的国土大部沦陷,秦国靠近王畿,与周王室休戚相关,遂奋起反抗。——背景链接

(二)兄弟阋于墙,外御其侮。——《诗经·小雅·棠棣》

设计说明:了解故事背景,明确《无衣》的战争性质是秦国人民抗击西戎入侵的正义战争,同时为下文分析战士慷慨赴敌"外御其侮"的爱国主义精神做铺垫。

四、教学环节三

学习活动 1:诵读《无衣》,观察结构上的特点。

设计说明:聚焦诗歌的结构特点,掌握重章叠句的手法,并在反复咏唱中体会重章叠句所带来的音乐性、节奏感。

学习活动 2:诵读《无衣》,思考:《无衣》结构相同,句式相似,字数统一,仅仅是单一的重复吗?

(一)"尚气概,先勇力,忘生轻死。"

(二)"欢爱之心,足以相死如此。"

——朱熹《诗集传》

设计说明:通过诵读诗歌,抓住关键字词,体会在重复的章节、相同的结构、相似的句式中,因为个别字词的变化而形成的层层递进的情感,深刻理解,感悟战士们"忘生轻死"的气魄和"与子同仇"的"欢爱之心"。

五、教学环节四

学习活动 1:回顾旧知,完成学习迁移。

中国人从来就是一个伟大的勤劳的勇敢的民族……我们的先人以不屈不挠的斗争反对内外压迫者,从来没有停止过。——《中国人民站起来了》

设计说明:通过回顾旧知,将"先人"与"今人"的精神勾连起来,为理解"无衣"精神在今日的传承做铺垫。

学习活动2:观看三幅图片,结合新闻链接,分析"无衣"精神在当代的传承。

图片一:一张请战书:若有战,召必回,战必胜!

图片二:两座医院:火神山医院和雷神山医院。

图片三:一行白衣战士:金山区援鄂医生,逆行出征。

2月4日,湖北收到的日方援助物资,贴标上面写着:"岂曰无衣,与子同裳"。——新闻链接

设计说明:通过对图片的解读,深入体会疫情肆虐中国大地时中华儿女所体现出来的休戚与共、团结有爱。通过对时事新闻的解读,深入理解疫情期间整个人类命运共同体之间的相互依存的精神,从而对"无衣精神"在当代的传承有更深刻的体悟。

六、小结

《无衣》是一首秦地人民抗击外敌入侵的军中战歌,通过反复咏唱,表现了战士们"忘生轻死"的气魄和"与子同仇"的情谊。两千多年前秦地战士们的"休戚与共"和"爱国情怀"延续到今天整个人类命运共同体之间的相互依存、守望相助,而这,就是"无衣精神"在当代的最好传承!

教学反思

《无衣》出自《诗经·秦风》。作为我国诗歌的鼻祖,《诗经》在语文学科体系当中占有重要的地位,引导学生去解读《无衣》这样的诗歌,不仅满足语文学科核心素养当中审美鉴赏能力的提高,还要让学生在诗歌诵读中加强对优秀传统文化的理解和传承。接下来,针对《无衣》的准备和授课过程,我来谈一谈我的几点思考。

一、创设情境,激发学生兴趣

我所教授的高二(五)班是一个比较内敛的班级,平时班级气氛就比较沉闷,学生对于诗歌兴趣度不高,而授课的时间又被安排在下午最后一节,可谓是天时地利人和都不占优势。根据前期对学情的分析,我在设计教学环节时注重通过创设情境,激发学生的兴趣点,比如通过播放武警官兵慷慨激昂的演唱,在听觉和视觉的双重刺激下,我明显感受到学生的精神状态振奋了,对这首"军中战歌"的学习兴趣提升了。

二、关注学习迁移,温故知新

在大单元教学的理念指导下,教师在设计教学环节时应尽量搭建知识体系,将新知与旧知联系起来,帮助学生在迁移中掌握新知。《无衣》对学生来说是虽然一篇新的课文,但是同学们对《论语》很熟悉,以《论语》中对《诗经》的评价导入,可以激发学生对《诗经》的好奇心。除此之外,结合高一课本的《中国人民站起来了》一文,将"先人"与"今人"的精神勾连起来,为理解"无衣"精神在今日的传承做铺垫。

三、结合时事,升华主旨

新课程标准指出学生要关注、参与当代文化,提高社会责任感。因此在设计教学环节时,我试图引导学生对三幅图片的分析和解读,深入体会人们在疫情肆虐时所体现出来的团结一致,相互依存的精神,从而理解无衣精神在今日的传承。下课后,一个平时很安静的学生告诉我,第二张图片的医生队伍中有他的小姨,还主动和我分享了很多当时抗疫的细节……这种贴近时代的真实案例自然容易打动学生,真正提高学生对当代文化的关注度、参与感。

但就像一片硬币一定有正反两面,这节课也存在着很多值得反思的问题。

最主要的还是缺乏诵读。诵读是理解文意,体会作者情感的根基,但由于时间有限,多种朗读形式没有实践,尤其是在分析重章叠句时,没有通过语气、声调、重音、节奏来让学生在重复的章节、相同的句式、相似的结构中反复体会层层递进的情感。其次是缺乏互动。课堂上很多知识点都是以教师教授为主,但实际上学生能力很强,而且有自己的想法,比如说图片分析时,由同学讲解"身边人"的抗疫故事的效果可能要比老师唱"独角戏"效果更好,日后在教学的过程中还是要相信学生,以学生为主体,在互动中生成多变的灵活的充满生机的语文课堂。

因我本人的经验与能力所限,授课过程中还存在众多不足之处,路漫漫其修远兮,诗歌教学之路还需慢慢探索。

专家点评

《秦风·无衣》是《诗经》中的一首慷慨激昂、同仇敌忾的战歌,它表现了秦地军民团结一心、共御外侮、奔赴前线、共同杀敌的英雄主义气概和爱国主义精神。王雨柔老师执教的这堂课,抓住诗歌的语言风格矫健激昂的特点,首先带领学生观赏"经典咏流传"中武警官兵演唱《无衣》的片段,体会诗歌的感情基调,以此引导学生走进课文。然后,她介绍诗歌所写故事的背景,分析诗歌的结构特点。在完成了对诗歌内容的理解后,教师把《无衣》的情感进行迁移升华,通过诵读《中国人民站起来了》里:"中国人从来就是一个伟大的勤劳的勇敢的民族……我们的先人以不屈不挠的斗争反对内外压迫者,从来没有停止过"等语句,以及抗击疫情的三幅图片,用现代情感激活诗歌中的情感,让诗歌的内容触动学生的心弦并产生感情的共鸣,把两千多年前秦地战士们的爱国情怀延续到今天,从而实现民族优秀文化传统的传承。

钱塘湖春行

执教者:上海对外经贸大学附属松江实验学校花园分校　朱宛莲

点评者:上海市闵行区教育学院　殷秀德

原文

钱塘湖春行
[唐]白居易

孤山寺北贾亭西,水面初平云脚低。

几处早莺争暖树,谁家新燕啄春泥。

乱花渐欲迷人眼,浅草才能没马蹄。

最爱湖东行不足,绿杨阴里白沙堤。

教学设计

教学目标:

一、感受西湖之美,体会诗人的喜悦之情。

二、诵读诗歌,领略律诗的音韵之美。

教学重难点:

重点:感受西湖之美,体会诗人的喜悦之情。

难点:诵读诗歌,领略律诗的音韵之美。

教学课时:

5～8分钟

预设课堂形态:

教师引导下的师生互动合作对话形式。

课前准备:

一、扫清字词障碍,结合注释,了解诗歌内容。

二、了解写作背景,思考诗人通过这首诗在表达什么?

问题链设计:

课前:复习吟诵规则,一起吟诵这首诗。吟诵规则:入短韵长、平长仄短、平低仄高。

一、解题:通过诗题,你读出了哪些信息?

地点:钱塘湖。季节:春天。事件:"行",游玩。(画行踪图)

二、描景:诗人写了哪些早春之景?

结合同学们画的图画,用诗意的语言描绘这些图画。

三、抒情:通过写这些景物,诗人抒发了怎样的情感?

(一)白居易爱的是什么? 分组将它吟诵出来。

(二)比较白居易的《钱塘湖春行》和《春题湖上》,进一步感受白居易对西湖的喜爱及见到西湖春景时的欣喜之情。

教学过程:

一、导入新课

上有天堂,下有苏杭。自古不少文人墨客赞美苏杭,尤其是杭州西湖,苏轼说"欲把西湖比西子,淡妆浓抹总相宜"。我们今天一起走进白居易笔下的西湖,感受西湖的魅力。

二、导学活动

	教师活动	学生活动	设计意图
解题:了解诗歌内容	1. 复习吟诵规则,一起吟诵这首诗。 2. 通过诗题,你读出了哪些信息? 3. 既然是游玩,诗人的行踪是怎样的? (画行踪图)	1. 一起吟诵 2. 地点:钱塘湖 　　季节:春天 　　事件:"行",游玩 3. 孤山寺北、贾亭西、湖东、白沙堤	根据题目了解诗歌内容

(续表)

	教师活动	学生活动	设计意图
描景：感受西湖之美	（过渡语：今天，让我们一起跟随白居易的脚步，来感受西湖早春之美） 1. 发挥想象，白居易来到西湖，看到了什么？ 师补充： 莺争树，燕啄泥 莺争暖树，燕啄春泥 早莺争暖树，新燕啄春泥 几处早莺争暖树，谁家新燕啄春泥 2. 齐读中间两联，将画面读给同学看。 3. 结合同学们画的图画，用诗意的语言描绘这些图画。	1. 水面　初平 　　早莺　新燕 　　乱花　浅草 （生1：白居易放眼望去，他看到了水面初平，云脚低垂） （生2：距离拉近，白居易仰望树上，他看到早莺在争向阳的树，新燕在啄春泥筑巢） （生3：白居易俯视地面，他看到了乱花初放，芳草才生，一片生机勃勃） 2. 齐读中间两联 3. 描述图画	通过景物的特征，感受西湖春景之美，同时学习诗人的写作方法
抒情：理解诗人情感	1. 通过写这些景物，诗人抒发了怎样的情感？ 2. 白居易爱的是什么？将它吟诵出来。 3. 所以白居易发出了这样的感慨。 4. 比较白居易的《钱塘湖春行》和《春题湖上》，进一步感受白居易对西湖的喜爱及见到西湖春景时的欣喜之情。 （男女分别朗读这两首诗，女生读《钱塘湖春行》，男生读《春题湖上》，一人一句对应读） （最后，女生读"最爱湖东行不足"，男生读"一半勾留是此湖"）	1. 对西湖的喜爱。 2. A组吟诵：水面初平云脚低 　　B组吟诵：几处早莺争暖树 　　C组吟诵：谁家新燕啄春泥 　　D组吟诵：乱花渐欲迷人眼 　　E组吟诵：浅草才能没马蹄 3. 学生一起吟诵：最爱湖东行不足，绿杨阴里白沙堤 4.《春题湖上》 白居易 湖上春来似画图， 乱峰围绕水平铺。 松排山面千重翠， 月点波心一颗珠。 碧毯线头抽早稻， 青罗裙带展新蒲。 未能抛得杭州去， 一半勾留是此湖。	理解作者的写作意图，通过对比，更深层次地理解白居易的情感

板书设计：

教学反思

《钱塘湖春行》是白居易的一篇七言律诗，诗人采用移步换景的手法，记录了自己的西湖之行，以此来表达对西湖由衷的热爱及对杭州的一片深情。

这首诗歌通俗易懂，但是极具语言张力。诗人如同一个摄影师，跟着诗人的脚步，西湖早春美景尽显眼前。诗人在标题中交代了季节、地点和事件，首联点题，水天相接，初显春意；颔联画动，莺争暖树，燕啄春泥；颈联刻静，乱花初放，芳草才生。尾联抒情，醉于春色，意犹未尽。

以《钱塘湖春行》为例，我们应该怎么进行反思性教学呢？

一、课前：关注吟诵法，激发学生兴趣

对于一首诗词而言，其内容无疑是最为重要的。但是近体诗不仅关注内容，也关注诗词的形式与韵律。

谈到律诗，便不可避免地需要学习对仗与平仄。对于初中生而言，课堂上专门花时间讲平仄，难免会让学生产生畏难情绪，甚至觉得课程无聊。如果避开诗歌的形式美，只关注诗词的内容美，未免又有点可惜。

在讲解这首诗词前，我采用了吟诵的方法，激发学生的学习兴趣。古人究竟是怎么诵读诗词的？学生们都很好奇。要想学会吟诵，得先了解其规则。在讲解吟诵规则时，插入平仄相关知识，并让学生根据所学知识，自行标出本诗的平仄，大家一起探讨吟诵的方法，感受诗歌的形式美，体会诗歌的魅力。

吟诵有三个主要规则,分别是:入短韵长、平长仄短、平低仄高。古音演变至今,已经发生了很大的变化。古音演变规律大体可以说是"平分阴阳、浊上变去、入派三声",对初中生而言,老师只需拓展"平分阴阳"即可。同时标出诗词中的入声字,给学生提供支架,从而让他们理解诗词的平仄,再通过吟诵的方式,让学生感受诗歌韵律之美。

二、课中:关注问题链,提高学生思维

我们不仅要关注文本的逻辑,关注作者的思维,同时还要关注学生的思维,提高学生的逻辑能力。这便需要老师建立一个完整的问题链,通过问题链的形式引领学生在无形中成长。

我们可以这样设计《钱塘湖春行》的问题链:

课前:复习吟诵规则,一起吟诵这首诗。

主问题一:解题:通过诗题,你读出了哪些信息?(学生画行踪图)

主问题二:描景:诗人写了哪些早春之景?(结合同学们画的图画,用诗意的语言描绘这些图画)

主问题三:抒情:通过写这些景物,诗人抒发了怎样的情感? 白居易不止写了这一首七律来表达自己对西湖的喜爱,他的笔下,有不少赞颂西湖的诗作。通过比较白居易的《钱塘湖春行》和《春题湖上》,进一步感受白居易对西湖的喜爱及见到西湖春景时的欣喜之情。

三、课后:关注忽视点,走向诗词背后

这首七律诗中,白居易对西湖的热爱之情显而易见,通过对比同类诗词,学生更能体会到白居易对西湖深深的眷念。"未能抛得杭州去,一半勾留是此湖",白居易在尾联直抒胸臆,诗人余兴未尽,沉醉于这美好的湖光山色之中。

课程上完后,我们再次深思,我们忽略了一个细节:诗人选择的游踪路线。本诗一共才 56 个字,诗人写了"孤山寺""贾亭""白沙提"等地点,诗人为何要以"贾亭西"为起点,以"白沙堤"为终点呢?

水天相接、云幕低垂是诗人所爱,莺歌燕舞、花草初生也是诗人所爱,但诗人最爱的并非这些景色,而是那绿杨阴里的白沙堤。

"贾亭"即贾公亭,为唐朝贾全所筑。贾全在杭州任刺史时,在西湖边上建造了此亭,杭州百姓称此亭为"贾公亭"。

白居易特意将游踪的起始点和结束点选在了这两个地方,或许并非偶然为之,而是借此来表达内心的凌云壮志:渴望造福于一方百姓,渴望有所作为。

在《钱塘湖春行》这首诗中,课前和课中教学我并未关注到白居易选择行踪的深意,通过课后的反思,以及学生的课堂生成,再仔细研究诗歌,结合写作背景,发现了这条行踪背后的暗线,提升自己的理解力和解读力。

专家点评

首先,教师通过朗读的方式,让学生整体感知诗歌的音韵与节奏,体会到古代诗歌的音韵和谐的节奏美。

其次,教师把对诗歌的分析化为不断扩句的方式,从"莺争树"到"莺争暖树"到最后的"几处早莺争暖树",一步步地地把诗歌的画面补充完整,以此让学生发挥想象,展现诗歌中的画面。学生通过教师引导的视角慢慢"看"出乱花初放,生机勃勃的早春景象,感受到整首诗的中心"爱"。

最后学生进行绘图展示,并再次朗读,这样对整首诗的整体感知基本完成,教师根据学生情况拓展了白居易的《春题湖上》,让学生进行男女分配朗读,进一步感受白居易对于西湖的喜爱。讲解诗歌过程中的问题链是非常清晰的,也一步步地提高了学生的思维品质,教师还能关注到诗的体裁进行了吟诵法的运用,能激发学生的兴趣。

附录一

"诗教中国"诗词讲解大赛（上海赛区）第一届获奖名单

组别	作品名称	单位/学校	教师姓名	上海赛区名次
小学组	忆江南（其一）	上海市民办阳浦小学	杨亚男	一等奖
	池上	上海市普陀区新普陀小学	吴海杨	一等奖
	饮湖上初晴后雨 望洞庭	上海市浦东新区顾路小学	潘敏艳	一等奖
	小儿垂钓	上海市上外·黄浦外国语小学	陈黎斐	一等奖
	江南	上海市奉贤区肖塘小学	王瑶馨	一等奖
	赠汪伦	上海市长宁区天山第一小学	庄佳叶	一等奖
	钱塘湖春行	上海市民办打一外国语小学	周逸倩	一等奖
	池上	上海市奉贤区柘林学校	曹 聪	一等奖
	古朗月行（节选）	上海市七色花小学	黄帅嘉	一等奖
	墨梅	上海市松江区泗泾第二小学	朱 怡	一等奖
	送元二使安西	上海市宝山区高境科创实验小学	施 慧	一等奖
	惠崇春江晓景	上海市嘉定区马陆小学	朱怡迪	一等奖
初中组	满江红	上海市桃浦中学	顾栗豪	一等奖
	诗经·郑风·子衿	复旦大学第二附属中学	陈 苹	一等奖
	江城子·密州出猎	上海市奉贤区头桥中学	裴 雯	一等奖
	江城子·密州出猎	上海外国语大学苏河湾实验中学	吕思静	一等奖
	春夜喜雨	华东师范大学附属进华中学	孙旭东	一等奖

	书湖阴先生壁	上海市复旦实验中学	张佳佳	一等奖
	蝶恋花	上海市浦东新区建平实验中学	马　娜	一等奖
	如梦令	上海音乐学院实验学校	朱尊祺	一等奖
	江城子·密州出猎	上海市松江区九亭中学	张　俊	一等奖
	游子吟	上海市松江区第七中学	汤　英	一等奖
	江城子·密州出猎	上海市闵行区上宝中学	张　恕	一等奖
	如梦令	上海市青浦区实验中学	陈冰音	一等奖
	马诗	上海市实验学校附属东滩学校	傅文君	一等奖
高中组	声声慢	上海市松江二中	李明玉	一等奖
	登金陵凤凰台	上海市建平中学	张　昕	一等奖
	八声甘州	上海市进才中学	吴　威	一等奖
	梦游天姥吟留别	上海市嘉定区第一中学	李　超	一等奖
	诗经·小雅·采薇	上海市曹杨二中	陈一星	一等奖
	声声慢	上海市同济大学第一附属中学	虞　宙	一等奖
	声声慢	上海市嘉定区中光高级中学	周光珍	一等奖
	雨霖铃	上海市中原中学	张妍群	一等奖
	声声慢	上海市金汇高级中学	张　奕	一等奖
	水龙吟·登建康赏心亭	上海市金山区朱泾中学	胡怡泓	一等奖
	水调歌头·明月几时有	华东师范大学第三附属中学	吴雨柔	一等奖

附录二

"诗教中国"诗词讲解大赛(上海赛区)第二届获奖名单

组别	作品名称	单位/学校	教师姓名	上海赛区名次
小学组	长相思	上海市杨浦区平凉路第三小学	顾佳玥	一等奖
	卜算子·咏梅	上海市第二师范学校附属小学	蔡慧丽	一等奖
	登鹳雀楼	上海市长宁区实验小学	吴思嘉	一等奖
	闻官军收河南河北	上海市浦东新区园西小学	张丽娜	一等奖
	鸟鸣涧	上海市杨浦区控江二村小学	季喆婷	二等奖
	小池	上海市普陀区管弄新村小学	杨 蓉	二等奖
	村居	上海市浦明师范学校附属小学	顾沪颖	二等奖
中学组	秋词	上海市复旦实验中学	徐 静	一等奖
	声声慢	上海市格致中学	苏 添	一等奖
	蒹葭	上海市北虹中学	周 龑	一等奖
	登岳阳楼	上海交通大学附属中学	孙 悦	二等奖
	登岳阳楼	上海市第八中学	罗佩晔	二等奖
	秋词	上海市宝山区教育学院附属中学	柳絮儿	二等奖
	诗经·周南·苤苢	上海市位育中学	丁晓昕	二等奖
	江城子密州出猎	上海市五浦汇实验学校	陆 欣	二等奖
	江城子·密州出猎	上海市中远实验学校	孙 青	二等奖
	己亥杂诗(其五)	上海市西林中学	潘 琳	二等奖
	钱塘湖春行	上海市闵行区民办上宝中学	张 恕	二等奖
大学组	诗经·郑风·风雨	上海理工大学	刘 永	一等奖

十一月四日风雨大作(其二)	上海师范大学	姚　华	一等奖
秋兴八首(其一)	华东师范大学	倪春军	二等奖
长相思(其一)	上海商学院	章家谊	二等奖

附录三

"诗教中国"诗词讲解大赛（上海赛区）第三届获奖名单

组别	作品名称	单位/学校	教师姓名	上海赛区名次
小学组	芙蓉楼送辛渐	上海市奉贤区实验小学	阮丽丽	一等奖
	山居秋暝	上海市虹口区第三中心小学	张轶凡	一等奖
	晓出净慈寺送林子方	上海市普陀区长征中心小学	吴雯婕	一等奖
	池上	上海市六一小学	沈婷婷	一等奖
	鹿柴	上海市徐汇区民办盛大花园小学	张 梅	一等奖
	暮江吟	上海市实验学校附属东滩学校	柳小飞	二等奖
	闻官军收河南河北	上海市虹口区广灵路小学	薛灵韵	二等奖
	从军行	上海市浦东新区万科实验小学	谢华丽	二等奖
	塞下曲	上海市青浦区实验小学	张 伟	二等奖
	清平乐·村居	上海市徐汇区汇师小学	施 萍	二等奖
	稚子弄冰	上海市华东师大一附中实验小学	王 凌	二等奖
	三衢道中	上海市普陀区武宁路小学	王振楠	二等奖
	村居	上海外国语大学附属双语学校	王子涵	二等奖
	小池	上海市静安区大宁国际学校	刘梦妤	二等奖
	早发白帝城	上海市民办阳浦小学	李谢林	二等奖
中学组	登飞来峰	复旦大学第二附属学校	柳 旭	一等奖
	春望	上海师范大学附属松江实验学校	周 荣	一等奖

	诗经·邶风·静女	上海市行知中学	应 炯	一等奖
	左迁至蓝关示侄孙湘	上海市青浦区豫才中学	徐周栋	二等奖
	春望	上海市文来中学	王 琦	二等奖
	宿建德江	华东师范大学第二附属中学前滩学校	骞雨佳	二等奖
	卜算子·黄州定慧院寓居作	上海市松江区泗泾实验学校	李晓洁	二等奖
	永遇乐·京口北固亭怀古	上海市行知中学	蔡思骅	二等奖
	饮酒(其五)	上海市丰镇中学	沈如月	二等奖
	过零丁洋	上海市建青实验学校	黄黎敏	二等奖
	念奴娇·赤壁怀古	上海市建青实验学校	徐泽群	二等奖
	无衣	华东师范大学附属枫泾中学	王雨柔	二等奖
	钱塘湖春行	上海对外经贸大学附属松江实验学校花园校区	朱宛莲	二等奖
大学组	卜算子·咏梅	上海大学	刘慧宽	一等奖
	饮酒	上海商学院	李梦圆	二等奖
	潼关	同济大学	林 莹	二等奖
	采薇	上海城建职业学院	魏 霞	二等奖
	山居秋暝	上海应用技术大学	李 锐	二等奖
	兰花草·相思	华东师范大学	左富强	三等奖
	黍离	上海工商外国语职业学院	甘 露	三等奖

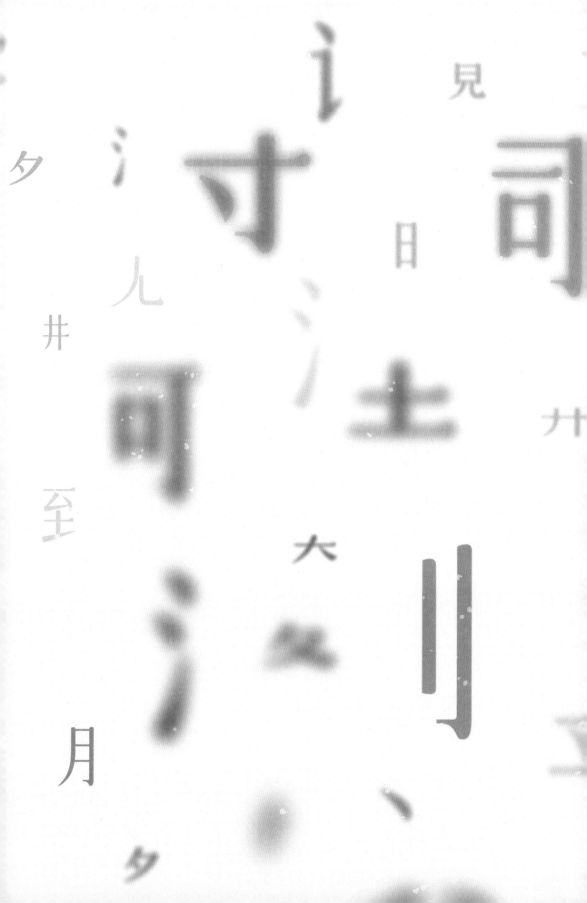